Malvadins Zauber
Wusch

BoD™
BOOKS on DEMAND

Für meinen Mann Gordon,
der jeden Tag aufs Neue
das Wunder
„Liebe"
für mich wahr werden lässt.

Verena Grüneweg

Malvadins Zauber

Wusch

Bibliografische Information der Deutschen Nationalbibliothek:
Die Deutsche Nationalbibliothek verzeichnet diese Publikation in der
Deutschen Nationalbibliografie; detaillierte bibliografische Daten sind
im Internet über http://dnb.dnb.de abrufbar.

Impressum:
2. überarbeitete Auflage
Texte:
© 2018 Copyright by Verena Grüneweg
verena.grueneweg@gmx.de
Cover artwork by
Your Book Cover Designer © 2018
www.coverartstudio.com
Korrektur: Sonja Nanninga
Herstellung und Verlag:
BoD – Books on Demand, Norderstedt
ISBN: 9783752831559

PROLOG

Es war der letzte Tag im August und die Sonne strahlte heiß vom Himmel. Die Sommerferien waren vorbei und Waltraut kam von ihrem ersten Schultag erschöpft nach Hause. Während sie die Stufen zur Eingangstür hochging, liefen ihr die Schweißtropfen von der Stirn in die Augen.

Sie brannten höllisch und Waltraut rieb sich mit den Händen über die Augen. Ein zweckloses Unterfangen, statt dass der Schmerz nachließ, vermischte sich der Schweiß mit ihrer Schminke. Somit wurde das Brennen nicht weniger, sondern verschlimmerte sich noch.

Tränen liefen in schwarzen Rinnsalen die Wangen herunter. Insgeheim verfluchte sie sich für ihre morgendliche Idee, die Augen mit dunklem Kajalstift, Wimperntusche sowie Eyeliner, großzügig zu betonen. Aus den vermeintlichen Schminkkünsten wurde jetzt ein verschmierter Film, welcher die Umgebung vor ihren Augen in einen verschwommenen Schleier tauchte.

An der Haustür angelangt, stocherte Waltraut mit dem Schlüssel ziellos am Schloss herum. Endlich, nach gefühlten hundert vergeblichen Versuchen, fand dieser das angestrebte Ziel. Genervt schloss sie auf und mehr blind statt sehend in den Flur stolpernd, warf sie die Tür mit einem lauten Knall hinter sich zu.

„Verdammt, verdammt, verdammt!" fluchte sie wütend, während sie die Schultasche von der Schulter zog und vor sich auf den Fußboden im Flur fallen ließ.

Sie würde sie später wegräumen. In diesem Moment war es wichtiger, diese elende Schminke irgendwie aus den Augen zu bekommen. Mit zitternden Fingern wühlte sie in den Hosentaschen ihrer Jeans. War ja heute nicht das erste Mal, dass sie ein Taschentuch brauchte! Irgendwo musste doch das Tempo sein, das sie sich in der Pause in die Tasche gestopft hatte.

Das Brennen wurde immer schlimmer. Zu den tränenden Augen hatte sich auch noch eine laufende Nase gesellt. Sehnlichst wünschte Waltraut sich, die Schminke aus dem Gesicht waschen zu können. Allerdings so die Treppe hoch ins Bad zu laufen, unmöglich!

Erleichtert atmete sie auf, als sie endlich das Tempotuch fühlte und es aus der Hosentasche zog. Zum Vorschein kam ein ziemlich zerknülltes Etwas, aber mit ein wenig Spucke reichte es aus, um Schminke, Tränen und den Schweiß zu entfernen.

Waltraut atmete auf, als endlich der Schmerz nachließ und sie nach einigen Malen Blinzeln den Flur und die restliche Umgebung wieder klar und deutlich sah.

Es war wieder einer dieser Schultage, die sie kaum als gut bezeichnete, gewesen. Schlimmer noch, heute hatte Waltraut den Bogen der Peinlichkeiten echt überspannt. Wenn sie nur an den Vorfall in der zweiten Pause zurückdachte! Selbst jetzt, Stunden später, während sie sich die Bilder zurück ins Gedächtnis rief, sorgten diese dafür, dass ihr Gesicht vor lauter Verlegenheit glühend Rot wurde.

Toll, dachte sie, wirklich klasse, meine Liebe! Mit der Vorstellung wirst du mit Sicherheit die nächsten Wochen die Lachnummer der gesamten Schule sein.

Bis auf die Knochen blamiert hatte sie sich! Sie und ihre naiven Traumvorstellungen!

Was hatte sie auch anderes erwartet? Dass Matthias, als sie all ihren Mut zusammennahm und wagte, ihn anzusprechen, nett zu ihr sein würde?

Dass er sich mit ihr unterhielt und den Rest der Pause mit ihr verbrachte? Sie beide ein Liebespärchen werden würden? Lächerlich!

„Boah, ich bin so dämlich!", fluchte Waltraut. Statt einen coolen oder witzigen Spruch von sich zu geben, hatte sie rumgestottert und nicht mehr als ein „Ich, ich äh, ich ..." über die Lippen bekommen. Sie hatte seinen verwirrten Blick gesehen aber anstatt wenigstens jetzt einfach den

Mund zu halten und wegzugehen, stammelte sie weiter hilflos sinnlose Worte. Unter Matthias erwartungsvollen Augen benahm Waltraut sich wie ein Trottel, unfähig vernünftig zu reden.

Um dem Ganzen noch die Krone aufzusetzen, blieb ihre Blamage den anderen Mitschülern nicht verborgen. Neugierig standen diese im Gang und lauschten ihrem Gebrabbel. So machte sie sich nicht nur vor Matthias, sondern gleichzeitig vor der versammelten Mannschaft der Schule zum Volldeppen.

Dabei durfte Doris, die Schulkönigin, natürlich nicht fehlen. Den Flur, wie immer umringt von ihrem Gefolge, den kichernden Freundinnen, entlanglaufend, zog Waltrauts Gestotter ihre Aufmerksamkeit auf sich. Für sie ein gefundenes Fressen, um sich mal wieder in den Vordergrund zu schieben. So blieb sie mit einem süffisanten Lächeln neben den beiden stehen.

Mit aufgerissenen Kulleraugen, die schwarzen Wimpern klimpernd, wendete sich Doris Matthias zu und flötete zuckersüß: „Ich, ich, äh, ich kann nicht sprechen. Könnte es sein, dass ich meine Stimme verschluckt habe?" Ihre Eskorte grölte lauthals vor Lachen während Waltraut hilflos, wie erstarrt, da stand und alles über sich ergehen ließ.

Laut tönte der kaum zu überhörende Lärm durch den Flur und lockte das um die Ecke biegende größte Übel der Schule – David – auch noch an. Übers ganze Gesicht grinsend auf sie zusteuernd, blieb er schließlich direkt vor ihr stehen. Die Lippen zu einem Kussmund gespitzt, warf er sich vor ihr auf die Knie. Mit dramatischem Gesichtsausdruck hob er die ineinander gefalteten Hände in die Luft, so, als ob er Waltraut anbetete. Kurz darauf sprang er wieder auf und stolzierte wie ein Gockel im Kreis um sie herum.

„Oh, du mein Geliebter, oh du Matthias, willst du mich – Waltraut – nicht erhören? Es zerreißt vor Liebe mein Herz! Bitte, mach mich zu deiner Geliebten!" Mit verstellter

Stimme, sie sollte wohl schluchzend klingen, machte er sich über sie lustig.

Vereinzelnd begannen die anderen Schüler ihm zu applaudieren und mit Zurufen wie „Los, weiter so!", anzufeuern.

Angestachelt führte er sein Theaterspiel, oder was auch immer das, was er tat, sein sollte, fort.

Theatralisch fiel er erneut auf die Knie, doch dieses Mal wendete er sich Matthias mit erhobenen Händen zu.

Knallrot im Gesicht stand Waltraut wie angewurzelt auf der gleichen Stelle. Mehr als alles andere wünschte sie sich, eine Maus zu sein und in einem Loch verschwinden zu können. Aber Wünsche, insbesondere solche dieser Art, gingen niemals in Erfüllung. Das gehässige, dröhnende Lachen in den Ohren, ließ sie den Spott der anderen über sich ergehen.

Hilflos schaute sie Matthias in die Augen. Hoffend, er würde ihr helfen. Er war doch anders als die anderen, erwachsener und nett! Jedenfalls hatte Waltraut das bis zu diesem Augenblick von ihm gedacht.

Ein Irrtum, wie sich jetzt herausstellte. Er stimmte lauthals in das Lachen der übrigen ein. Schlimmer noch, ihm stand die Freude über den Spaß, welchen man mit Waltraut trieb, offen ins Gesicht geschrieben. Es tat weh zu sehen, wie der Junge, in den sie verliebt war, ihr Dilemma genoss.

Waltraut schluckte und kämpfte gegen den Kloß, der sich in ihrer Kehle breit machte, an. Jetzt noch anzufangen zu weinen war das Letzte, was sie wollte. Diese Genugtuung wollte sie Doris und dem Rest der Schar auf keinen Fall geben. Aber umringt von lachenden und auf sie zeigenden Mitschülern, gefangen wie ein Reh, dem Spott der anderen ausgesetzt, verlor sie den aussichtslosen Kampf.

„Fort, nur fort von hier", dachte Waltraut und endlich reagierte ihr Körper. Schluchzend und fast blind vor Tränen, quetschte sie sich durch die Menge, welche ihr den Weg versperrte. Von den höhnischen Kommentaren verfolgt, rannte sie blindlings den Flur hinauf.

Immer wieder prallte Waltraut mit anderen Schülern zusammen. Noch mehr Aufmerksamkeit, die sie nicht wollte. Selbst, als sie ein gutes Stück entfernt von der Meute, am Ende des Ganges um die Ecke bog, hörte sie klar und deutlich das boshafte Lachen ihrer Mitschüler.

Endlich hatte sie die Mädchentoiletten erreicht. Hastig riss sie die Tür auf und stürzte in eine der Kabinen, die sie mit zitternden Händen hinter sich abschloss.

Erschöpft ließ sie sich auf den Toilettensitz fallen.

Waltraut hoffte, dass kein anderes Mädchen hereinkam und ihr Schluchzen hören würde. Aber sie hatte Glück. Keine der Mitschülerinnen nutzte, wie sonst in den Pausen, einen der Waschbeckenspiegel, um sich hübsch zu machen.

Weinend saß Waltraut auf der Toilette. Erst beim letzten Klingeln der Pausenglocke, welche den Unterrichtsbeginn ankündigte, wagte sie es, ihr Versteck zu verlassen.

Der restliche Schultag zog sich wie ein qualvoller Spießrutenlauf dahin. Jedes Mal, wenn einer ihrer Mitschüler Waltraut über den Weg lief, erklang ein gehässiges Kichern oder ein dummer Spruch. Manche hauchten »Matthias« vor sich hin und machten einen Kussmund. Es war die Hölle und sie wäre am liebsten vor Scham im Erdboden versunken.

Am meisten ärgerte sie sich über ihre eigene Dummheit. Sie hatte doch selber dafür gesorgt, dass sie zum Opfer, zum Prellbock, wurde. Was hatte sie sich dabei gedacht, Matthias anzusprechen?

Nur, weil er ab und zu mal „ Hallo" sagte oder sie anlächelte? Wie kam sie eigentlich darauf, dass er sie gemeint hatte? Es waren ja immer genug andere Mädchen da, die ihn anschmachteten und sich in seiner Nähe aufhielten. Wahrscheinlich hatte sie sich nur eingebildet, dass sein Lächeln ihr galt.

Wie blöd konnte man sein? Zu glauben, dass er, der Schwarm aller Mädchen, ihr, der Loserin der Schule, Beachtung schenkte!

Letzte Nacht, als sie nicht einschlafen konnte, erschien es ihr in ihrer Vorstellung ganz einfach. Selbst der Gedanke, dass vielleicht sogar Matthias sich nicht traute, sie anzusprechen, kam ihr gar nicht so abwegig vor. Es musste eben nur einer von ihnen beiden anfangen. Warum also sollte nicht sie den ersten Schritt wagen. Was konnte schon großartig passieren?

In der Pause im Vorbeigehen ein paar Worte, einen lustigen Spruch loslassen und damit seine Aufmerksamkeit auf ihre Person lenken. Das war doch nicht so schwer! Ihr Schwarm würde sie endlich beachten. Alles ganz einfach, oder?

Allerdings in der Realität des nächsten Tages entpuppte sich der scheinbar großartige Plan als ein Desaster.

In der nächsten Pause erzählte Waltraut ihren Freunden Petra, Wolfgang und Andreas das schlimme Erlebnis.

Sie hörten den immer wieder von Schluchzern unterbrochenen Worten zu und versuchten, alles Menschenmögliche, um Waltraut zu trösten. Zwecklos! Niemand konnte das Jammern beenden, geschweige denn, sie aufmuntern.

Selbst jetzt, Stunden später, malte ihre Fantasie Schreckensbilder, wie sie als Lachnummer der Mitschüler den Schulalltag überstehen musste, in ihren Verstand.

Ihr Blick wanderte zu dem Flurspiegel, welcher neben der Garderobe an der Wand hing. Kritisch betrachtete sie ihr Spiegelbild. Wie sonst auch, fand sie nichts Ansprechendes, Hübsches an sich. Ihrer Meinung nach war sie ein nichtssagendes, hässliches, unbedeutendes Etwas.

Alles an ihr war langweilig, selbst ihr Vorname. Wer hieß heutzutage denn noch Waltraut? Warum hatten ihre Eltern sie nicht Alice oder Sky, Heaven oder Star genannt? Das wären tolle Namen gewesen! Aber nein, sie hieß Waltraut, und dann noch nicht einmal richtig mit einem D am Ende geschrieben! Der Name alleine war schon eine Katastrophe auf Lebenszeit. Kein Wunder, dass sie zu den Verlierern der

Schule gehörte. Sowieso entsprach nichts an ihr dem gängigen Schönheitsideal. Im Gegenteil!

Dünn, mit langen staksigen Beinen, Streichhölzern gleich, präsentierte sich ihre Figur im Spiegel. Ausgestattet mit diesem hochgeschossenen, nicht zusammenpassenden Körper, glich sie eher einer Witzfigur als einer Schönheit in den Teenie-Magazinen.

Im Vergleich zu den anderen gleichaltrigen Mädchen ihrer Schule schnitt sie miserabel ab. Viele von ihnen wirkten schon recht weiblich. Mit den perfekten Rundungen ausgestattet wussten sie genau, die Vorzüge ihres Körpers in Szene zu setzen.

Mit ihren engen Tops und kurzen Röcken war es ein Leichtes, die Aufmerksamkeit der Jungs zu bekommen. Bei Waltraut hingegen scheiterte jeglicher Versuch, sich hübsch zu machen. Ein nagelloses Brett, auf dem noch nicht einmal Erbsen sich zeigten, schaute niemand gerne an. Auch so ein Spruch, den sie von den Schulkameraden stets aufs Neue zu hören bekam.

Einer der Gründe, warum Waltraut lange, weite schwarze Kleidung trug. Ihre Mutter mäkelte ständig an ihrem Kleidungsstil herum. Sagte, er wäre zu düster, sie solle etwas Buntes, die schlanke hübsche Figur betonendes, anziehen.

Hübsch! Klar, jede Mutter fand ihr Kind hübsch, da machte auch ihre keine Ausnahme. In Waltrauts Augen jedoch sah die Wahrheit ganz anders aus.

Mit beiden Händen umfasste sie das lange schwarze Haar und hielt es im Nacken zu einem Pferdeschwanz zusammen. Meistens trug sie es offen, wie einen Vorhang, der sie vor den Blicken der anderen schützte.

Nun sah sie ein schmales Gesicht mit verschmierter Schminke, einer Stupsnase und blauen Augen im Spiegel an. Kleine Pickel prangten auf der hohen Stirn – auch nichts, was sie der Welt gerne präsentierte.

Aber das wirkliche i-Tüpfelchen des Fiaskos Waltraut, waren die spitzzulaufenden abstehenden Ohren.

Alles in allem eine wandelnde Witzfigur unter Schönheiten, die man Mitschülerinnen nannte.

Waltrauts Freunden erging es nicht besser. Wie sie ertrugen die drei tagtäglich Hänseleien in der Schule.

Petra, 1,51m groß und pummelig. Da sie den Verlockungen der Süßigkeiten ständig erlag, scheiterte jede Diät. Das rundliche Gesicht zierte eine dicke Knollnase und wenn sie sprach, amüsierten sich die Zuhörer über ihren groben Sprachfehler. Ständig verdrehte sie die Wörter in einem Satz, keines passte hinter das andere. Hübsch, niedlich oder schön? Nein, das war Petra nun wirklich nicht.

Dennoch gab es etwas an ihr, um das viele Mädchen, unter anderem auch Waltraut, sie beneideten. Wunderschöne blonde Locken flossen, wie ein goldener Wasserfall, glänzend ihren Rücken bis zur Taille hinab.

Der Zweite im Bunde, Wolfgang, entsprach komplett dem äußerlichen Gegenteil von Petra. Von großer Statur überragte der Junge die meisten seiner Mitschüler. Genauso schlaksig wie Waltraut, überforderte sein Körper ihn damit, die Glieder unter Kontrolle zu halten. Die langen Arme trafen andere schmerzhaft, wenn er mit ihnen, während er redete, herumwirbelte. Über die eigenen Beine stolperte Wolfgang mindestens zweimal am Tag.

Unter einer nicht zu bändigenden lockigen Haarpracht sah ein liebes, aber für viele einfältig wirkendes Gesicht, hervor. Die stets gleich aussehende Latzhose schlotterte an seinem Körper, das aus der Hose hängende karierte Hemd machte es auch nicht besser.

Der gutmütige Junge ertrug jeglichen Spott mit einem Lächeln. Was die Quälgeister nur noch anstachelte, ihre Gemeinheiten zu steigern. Kniffe, Tritte, sowie Schläge auf den Hinterkopf kassierte Wolfgang, wenn kein Lehrer hinschaute, ständig ein. Statt sich zu wehren, schwieg er. Das perfekte Opfer für jene, die ihren Spaß auf Kosten anderer haben wollten.

Mit dem letzten ihrer Gruppe, Andreas, verhielt es sich etwas anders. Naja, ehrlich gesagt, für ihn galt nicht das gleiche äußerliche Problem, unter dem seine Freunde litten. Gutaussehend, mit dunklen Augen, einem markanten Gesicht und durchtrainiertem Körper, zog der Sechzehnjährige die Blicke der Mädchen auf sich.

Zum zweiten Mal wiederholte Andreas die Klasse. Nicht aus Dummheit, sondern aus Faulheit blieb er immer wieder sitzen. Für die Schule zu lernen, hielt er für absolut überflüssig. Aber auch das störte keinen; der Altersunterschied machte ihn nur interessanter.

Es war eher seine kalte, arrogante Art, die ihm im Weg stand, neue Freundschaften zu knüpfen. Er schenkte niemandem, außer seinen engsten Freunden, Beachtung. Keiner kam Andreas nahe, erfuhr etwas über ihn. Kein Wunder, dass sie ihn ebenso mit Nichtachtung straften.

Die Vier wuchsen in der gleichen Siedlung auf und kannten sich seit Ewigkeiten. Sie besuchten dieselbe Schule und obwohl Andreas bei der Einschulung von Waltraut, Petra und Wolfgang bereits zu den Drittklässlern zählte, beschützte er sie vor den Attacken der anderen Schüler. Drei Jahre später gehörte er zu ihren Klassenkameraden.

Manchmal allerdings, wünschte Waltraut sich andere Freunde, angesagte – nicht abgelehnte, wünschte sich, einer der "Top-Ten-Gruppen" anzugehören. Aber alles, was ihr blieb, war dieser Verliererclub.

Seufzend löste sich Waltraud von ihrem Spiegelbild. Zwecklos, weiter hinein zu starren, hübscher wurde sie dadurch auch nicht. Mit langsamen Schritten ging sie den Flur entlang zur Küche. Überrascht bemerkte sie, als sie dort ankam, dass die Tür verschlossen war. Normalerweise dachten weder ihre Mutter noch sie daran, die Küchentür zu schließen. Ganz besonders dann nicht, wenn einer von ihnen beiden daheim war.

Eigentlich sollte dies Mutters freier Tag sein und Waltraut hatte damit gerechnet, sie zuhause vorzufinden. Umso missmutiger drückte das Mädchen die Türklinke herunter und betrat die Küche. Sie ahnte, was wieder einmal geschehen war und das Bild, das sich Waltraut jetzt bot, bestätigte die Vorahnung.

„Nee, das ist jetzt echt nicht ihr Ernst!"

Schon von weitem sah sie den aufgetürmten Abwasch in der Küchenspüle. Auf dem Esstisch lag wie immer der obligatorische Zettel. Ohne ihn gelesen zu haben, kannte Waltraut bereits die Worte, die ihre Mutter geschrieben und für sie hinterlassen hatte.

Mein liebes Kind,
ich musste bei der Arbeit einspringen. Eine Kollegin ist krank geworden. Ich hoffe, du bist nicht enttäuscht, dass wir heute nicht wie geplant zusammen kochen. Wir holen das ganz bestimmt bald nach, versprochen.
Bitte spüle das schmutzige Geschirr ab und hänge die gewaschene Wäsche an die Leine auf dem Dachboden. Ich bringe Essen vom Chinesen mit.
Bis heute Abend. Habe dich lieb, deine Mama!

Eine kleine Hoffnung, dass es diesmal anders sein würde, hatte sie noch. Vielleicht war ihre Mutter ja nur kurz einkaufen und in ein paar Minuten zurück.

Aber die Hoffnung starb in dem Moment, als sie zum Tisch lief und den Zettel las. Enttäuscht zerriss die Dreizehnjährige das Papier und warf es in den Müll.

Ihre Mutter und sie verbrachten wenig Zeit miteinander. Sie sahen sich morgens vor der Schule und abends, kurz bevor Waltraut schlafen ging. Mehr blieb ihnen nicht an gemeinsamen Stunden.

Waltraut verstand, dass ihre Mutter sofort sprang, wenn der Chef oder eine Kollegin anriefen. Sie brauchte die Arbeit, um für den Lebensunterhalt zu sorgen. Es gab nur sie beide. Ihr Vater starb, als sie noch in der Wiege lag. Die Chance, ihn kennenzulernen, hatte es für Waltraut nie gegeben.

Manchmal stellte sie sich die Frage, wie ihr Leben heute aussehen könnte, wäre er noch am Leben. Wahrscheinlich wäre es ein schöneres gewesen, denn die wenigen gemeinsamen Bilder im Fotoalbum erzählten die Geschichte einer glücklichen Familie.

Das Schicksal machte dem Glück ein Ende. Ein Verkehrsunfall nahm ihr den Vater. Was blieb, waren Waltraut und der Kampf ihrer Mutter, für sie beide zu sorgen.

Mama schaffte das recht gut. Sie beide lebten nicht schlecht. Ab und zu gönnten sie sich den einen oder anderen Luxus.

Jedoch bemerkte Waltraut oft die Müdigkeit im Gesicht ihrer Mutter. Gespräche fanden kaum noch statt und ein Lachen gab es selten von ihr zu hören. Das Mädchen hätte gerne auf die Markenklamotten und das tolle Auto verzichtet aber der Wunsch, mehr Zeit mit ihrer Mutter zu verbringen, blieb unbeachtet.

Lustlos betrachtete sie das schmutzige Geschirr im Waschbecken. Dann entschied sie für sich, dass das Abwaschen und die Wäsche warten konnten. Es reichte, wenn sie die Aufgaben auf später verschob. Mutters Rückkehr von der Arbeit würde eh noch mehrere Stunden dauern. Sie hatte genug Zeit, davor etwas Angenehmes zu machen.

Waltraut verließ die Küche und lief die Treppe hoch zu ihrem Zimmer. Schwungvoll drückte sie den Türgriff herunter und öffnete den Zugang zu ihrem Reich.

Ein Platz, in dem sie ihren Problemen keinen Raum gewährte. Tapete– verdeckt mit Postern von „Der Herr der Ringe", „Harry Potter", Einhörnern, Hexen und feuerspeienden Drachen. Fantasiefiguren in sämtlichen Größen, verteilt auf Schränken, am Boden, auf der Fensterbank, machten aus dem Zimmer eine Märchenwelt.

Ein Himmelbett, wie für eine Prinzessin gemacht, stand in der Mitte des Raumes. Schön anzusehen, aber Waltrauts wertvollster Besitz befand sich gegenüber von ihrem Schlafplatz. Das bis an die Decke reichende, übervolle Bücherregal, welches eine komplette Wand einnahm.

Jeden Tag führten Waltrauts Schritte, wenn sie in ihr Zimmer kam, direkt dorthin. Andächtig schaute sie ihre Schätze an, strich sanft über die Buchrücken, zog das eine, dann das nächste heraus. Still sah sie sich die bunten Cover an, las vertieft die Klappentexte und blätterte in den Seiten.

Gestern Abend hatte sie eines der Bücher beendet. Jetzt freute sie sich darauf, ein Neues zu beginnen.

Für Waltraut stellten die Geschichten eine Flucht aus ihrem Alltag dar. Sie versank regelrecht in den Handlungen der Bücher und konnte es auch jetzt kaum abwarten, mit dem Lesen zu beginnen.

Schnell schlug sie das Buch ihrer Wahl auf. Die ersten Sätze lesend, lief sie zum Bett und ließ sich darauf fallen.

Alles rückte in den Hintergrund, einzig die Helden in der Fantasiegeschichte spielten die Hauptrolle in ihren Gedanken.

Stunden später legte sie das Buch auf den Nachttisch neben ihrem Bett. Ihre Augen brauchten eine Pause vom Lesen.

Vielleicht sollte sie einige Minuten die Augen schließen. Dafür war sicherlich noch genug Zeit bis ihre Mutter heimkam. Ihr Blick auf den Wecker ließ sie allerdings erschrocken hochfahren.

„Oh nein!", rief Waltraut, sprang auf und stürmte ins Bad. Sie hatte sich so sehr in ihr Buch vertieft, dass sie nicht gemerkt hatte, wie schnell die Stunden vergangen waren.

Nur noch zwanzig Minuten bis ihre Mutter von der Arbeit nach Hause kam. Somit blieb ihr kaum noch Zeit, die aufgetragenen Hausarbeiten zu erledigen. Sie musste sich sputen und entschied sich dafür, zuerst die Wäsche aufzuhängen. Danach würde sie in die Küche gehen, um das Geschirr abzuwaschen.

Hektisch zog Waltraut die saubere Kleidung aus der Waschmaschine und stopfte sie in den Wäschekorb.

Bald schon war dieser randvoll, aber Waltraut schenkte dem keine Beachtung, sondern warf auch noch den Rest der Wäsche oben auf.

Erst als sie ihn schließlich hochhob, bemerkte sie das schwere Gewicht der nassen Kleidung. Sie zögerte kurz, vielleicht sollte sie ihn lieber nur halbvoll machen und zweimal die Leiter hochsteigen. Aber das kostete Zeit und Waltraut sah Mutters Gesicht bereits jetzt vor sich, wenn es ihr nicht gelang, die Aufgaben rechtzeitig vor ihrer Rückkehr zu erledigen. Wie sie schweigend, müde und enttäuscht von Waltraut, schlussendlich die Arbeit selbst verrichtete. Das musste sie verhindern; sie hatte keine Zeit, die Leiter mehrmals hoch und runter zu steigen, selbst wenn ihr die Gefahr bewusst war.

Ach was, ihr würde schon nichts passieren, beruhigte sie sich. Mit einem Ruck hob sie den Wäschekorb vom Boden hoch und stürmte im Laufschritt mit ihm in den Treppenflur.

Bei der Dachluke angekommen setzte sie diesen kurz ab, nahm den Haken von der Wand, führte ihn in die Öse der Luke ein und zog daran, bis diese sich öffnete. Die steile Klappleiter zum Dachboden rutschte herunter und stoppte vor Waltrauts Füßen.

Der kurze Blick auf die Armbanduhr an ihrem Handgelenk trieb sie zu mehr Eile an, die Zeit rannte in Höchstgeschwindigkeit. Ohne weiter nachzudenken, klemmte sie den Wäschekorb unter den rechten Arm. Mit der linken Hand sich festhaltend, erklomm sie Stufe für Stufe die Leiter, bis sie oben ankam.

Der Wäschekorb schien Tonnen zu wiegen. Mit letzter Kraft hievte sie ihn auf die Kante des Dachbodens. Leider hatte sie ihre eigene Stärke überschätzt, denn sie reichte bei weitem nicht aus. Der Korb kippte und die Wäsche rutschte ihr entgegen.

Reflexartig griff sie mit der linken Hand nach ihr … mit der Hand, mit der Waltraut sich eigentlich festhielt.

Zu spät erkannte das Mädchen den Fehler. Auch das Loslassen des Wäschekorbs half ihr jetzt nicht mehr. Sie verlor das Gleichgewicht und fiel rückwärts die Leiter herunter.

Mit den Armen in der Luft rudernd, suchte sie nach Halt, scheiterte – ihre Hände fassten ins Leere.

Die steile Leiter gewährte ihr nicht den Hauch einer Chance, das Unglück abzuwenden. Zweieinhalb Meter stürzte Waltraut in die Tiefe.

Ein lauter Knall erklang, als sie mit voller Wucht auf dem Fußboden aufschlug. Blut sickerte aus einer Wunde am Hinterkopf und sammelte sich zu einer Pfütze auf dem Teppichboden. Schwer verletzt lag die Dreizehnjährige kaum noch atmend im Treppenflur.

Sie spürte keine Schmerzen, registrierte nicht, was mit ihr passierte. Sie hörte ihre Mutter nicht, als diese die Haustür aufschloss, Waltrauts Namen rief, die Treppe heraufkam, ihre Tochter leblos dort liegen sah und zu schreien begann.

Eine Nachbarin, die im selben Augenblick am Haus vorbeiging, alarmierte den Rettungswagen, der kurz darauf eintraf.

Aber Waltraut merkte nichts von all dem.

Hörte weder die Schreie ihrer Mutter, noch die Stimme des Notarztes und der Sanitäter. Sie merkte nicht, wie man sie auf eine Trage legte und aus dem Haus brachte. Auch das Sirenengeheul des Krankenwagens erreichte nicht ihr Bewusstsein. Wie er mit ihr mit hoher Geschwindigkeit und Blaulicht durch die Straßen zum Krankenhaus jagte.

In dem Moment des Sturzes stahl sie sich fort von dieser Welt und folgte den wunderschönen Bildern, die sich ihr offenbarten.

Regenbögen, Wälder, Wiesen – niemals zuvor mit solch blühenden Blumen und saftigem Grün gesehen, luden sie zum Wandern und zum Verweilen ein. Vierblitzer, die wild, mit fliegenden Mähnen durch die Landschaft galoppierten, forderten Waltraut auf, auf ihrem Rücken Platz zu nehmen.

Fabelwesen, bekannt und unbekannt, der Fantasie entsprungen, empfingen Waltraut.

Sie alle umringten das Mädchen, welches bewusstlos auf dem Boden lag, und geleiteten sie in das Land:

„Malvadin"

Ein Land, eine Welt, die nur Träumer und einsame Kinder betreten können, die Bücher lieben wie Waltraut und die nie aufhören, an Märchen zu glauben.

Ein Land, in dem Waltraut nicht dieselbe war – und niemals mehr sein würde …

MALVADIN

Vor langer Zeit gab es eine Welt, wie wir sie heute nur noch in der Fantasie unserer Träume erleben. Diese Welt nannte sich Malvadin. Hier existierten kein Neid, kein Schmerz, keine Trauer und keine Gier nach Macht.

Unbekannt waren auch Gut und Böse. Es gab keinen Gott oder Teufel, keine Religion, kein Richtig oder Falsch, so wie es die Menschen heutzutage kennen. Die Lebewesen glaubten einzig an die Magie.

Aber es war eine andere Magie, nicht die, die uns heute bekannt ist. Sie wurde nicht unterteilt in weiß oder schwarz, benutzt, um Flüche oder Liebeszauber anzuwenden. Für nichts dergleichen wurde der Zauber genutzt. Magie diente dazu, um anderen Bedürftigen zu helfen.

Vierblitzer, Elbrax, Knollroch, Magier, Hexen und viele bekannte, sowie unbekannte Wesen, lebten in Frieden miteinander in dieser Welt. Sie zollten sich gegenseitig Respekt, akzeptierten sich so, wie sie waren.

Es war eine Welt der Wunder, der Freude, der Schönheit und des Glücks.

Immer wieder kamen neue Lebensformen und Arten dazu, die Vielfalt kannte keine Grenzen. Doch eines Tages passierte leider das, was alles mit einem Schlag veränderte. Der erste Mensch wurde geboren.

Die Menschen vermehrten sich schneller als all die anderen Wesen dieser Welt.

So dauerte es nicht lange und sie verteilten sich innerhalb kürzester Zeit in alle Regionen Malvadins.

Die gute Aura, die hier herrschte, hatte zuerst noch einen großen Einfluss auf die Menschen. Sie lebten so wie all die anderen – in Frieden und Wohlgefallen an der Schönheit des Landes.

Niemand zweifelte, niemand neidete. Jeder Gedanke, jede Tat kamen aus der Seele und vervollständigte die Harmonie.

Doch im Menschen schlummerte seit jeher die Gier nach Wissen. So dauerte es nur wenige Generationen, bis der Eine das Licht der Welt erblickte, der begann, all das Magische in Zweifel zu stellen.

Er wollte Erklärungen, Beweise. Er fragte und forschte. Für ihn war klar, dass am Anfang von allem irgendjemand stehen musste, das Dasein aller von einem Höheren geleitet wurde. Und er gab diesem 'Jemand' einen Namen, da er ihn ohne Bezeichnung selbst nicht verstehen und an ihn glauben konnte. Er nannte ihn Gott.

Mit der Zeit entwickelte sich aus dieser Idee eine Religion. Etwas, das die Menschen anbeteten, wenn es einmal nicht so gut lief das Leben. Gott sollte schützen, Gutes tun. Dafür brauchte es Regeln, und so fingen Verbote und damit auch die Sünden an.

All das Schlechte nahm seinen Lauf. Denn jedes Volk schuf sich seinen eigenen Glauben, seine eigene Religion.

Irgendwann passte all das nicht mehr zusammen und so kam es zwischen den einzelnen Menschenvölkern zu Krieg und Zerstörung, Tod statt Leben, Misstrauen statt Verständnis.

Hiervon blieben die magischen Wesen nicht verschont.

Der Stachel des Neides, der Gewalt, infizierte auch sie.

Besonders traf das die Elbraxvölker. Sie hatten sich des Menschen am Anfang angenommen, ihm geholfen, in ihrer Welt zu überleben. Sie behandelten ihn gut und erkannten alle Menschen als Ihresgleichen an.

Viele Gemeinsamkeiten verbanden beide Völker miteinander. Gab es auch in der äußeren Erscheinung kleine Unterschiede, wie die spitzzulaufenden Ohren der Elbrax, so ähnelten sich beide doch sehr.

Ließen sich die Elbrax zunächst von Gefühlen leiten, übernahmen sie den Wissensdurst und die Neugier, welche ihre Urinstinkte verdrängten. Ihr einstiges sanftes Herz und das den Menschen entgegengebrachte naive Vertrauen, ließen sie zu guter Letzt einen großen Fehler begehen. Sie wurden blind gegenüber dem Bösen, das mit diesem Geschöpf in Malvadin einkehrte. Wie die Pest breitete es sich aus und es währte nicht lang, bis auch andere magische Wesen begannen, die negativen Eigenschaften der Menschen anzunehmen.

Aber nicht alle von ihnen konnten und wollten dies akzeptieren. Die Folge war, dass sich eines des größten ehemals gemeinsamen Volkes in zwei Lager spaltete. Die Hochelbrax und die Schattenelbrax.

Während die Hochelbrax an all dem, was vor dem Menschen wichtig war, festhielten, fingen die Schattenelbrax an, umzudenken. Statt an die Natur, die Freude, den Gesang und die Sonne zu glauben, folgten sie der Dunkelheit, dem Besitz von Gütern und Macht. So wurde aus Licht Finsternis, aus Respekt Neid und aus Liebe Hass.

Bald jedoch begannen beide Völker die Menschen zu meiden. Die Schattenelbrax wollten keine weitere Konkurrenz, die ihnen etwas wegnahm, und die Hochelbrax hatten Angst vor ihnen und ihrer Zerstörung.

Eine Zeitlang hielten sowohl Hochelbrax als auch Schattenelbrax Abstand voneinander, um einer Konfrontation aus dem Wege zu gehen. Jedes Volk lebte in einem Teil von Malvadin für sich allein. Doch die Schattenelbrax wollten sich auf Dauer damit nicht zufriedengeben. Sie begehrten, besessen von der Gier nach Besitz, immer mehr Land für die eigene Art. Skrupel, ihren Willen durchzusetzen, kannten sie nicht. Das Blut der Hochelbrax ebnete ihren Weg, wann immer sie aufeinander stießen. Denen, so sehr es ihnen widerstrebte, nichts anderes übrigblieb, als sich zu wehren und Gleiches mit Gleichem zu vergelten.

Es begann ein grausamer Krieg zu wüten, der Jahrzehnte des Schmerzes und des Todes mit sich brachte. Irgendwann konnte keiner mehr sagen, wie und warum die Schlacht begonnen hatte. Zu viele von ihnen starben und das Überleben beider Stämme war gefährdet.

In den Völkern wuchs der Wunsch nach einem Ende des irrsinnigen Tötens. Lieder und Legenden entstanden, die davon handelten, dass eines Tages ein Wesen geboren werde, das alle nur durch seine Liebe wieder vereinte und damit das Sterben beenden würde.

Lange Zeit verging und nichts veränderte sich. Die Lieder erklangen immer leiser, die Erzähler der Legenden verstummten.
Viele Mütter, egal ob Schattenelbrax oder Hochelbrax, verloren Söhne und Töchter. Mit ihren Tränen der Trauer und des Verlustes hätte man ganze Meere füllen können. Bald schon existierten nur noch wenige von ihnen. Sollte es auch weiterhin Hochelbrax und Schattenelbrax geben, musste dieser Wahnsinn ein Ende haben.
Endlich siegte die Vernunft und brachte sie dazu, gemeinsam eine Lösung zu suchen.
Um ein Schweigen der Waffen zu erreichen, beschlossen die Elbrax-Völker, einen Pakt zu schließen. Es kam zu einem Treffen der Führer, den sogenannten Renegaten, beider Clans. Nach langem Verhandeln entstand ein Vertrag, der mit ihrem Blut besiegelt wurde. Dieser besagte, dass keiner der beiden Völker den Lebensraum des anderen betreten dürfe. Eine Grenze wurde errichtet, die es niemandem erlaubte, sie zu überschreiten. Beachtete einer dieses Gesetz nicht, bedeutete das seinen qualvollen Tod.
Zwar wurden die Clans dadurch nicht wieder vereint, doch zumindest hatte das Morden ein Ende.

SHA

Mit dem Waffenstillstand zog der Frieden wieder in Malvadin ein. Das Leben nahm seinen gewohnten Lauf und die Elbrax begannen, es wieder zu genießen. Langsam aber sicher erholten die Völker sich und viele Elbraxkinder wurden geboren. Eines von ihnen war Sha.

Als die Tochter eines Renegaten der Hochelbrax kam sie auf diese Welt. Vom ersten Tag ihrer Geburt an, war sie ein fröhliches Kind. Aufgeweckt und glücklich hörte man ihren Gesang häufig lieblich und fein erklingen.

Als der Stolz ihres Vaters und ihrer Mutter lebte sie ein gutes Leben, in dem sie keinen Kummer, Trauer oder Hass kennenlernte.

Sha, ein äußerst neugieriges Kind, wollte alles entdecken und erlernen. Ihr unersättlicher Hunger nach Wissen trieb sie immer weiter voran. So lernte das Elbraxmädchen nicht nur die magischen Künste ihres Volkes, sondern ebenso das Lesen der verbotenen Menschenbücher.

Jeden Buchstaben der Wörter in den Geschichten, heimlich von ihrer Mutter zugetragen, verschlang sie. Ganz besonders die, welche von der Liebe zwischen Mann und Frau handelten, hatten es ihr angetan. Sie konnte gar nicht genug davon bekommen.

Je älter Sha wurde, umso mehr wünschte sie sich, ein Mensch zu sein und wie in den Geschichten ihrer Bücher die große Liebe zu finden. Sie träumte davon, einem Mann zu begegnen, der sie umgarnte und zu seiner Frau machte.

Die Jahre gingen dahin, und aus dem Kind wurde eine wunderschöne Frau.

Ihr langes blondes Haar schimmerte wie Gold in der Sonne und die Augen waren tiefschwarz wie die Nacht.

Kein Maler konnte die Zartheit ihrer ebenmäßigen Züge einfangen, nie würde ein Bild ihrer Erscheinung wirklich gerecht werden. Die heiratsfähigen Elbraxmänner warben um Shas Gunst. Sie versuchten alles, um nur einen kurzen

Augenblick der Aufmerksamkeit von ihrer Angebeteten zu bekommen. Sie jedoch, versunken in den Träumen ihrer Bücherwelt, erhörte keinen von ihnen.

Wenn sie nachts allein in ihren Kissen lag, ließ sie sich in ihrer Welt der Fantasie treiben, die ihr den Einen brachte, der sie liebte – so wie sie wirklich war. Dieser Eine ließ sich nicht blenden von Schönheit oder dem Status einer Renegatentochter. Einzig und allein ihretwillen bliebe er bei ihr. Das war ihr größter Wunsch und sie war sich sicher, eines Tages würde sie ihn finden.

Gerne hätte Sha mit jemandem darüber gesprochen. Doch das Verbot – Bücher der Menschen zu lesen – hinderte sie daran. Zwar wusste ihre Mutter von der Leseleidenschaft, jedoch von dem Wunsch, einen Menschen zu ihrem Ehemann zu machen, nicht. Dessen ungeachtet hätte sie ihn auch niemals unterstützt.

So hofften die ahnungslosen Elbraxmänner weiterhin, wie auch ihr Vater, dass sie bald eine Entscheidung treffen würde. Die Zeit, ein Ehegelübde abzulegen, rückte unaufhaltsam näher; bald schon würde Sha ihre Träume aufgeben müssen.

Zerza

Ebenso wie im Land der Hochelbrax ging auch das Leben der Schattenelbrax weiter.

Das Volk hatte nach dem Krieg endlich wieder zu neuer Stärke gefunden. Es wuchs stetig und zur selben Zeit wie Sha wurde auch Zerza, als Sohn des Renegaten des Stammes, geboren. Ebenso wie sie war auch er äußerst neugierig und wissbegierig.

Schon als Kind begann er, alles in seiner Umgebung zu erkunden. Stets auf der Suche nach neuen Abenteuern und unerforschten Dingen, durchstreifte er die Wälder seiner Heimat. Dabei scheute er sich auch nicht die Grenze, die diese von dem Dorf der Hochelbrax trennte, zu übertreten. Dass dies verboten und aufs Härteste bestraft wurde, falls man ihn erwischte, interessierte Zerza kaum. Im Gegenteil, gerade dieses Verbot entfachte seine Neugier umso stärker.

Eines Tages wäre er fast entdeckt worden, als das schönste Mädchen, welches er jemals in seinem Leben gesehen hatte, seinen Weg kreuzte.

Zerza hatte Sha entdeckt.

Gerade noch im letzten Augenblick, schaffte es der junge Schattenelbrax, sich im Schatten der Bäume zu verstecken. Dort kauerte er im Dickicht und starrte sie an, unfähig, die Augen von ihr abzuwenden. Verzaubert von ihrem Anblick erwachte der Wunsch in ihm, sie sein Eigen nennen zu können.

Bei jeder sich bietenden Gelegenheit, ihr unentdeckt zu folgen, schlich er Sha hinterher. Die Sehnsucht nach ihrer Nähe zerrte an ihm. War Zerza es doch gewohnt, sich zu nehmen, was er wollte, interessierten die Gesetze der Elbraxvölker ihn kein bisschen. Sha gefiel ihm und so erkor er sie zu seiner Auserwählten.

Häufig beobachtete er, wie das Mädchen am See, versteckt vor allen anderen, las. Als Sha eines Tages, aufgeschreckt durch einen Ruf nach ihr aus dem Dorf, überstürzt davoneilte, vergaß sie eines der Bücher. Neugierig nahm Zerza es an sich und las eine der Liebesgeschichten.

Nachdenklich verließ er den Wald und lief langsam zurück zu seinem Volk. Konnte es sein, dass seine Angebetete wie ein Mensch sein wollte? Warum sonst verbrachte sie ihre Zeit mit deren Geschichten?

Sein Verlangen verstärkte sich ins Unermessliche. Kaum noch für ihn zu ertragen, kämpfte Zerza darum, die Kontrolle über sich zu behalten. Wohl bewusst, dass diese Verbindung nie ein glückliches Ende haben konnte. Sie würden sich niemals lieben dürfen und Zerza bezweifelte auch, dass Sha überhaupt irgendwann Gefühle für ihn entwickeln würde. Ja, er war schlau genug, all das zu wissen. Dennoch wurde das Elbraxmädchen zu seiner Besessenheit.

Wochen verbrachte der Renegatensohn damit, einen Plan auszuklügeln, wie er sie zu der Seinen machen konnte, ohne dass sie ahnte, wer oder was er war. Lange Zeit erschien es ihm unmöglich einen Weg zu finden, der dies ermöglichen könnte. Doch dann eröffnete ihm das eigene Volk die Möglichkeit, wenigstens einmal Sha nahe sein zu können.
Zufällig hörte er die Alten im Dorf über einen längst vergessenen Zauber sprechen. Unentdeckt, im Dunkeln der herannahenden Nacht, verborgen hinter einem Zelt, lauschte er ihren Worten, prägte sich jede Einzelheit ein.
Er benötigte nicht viel – nur eine mondlose Nacht und einen einfachen Zauberspruch.
Es dauerte nicht lange und die ersehnte Nacht brach an.
Zerza stahl sich fort zum Dorf der Hochelbrax.
Den Zauberspruch murmelnd betrat er auf leisen Sohlen Shas Heimat. Die gerissene List funktionierte und Zerza nahm die Gestalt des Mannes aus ihrer Liebesgeschichte an.
Er begab sich in ihr Zelt und sobald Sha ihn sah, entfaltete sich die Wirkung des Zauberspruches.
Verzaubert von der Magie glaubte sie, den Mann ihrer Träume vor sich zu haben und ihn mehr als alles andere zu begehren. Für Sha gab es keine Möglichkeit, sich dem Schattenelbrax zu entziehen und Zerzas Wunsch, Sha für eine Nacht zu besitzen, ging in Erfüllung.
Am nächsten Morgen verschwand er, lange bevor sie erwachte. Die Liebesnacht endete, ohne dass sie ahnte, wer der Menschenmann in Wahrheit gewesen war. Zerza war schlau genug gewesen, bevor er sie verließ, Sha die Erinnerung an die Nacht, und somit auch an ihn, zu nehmen.
So erwachte sie nichts ahnend, glücklich mit einem fröhlichen Lachen.
Doch ihr Glück sollte nicht lange währen.
Wie zu erwarten blieb diese Liebesnacht nicht ohne Folgen.

In den ersten Wochen plagte Sha eine Übelkeit, die es ihr unmöglich machte, ausreichend Nahrung zu sich zu nehmen. Besorgnis breitete sich im Dorf aus. Dachten doch alle, ebenso wie sie selbst, sie wäre von einer schlimmen geheimnisvollen Krankheit befallen.

Einige Monde später ließ es sich jedoch nicht mehr verbergen und es war Sha anzusehen, dass ein Kind in ihr heranwuchs. Ein Kind, dessen Empfängnis und Herkunft sie nicht erklären konnte.

Für das Mädchen begann eine schwere Zeit. Auf die Fragen der anderen, wer der Vater des Kindes sei, konnte sie keine Antwort geben.

Sie – früher verehrt und geliebt – trug jetzt das Mal der Schande. Die anderen Hochelbrax redeten schlecht über sie und mieden ihre Anwesenheit. Kein männlicher Elbrax wünschte sich jetzt noch, Sha zu seiner Braut zu machen. Ihr Los war nunmehr die Einsamkeit. Wurde sie früher auf Händen getragen, so musste sie jetzt Demütigungen und Verachtung erdulden. Niemand, nicht einmal ihre Eltern, halfen Sha.

Sie hatte nur noch eines: die Hoffnung darauf, dass, wenn ihr Kind das Licht der Welt erblickte, alles wieder besser für sie sein würde.

Wie in allen anderen Völkern in Malvadin wurden die Kinder des Volkes als etwas Besonderes, ein Schatz, der das Überleben sicherte, angesehen. So würden auch ihresgleichen Shas Kind in ihren Reihen aufnehmen. Niemand konnte dem Charme eines neugeborenen Hochelbrax widerstehen.

Durch die Liebe zu ihrem Enkelkind würden auch ihre Eltern wieder zurück zu ihr kommen und sie wäre wieder die Tochter des Renegaten.

Allein der Glaube daran hielt sie davon ab, ihrem Leben für immer den Rücken zu kehren.

Stolz ertrug sie das Gerede, das Gelächter der anderen.

Sie übersah die Blicke, ignorierte es, wenn sie von ihnen angespuckt wurde. Egal wie schlimm die Demütigungen auch waren, Sha nahm sie mit erhobenem Haupt hin. Wartend auf den Augenblick, der alles wieder zum Guten wenden würde.

Doch diese Hoffnung erlosch in jenem Augenblick, als Wusch das Licht der Welt erblickte.

Wusch

Seit dem Tage ihrer Geburt war Wusch für Sha eine einzige Schmach. Von Anfang an, sichtbar für alle, dass nie und nimmer einer der Männer ihres Volkes dieses Kind gezeugt haben konnte. Denn Wusch sah ganz anders aus als alle anderen Kinder.

Hochelbrax trugen blonde, fast rötliche lockige Haare auf ihrem Haupt, die Statur eher klein und kräftig und ihre Augen waren tiefschwarz.

Wuschs Körper dagegen zeigte sich von schlankem zierlichen Wuchs. Pechschwarze glatte lange Haare fielen ihren Rücken hinunter. Besonders auffällig waren aber ihre großen, strahlend blauen Augen.

Die Kleine wuchs ungewöhnlich schnell. Bereits im Alter von 12 Mada (Jahren) überragte sie die anderen Kinder ihres Volkes um zwei Köpfe.

Als sei das nicht schon Strafe genug für das Kind, bemerkten die anderen Dorfbewohner schnell, dass Wusch außergewöhnliche magische Fähigkeiten besaß, die keiner der Ihrigen beherrschte.

Jedoch ihre Feinde, die Schattenelbraxe, rühmten sich solcher Fähigkeiten. Die weisen Magier unter ihnen kannten Zaubersprüche, um jegliche Gestalt aller Geschöpfe, die in Malvadin existierten, anzunehmen. Auch Wusch, weder alt noch weise, geboren als Hochelbrax, beherrschte diese besondere Gabe.

Leider nicht ganz so perfekt. Sie hatte keinen Lehrer, der sie lehrte, den Zauber richtig anzuwenden.

Egal wie oft sie es auch probierte, stets wurde sie zu etwas anderem als das, was sie sich wünschte.

Wollte sie das edle Ross sein – kam nur ein Esel dabei heraus. War es der stolze Adler, der über dem Dorf seine Kreise zog, so wurde Wusch zum gackernden Huhn.

Obgleich die anderen ihres Clans sie insgeheim fürchteten, reichten ihre Zaubermisserfolge dennoch aus, um sie zum Gespött des Dorfes zu machen. Gleichwohl hatte Wusch mit noch einem weiteren Problem zu leben.

Jedes Mal, wenn sie aufgeregt war, bekam sie einen ausgeprägten lauten Schluckauf. Da sie noch dazu eine sehr nervöse Elbrax war, ereignete sich dieses sehr häufig und das Hicksen ertönte laut, sobald sie den Mund öffnete.

Trotz alledem, Wusch ließ sich nicht unterkriegen; unermüdlich übte sie verbissen ihre Zauberfähigkeiten, wann immer sich ihr die Möglichkeit bot.

Stetig dem Hohn und Spott der anderen Kinder ausgesetzt, gefror Wuschs kleine Seele. Niemand half ihr oder stand für sie ein. Freunde – ein Fremdwort für sie.

Keiner brachte ihr Wärme und Liebe entgegen.

Natürlich ging dieses nicht spurlos an dem Mädchen vorüber. Wirkte die Haltung der Elbrax sowieso schon ein wenig erhaben und überlegen, steigerte sich dies bei Wusch zu einem arroganten Auftreten. Sie wurde abweisend und kalt gegenüber den anderen ihres Volkes. Selbst wenn einer der anderen versuchte, ihr gegenüber freundlich zu sein, was sehr selten vorkam, ließ ihre spitze Zunge jegliches nette Wort sofort verstummen.

Diese ganzen Aspekte führten dazu, dass Wusch ein einsames Kind wurde. Keiner wollte etwas mit ihr zu tun haben. Selbst ihre Familie – Mutter und Großeltern – mieden das Mädchen. Wusch, der Grund für ihre Schande, verdiente es in ihren Augen nicht, geliebt zu werden. Ganz allein lebte sie in einem großen Clan, umgeben von glücklichen Eltern und deren Kindern. Sie musste zusehen, wie schön ein Leben in einer Familie sein konnte, jedoch für Wusch niemals sein würde.

Wusch bei den Menschenkindern

Jeder neue Tag, ernüchternd und kalt, folgte dem vorangegangenem, ohne eine Veränderung mit sich zu bringen.
Im Wald, zurückgezogen von allen anderen Elbrax, übte sie unermüdlich den Zauber der Gestaltenwandlung weiter. Dieses Mal war es die einer Flederratte, ein magisches, hoch angesehenes Geschöpf in Malvadin. Wie immer klappte es nicht und Wusch wurde zu einer Fledermaus.
Da hörte sie feine Stimmen in der Ferne.
Zuerst schenkte sie ihnen keine Beachtung, doch neugierig, wie sie war, konnte sie gar nicht anders, als nachzuschauen, woher diese kamen und vor allem, wem sie gehörten. Schnell die wahre Gestalt wieder annehmend, schlich Wusch, den Stimmen folgend, näher heran.
Überrascht entdeckte sie kleine, ihr unbekannte Wesen, die auf einer Lichtung im Wald spielten. Die winzigen Geschöpfe lachten, sangen und wirkten sehr glücklich auf die Lauscherin. Was Wusch noch mehr erstaunte: Sie waren ihrem Volk, bis auf die spitzen Ohren, sehr ähnlich.
Interessiert schaute Wusch ihnen eine Weile zu und dachte bei sich: „Das müssen die Menschen sein, von denen die Alten im Dorf erzählten."
So aus der Ferne betrachtet wirkten diese überhaupt nicht gefährlich, eher harmlos, auf Wusch. Sie verstand nicht, warum ihr Volk sich so vor diesen Geschöpfen ängstigte. Allerdings gab es das ungeschriebene Gesetz, welches den Elbrax verbot, sich den Menschen zu zeigen.
Taten sie es dennoch, hieß das die Verbannung aus ihrem Clan und ihrer Heimat. Wusch wusste das; so stand sie nur

da, schaute ihrem Spiel zu und lauschte dem fröhlichen Kinderlachen.

Unbemerkt hockte sie hinter einem Baum. Aber nach einer Weile begann sie sich zu langweilen und beschloss, wieder ins Dorf zurückzukehren.

Bereit zu gehen richtete sie sich auf, um ihr Versteck zu verlassen.

Doch Wusch war sehr trampelig und keineswegs elfengleich. Während sie eilig zwischen den Bäumen hindurchlief, schaute sie sich immer wieder um, sich vergewissernd, dass niemand ihr folgte.

Es kam wie es kommen musste. Abgelenkt übersah sie einen Ast an einem Baum, der ihr im Wege stand, und prallte mit voller Wucht dagegen, dass es nur so im gesamten Wald dröhnte.

Aber statt ihren Weg fortzusetzen, sich leise davonzustehlen, blieb Wusch laut fluchend und hicksend stehen.

Kein Wunder, dass die Kinder, durch ihr Gezeter aufgeschreckt, sie hörten. Im Nu rannten sie zum Ort des Wehgeschreis, entdeckten Wusch und umzingelten sie rasch.

Wusch hätte genug Zeit gehabt, um zu flüchten oder sich zu verwandeln (in was auch immer) damit sie unentdeckt blieb.

Aber sie sah etwas in den Augen der Kinder, etwas Neues, Unbeschreibliches, nie für sie Gekanntes. In ihnen lag ehrliche Freude, Bewunderung, vielleicht sogar Verzückung, eine wahrhaftige Hochelbrax zu sehen. Und es tat Wusch gut, einmal keine Ablehnung zu verspüren.

Anstelle der vernünftigeren Entscheidung ihres Verstandes, zu gehen, ließ sie ihr Herz sprechen, das ihr sagte, wenigstens ein paar Stunden könne sie bei den Kindern verweilen.

Den ganzen Nachmittag verbrachte sie mit den Kleinen. Erzählte Geschichten von ihrem Volk und anderen magischen Wesen in Malvadin. Sie kicherte, war albern und spielte, als sei sie selbst ein Menschenkind. Glücklich und ermutigt von der Treuherzigkeit der Kleinen, öffnete sich

Wusch und vertrauensvoll ließ sie all die verborgenen fantastischen Lebewesen ihrer Welt zum Vorschein kommen.

Eines davon, scheu und zurückgezogen im Wald lebend, waren die Vierblitzer. Einzig und allein den Elbrax schenkten sie ihr Vertrauen. So auch Wusch.

Auf ihren Pfiff hin kamen sie angaloppiert, blieben Hufe scharrend, mit weit aufgerissenen Nüstern vor ihr stehen. Mit zarter Stimme sprach Wusch auf die Geschöpfe ein, während sie sanft ihren Kopf streichelte. Beruhigt senkten die Vierblitzer ihr Haupt und knieten mit den Vorderbeinen nieder, darauf wartend, dass sich die sie Rufende auf ihren Rücken schwang.

Als Wusch das Leuchten der Kinderaugen beim Anblick der edlen Rösser sah, gab sie ihrem flehenden Bitten nach sie zu lehren, wie man diese ritt.

Ein malvadinisches Gesetz nach dem anderen brach sie. Doch das war ihr egal. Sie genoss es, wie die Menschenkinder zu ihr emporschauten und das Gefühl, endlich Freunde gefunden zu haben.

Schnell rückte der Abend näher. Langsam dämmerte es im Wald und es wurde Zeit für Wusch, sich von ihren neuen Freunden zu verabschieden. Leicht fiel es ihr nicht, Lebewohl zu sagen. Darum versprach sie gerne beim Abschied, sehr bald wieder zu kommen.

Den Kindern nahm sie den Schwur ab Stillschweigen darüber zu bewahren, was sie an diesem Tag erlebt hatten. Hoch und heilig versicherten sie der Elbrax, sich daran zu halten. Das reichte Wusch aus, um sorglos und frohgemut zurück zum Dorf zu laufen. Sie freute sich bereits auf das nächste Mal wenn sie ihre neuen Freunde wiedersehen würde.

Was sie nicht ahnte: Ein männlicher Hochelbrax war ihr gefolgt und hatte, stundenlang auf der Lauer liegend, das Geschehen beobachtet.

Er verabscheute Wusch abgrundtief. Die Genugtuung, der Wissende ihres Geheimnisses zu sein, erfreute ihn über alle

Maßen. Aber so schnell wollte er dieses nicht preisgeben. Noch war nicht der richtige Zeitpunkt, um Wusch so leiden zu lassen, wie er es sich wünschte, gekommen.

So entschied er sich dafür, auf die richtige Gelegenheit zu warten, um den anderen zu erzählen, wie Wusch das Gesetz der Elbrax gebrochen hatte. Er war sich sicher, allzu viel Geduld musste er nicht haben, bald schon würde der Augenblick gekommen sein.

Wusch, naiv, völlig ahnungslos gegenüber der menschlichen Geschwätzigkeit, rechnete nicht damit, dass die Kinder ihren Schwur brechen würden. Auch, dass der Mensch ihr in punkto Neugier in keiner Weise nachstand, ahnte die Elbrax nicht.

Kaum betraten die Kinder ihr Zuhause, sprudelten die Worte über die außergewöhnlichen Erlebnisse aus ihren Mündern.

Zuerst glaubten die Eltern ihnen nicht und hielten das, worüber sie berichteten, für Gespinste der kindlichen Fantasie. Doch je länger sie ihnen zuhörten, umso schwerer fiel es ihnen, sich der Faszination ihrer Geschichten zu entziehen. Die Kleinen beteuerten immer wieder, dass sie nicht schwindelten. Tristan, ein sehr vorlauter Junge, machte den Vorschlag, den Erwachsenen alles zu zeigen. Dem Kind war nicht wirklich bewusst, was es damit anrichtete. Er versuchte nur, der Strafe für sein Zuspätkommen zu entgehen.

Das Menschenvolk beschloss, gemeinsam in den Wald zu gehen, um nachzuschauen, ob die Worte der Kinder der Wahrheit entsprachen. Mit brennenden Fackeln zogen sie los, das Dorf von Wusch zu finden. Gott sei Dank waren sie nicht leise und schon von weitem zu hören.

Kurz bevor die Elbrax Gefahr liefen, entdeckt zu werden, hörten sie die lauten Stimmen näherkommen und verließen ihr Zuhause fluchtartig. Was für das Volk bedeutete, dass sie ihr Hab und Gut zurücklassen mussten.

Versteckt im Gehölz des Waldes beobachteten sie, wie die Menschen ihr Dorf durchstreiften. Jeden Winkel durchsuchten und erbost darüber, dass sie nichts vorfanden, das Zuhause der Elbrax zerstörten. Erst als sie das Werk vollendet hatten verließen sie endlich die Lichtung der Elbrax.

Auf einmal standen die Hochelbrax vor dem Nichts. Sie konnten nicht zurück in ihr Dorf, um es neu aufzubauen. Entdeckt von den Menschen war es jetzt dort nicht mehr sicher für sie. So blieb ihnen keine andere Möglichkeit, als sich eine neue Heimat zu suchen.

Mutlosigkeit und Trauer über das verlorene Zuhause lag über dem Volk. Keiner von ihnen wusste, wie es weitergehen sollte. Mit gesenkten Köpfen und hängenden Schultern standen die Elbrax zusammen und versuchten, eine Lösung zu finden. Sie sahen schwere Zeiten auf sich zukommen; ein Platz, an dem sie in Ruhe und Frieden leben konnten, ließ sich nicht so leicht finden.

Genau das war die Gelegenheit auf die der Elbrax, welcher Wusch zuvor beobachtete, gewartet hatte.

Ausgiebig berichtete er mit gehässiger Stimme und freudig blitzenden Augen von Wuschs Fehlverhalten.

Nichts ließ er aus. Brühwarm, mit Ausschmückungen versehen, schilderte er alles. Kaum übersehbar, wie sehr ihm die vernichtende Reaktion der Zuhörenden, ja auch die von Wuschs Mutter, gefiel. Sein Ziel war erreicht, als mit harter Stimme und eiskaltem Blick Wusch anschauend, der Renegat die Strafe verkündete:

„Du hast das Gesetz der Elbrax in Malvadin gebrochen. Eigentlich gebührt dir der Tod. Doch ich will mir mit dir die Hände nicht beschmutzen, also verstoße ich dich stattdessen. Du gehörst nicht mehr zu uns und niemals wieder wird dein Name in unseren Reihen genannt werden. Es soll sein, als ob du nie existiert hättest! Wusch, verlasse diesen Clan, verlasse das Volk von Laian sofort!"

„Aber, aber ich ...", stammelnd versuchte Wusch, sich für ihr Vergehen zu entschuldigen. Jedoch als ihr suchender, bittender Blick die Augen der Mutter trafen, wusste sie, sie hatte endgültig verloren.

Ihr Gesichtsausdruck – so kalt, zerschnitt Wuschs Herz. Keine Spur von Mitgefühl oder gar Verständnis lag in ihnen. Angewidert, als könnte sie den Anblick ihrer Tochter nicht mehr ertragen, wendete ihre Mutter den Blick ab. Nein, Hilfe konnte Wusch von ihr kaum erwarten.

Im Gegenteil, Sha schien froh zu sein, die Tochter, ihre Schande, endlich loszuwerden.

Wusch fühlte, wie ein Schluchzen ihre Kehle hochstieg. Tränen, die sich in ihren Augen sammelten, liefen in feinen Rinnsalen die Wangen hinunter.

Doch ihr Leid interessierte niemanden. Jeder drehte ihr demonstrativ den Rücken zu.

Schluchzend, mit gesenktem Haupt, verharrte sie noch einen kurzen Moment, die letzten Eindrücke ihrer Umgebung als Erinnerung sammelnd. Wie das Licht der Sonne sich in dem hellblauen Waldsee, nicht weit von ihr entfernt, spiegelte und in winzigen Kristallen zerbrach. Die Blätter der Bäume raschelnd ein kleines Lied sangen. Das Rehkitz am Wegesrand, der kurz vor ihren Füßen mündete, ruhig ein paar Halme des hellgrünen Grases zupfte.

Ein friedvolles Bild, das nichts von dem widerspiegelte, was Wusch empfand. Zögernd tat sie die ersten Schritte, fort von ihrem Volk. Hoffend, dass einer von ihnen sie zurückrief, bat zu bleiben. Doch nichts dergleichen geschah.

Einzig ihr Schweigen begleitete den Abschied des traurigen Mädchens.

Gedemütigt verließ Wusch den Clan, der jetzt niemals mehr der ihre sein würde. Auch wenn Geborgenheit und Liebe immer ein Fremdwort für Wusch gewesen war, die Sicherheit, den Schutz, mit ihresgleichen zusammenzuleben, verlor sie. Jetzt stand sie allen Gefahren dieser Welt alleine gegenüber.

Wusch wanderte, flog und schwebte, sah viele Wälder, Länder oder Berge, doch nirgends nahm man sie auf. Ein neues

Zuhause schien ein Wunschtraum zu bleiben. Niemand wollte die Elbrax.

Setzte diese nur einen Fuß in ein Dorf, verscheuchte sie das ansässige Volk sogleich. Manchmal wild beschimpft, kam sie das eine oder andere Mal nur knapp mit dem Leben davon. Niemand, aber auch wirklich niemand, gab ihr eine Chance. Sie fand keinen sicheren Schlafplatz und die Kälte sowie der Hunger plagten sie.

Lange durchstreifte sie Malvadin. Ziellos, gleichgültig wohin sie ihre Reise führte.

Doch eines Tages, als Wusch schon fast aufgegeben hatte, flog sie über ein ihr unbekanntes Land und entdeckte dort einen riesigen Wald.

Aus Wuschs Perspektive betrachtet, wirkte er wie ein grüner einladender Teppich. Groß und mächtig lag er zu ihren Füßen. Wusch wusste sehr wohl, um welchen Wald es sich handelte. Denn es gab nur einen wie diesen: Es war der alte Elbraxwald!

Sie kannte ihn aus den Erzählungen ihres Volkes.

Häufig, wenn alle in den späten Abendstunden beim wärmenden Lagerfeuer beisammensaßen, sprachen die alten Elbrax voller Ehrfurcht, doch mit Angst in der Stimme von ihm. Gebannt hatte Wusch stets ihren Geschichten gelauscht.

Früher, von guten Wesen bewohnt, spendete er den Hochelbrax Schutz und einen wunderbaren Lebensraum.

Aber dann entdeckten ihn die Schattenelbrax und mit ihnen die Geschöpfe der Dunkelheit, vor denen sich Wuschs Volk in Acht nehmen musste. Sie fegten zerstörerisch wie ein Tornado über alles, was dort existierte, hinweg. Raubten, mordeten und machten sich den Wald zu Eigen. Das Gute floh, verschwand für alle Zeit, und nur das Böse lebte weiter in ihm.

Wusch durchströmte ein mulmiges Gefühl. Sie hatte Angst vor dem, was sie dort vielleicht erwartete. Doch was blieb ihr denn noch anderes übrig? Sie war am Ende ihrer Kräfte und brauchte nötig ein Zuhause. Einen Platz, wo sie sich ausruhen und ein neues Leben aufbauen konnte. So setzte sie den ersten Fuß auf den Waldboden, in der Hoffnung, hier endlich aufgenommen zu werden.

Der Elbraxwald

Mit zögernden Schritten betrat Wusch das ihr fremde Gebiet. Ängstlich ließ sie den Blick umherschweifen und schlagartig wurde ihr bewusst, warum jeder diesen Ort mied. Das aus der Ferne grün und lebendig Wirkende hatte nichts mit dem was sie vorfand, gemein. Eine einzige Wüste aus sterbenden Bäumen umringte sie.

Es herrschte eine bedrückende Stille und nirgendwo war auch nur ein Anzeichen von Leben zu entdecken. Bäume, die saftige grüne Blätter tragen sollten, trugen nur wenige vertrocknete in den Baumkronen und waren kahl im Unterholz. Selbst den Waldboden bedeckte nicht das kleinste Stückchen Moos. Trockene, staubige Erde spendete keinem Grashalm die Nahrung, hier zu gedeihen.

Eine unheimliche Aura der Finsternis lag über diesem Ort. Das Böse, das sich diesen Wald untertan gemacht hatte, war förmlich zu spüren. Es mochte sein, dass hier einst Schönheit, Freude und Leben herrschten – jetzt regierte das Dunkle an diesem Ort.

Das Herz klopfte Wusch bis zum Halse. Das Atmen fiel ihr schwer; zu sehr legte sich der schale Geruch des Todes auf ihre Lungen. Am liebsten wäre sie einfach fortgerannt. Doch wohin? Es gab für sie keinen anderen Platz mehr, wo sie leben konnte.

Traurig dachte Wusch zurück an ihr Dorf und die Erinnerung daran malte Bilder in ihren Verstand, die von Zuflucht und Schutz erzählten.

Zaghaft schob sie einige der im Weg hängenden knorrigen bleichen Äste zur Seite. Zweige, die wie lange Finger nach ihr griffen, aber bei der geringsten Berührung sofort zerfielen.

Wusch verharrte, horchte in die Stille der endlos erscheinenden Ansammlung sterbender Bäume. War es nur eine Illusion oder raunten leise Stimmen ihr warnend, bösartig drängend, zu, diesen Ort schleunigst wieder zu verlassen? Eine Gänsehaut kroch über ihren Körper und ließ sie frösteln. Trotzdem wagte sie weitere Schritte in das feindlich erscheinende Dickicht.

Kein Sonnenstrahl drang durch die Baumkronen. Nur schwaches, düsteres Dämmerlicht erhellte ihre Umgebung. Wusch kniff die Augen zusammen und versuchte, etwas im schummrigen Licht zu erspähen.

Dabei nahm sie auch die Baumstämme intensiver in Augenschein. Allerdings, was sich ihr dort offenbarte, schürte ihre Furcht noch mehr.

Dachte sie zuerst, Baumrinde mit alten Astlöchern vor sich zu sehen, veränderte sie sich, je länger Wusch hinsah. Grauenvolle verzerrte Gesichter, die ihren Mund zu einem stummen Schrei aufrissen. Arme statt Äste, begannen langsam sich auf die Elbrax zuzubewegen.

Sobald diese nahe genug an Wusch herangekommen waren, griffen sie gierig nach ihr. Voller Schrecken wich Wusch vor ihnen zurück, wendete schnell den Blick ab und hielt sich mit den Händen die Augen zu.

„Nichts ist dort, es ist alles nur eine Einbildung – ein Hirngespinst!" flüsterte sie.

Als sie wieder die Hände von den Augen nahm, wirkte alles völlig normal. Keine Zweige, die nach ihr griffen oder bösartige Gesichter, die sie anstarrten, waren zu sehen. Und doch - einer der Bäume schien ihr näher gekommen zu sein.

Wusch senkte den Kopf und schaute vor sich auf den Boden. Sie beschloss, ihrer Umgebung keine Beachtung mehr zu schenken. Nur dem Pfad, eingestampft von unzähligen Füßen, Klauen oder Hufen, würde sie folgen, hoffend, dass er sie an einen besseren Ort führte.

Während sie schweigend voranlief, entfachte sich in ihrem Herzen die Wut über alles, was ihr bislang widerfahren war. Die kleinen Hände zu Fäusten geballt, schrie Wusch verzweifelt in die sie umgebende Stille:

„An allem sind nur diese dummen, dummen Menschenkinder schuld!"

Warum hatte sie ihnen nur vertraut? Wie konnte sie so gutgläubig sein? Sie waren auch nicht anders gewesen, als alle anderen.

Was hatte sie sich dabei gedacht, dass sie den Menschen die Wesen ihrer Welt vorstellte. Sie Vierblitzer reiten ließ und somit die Gesetze ihres Volkes brach. Im Grunde war alles ihre eigene Schuld. Alles nur, weil sie endlich einmal geachtet werden wollte.

Voller Zorn trat sie mit dem Fuß gegen einen Baum und schimpfte weiter vor sich hin. Die in ihr tobende Wut verdrängte ihre Angst vor dem Elbraxwald und ließ sie jegliche Vorsicht vergessen. So war es nicht verwunderlich, dass man meilenweit ihr Gezeter hören konnte.

Nach kurzer Zeit hatte sie sich abreagiert. Nur noch leise vor sich hinmurmelnd, die Stirn in kleine Falten gelegt, führte Wusch Selbstgespräche:

„Die Kinder konnten nichts dafür, unsere blöden Gesetze sind schuld. Dass ihr Volk böse ist, ist eine Lüge. Jedenfalls nicht die kleinen Menschen. Im Gegenteil, sie waren freundlich zu mir, haben mich mit Respekt behandelt. Nicht so, wie diese hochwohlgeborenen gemeinen Elbrax. Die haben mich fortgejagt und verbannt."

Die Enttäuschung über das eigene Volk nagte an Wusch und sorgte dafür, dass wieder einmal ein Schluckauf begann, sie zu plagen. Alle Versuche, diesen zu unterdrücken, misslangen. Hicksend machte sie sich auf den Weg, ihre neue Umgebung zu erkunden.

Eine Weile lief sie orientierungslos durch den Wald.

Da merkte sie, dass etwas oder jemand ihr folgte und sie beobachtete. Wusch konnte nicht erkennen, was sich da vor ihr versteckte. In diesem verflixten Wald sah man ja kaum die Hand vor den Augen. Doch ein Gefühl sagte ihr, dass hier jemand war. Sie spürte es einfach.

Ab und zu meinte sie, einen Schatten direkt neben sich im Gebüsch wahrzunehmen. Allerdings jedes Mal, wenn sie hinschaute, gab es dort nichts. Niemand, der ihr eventuell nach dem Leben trachtete.

Athandran

Wusch bemühte sich, das Gefühl, verfolgt zu werden, zu ignorieren. Es auf ihre Müdigkeit zu schieben. Nachdem sie jedoch zum dritten Mal einen Ast hinter sich knacken hörte, war sie sich ganz und gar sicher – irgendetwas stimmte hier nicht!

Sie blieb stehen und sah sich erneut um. Nur Bäume und Dunkelheit um sie herum.

Sie starrte ins Dickicht. Solange, bis ihre Augen vor Anstrengung zu tränen begannen. Da war nichts zu sehen! Dennoch glaubte sie nicht an eine Panikattacke. Diesmal handelte es sich keineswegs um eine Einbildung.

Einen Schritt näher an die Bäume herantretend, lugte sie zaghaft durch die Äste – es war wirklich nichts zu erkennen, oder?

Plötzlich zog etwas ihre Aufmerksamkeit auf sich.

Eine leichte Bewegung wie von einem Körper, der wie ein Schatten an einem Baum lehnte. Sie zwinkerte und schloss für einen kurzen Moment die Augen.

Aber auch nachdem sie sie wieder öffnete, verschwand die Wahrnehmung bei genauerer Betrachtung nicht.

Nach kurzem Zögern beschloss Wusch, dem Wesen gegenüberzutreten. Sie hatte genug von diesem Versteckspiel. Langsam, mit vorsichtigen Schritten, schlich sie in die Richtung, die zu dem Baum führte. Dort angekommen rief sie mit zittriger, piepsender Stimme: „Hallo – hicks – hallo, wer bist du?"

Hatte Wusch mit einem Angriff gerechnet, erklang unerwartet eine Antwort aus der Dunkelheit heraus:

„Sayasala, feyiama. Ich begrüße dich in dem Wald der Elbrax."

Eine dunkle, angenehme Stimme, samtig und warm, wirkte beruhigend, wie ein Streicheln, auf das Mädchen. Dennoch blieb ihr ängstliches Gefühl.

Etwas schwer zu Greifendes, Finsteres, Geheimnisvolles schien von dem Wesen auszugehen. Aber es konnte nur ein Elbrax sein. Kein anderes Wesen im gesamten Malvadin beherrschte Isdira, die geheime Sprache der Elbrax, und genau mit dieser wurde sie angesprochen. Trotzdem wollte sie sich von den Worten nicht einlullen lassen.

Durch ihre Erfahrungen mit den Kindern hatte sie gelernt, dass sie auch dem scheinbar Guten und Positiven gegenüber sehr vorsichtig sein musste.

Mit lauter und, wie Wusch hoffte, sicherer Stimme antwortete sie: „Sanya bha, fey! – hicks. Ich grüße dich – hicks. Du scheinst ein Elbrax wie ich zu sein. Sag mir, warum versteckst du dich – hicks – im Schatten des Baumes? Hast du etwa Angst? Oder bist du so hässlich, dass du dich mir nicht zeigen magst? Ich meine, – hicks – kann ja sein."

Naja, selbstsicher klang das wirklich nicht, dachte Wusch. Warum plagte sie ausgerechnet jetzt dieser verdammte Schluckauf?

Krampfhaft strengte sie sich an, dem Fremden wenigstens mit einem furchteinflößenden Gesicht zu begegnen. Sie zog die Augenbrauen hoch, streckte die Nase nach oben und verzog grimmig den Mund.

Gut, dass Wusch sich selbst nicht sehen konnte. Das, was sie für eine beängstigende Mimik hielt, machte eher einen komischen Eindruck auf jeden, der sie ansah.

Ein dunkles Lachen antwortete ihr: „Ganz schön unverschämt für jemanden, der sich in einem ihm fremden Wald befindet. Und noch unverschämter, wenn man bedenkt, dass du einem Drow gegenüberstehst!" Erneut ertönte ein dunkles Lachen.

Wusch war es immer noch nicht möglich, die Gestalt des Wesens zu erkennen. Aber langsam wurde ihr dieses Versteckspiel zu dumm. So wie sie eben war, vergaß Wusch jegliche Vorsicht. Anstatt zurückhaltend zu sein, entgegnete sie mit trotziger Stimme:

„Einem – hicks – was? Drow? Ist das – hicks – dein Name? Wenn ja, – hicks – dann musst du echt schlechte Eltern – hicks – haben. Oder sie – hicks – mochten dich nicht, – hicks – denn das ist – hicks - ein richtig bescheuerter Name – hicks!".

Noch lauter ertönte das Lachen aus dem Schatten heraus. Doch jetzt klang es nicht mehr warm und freundlich, eher kalt und verletzend.

Offensichtlich missfiel Wuschs Verhalten dem Fremden. In schneidendem Ton antwortete er ihr: „Wirklich sehr amüsant … Doch nun zu dir und den komischen Lauten, die du von dir gibst. Kann es sein, dass dir der malvadinische Wein zu sehr gemundet hat oder hast du ein kleines Problem mit der Luftzufuhr, unter dem du leidest?

Wie auch immer, sehr peinlich so etwas und ich empfinde Mitleid mit dir. Aber abgesehen davon, nein, Drow ist nicht mein Name. Ich heiße Athandran. Ein Drow ist ein ehrenvoller starker Krieger bei den Schattenelbrax. Du wirst sicherlich schon von uns gehört haben.

Ich rate dir, lauf so schnell dich deine Beine tragen, bevor ich es mir anders überlege und statt dich zu verschonen für deine Frechheit bezahlen lasse!".

Verdammt, dachte Wusch, als sie erfuhr, mit wem sie es hier zu tun hatte. Das war keine gute Nachricht. Ein Schattenelbrax und noch dazu ein Krieger des verfeindeten Volkes. Besorgt erkannte Wusch jetzt, dass ihre Lage bedrohliche Ausmaße annahm. Über ihr Volk, ganz speziell die Drow, gab es viele Geschichten. Entstanden in der damaligen Welt.

Aber es waren keine guten. Sie handelten von dem langjährigen Krieg, der von ihnen ausgelöst wurde und der zerstörerisch über das ganze Land getobt hatte. Diese Kämpfer waren eiskalt und ohne Skrupel. Laut den Überlieferungen beherrschten sie die Kampfkunst wie kein anderer und sie kannten kein Erbarmen gegenüber ihrem Feind.

Wusch schaute auf ihre Hände und sah, dass diese zitterten. Schnell verschränkte sie die Arme auf dem Rücken – ihrem Gegenüber durfte sie keine Schwäche zeigen. Tief atmete sie ein, um ihre Kraft und Stärke wieder zu erlangen.

Dies konnte vielleicht die letzte Chance sein, eine neue Heimat zu finden, auch wenn es nur ein düsterer, unheimlicher Wald war. Sollte es ihr Schicksal sein, hier und jetzt zu Füßen eines Schattenelbrax zu sterben, dann würde sie dieses annehmen. Aber vertreiben lassen wollte sie sich keinesfalls.

„Ein – hicks – Schattenelbrax, oder sollte ich lieber Drow sagen? Beeindruckend! Doch erkläre mir, warum sollte ich fortrennen? Ich sehe keinen Grund dafür. Vielleicht hättest du gerne, dass ich Angst vor dir habe? Leider muss ich dich enttäuschen! Nur weil du behauptest, ein großer Krieger zu sein, ergreife ich doch nicht die Flucht. Warum denn auch? Wenn du angeblich so furchteinflößend bist, warum versteckst du dich dann im Schatten? Komm einfach her und zeige dich. Ich glaube nicht, dass ich vor Schreck fortrennen werde! Außerdem will ich nicht ewig hier herumstehen. Ich bin müde von meiner Reise, und ein sicherer Platz zum Schlafen wäre auch nicht schlecht!"

Athandran trat aus seinem Versteck hervor. Von großer Gestalt überragte er Wusch um zwei Köpfe. Mit einer fahrigen Bewegung seiner Hand, strich er sich das lange schwarze Haar zurück und schaute mit einem arroganten Gesichtsausdruck auf Wusch herunter, die erwartungsvoll und kein bisschen ängstlich zu ihm hochschaute.

Nachdenklich runzelte er die Stirn. Der Schattenelbrax konnte sich das eigene Verhalten nicht erklären. Warum ließ er sich immer wieder auf Gespräche mit Fremden ein? Vergeudete Zeit, mit dem Resultat, dass er sich jetzt mit diesem hicksenden Elbraxmädchen herumschlug. Na toll.

Langsam ließ er den Blick an Wuschs Körper herunter wandern. Skeptisch musterte er ihre Erscheinung.

Hatte sie nicht behauptet, eine Hochelbrax zu sein? Dabei sah sie vollkommen anders aus als alle anderen ihres Volkes, die ihm jemals begegnet waren. Ganz besonders fielen ihm ihre strahlenden blauen Augen – die im starken Kontrast zu den schwarzen Haaren standen – auf.

Wenn es nicht unmöglich gewesen wäre, hätte er schwören können, ein Mädchen aus seinem eigenen Volk vor sich zu haben. Ihr kleines Gesicht, das so hart und stark wirken sollte, war von Erschöpfung und Hilflosigkeit gezeichnet. Und, ob er es nun wollte oder nicht, er empfand Mitleid mit diesem Mädchen.

Er hasste sich selbst für diese Schwäche, dennoch gab Athandran sich einen Ruck. Was soll's, dachte er bei sich, es wäre ja nicht so schlimm, wenn sie ihn ein kurzes Stück seines Weges begleitete. Was sein würde, wenn sie das von ihm angestrebte Ziel erreicht hatten, das konnte er dann immer noch entscheiden.

Er räusperte sich und brach das Schweigen: „Du kannst mit mir kommen, wenn du willst! Ich werde dich zu einem sicheren Schlafplatz führen. Allerdings wenn wir dort angekommen sind, trennen sich unsere Wege. Wie du sicherlich selber schon gespürt hast, regiert das Böse in diesem Wald. Achte also darauf, während wir uns auf der Reise befinden, dass du schweigst. Deinen Schluckauf hört man sowieso schon meilenweit. Es gibt hier Geschöpfe, mit denen nicht zu spaßen ist! Vor allem eines, Dragon wird es genannt, ist mitnichten gut auf unsereins zu sprechen. Selten sah man ihn, aber trotzdem ist sein Geist allgegenwärtig. Also sei bitte still!!"

Ohne auf eine Antwort von ihr zu warten, setzte sich Athandran mit schnellen Schritten in Bewegung, gefolgt von
Wusch, die sich abmühte, mit ihm mitzuhalten.

Die Reise beginnt

Eine Weile lief Wusch schweigend hinter Athandran her.
Müde schlurfte sie durch den Wald und war kaum noch
fähig, die Augen offen zu halten.
Die Wege, die sie beschritten, waren unwegsam und voller
kleiner Hindernisse. Wurzeln, abgebrochene Äste und Ver-
tiefungen machten es Wusch schwer, Athandran zu folgen.
Aber der Drow nahm keine Rücksicht auf sie.
Er schaute sich nicht einmal nach ihr um, geschweige denn
achtete darauf, ob sie bei seiner Geschwindigkeit mithalten
konnte.
Eintönig zog sich der Weg dahin. Alles was Wusch sah,
waren Bäume und eine Dunkelheit, die endlos erschien.
Ihre Beine wurden bei jedem Schritt schwerer und die bedrückende Stille tat ihr übriges. Immer öfter musste sie dagegen ankämpfen, nicht einen Laut von sich zu geben.
Auf Dauer hielt sie das nicht durch. Sie konnte gar nicht
anders und so begann es zuerst mit einem leisen Murmeln:
„Ich habe keine Angst vor einem Elbraxkrieger, warum
auch? Und Dragon, wer soll das schon großartig sein?
Wahrscheinlich nur wieder so ein komischer Name. Warum
können die nicht einfach Wusch, wie ich, oder Wisch,
Wasch und sonst irgendetwas ganz normales heißen? Kann
sich doch nicht einmal die großartige Flederratte merken!
Ja, eine Flederratte, das ist wenigstens mal ein furchteinflö-
ßendes Geschöpf. Da kommt kein Drow oder irgendein
Dragon mit!
He, Athandran, kennst du Flederratten?
Die sind klaa – hicks – klasse!"

Wusch war, ohne es selbst zu merken, während ihres Redeschwalls immer lauter geworden. Da nützte auch Athandrans warnendes „Pscht, sei leise" nichts.

Während sie weiter vor sich hin brabbelte, überhörte sie seine Warnung einfach.

„Sag mal, – hicks – gibt es in diesem Wald auch Vierblitzzer? Du musst mir alles erzählen, was hier so geschieht.

Hicks – alles, hörst du? He! Du hochwohlgeborener Schattenelbrax mit dem – hicks – Namen Attitü, oder Allesdran, oder wie auch immer du heißt! Redest du nicht mit mir? Du hast keine Ahnung, was du verpasst! Übrigens, falls ich es noch nicht erwähnt habe, mein Name ist Wusch. Hörst Du! Wusch, die Einzigartige – wieselflink und elfengleich ..."

Athandran bereute es mittlerweile zutiefst, Wusch mitgenommen zu haben. Warum tat er sich das nur an? Die redete doch ohne Punkt und Komma. Wie atmete sie bloß dabei?

Normalerweise war er doch der Mysteriöse, der sich niemals auf andere Wesen einließ. Höchstens um sie davon zu überzeugen, wie geheimnisvoll und besonders er war!

Obdachlosen ein Zuhause geben? Nein, das hätte er normalerweise nicht für alles Wissen auf der gesamten Welt getan! Jetzt hatte er sich ein einziges Mal anders entschieden und schon hatte er eine hicksende Labertasche am Hals.

Wieso hatte er sie nur angesprochen? Er verstand nicht, was ihn dazu getrieben hatte. Irgendwie schien sie etwas zu haben, das ihn anzog. Aber was?

Ganz in Gedanken versunken fiel ihm nicht auf, dass urplötzlich von Wusch kein Ton mehr zu hören war.

Erst, als er auch keine Schritte mehr von ihr vernahm, stutzte Athandran und rief: „He, du nervige Hochelbrax. Hat es dir die Sprache verschlagen? Oder ist dir endlich klar geworden, dass du mit deinem Geplapper, das ohne Sinn und Verstand ist, mir den letzten Nerv raubst?"

Aber Athandran erhielt keine Antwort von Wusch. Nicht einmal ein Hicksen war zu hören. Überrascht hielt er an und drehte sich um. Mitten in der Bewegung jedoch stoppte er. Denn das, was er sah, ließ ihn erstarren!

Wusch stand kerzengerade, mit weit geöffnetem Mund und riesigen Augen, vor einem Wesen, welches er noch nie gesehen hatte.

Es war groß. Oh ja. Wahnsinnig groß und schaurig anzusehen. Sein Körper glich einem riesigen Hund oder eher noch dem eines wilden Wolfes. Der komplette Leib war übersät mit Haaren. Das Maul klaffte weit offen und entblößte eine unheimliche Reihe von langen scharfen Zähnen. Das Einzige, was dieses Wesen wenigstens ein wenig friedlicher wirken ließ, war die grüne Latzhose, die es am Leib trug.

Wusch bewegte sich keinen Millimeter. Sie schlotterte am ganzen Körper und atmete hastig. Athandran befürchtete, dass die Kleine jeden Augenblick in Ohnmacht fiel.

Es nützte alles nichts, er musste etwas unternehmen. Wer wusste schon, wie dieses unheimliche Wesen reagieren würde, wenn Wusch hilflos vor ihm auf dem Boden lag?

Den Säbel aus seinem Waffengurt greifend, machte er sich für den Kampf bereit. Doch gerade, als er auf Wolf zustürmen wollte, entwich aus Wuschs Mund ein lautes: „Hicks!".

Abrupt stoppte Athandran und ließ langsam die Hand, in welcher er den Säbel hielt, sinken. Verteidigen brauchte er sie wohl nicht mehr.

Fassungslos schaute er in Wuschs Gesicht. Konnte er doch kaum glauben, was er dort sah: Wenn sie auch, just in diesem Moment, ihre Hand erschrocken vor den Mund hielt, war doch das freche Funkeln in ihren Augen unübersehbar.

Es wurde Zeit der Hochelbrax endlich klar zu machen, in welcher Gefahr sie sich befand.

Bereit, sie zurecht zuweisen, öffnete er den Mund. Aber Athandran kam nicht dazu, auch nur einen Ton von sich zu geben, denn die vermeintliche Bestie war schneller:

„Hallo Hicks, mein Name ist Wolf! Hicks, komischer Name. Hab ich noch nie gehört, aber passt zu dir!"

Fröhlich klatschte er die Pfoten zusammen und wandte sich mit einem Lächeln, das eher einem Fletschen glich, Athandran zu.

„Und du, du musst ein Schattenelbrax sein. Jedenfalls siehst du wie einer aus. Dass mir so jemand eines Tages begegnet, ist wirklich aufregend. Hab gehört, ihr seid sehr böse. Muss ich etwa Angst vor dir haben?".

Athandran traute seinen Ohren nicht. Da stand dieser riesige Wolf vor ihm und fragte tatsächlich, ob er Angst vor ihm haben müsste. Seine kleine perfekte Welt konnte nur total durchgedreht sein.

Erst diese nervige Hochelbrax, die übrigens außer einem weiteren „Hicks", kein Wort sagte, und jetzt stand ein Wesen, das aussah wie die noch größere Ausgabe eines Werwolfes, aber sich verhielt wie ein Schoßhündchen, vor ihm. Man konnte das, was er in den letzten Stunden erlebte, schon als ein Sammelsurium von Kuriositäten bezeichnen.

Allerdings schmeichelte es dem Drow schon ein wenig, dass Wolf ihn fürchtete. Endlich jemand, der zu verstehen schien, wen er vor sich hatte! So wandte er sich mit einem hochmütigen Gesichtsausdruck Wolf zu:

„Naja, wir können schon für Wesen, die uns nicht wohlgesonnen sind, gefährlich werden. Man bedenke nur allein unsere magischen Fähigkeiten und ...".

„Papperlapapp", unterbrach Wusch Athandran, „magische Fähigkeiten – hicks – gefährlich – hicks – soll ich dir mal zeigen, was wirkliche Magie ist? So, lass dich überraschen und sieh her zu mir!"

Mit großer und theatralischer Gestik schwang Wusch ihre Arme in die Höhe. Dramatisch erklang ihre Stimme während sie die folgenden Worte ihres Wandlungszauber, oder besser gesagt was sie dafür hielt, aussprach:

„Wie die Schlange flink und fein
werde ich jetzt in euren Augen erschein!"

Gespannt beobachteten Wolf und Athandran das Geschehen. Und nur wenige Sekunden später sahen sie einen auf dem Boden kriechenden kleinen Wurm, der komische Hickslaute und ein nestelndes „Das war wohl nix, nu aber" von sich gab.

„Der Löwe und auch der gefährlich Tiger leben in mir!
Dass das so ist, das zeig ich dir!"

Ein breites Grinsen huschte über Athandrans Gesicht und auch Wolf lachte laut auf, als sich der Wurm in eine miauende Katze verwandelte. Das süße kleine Wesen wirkte nicht wirklich wie ein gefährliches Raubtier auf sie.
Wieder ertönte ein leises fluchendes Gebrabbel aus dem Katzenmäulchen.
„Mist, irgendwie, ach, ich weiß auch nicht - hicks, klappt das heute nicht. Aber okay, einen hab ich noch:

„Wie der Wind erhaben und geschwind
bin ich zum stolzen Adler bestimmt!"

So geschockt Athandran durch das Auftauchen von Wolf gewesen war, vergaß er dieses völlig, als er jetzt sah, dass Wusch sich zu einer Gans verwandelte. Mit schallendem Gelächter beobachtete er, wie sie gackernd und flügelschlagend im Kreis um sie beide herumrannte.
Tränen liefen über sein Gesicht und auch Wolf konnte sich eines dunklen Lachens nicht erwehren.
Es schien eine kleine Ewigkeit zu dauern, bis Wusch die krampfhaften Versuche, ihre wahrhaftige Gestalt wieder anzunehmen, endlich gelangen. Ihrem beleidigten Gesichtsausdruck war anzusehen, dass sie selbst das alles überhaupt nicht lustig fand. Schmollend schob sie die Unterlippe vor und brummte unverständliche Worte vor sich hin.
Athandran dagegen amüsierte sich königlich und genoss es, die Elbrax noch ein wenig mehr zu foppen. Grinsend sagte

er: „He, Hicksi, kannst du auch goldene Eier legen? Du weißt schon, wie die Gans aus dem Märchen. Was denkst du, bekommst du so ein oder zwei goldene Eier hin? Wären echt nicht schlecht, oder? Aber wahrscheinlich kannst du nur lauthals gackern.

Ach komm, gib auf, Wusch, das mit deiner ach so großartigen Magie wird heute anscheinend nichts!"

Ein letztes Kichern, dann riss sich Athandran zusammen und ließ die Elbrax in Ruhe. Etwas Wichtigeres musste geklärt werden. Darum drehte er sich um und schaute Wolf an. Skepsis lag in seinem Blick und sein Ton, wenn auch respektvoll, war während er sprach sehr ernst:

„Nun zu dir, Wolf, was führt dich des Weges? Es wäre, so glaube ich, angebracht, wenn du uns erzähltest, wer oder was du bist. So ein Wesen wie dich sah ich in Malvadin niemals zuvor."

Wolf stand schweigend da. Was sollte er den beiden erzählen? Die wahre Geschichte?

Nein, das konnte er nicht. Zu sehr schämte er sich für das, was er getan hatte.

Seine Gedanken glitten zurück in die Vergangenheit. Er dachte an sein einstiges Leben – ein so ganz anderes als die Gegenwart, in der er jetzt lebte.

Einst gab es diesen Wolf nicht, sondern einen kleinen Jungen, der niemals im Traum daran gedacht hätte, eines Tages zum Monster zu werden.

Wolfs Geschichte

Vor langer Zeit, nur noch schemenhaft in seinen Erinnerungen vorhanden, war er ein ganz normales Menschenkind. Ein kleiner Junge mit dunklen lockigen Haaren und einem frechen Grinsen im Gesicht. Er genoss sein Leben und jeder Tag hielt ein neues kleines Abenteuer für ihn bereit.

Seine Eltern liebten ihn. Sie waren eine nette kleine Familie, in der er und seine beiden Brüder heranwuchsen. Eigentlich hätte man seine Welt perfekt nennen, können, wäre er selbst nicht so egoistisch und ein bösartiger kleiner Teufel gewesen.

Er wusste, sein Vater, ebenso wie seine Mutter, taten alles dafür, um ihn lächeln zu sehen. Genau dieses Wissen nutzte er immer wieder aufs Neue dazu, sie zu manipulieren, um seinen Willen durchzusetzen.

Egal wie viel seine Eltern ihm schenkten, unzufrieden nörgelte er stets an dem, was sie ihm gaben, herum.

Immer fand er an ihren Geschenken etwas auszusetzen. Mal waren sie nicht groß genug, dann wirkten sie zu billig oder zu langweilig. Das Wort „genug" hatte keinen Platz in seinem Vokabular. Immer größer wurden Wolfs Forderungen, immer mehr musste es sein.

Doch die Eltern gehörten keineswegs zu den reichen Leuten — im Gegenteil. Das Haus, in dem sie lebten, war nur eine kleine Blockhütte. Sie beinhaltete nur das Notwendigste, was jedoch ausreichte, um ein einigermaßen angenehmes Leben zu führen.

Die Eltern sparten an sich selbst, allein um Wolf glücklich zu machen, ihn zufriedenzustellen und ihren Sohn lächeln zu sehen. Aber das Leben wurde im Laufe der Jahre immer härter und das Brot knapper.

Sein Vater schuftete schwer, damit er die Familie ernähren konnte. Für ein kleines Zubrot nähte seine Mutter die Kleidung der besser situierten Leute. Manche Nacht stach sie sich ihre Finger blutig, und ihr Rücken wurde krumm von der anstrengenden Handarbeit. Der Lohn für die Mühe war gering, doch auf das wenige Geld verzichten konnten sie nicht.

Wolf allerdings interessierte das alles nicht im Geringsten. Er überhörte ihr Seufzen, übersah die müden Augen des Vaters. Hauptsache, er erhielt all das, was sein Herz begehrte!

Seine Geschwister hingegen waren anders als er. Sie unterstützten die Eltern bei der Arbeit, und ohne zu murren, gingen sie oft mit leeren hungrigen Magen ins Bett. Nicht, weil die Eltern ihnen weniger zu Essen gaben, sondern weil Wolf alles weggegessen hatte.

Rücksicht nehmen? Niemals – das war etwas, was er nicht kannte. Jedes Mal, wenn die Mutter ihren Kindern den Rücken zuwandte, nahm Wolf noch ein Stück vom wenigen Fleisch. Dann schwenkte er es grinsend vor seinen Geschwistern und wenn sie danach griffen, stopfte er es sich in den Mund. Auch dann, wenn er keinen Hunger mehr verspürte. Es machte Wolf einfach Spaß, ihre enttäuschten Augen zu sehen. Ein richtiges gemeines Scheusal, das den anderen das Leben schwer machte.

Eines Tages kam sein kleiner Bruder mit einem Hündchen, welches er im Wald gefunden hatte, nach Hause. Er flehte und bettelte die Eltern an, dass er es behalten dürfe, solange, bis seine Mutter schweren Herzens nachgab.

Sie liebte Tiere und den treuen braunen Augen des Hundes konnte sie nicht widerstehen. Aber das war nicht der einzige Grund, warum sie nachgab. Wenn sie auch versuchte, nur das Gute in ihrem Ältesten zu sehen, konnte sie dennoch nicht die Augen vor seinen Gemeinheiten verschließen. Sich bewusst, dass die beiden jüngeren Söhne oft unter seinem Verhalten litten, erlaubte sie ihnen den Hund zu behalten. Glücklich beobachtete sie, wie die beiden Jungen sich freuten, und ihr schlechtes Gewissen schwieg endlich.

Die Kinder, sowie auch die Eltern, genossen die Anwesenheit des neuen kleinen Hausgenossen. Er brachte Fröhlichkeit in ihr Heim. Das Fellknäuel mit den lockigen schwarzen Haaren, den treuen dunklen Augen, eroberte die Herzen im Sturm. Die Kleinen tollten den ganzen Tag mit ihrem neuen Freund herum und nachts kuschelte der kleine Hund sich zwischen sie. Sie erfreuten sich jeder Minute, die sie mit ihm verbrachten.

Nur einer, Wolf, der tat das nicht. Sein Herz entflammte in wildem Zorn, jedes Mal wenn er den Hund betrachtete. Für ihn war es kaum zu ertragen, dass seine Eltern immer häufiger dem Haustier Beachtung schenkten, anstatt sich um seine Wünsche zu kümmern. Im Mittelpunkt zu stehen war etwas, das seiner Meinung nach ihm alleine zustand, nicht diesem törichten Vieh.

Die Eifersucht zerfraß sein Herz und der Hass nagte an ihm. Er verabscheute das lange stinkende Fell, das sabbernde Maul und wie sie alle dieses widerliche Geschöpf liebevoll betrachteten. Sie redeten mit einem Tier, als wäre es ein Mensch. Sie gaben ihm sogar von dem Fleisch, auf welches nur er ein Anrecht hatte.

Oh ja, wie er diesen Hund hasste!

Mehr als alles andere wollte Wolf diese Misttöle loswerden und begann insgeheim, einen Plan zu schmieden. Nächtelang lag er wach in seinem Bett und überlegte, wie er am besten vorging, ohne dass es jemandem auffallen würde, dass er hinter dieser Abscheulichkeit steckte.

Eines Tages grinste Wolf zufrieden. In den frühen Morgenstunden hatte er endlich die Lösung, um den Störenfried loszuwerden, gefunden.

Er kannte sogar den perfekten Ort, um sein Vorhaben in die Tat umzusetzen - der Elbraxwald. Kein Mensch traute sich dorthin, denn jeder wusste, dieser Wald gehörte allein den magischen Wesen. Aber Wolf war das gleichgültig.

Im Gegenteil. Genau die richtige Voraussetzung, damit er unbeobachtet den Hund schnappen und dort mit einem

Stein erschlagen konnte. Ein guter Plan und nichts auf der Welt würde ihn davon abhalten, diesen auch umzusetzen.

Eines Morgens beschloss der Junge, dass der richtige Zeitpunkt gekommen war. Ein Ereignis sorgte dafür, dass es Wolf endgültig reichte und er mit seiner Geduld am Ende war.

Er hatte sich mit einigen anderen Kindern zum Spielen getroffen. Sie alle redeten vom neusten Spielzeug, dass es zu kaufen gab.

Einem Holzwagen mit vier bunten Stahlrädern und einer Steuerung mit der sich dieser, während die Jungen die Hügel herunterfuhren, lenken ließ. Nicht eine dieser bisherigen Kisten, die einfach nur rutschten und wenn man Pech hatte gegen einen Baum prallten.

Alle im Dorf sprachen davon und jedes Kind wünschte sich sehnsüchtig, einen davon zu besitzen.

Wolf erging es ebenso wie allen anderen. Er begehrte das Spielzeug. Im Gegensatz zu seinen Spielkameraden erschien es ihm allerdings undenkbar, dass es ihm nicht als Erstem gehören sollte. So prahlte er vor den anderen Kindern damit, dass seine Eltern es ihm bei der nächsten Fahrt in die Stadt kaufen würden.

Niemand zweifelte an seinen Worten, schließlich war es bisher immer so gewesen und er genoss die neidvollen Blicke der anderen.

Wieder einmal bettelte er seine Eltern an. Doch dieses Mal gelang es ihm nicht, seinen Willen durchzusetzen. All sein Bitten und Flehen blieb erfolglos und somit sein Wunsch unerfüllt. Fassungslos, mit rotem Gesicht, lauschte er zornig den Worten seines Vaters.

„Es tut mir leid, mein Sohn, aber du weißt, wir haben wenig Geld und der Hund muss auch noch sein Futter haben. Somit ist kein Geld für unnötige Dinge übrig."

Krampfhaft biss Wolf die Zähne zusammen, um nicht laut loszubrüllen. UNNÖTIGE DINGE? Etwas, das sein Herz begehrte, sollte unnötig sein!? Das Futter für den Hund aber notwendig? Es brodelte in Wolf, dennoch sagte er keinen Ton.

Doch unübersehbar waren die Wut und der Hass in seinem Gesicht. Das bemerkte auch seine Mutter.

„Sei nicht traurig, Wolf. Im nächsten Monat werden wir es schon irgendwie schaffen, dir deinen Wunsch zu erfüllen." Liebevoll strich sie ihm über den Kopf und hoffte, ihn damit zu trösten. Es fiel ihr schwer, seine Bitte abzulehnen.

Doch Wolf wollte keine Versprechungen hören – er wollte einzig und allein dieses verdammte Spielzeug.

Wie stand er morgen vor den anderen Jungs da, wenn er mit leeren Händen bei ihnen auftauchte. Auf keinen Fall würde er weiterhin zulassen, dass ein anderer ihm etwas wegnahm. Das galt auch für den Hund und er entschied, es wurde Zeit, diesen zu beseitigen.

Verkrampft lächelnd bat er seine Eltern darum, zuhause bleiben zu dürfen und sie gaben ihm gerne die Erlaubnis.

Ungeduldig wartete er, dass die Eltern mit den Brüdern das Haus verließen.

Kaum waren sie fort, packte er grob das kleine verhasste Wesen im Nacken, hob es hoch und stopfte es in einen alten Kartoffelsack. Den Sack über die Schulter geworfen, schritt er energisch in den Elbraxwald hinein.

Kalter Nebel kroch über den Erdboden und eine unheilvolle Stille empfing Wolf, als er ihn betrat. Der Junge war von seinem Plan so besessen, dass ihm die böse Atmosphäre im Wald entging. Ohne darauf zu achten auf Wegen oder Pfaden zu bleiben, eilte er mit großen Schritten immer tiefer in das Dickicht.

Nachdem er eine Weile gelaufen war, meinte er, die richtige Stelle für seine Tat gefunden zu haben. Er atmete kurz tief durch und warf den Sack vor sich auf den Boden.

Hier ist es perfekt, dieses Vieh loszuwerden, dachte er und nahm das Hündchen aus dem Sack. Dass es kläglich wimmerte, interessierte ihn kein bisschen. Auch den hilflosen Versuchen sich zu befreien, schenkte er keine Beachtung.

Blind vor Zorn packte Wolf es noch fester an der Kehle und schnappte sich den nächstbesten großen Stein, der auf der Erde lag. Ein gemeines verzerrtes Grienen lag auf seinem Gesicht, als er den Welpen auf die Erde drückte.

Jetzt werde ich diesen Köter endlich los! dachte er und hob die Hand hoch in welcher der Stein lag, bereit, den tödlichen Schlag auszuführen.

Plötzlich verwandelte sich das helle Licht des Tages in eine rabenschwarze Nacht und abrupt hielt der Junge in seiner Bewegung inne.

Kein Lichtstrahl durchbrach die Finsternis und Wolf schrak fürchterlich zusammen. Was geschah hier? Zitternd vernahm er eine wütende dunkle Stimme, die aus der Dunkelheit laut erschallte:

„Du böses Geschöpf, ich sollte dich töten für das, was du vorhattest zu tun. Wer gibt dir das Recht, über Leben und Tod zu entscheiden? Wer bist du, dass du dich als Gott aufspielst? Nur ein niederträchtiges kleines Menschenkind! Nicht mehr wert als ein Staubkorn in der Welt von Malvadin. Hast du nur einen Funken einer Ahnung wer dieses Wesen ist, das du dort in deinen Händen hältst? Dessen Leben du nehmen wolltest? Der Hund, wie ihr Menschen es nennt, ist mein Sohn."

Für einen Augenblick herrschte Schweigen. Dann ertönte ein tiefes grollendes Knurren, welches Wolf das Blut in den Adern gefrieren ließ. Sein Verstand rief: „Laufe schnell fort"; aber alle seine Versuche, sich von der Stelle zu bewegen, scheiterten. Wie festgenagelt blieb er stehen und lauschte der Stimme aus der Dunkelheit, als diese erneut zu sprechen begann.

„Menschen wie du, schlecht und gierig, raubten ihn mir. Als ob das nicht schon genug wäre, meinen Zorn zu entfachen, nahmen sie ihn mit sich fort. Ich folgte ihnen und beobachtete, wie es meinem Kinde erging. Ich sah, dass es meinem Sohn gelang, den Räubern zu entkommen. Aber bevor ich mich ihm bemerkbar machen konnte, hatten deine Brüder ihn entdeckt.

Im Gegensatz zu dir sind sie von reinem Herzen und wollten meinem Sohn nur helfen. Bis zu diesem heutigen Tage erging es meinem Kind gut und ich beschloss, keine Rache zu nehmen.

Ich habe auf den Moment gewartet, an dem ich die Möglichkeit haben würde, ihn unbeobachtet von euch Menschen fortzuholen. Ich hätte ihn einfach mitgenommen und euch armseligen Wesen verziehen.

Doch du, du wolltest ihn aus niederen Gründen töten. Ich rieche deine Schlechtigkeit, du stinkst regelrecht nach Falschheit, Gier und Neid."

Zitternd vor Angst ließ Wolf den Hund frei. Mit bebender Stimme rief er in die undurchdringliche Schwärze: „Bitte, bitte – es tut mir leid. Lass mir mein Leben, ich werde mich ändern. Ich verspreche es! Bitte habe Erbarmen, ich bin doch nur ein unwissendes Kind!" Sein Herz schlug ihm bis zum Hals, so stark, dass er glaubte, seine Brust würde zerspringen.

Sein Bitten und Flehen schien zwecklos, die Stimme kannte keine Gnade:

„Nein, ich werde dich nicht töten. Der Tod wäre ein Geschenk, welches du nicht verdienst. Viel zu einfach und zu schnell. Das Schicksal hält etwas anderes für dich bereit. Etwas, das die schlummernde unsichtbare Grausamkeit in dir ans Licht bringen wird und für jeden sichtbar macht.

Ich, die große Wolfsmutter, verfluche dich.

Du sollst sein, wie ein Mensch in Wolfsgestalt. Leiden und für immer auf der Suche nach der Erlösung von deinem furchtbaren Dasein. Als einsamer Wolf leben, unmöglich, zu deinesgleichen zurückzukehren, denn sie sehen in dir nur das Monster, das sie fürchten, verfolgen und töten werden. Doch du wirst nicht fähig sein, gegen sie zu kämpfen geschweige denn, sie zu verletzen.

Bis zu dem Moment, wenn der Mond voll und blutrot am Himmel steht. In dieser Nacht wirst du dich verändern und zu einer grausamen Bestie werden. Ohne Gefühl, ohne Mitleid. Du wirst alles zerstören, was deinen Weg kreuzt. Deine wahre verdorbene Seele wird zum Vorschein kommen.

Aber ich lasse dir eine einzige Möglichkeit, den Fluch umzukehren. Herausfinden musst du sie selbst und ich glaube nicht, dass du es jemals schaffen wirst. Doch vielleicht irre ich mich und es gelingt dir irgendwann einmal - bis es so weit ist, fühle den Schmerz des Ausgestoßenen."

Die Stimme verstummte und die Welt um Wolf herum wurde wieder hell. Er kniff die Augen zusammen, denn das grelle Sonnenlicht blendete ihn.

„War das ein Alptraum?", murmelte er vor sich hin. Er musste, ohne es zu merken, in einen tiefen Schlaf gefallen sein, keine andere Erklärung erschien ihm plausibel.

Langsam gewöhnten sich seine Augen an die Helligkeit. Kopfschüttelnd schaute er sich um, auf der Suche nach dem Hund. Doch nirgends zeigte er sich. Gut, hatte das Vieh endlich das Weite gesucht. Zurückfinden aus diesem Wald und nach Hause laufen, nein, das schaffte der Kleine sicher nicht. Zufrieden hob Wolf die Hände, um sich den vermeintlichen Schlaf aus den Augen zu reiben.

Da sah er es: Tatzen – keine Finger, keine Hände. Erschrocken schaute er an sich herunter und ungläubiges Entsetzen durchfuhr ihn.

Eine Sekunde glaubte er an eine Einbildung, starrte ganz still auf seine beharrten Arme. Dann begann er zu schreien.

Kein Alptraum, alles was die Stimme gesagt hatte entsprach der Realität.

Seine Hände – riesige Pranken, aus denen messerscharfe Klauen wuchsen, sein Körper, der eines Monsters, mit Haaren übersät. Er war zu einem Wolf, einer Bestie, geworden.

Fassungslos stand er da, unfähig, wirklich zu verstehen, was mit ihm passierte. Er wartete, hoffte auf ein gutes Ende, es kam jedoch nicht.

Dennoch rannte Wolf zurück nach Hause. Er brauchte Hilfe, seine Eltern liebten ihn, egal ob Junge oder Bestie - sie würden ihn erkennen.

Als er den Weg zum Haus hochlief, rief er: „Hallo, ich bin es, Wolf, es ist etwas geschehen! Bitte erschreckt nicht."

Die Vordertür der Hütte öffnete sich. Seine Mutter trat hinaus und schrie gellend auf, als sie Wolf entdeckte.

Sie erkannte ihren Sohn nicht und sah nur diesen riesengroßen Wolf. Um ihr Leben fürchtend, rief sie um Hilfe und hörte nichts von dem, was Wolf ihr zu erklären versuchte.

Sein Vater, alarmiert durch die Schreie der Mutter, stürzte mit einem Gewehr in der Hand aus dem Haus. Nicht lange überlegend, zögerte er keine Minute und zielte auf Wolf. Der erste Schuss löste sich, zischte haarscharf an ihm vorbei und alles, was dem Jungen übrig blieb, war die Flucht. Weinend, klagend und heulend rannte er zurück in den Elbraxwald.

Monate vergingen in denen er einsam und ziellos, sich vor den Menschen versteckend, herumirrte. Zeit genug, um nachzudenken und zu verstehen, wie grauenhaft sein früheres Verhalten gewesen war. Wie er damit die Menschen, die ihn liebten, verletzte und sie quälte. Immer wieder wünschte er sich, dass er die Zeit zurückdrehen und alles besser machen könnte. Doch alles was blieb war die Hoffnung, jemanden zu finden, der ihn so akzeptierte wie er jetzt war und half, dass er wieder zu dem Jungen von einst wurde. Aber Wolf blieb lange alleine. Niemand der Rettung versprach, kreuzte seinen Weg. Bis zu diesem Tag, an dem er auf Wusch und Athandran traf.

Das Haus der Träume

Natürlich erzählte er den beiden die Geschichte nicht.

Sich ihrer Abscheu gewiss, wenn sie die Wahrheit erfuhren, schwieg Wolf. Noch länger konnte er die Einsamkeit nicht mehr ertragen. Später, wenn sie zu Freunden geworden und der richtige Zeitpunkt gekommen war, würde er ihnen alles erzählen. Doch jetzt entschied er sich dafür, zu lügen.

Also entgegnete er auf Athandrans Frage: „Ich bin ein Wolf, das ist alles, was ich weiß. Wie ich zu dem, was ich bin, wurde, kann ich euch nicht sagen. Ich glaube, es ist einfach so geschehen. Ohne Grund! Vielleicht wurde ich auch so geboren? Ich erinnere mich nicht mehr. Doch ich versichere euch, ich tue keinem etwas zuleide! Bitte, darf ich mit euch reisen? Ich bin so froh, euch getroffen zu haben."

Athandran war sich nicht mehr sicher, was er denken sollte. Ungläubig schüttelte er den Kopf. Ein Wolf stand vor ihm, riesengroß, allerdings schien er nicht gefährlicher als ein neugeborener Schattenelbrax zu sein.

Wo war er da nur hineingeraten? Der Schattenelbrax versuchte, einen klaren Gedanken zu fassen, wie es jetzt weiter gehen sollte. Reichte es nicht schon, dass diese nervige Hochelbrax ihm folgte? Sollte er wirklich auch noch dieses sanft erscheinende Monster mit auf die Reise nehmen?

Er brauchte Zeit nachzudenken, welche Entscheidung die beste sein würde.

Aber selbst dazu gönnte man ihm keine Ruhe. Wusch konnte einfach nicht mit ihrem Schluckauf aufhören. „Hicks, Hicks", tönte es aus ihrem vorlauten Mund, schlimmer und öfter als zuvor.

Wieder einmal begann sie als Erste zu sprechen, unfähig, den Mund über einen längeren Zeitpunkt geschlossen zu halten. „Ok, Wolf, du hast also keine Ahnung, warum du das bist, was du bist? Macht auch nichts, hicks, mich stört das in keiner Weise. Hauptsache, du bist ein netter Wolf und das scheinst du ja zu sein. Also, wenn du willst, lade ich dich hiermit ein, uns zu begleiten, hicks."

Fröhlich grinsend schaute sie Wolf und Athandran an, so, als ob sie etwas Großartiges vorgeschlagen hätte.

Athandrans Gesicht hingegen erzählte eine andere Geschichte. Die Stirn in Falten gelegt, den Mund grimmig verzogen, beherrschte er sich mühsam, nicht damit rauszuplatzen, was er wirklich dachte.

Er hätte sich gegen Wolf entschieden. Wusch allein war schon anstrengend genug, wie sich just in diesem Augenblick mal wieder zeigte. In Gedanken schickte er die beiden bereits in die Wüste und setzte seinen Weg alleine fort.

Dank Wusch, die gerade eben seinen Plan durchkreuzte, blieb ihm jedoch keine Wahl. Wie würde er vor Wolf dastehen, wenn er genau das tat, was sein Verstand ihm riet.

Gesagt, ist gesagt, dachte er. Auch wenn die Worte von einer hicksenden Wusch stammten, so musste er sich dennoch, wohl oder übel, fügen. Das war eine Frage der Ehre, nicht der Überzeugung.

Mit sich selber beschäftigt, bemerkte Athandran nicht, dass Wusch und Wolf ihn beobachteten. Kein nettes Bild, das er ihnen bot, wie er mit den Füßen im Waldlaub scharrend, unverständlich murmelnd, dastand. Offensichtlich für die beiden, dass er völlig unzufrieden mit der getroffenen Entscheidung war.

Um zu verhindern, dass Athandran sich dagegen entschied, gemeinsam den weiteren Weg zu beschreiten, begann Wusch, hastig zu sprechen: „Hicks, wo ist jetzt eigentlich der Schlafplatz? Können wir uns nicht endlich auf den Weg dorthin machen? Ich bin müde und brauche auch etwas für meinen Magen, hicks. Hörst du ihn denn nicht knurren, Athandran? Lauter könnte Wolf das auch nicht."

Ein Schweigen war die Antwort.

Um die unangenehme Atmosphäre, die zwischen den dreien herrschte, zu vertreiben, lächelte sie Athandran aufmunternd an. Krampfhaft bemüht, eine positive Reaktion seinerseits zu erhalten. Im besten Falle ein Lächeln in seinem Gesicht zu sehen.

Doch Athandrans Mimik blieb mürrisch. Seine gerunzelte Stirn, die zusammengezogenen Augenbrauen und ebenso die herabgezogenen Mundwinkel, ließen auch das Lächeln aus Wuschs Gesicht verschwinden.

Dieser miesepetrige Schattenelbrax, warum verhielt er sich bloß so? Bis zu dem Augenblick, als sie auf Wolf trafen, schien es ihr, als ob sich der Schattenelf langsam an sie gewöhnte, ein wenig sogar ihre Anwesenheit genoss. Jetzt war ihm deutlich anzumerken, dass er sich nichts auf der Welt mehr wünschte, als sie beide loszuwerden.

Wieder jemand, der seine Ablehnung gegenüber Wusch zeigte. Traurig verbarg sie ihre Gefühle vor ihm; die Ereignisse der letzten Zeit forderten ihren Tribut.

Wolf erging es wie Wusch. Erschöpft, hungrig und der Umgebung überdrüssig, die gegenwärtig nichts als bösartige Monotonie zu bieten hatte. Er sehnte sich so sehr nach der Geborgenheit seiner Familie.

Auf keinen Fall wollte er allein zurückbleiben.

„Ja, ich, Wolf, möchte auch gerne wissen, wohin der Weg uns führen wird", fragend, mit flehendem Blick, schaute Wolf Athandran an.

Athandran hatte es schon geahnt, aber nun konnte er es nicht mehr ändern: Er musste wohl oder übel auch Wolf mitnehmen. Noch etwas, was ihm nicht wirklich behagte - ob er wollte oder nicht, er war zum Anführer dieses komischen Trios geworden.

„Es gibt eine alte Hütte in diesem Wald nicht weit von hier. Man nennt sie auch das Haus der Träume. Ich selber war noch nie dort und wollte sie mir ansehen, bevor ich euch traf. Aber nun gut, da ihr jetzt meine Anhängsel seid, werde ich euch wohl mitnehmen müssen."

Wolf schaute, sofern ein Wolf das konnte, Athandran zweifelnd an. „Auch ich habe schon von dieser Hütte gehört. Es gibt ja genug Geschichten darüber. Soweit ich weiß, hat sie noch niemals jemand betreten. Und sollte doch ein Lebewesen es gewagt haben, so scheint es kaum gut ausgegangen zu sein. Ich habe von niemandem gehört, der von dort zurückkehrte und davon berichtete, was er in der Hütte erlebte. Ehrlich gesagt, ich finde nicht, dass das ein gutes Zeichen ist."

Wusch schwieg, nicht einmal ein Hicksen hörte man von ihr. Erneut verletzt, dass Athandran sie als Anhängsel bezeichnete, verspürte sie immer noch das gleiche bedrückende Gefühl wie bei ihrem Volk.

Athandran, genervt von Wolfs Einwänden, schenkte Wusch keinerlei Beachtung.

„Also, ich werde zu dieser Hütte gehen. Ob ihr nun mitkommt oder nicht, sei euch beiden selbst überlassen. Ich bin ein Schattenelbrax und das Wort Angst kenne ich nicht. Ha – hörst du mich Angst? Ich lach dir ins Gesicht!".

Ohne eine weitere Antwort abzuwarten, drehte er sich um und schritt mit energischem Gesichtsausdruck weiter in den Wald hinein. Zögerlich folgten ihm die beiden.

Eine Zeitlang vernahm man nur ihre Schritte auf dem Waldboden und die Atmosphäre lastete bedrückend auf allen, bis Wusch anfing, leise ein Lied zu singen. Es war das Lied der Elbrax:

<blockquote>
Zur Stund' um Mitternacht,
wenn Schlaf liegt über allem Leben,
der Mond, in seiner leuchtenden Kraft,
mit seinem Stern das Licht uns geben.
Dann tanzen wir in diesem Licht,
doch sehen kannst du uns nicht,
denn unsere Schritte sind ein Traum,
den die Menschen sich nicht trau'n.
Zur Stund' um Mitternacht,
nur dann ist unser Lied zu hören,
doch steht´s in deiner Macht,
die Klänge nicht zu stören
</blockquote>

Nun musst nicht traurig sein,
das dies ist nicht dein Reim,
es ist das Wort der Elbraxlieder,
und kehren immer wieder.
Es liegt nicht an dem Sonnenlicht,
auch am Schein des Mondes nicht,
Es kommt ganz tief aus Blättern,
auch wenn Sonnenwesen meckern,
so ist's das Lied der Elbraxwesen,
war es immer schon gewesen.

Wuschs Stimme, klar und deutlich und so voller Wärme, dass sie selbst Athandrans Herz zum Schmelzen brachte. Während sie sang, kam es ihm vor, als lausche er einer anderen Person. Kein Hicksen, nur der sanfte Klang der Töne, durchflutete den Wald.

Jedes Wort des Liedes, das Wusch mit Wehmut in ihrer Stimme sang, entführte sie in eine andere Welt – Wuschs Welt. Sie nahm ihre Wegbegleiter mit auf eine Reise in ihre Vergangenheit.

Athandran begann, leise mitzusummen und auch Wolf brummte, zwar nicht schön, aber dennoch voller Inbrunst. Zum ersten Mal wirkte es, als ob sie zusammengehörten, etwas Gemeinsames teilten – die Sehnsucht nach ihrem Zuhause. Und wenn man die drei hörte, konnte der Eindruck entstehen, dass sie immer schon zusammen gehört hatten.

So schritten sie voran, sangen ihr Lied, ohne zu ahnen, dass dunkle, unergründliche Augen sie verfolgten und beobachteten.

Bei der Hütte angekommen, erwartete die drei eine angenehme Überraschung. Von grünen Bäumen umrahmt, die so ganz anders aussahen als die restlichen im Wald, erstreckte sich vor ihnen ein mehr als drei Stockwerke hohes Haus. Keine kleine Holzhütte. Es hatte einladende, fein ausgeschmückte Fenster und einen außergewöhnlichen lilafarbenen Anstrich, der wie eine schützende Hülle erschien.

Vor dem Haus stand eine hölzerne Gartenbank und ein kleiner Garten mit vielen blühenden Pflanzen wirkte einladend auf den Besucher. Kaum zu glauben, dass es so etwas in dem sonst düsteren Elbraxwald gab.

Athandran und Wusch, von dem Anblick begeistert, jauchzten auf vor Freude. Wolf dagegen verhielt sich still und wirkte unruhig. Er schien sich in seiner Haut unwohl zu fühlen. Unruhig zippelte er an den Trägern seiner Latzhose und als er sprach, klang seine Stimme unsicher: „Wolf denkt, wir sollten da nicht reingehen. Ganz wahrhaftig nicht! Irgendetwas stimmt nicht mit der Hütte, das fühle ich. Bitte lasst uns wieder gehen."

„Ach, Wolf, sei kein Frosch mit Fell. Komm schon, willst du denn gar nicht wissen, was hinter diesen schweren Eichentüren ist?", Wusch hopste von einem Fuß auf den anderen und sah ihn bittend an. Auch Athandran machte den Eindruck, als ob er mit aller Macht und Gewalt in dieses Haus wollte.

Wolf kämpfte mit sich selber. Alles in ihm sträubte sich dagegen. Sein Instinkt warnte ihn davor, dieses Haus zu betreten. Aber da waren seine neuen Freunde. Sie hatten Hunger und waren sehr müde. Er konnte ihnen keinesfalls ihren Wunsch abschlagen.

Nach kurzem Zaudern, weiterem Bitten und Betteln von Wusch, willigte er schließlich brummend ein und öffnete die Tür zum Haus der Träume.

Auf Zehenspitzen betraten sie, einer nach dem anderen, vorsichtig das Haus. Alles hatten sie erwartet, nur das nicht. Fassungslos, mit großen Augen und offenen Mündern, schauten sie sich um. Was sie sahen, übertraf all ihre Vorstellungen.

Der Boden des Raumes, scheinbar der Salon, war mit feinstem Marmor belegt und ein zartes Muster aus grauen und schwarzen Steinen lag zu ihren Füßen. An den Wänden hingen Bilder gerahmt in glänzendem Gold, mit wichtig wirkenden Personen, die ihren Betrachtern streng entgegenschauten. Sie schmückten den Raum und verliehen ihm etwas Feierliches.

Dazwischen leuchteten Kerzen in Wandhaltern aus Messing, edel und schön, welche ein warmes Licht spendeten.

Die großen Fenster waren mit schweren, roten Brokatvorhängen verhangen, durch die kein einziger Lichtschein drang.

Am Ende des Raumes befand sich eine massive Holztreppe, die sich wie eine Spirale nach oben zu den anderen Zimmern schlängelte.

In der Mitte des Zimmers stand ein großer Eichentisch mit genau drei Stühlen. Das Holz der Möbel schien handgeschnitzt zu sein und an den Seiten befanden sich wunderschöne Verzierungen. Dicke dunkelrote Kissen lagen auf den Sitzflächen der Stühle und luden zum Platz nehmen ein.

Auf diesem Tisch erwartete den Besucher des Hauses eine Mahlzeit, die üppiger nicht hätte sein können.

Von allem, egal ob Gemüse, Brot oder Fleisch, war reichlich vorhanden. Roter Wein leuchtete in wunderschönen Kristallgläsern und in den weißen Tellern spiegelte sich die Umgebung. Die Speisen waren herrlich angerichtet und das ganze Zimmer roch einladend nach ihnen. Der Duft, der durch die Luft schwebte, hätte Tote wieder zum Leben erweckt.

Immer noch standen die drei staunend da. Wolf merkte, wie ihm das Wasser im Munde zusammenlief und auch die anderen schnupperten wie kleine Kätzchen, die warme Milch witterten.

Da sie den ganzen Tag nichts gegessen hatten, knurrten ihre Bäuche um die Wette. Selbst Wolf schien seine anfängliche Furcht zu überwinden, als er mit leuchtenden Augen das gebratene Wildschwein auf dem Tisch entdeckte. Jeder von ihnen wartete nur darauf, dass der andere den Anfang machte.

Wusch erledigte das, indem sie sich endlich bewegte und auf den Tisch zusteuerte. Es wirkte wie ein Startschuss. Alle drei stürmten los, um sich auf die Stühle zu setzen. Klar, dass nicht mehr großartig geredet wurde. Im Gegenteil, sie konnten sich gar nicht schnell genug die Speisen auf ihre Teller schöpfen und mit dem Essen beginnen.

Nachdem sie eine Weile schweigend so viel wie nur möglich in sich hineinstopften, begann Athandran als erster wieder zu sprechen: „Das war das Beste, was ich jemals gegessen habe. Wenn mein Magen nicht so voll wäre, würde ich immer weiter essen. Also so ein Mahl könnte ich ruhig öfter vertragen."

Alle drei schienen zufrieden und gesättigt zu sein. Jedenfalls nach ihren kugeligen Bäuchen zu urteilen. Vollgefressen lagen sie mehr auf den Stühlen, als dass sie saßen.

Allein Wolf hielt noch immer ein Hühnerbein in der Hand und kaute darauf herum. Lust, sich zu bewegen, verspürte keiner. „Und jetzt?", piepste Wusch am Ende des Tisches sitzend, „was stellen wir jetzt an?"

„Hm, ich weiß nicht. Vielleicht sollten wir uns das Haus genauer ansehen und nachschauen, wo wir schlafen können?" schlug Wolf vor.

„Naja, eins ist schon mal klar: Ich nehme das größte Zimmer im oberen Stockwerk!" gab Athandran zurück, wobei er mit einem selbstsicheren Gesichtsausdruck den Stuhl nach hinten kippelte.

Leider unterschätzte er hierbei die Gesetze der Schwerkraft. Er kippte zurück und *rumms* krachte er mit dem Stuhl auf den Boden. Verzweifelt versuchte er, schnellstmöglich aufzustehen.

Zu peinlich, dass ausgerechnet ihm, ihrem Anführer, so etwas passierte. Während Wusch und Wolf sich vor Lachen bogen, stellte Athandran mit hochrotem Kopf den Stuhl wieder hin und stampfte wütend aus dem Zimmer die Treppe hoch. Beim Rausgehen hörte man ein undeutliches

Brummen, das klang wie: „Alles so gewollt, albernes Volk! Ich habe doch nur die Stabilität der Stühle getestet."

Der Zauber der Vergangenheit

Athandran stieg die Treppe, fluchend über seine Tollpatschigkeit, Stufe für Stufe hoch. Oben angekommen bog er links ab, lief durch einen scheinbar endlosen Gang, bis er endlich an eine dunkle Holztür gelangte. Ein ihm unbekanntes magisches Zeichen prangte in der Mitte darauf. Ohne diesem weitere Beachtung zu schenken, drückte er den geschwungenen Metallgriff herunter.

Als sich die Tür quietschend öffnete und er in das Zimmer schaute, entdeckte er etwas Unglaubliches. Es war ein Raum, dessen Wände aus unzähligen Spiegeln zu bestehen schienen. Ungläubig blinzelte er und schritt vorsichtig hinein.

Je näher er den Wänden kam, umso mehr wurde ihm bewusst, dass es nicht nur so wirkte, als ob der Raum aus Spiegeln bestünde, nein, es war wirklich so. Alle fügten sich vor seinen Augen zu einem einzigen Spiegel zusammen. Riesengroß und leuchtend. Die Sonne, die durch die Fenster hereinschien, ließ ihn wie einen Diamanten funkeln.

Athandran trat näher heran, fast als würde er magisch angezogen. Schritt für Schritt, ohne die Augen abzuwenden, bewegte er sich vorwärts, bis er die Mitte des Zimmers erreichte.

Erst dort wurde deutlich erkennbar, dass er zwar sein eigenes Gesicht in den Spiegeln sah, aber nicht sein gegenwärtiges. Es war ein Spiegelbild längst vergangener Tage. Tage, in denen er glücklich gewesen war.

Wie konnte das sein? Verständnislosigkeit breitete sich in ihm aus. Daraus wurde Fassungslosigkeit, als er in dem Spiegel die zweite Person, die neben ihm stand, erkannte: Anjanka.

Seine einzige große Liebe. So lange hatte er sie nicht mehr gesehen, doch niemals würde er ihr Gesicht vergessen.

Er schluckte und kämpfte mit den Tränen. Es tat ihm weh, seine Frau zu sehen, wie sie einst gewesen war. Und doch konnte er die Augen nicht von dem Spiegel abwenden.

Ihre lieben dunklen Rehaugen, die ihn zärtlich anschauten. Das eigene glückliche Gesicht, als er sie umarmte und jeden Moment genoss. Ein Augenblick, in dem er vergaß, dass alles nur ein Bild im Spiegel war.

Er spürte, wie Anjanka mit ihrer Hand sanft über seine Wange strich. Sah, wie ein liebevolles Lächeln ihren Mund umspielte.

Es fiel ihm immer schwerer zu unterscheiden, ob das, was er erlebte, sein Verstand ihm vorgaukelte? Oder war es doch die Realität?

Unmöglich! Anjanka teilte ihr Leben seit langer Zeit nicht mehr mit ihm. Der Tod hielt jetzt ihre Hand, die er ihm durch seine Unfähigkeit, sie zu beschützen, übergeben hatte. Der Stern in seinem Dasein – tot – fort – niemals würde er sich seine Schuld dafür erlassen.

Lang empfundene innere Kälte verwandelte sich in schmerzende Trauer, als er die verdrängte Erinnerung, die sich in seinem Verstand ausbreitete, zuließ.

Für einen Moment gab er sich des nicht Glauben Wollens, sein Glück könnte vom Schicksal zerstört werden, hin.

Hörte nicht auf die Warnungen und übersah die Zeichen der Bedrohung. Anjanka jedoch ahnte das Grauen, welches auf sie beide zusteuerte. Aber er, blind und taub in seiner Sorglosigkeit, schenkte ihren ängstlichen Worten keine Beachtung.

Doch auch sie hatte sich bereitwillig von seiner Gelassenheit anstecken lassen. Sie wollte, genau wie er, einfach nur glücklich sein. Damals glaubte Athandran, dass auch er das Recht auf ein wenig Glück hatte.

Was sollte schon geschehen? Ihr Volk fürchtete wenige Feinde. Noch dazu, dass sie sich in ihrer Heimat aufhielten, die kein Fremder zu betreten wagte. Sich den Respekt der anderen Wesen gewiss, wähnte Athandran sie beide in Sicherheit.

Eines Morgens ließ er seine Frau allein in den Wald ziehen. Ihre Vorräte neigten sich dem Ende zu und Anjanka beschloss, Früchte für das Abendessen zu sammeln. Er selber reparierte das Dach ihrer Hütte. Der Winter meldete sein Kommen an und die verbleibende Zeit, alles dafür vorzubereiten, wollte er nutzen.

Abgelenkt durch die schweißtreibende Arbeit bemerkte er zuerst nicht, wie schnell der Tag sich dem Ende neigte.

Erst als die Dämmerung hereinbrach, begann er, sich über Anjankas Verbleiben zu wundern.

Die Dunkelheit rückte immer näher aber Anjanka kam nicht nach Hause. Beunruhigt machte er sich auf, sie zu suchen.

Athandran brauchte nur ein kurzes Stück zu laufen, um die Gewissheit zu erlangen, dass sie nie wieder zurückkommen würde.

Blutüberströmt lag seine Geliebte auf dem Waldboden.

Ihre Augen, so blind und leer, zeigten ihm, dass es vorbei war. Er kniete sich neben sie, nahm sie in seine Arme und liebkoste ihr kleines Gesicht.

Keine Wärme ihres Körpers spendete ihm die Hoffnung, sie retten zu können – ihr letzter Lebenshauch war schon lange entwichen.

Das einzige Wesen, das er jemals in der Lage gewesen war zu lieben, hatte ihn verlassen. Nie wieder durfte er ihr fröhliches Lachen hören, nie wieder ihre Nähe spüren.

Die Träume von einer großen Familie waren ausgeträumt. Anjanka ging auf eine Reise, bei der er sie nicht begleiten konnte.

Er weinte nicht, keine Träne lief über seine Wangen. Etwas in ihm starb mit ihr und der Hass begann, die Leere seines Herzens auszufüllen.

Ein Rascheln im Unterholz ließ ihn herumfahren. Für einen Augenblick vermeinte er, stechend rote Augen im Unterholz zu sehen. Jemanden dort zwischen den Bäumen wahrzunehmen. Jedoch als er hinging, das Grün zur Seite schob und in das Dickicht trat, fand er nur umgeknickte verdorrte Grashalme auf dem Waldboden vor. Fußspuren! Kaum zu sehen, nicht zu deuten, ob alt oder frisch, gaben keinen Hinweis darauf, dass wirklich jemand sie vor kurzem hinterlassen hatte.

Da ihm nicht danach zumute war, ihnen weiter in den Wald hinein zu folgen, ging er mit gebeugtem Rücken eines gebrochenen Mannes, zurück.

Eine andere schwere Aufgabe wartete auf ihn. Die Pflicht, Anjanka ihre letzte Ehre zu erweisen, musste von ihm vollzogen werden. Mechanisch tat er das, was getan werden musste.

Er verbrannte ihren Leichnam und ließ den Wind seine Gefährtin mit auf die Reise nehmen. Sie würde wieder eins mit der Natur werden und vielleicht eines Tages zu ihm zurückkommen.

Aber in diesem Moment spendete ihm der Gedanke keinen Trost. Wie denn auch? Niemand konnte ihm sagen, ob er der Wahrheit entsprach oder ob es sich nur um einen schönen Traum der Zurückgelassenen handelte.

Der Wunsch nach Rache, sowie der Hass, hielten ihn am Leben und zwangen Athandran zum Weitergehen. So machte er sich auf die Suche nach Anjankas Mörder, einem Phantom, welches er nie fand.

Jahre später stand er nun hier in diesem fremden Raum. Die Gefühle, während er sich und Anjanka im Spiegel betrachtete, wallten hoch und schnürten ihm die Kehle zu. Der Schmerz des Erlebten war kaum noch für ihn zu ertragen. Dennoch hielt ihr Anblick seinen Blick gefangen.

Zumindest konnte er sie dort noch einmal sehen. Beinahe hatte er das Gefühl, sie wäre wieder bei ihm.

Er wollte bleiben, Anjanka anschauen und bei ihr sein. Auch wenn sie nicht mehr als eine wunderschöne Illusion sein sollte. Gleich, nur noch einen kurzen Augenblick, dann würde er wieder zu den anderen zurückgehen.

Ohne es zu bemerken, sank Athandran auf die Knie und starrte in den Spiegel. Seine Augen wurden glasig und das Gesicht reglos, als ob er nicht mehr zu der Welt, in der er lebte, gehörte.

Währenddessen kicherten und alberten Wolf und Wusch herum. Emsig damit beschäftigt, ihre Witze über Athandran zu reißen. „Hihi, hicks, hast du seinen Gesichtsausdruck gesehen in dem Moment, als er nach hinten kippte? Feuerrot, könnte als Fliegenpilz Karriere machen, hi – hicks.

Ja, ja, unser ach so cooler Drow."

Wusch gelang es kaum, sich zu beruhigen. Ihr Gesicht glühte rot vom Lachen und das Hicksen machte es ihr schwer, Luft zu bekommen. Sie gackerte, hickste und hechelte, statt zu atmen.

Ihrem Freund erging es kaum besser, er übertraf es sogar. Wolf warf sich wiederholt mit dem Stuhl nach hinten, um das eben Geschehene zu demonstrieren. Während Wusch weiter lästerte und kicherte. Sein grunzendes Lachen und ihre Kicherlaute sorgten für eine ungewöhnliche Geräuschkulisse.

In ihrem ganzen bisherigen Leben hatte Wusch noch nie so gelacht und Spaß gehabt. Sie genoss den kostbaren Augenblick, der ihr die Freuden des Daseins schenkte.

So dauerte es in diesem ganzen Tumult, bis einer von beiden sich darüber zu wundern, warum Athandran nicht zurückkehrte.

Endlich beruhigten sie sich und in der plötzlichen Stille des Raumes beschlich Wolf ein sonderbares Gefühl.

„Wusch, ich frage mich, was unser Schattenelbrax so lange treibt? Er ist schon sehr lange weg, oder? Meinst du nicht, wir sollten gehen und nach ihm schauen?". Die Stirn in Falten gelegt, schaute er Wusch mit sorgenvollem Blick an.

Diese jedoch wünschte insgeheim, er hätte das nicht gesagt. Sie nicht aus dem Rausch der Fröhlichkeit gerissen.

Durch seine Frage erwachte in ihr ebenfalls die Sorge, irgendetwas könnte Athandran passiert sein.

„Mhm, ich denke, du hast recht. Wer weiß denn schon, was unser schattiger Weltenbummler veranstaltet.

Also ich schlage vor, wir gehen jetzt beide die Treppe hoch. Dann schauen wir oben nach, ob wir ihn irgendwo entdecken. Am besten, wir teilen uns auf. Du nimmst den rechten und ich den linken Flur. In irgendeinem Zimmer muss er ja sein. Wahrscheinlich schläft er bereits in einem kuscheligen Bett und schnarcht vor sich hin. Also lass uns nicht länger warten – los, auf geht's!".

Nebeneinander liefen die beiden schweigend die Treppe hoch. Oben angekommen trennten sich ihre Wege und jeder ging in eine andere Richtung. Sie waren so sehr von den Eindrücken, die sich ihnen hier boten abgelenkt, dass es ihrer Aufmerksamkeit entging, wie sie sich schon nach wenigen Schritten aus den Augen verloren.

Wolf lief nicht allzu weit den Flurgang entlang, sondern betrat gleich das erste Zimmer.

Genau wie Athandran es vor einiger Zeit sah, prangte ein Symbol, fremdartig mystisch anmutend, in der Mitte der Holztür. Aber Wolf ließ sich auch davon nicht abhalten. Ohne Zögern öffnete er die Tür und lief schnurstracks in den Raum hinein. Die ersten Schritte noch kraftvoll ausgeführt, erlahmte die Bewegung seiner Beine, bis diese vollkommen zum Stillstand kamen.

Das, was er im Zimmer vorfand, überwältigte ihn. Die Einrichtung des Raumes schien der griechischen Mythologie entsprungen. Antike Figuren aus Marmor, Trinkkelche aus kunstvoll verzierten Metallen gegossen, standen auf einem kleinen weißen Tisch. Grazile Zitronenbäumchen, reich mit Früchten bestückt, neben anderen in reichhaltiger Blüte stehenden Pflanzen, gaben dem Raum Behaglichkeit.

Es war wunderschön und lud ihn ein, länger zu verweilen.

Neugierig ließ Wolf seinen Blick umherschweifen, aber es schien unmöglich, jedes Detail des riesengroßen Zimmers zu entdecken. So widmete er zuerst den nicht enden wollenden Wänden, mit winzigen Marmorsteinen verkleidet und im Sonnenlicht schimmernd, seine Aufmerksamkeit. Mit den Tatzen strich er zart an ihnen entlang. Sie fühlten sich kalt und glatt, aber trotzdem angenehm an.

Jeden Zentimeter erkundend durchquerte Wolf das Zimmer. Bis er plötzlich an einen großen, aus weißem Stein gemeißelten Brunnen gelangte. Neugierig beugte er sich über den Rand und vermeinte, schemenhaft etwas in dem himmelblauen Wasser am Grunde des Brunnes zu sehen.
Wolf kniff die Augen zusammen, bemüht etwas zu erkennen.
Die Verschwommenheit klärte sich etwas, doch was er nun zu sehen bekam, brachte Wolf dazu, verzweifelt aufzuheulen. Von der glänzenden Oberfläche des Wassers blickten ihm die Gesichter seiner Familie, wie sie einst für ihn ein täglicher Anblick gewesen waren, entgegen.
Stehend vor seinem Zuhause, lachend und gegenseitig herzend. Doch damit nicht genug – er stand bei ihnen.
Aber er war nicht der unzufriedene Sohn und auch nicht die Bestie, sondern ein lächelnder, nett wirkender Junge, der glücklich die Nähe seiner Familie genoss. Und er erlebte es wirklich, auch wenn das unmöglich erschien.
Das Gefühl ihrer Wärme und ihrer Liebe war so intensiv, so real. Glücksgefühle, gemischt mit einem kaum zu ertragenen Schmerz, stiegen in ihm auf.
Als er sah und gleichzeitig spürte, wie seine Mutter ihn liebevoll umarmte, verwandelte sich das Wolfsgeheul in das Schluchzen eines leidenden Jungen.
Mutters Hände, wie sie über seinen Kopf strichen, das Lachen der Brüder und des Vaters, alles so echt und friedvoll. Er war nach Hause zurückgekehrt und wollte dort bleiben, auch wenn es bloß für eine kurze Zeit sein sollte.

Alles andere erschien auf einmal nebensächlich. Wer waren schon Athandran und Wusch? Nur zwei Wegbegleiter!

Allein das Hier und Jetzt zählte. Wie Athandran verfiel auch Wolf dem Zauber der Vergangenheit. Er ließ sich in diese Welt der Erinnerungen fallen, mit der Absicht, nie wieder zurückzukommen.

Mit leerem Blick schaute er in den Brunnen und versank in die Illusion, die sich ihm dort offenbarte.

Wusch war in der Zwischenzeit den anderen Gang, wie mit Wolf abgesprochen, entlanggelaufen. Sie nahm sich Zeit, bummelte sogar ein wenig herum.

Auch hier, in diesem Flurbereich, hingen Ölgemälde mit streng wirkenden Personen.

Die Mauern waren mit rotem Samt bedeckt. Sanft strich sie mit den Fingern über den Stoff. Er fühlte sich wunderbar weich an.

Jede Tür, an der Wusch vorbeilief, öffnete sie und schaute in das Zimmer hinein. Doch anstelle von Möbeln, Bildern oder etwas, das darauf hindeutete, dass jemand hier lebte, waren sie leer. Kahle kalte Räume. Und das Schlimmste – Athandran war nicht zu finden.

Verständnislos zuckte Wusch mit den Schultern und schaute sich ratlos um. Irgendwo musste er doch stecken.

Möglicherweise hatte Wolf ihn mittlerweile gefunden. Das Haus konnte ihn ja nicht einfach verschlucken.

Etwas entmutigt wollte sie umdrehen, ihre Suche aufgeben und zurück zu Wolf gehen. Aber eine letzte Tür gab es noch, die sie nicht geöffnet hatte.

Wusch zauderte ein wenig, die Türklinke herunterzudrücken. Das Zeichen in der Mitte der Tür erschien ihr nicht ganz geheuer. Doch was brachte es schon, erst sämtliche Türen zu öffnen und diese dann geschlossen zu lassen.

Vorsichtig drückte sie die Klinke herunter, öffnete die Tür weit und musterte den Raum. Endlich, hier sah es etwas anders aus als in den vorherigen Räumen. Vereinzelte Möbel, nichts Besonderes, aber wenigstens standen hier Tisch und Stühle.

An der ihr gegenüberliegenden Wand entdeckte Wusch ein großes Gemälde. Interessiert ging sie näher heran, um es genauer zu betrachten. Es ähnelte denen im Flur, unterschied sich aber dadurch von ihnen, dass nicht nur ein Gesicht, sondern schemenhaft Farben, Figuren und die Umgebung sich zeigten.

Während sie direkt vor dem Gemälde stehen blieb, erkannte sie, dass sich die gezeichneten Figuren bewegten, so als seien sie lebendig. Fasziniert trat sie näher heran, bis ihre Nasenspitze das Bild fast berührte. Erstaunt hielt Wusch in der Bewegung inne, als sie das abgebildete Dorf als das ihre erkannte. Wie es einst ausgesehen hatte, bevor alle flüchteten und sie verstoßen wurde. Sie sah ihr Volk singen, tanzen und sich im Kreis bewegend. Jetzt vernahm sie sogar den Klang der Stimmen. Hell und klar drangen sie aus dem Gemälde an Wuschs Ohr.

Ein kleines Mädchen stand in der Mitte des Kreises, und bei genauerem Hinsehen bemerkte sie, dass sie – Wusch – dieses Mädchen war.

Alle anderen um sie herum lächelten sie an. Geborgenheit erfüllte das Zimmer, legte sich wie ein wärmender Mantel um ihren Körper. Dann löste sich eine der Elbrax aus dem Kreis und ging mit ausgestreckten Armen auf sie zu.

Sie nahm Wusch in die Arme und knuddelte sie voller Zärtlichkeit. Es war ihre Mutter, die jetzt das tat, was sie vorher niemals getan hatte. Sie erfüllte die große Sehnsucht der kleinen Hochelbrax, indem sie ihr das Unvorstellbare schenkte – ihre Liebe.

Doch damit nicht genug. Die anderen Kinder schauten achtungsvoll zu Wusch auf. Ein Augenblick, so unbeschreiblich fantastisch. Überwältigt von den Eindrücken, die sich ihr boten, genoss sie das Gefühl, wie dieses Licht in ihre traurige Seele brachte.

Wie gerne wollte sie sich fallen lassen und es genießen, den anderen Elbrax und ihrer Mutter nahe zu sein. Ein einziges Mal Glück empfinden, wie niemals zuvor.

Sie kämpfte jedoch gegen das Verlangen, denn sie erahnte, etwas war nicht richtig. Es fühlte sich einfach unecht an.

Schlagartig dämmerte es ihr. Das, was sie dort im Gemälde betrachtete, stellte nur eine einzige verlockende Lüge dar und Wusch kannte die Wahrheit.

Eine liebevolle Mutter hatte es nie gegeben und würde es nie geben. Im Gegenteil, niemals hatte Sha ihr Kind, ihre Schande, die ihr Leben zerstörte, anerkannt.

Die anderen? Für sie war Wusch doch nur eine Lachnummer gewesen, mit der keiner etwas zu tun haben wollte. Mit ihr spielte man nicht.

Respekt? Hochachtung? Nein, ganz bestimmt nicht!

Wütend schlug Wusch mit ihrer Faust gegen die Wand, an der das Gemälde hing. Reichte es nicht, dass ihr bisheriges Leben so miserabel verlaufen war? „Das alles ist nicht wahr", schrie Wusch verzweifelt, „das ist nicht die Realität. Lüge, alles eine verdammte Lüge!"

Erneut schlug sie zu und trommelte mit beiden Fäusten gegen die harten Mauern. Tränen strömten über Wuschs Gesicht. Unerträglich war der Schmerz, der sie quälte und wie ein Messer in ihr Herz stach.

Jedoch etwas Gutes brachte er mit sich, er sorgte dafür, dass Wusch sich von den Bildern losriss. Sie hörte auf, mit ihren bereits blutigen Fingerknöcheln, weiter auf die Wand einzudreschen und erkannte, dass sie fort von diesem Raum musste.

Wusch rannte wie der Blitz zur Tür, als wäre der leibhaftige Teufel hinter ihr her, ohne nach links oder rechts zu schauen. Kaum ihre Beine unter Kontrolle haltend, strauchelte sie und konnte sich gerade noch festhalten, um nicht zu fallen. Raus hier, lasst mich raus! Das war alles, was sie dachte, als sie beim Ausgang angelangt war. Blind vor Tränen riss sie die Tür auf und stürmte aus dem Zimmer.

Wo sind die Freunde?

Der Flur fühlte sich kalt und verlassen an.

Verfolgt von honigsüßen Stimmen, die sie lockend rufend versuchten, ihren Widerstand zu lähmen, stand Wusch weinend auf dem Gang. Ahnungslos, was sie tun sollte.

Von Wolf und Athandran gab es kein Lebenszeichen und sie brauchte ihre Wegbegleiter dringend, bevor sie dem Zwang erlag, zurück in das Zimmer zu gehen.

„Wolf, Athandran, wo seid ihr? Bitte, lasst mich jetzt nicht alleine!", schluchzend rief sie nach ihnen.

Plötzlich durchdrang eine Stimme den Singsang der anderen. Eindringlich wispernd sprach sie in Wuschs Verstand zu ihr: „Geh zurück, öffne die Tür. Schau in das Bild hinein. Tu es, und alles wird wunderbar für dich sein. Ein einziger Blick und aus deinem größten Wunsch wird Realität."

Wusch reagierte nicht, aber die Stimme wurde lauter und lauter. Es half nichts, dass sie sich ihre Ohren zuhielt und nach ihren Freunden rief. Die Stimme gab nicht auf und wiederholte die Worte immer wieder.

Doch Wusch blieb stark und trotzte dem Verlangen, der Verlockung nachzugeben.

„Das ist nicht wahr. Etwas Böses ist hier, das spüre ich.

Ich muss fort, meine Freunde finden. Ich höre dich nicht, Stimme, es gibt dich einfach nicht für mich!".

Immer wieder, wie ein Gebet, flüsterte Wusch die Worte und rannte eilig den Gang hinunter.

Der Weg zurück zur Treppe kam ihr wahnsinnig lang vor. Viel länger, als er vorher gewesen war.

Doch die kleine Elbrax schaffte es, sie zu erreichen.

Im ersten Reflex wollte Wusch die Stufen hinunterrennen, aus dem Haus stürmen, einfach alles hinter sich lassen.

Weit fort von diesem Ort.

Aber sie hatte sich verändert. Naiv und trampelig, ja, das war sie immer noch, aber kalt, nein, das gehörte nicht mehr zu ihren Charaktereigenschaften. Ihre Gefährten waren ihr sehr wichtig geworden, weitaus mehr, als sie sich selber eingestand. Sie stoppte ab und riss sich mit aller Macht zusammen.

„Ich muss Wolf und Athandran finden! Ich darf sie hier nicht zurücklassen." Mit diesen Worten machte sie kehrt, und betrat den zweiten Flur.

Nervös trippelte Wusch auf der Stelle und ein mulmiges Gefühl machte sich in ihrem Magen breit. Die Angst kribbelte in ihrem Bauch wie tausende kleine Ameisen.

Niemals zuvor hatte sie sich für jemanden in eine Gefahrensituation begeben. Eine Seite von ihr bedrängte sie immer noch fortzulaufen. Doch die andere – sehr viel stärkere – zwang sie dazu, Wolf und Athandran nicht im Stich zu lassen. Die Gedanken: „Sie brauchen dich, sie sind deine Freunde", ließen sie nicht los, und Wusch setzte ihre Suche fort.

Auf leisen Sohlen und mit zitternden Knien lief sie den Gang herunter. Der Flur mit seinen Gemälden und dem Samt an den Wänden strahlte nun nichts Einladendes und Schönes mehr aus.

Im Gegenteil! Das Rot des Stoffes erinnerte sie an Blut und die Gesichter auf den Bildern starrten bedrohlich auf sie herunter. Wusch ignorierte sie und lief mit eiligen Schritten weiter, bis sie an die erste Tür gelangte. Dort blieb sie stehen und wagte erst nach einigen Minuten diese zu öffnen. Der Blick in das Zimmer offenbarte ihr, dass nichts, rein gar nichts, vorhanden war. Keine Stühle, Bilder, Tische – nur gähnende Leere.

Sie verließ den Raum und ging zu der nächsten Tür hoffend, vielleicht dort Wolf oder Athandran vorzufinden. Doch auch hinter ihr gab es nichts. Wie bei einem „Déjàvu" sah Wusch immer wieder aufs Neue in jedem Raum vollkommene Leere.

Irgendwann hörte sie auf, die Türen, die sie ohne Erfolg öffnete, zu zählen. Zermürbt von der Hoffnungslosigkeit ihres Unterfangens, verließen sie allmählich der Mut und die

Kraft ihres Körpers. Der Kloß in ihrer Kehle ließ sich nicht mehr runterschlucken und erneut rannen dicke Tränen ihre Wangen herunter. Die Zuversicht auf ein gutes Ende zerbrach in ihr – Stück für Stück.

Ziellos irrte Wusch durch das Haus, ohne wirklich zu wissen, was sie als Nächstes tun sollte.

Sie verließ den Flur und rannte die Treppe herunter, suchend nach etwas, das ihr weiterhalf. Vielleicht einen Gegenstand oder eine Nachricht, die sie zu den anderen führte.

Sie durchforschte das Erdgeschoss, jede kleinste Ecke und jeden Winkel. Ohne Erfolg. Wie im oberen Stockwerk war auch hier nichts. Der Tisch, die Stühle nicht vorhanden - die gesamte Einrichtung war einfach verschwunden.

Hilflos stand sie da und verstand nicht, was vor sich ging. Sie hatten doch hier gemeinsam gegessen und gelacht. All das, was vorher da gewesen war, schien wie vom Erdboden verschluckt zu sein.

Die Leere in dem Haus war erdrückend und der Mut verließ sie endgültig. Würde sie die beiden jemals wiedersehen?

Mit gesengtem Kopf stapfte sie müde die Treppe hoch während ihre Gedanken, bestehend aus einem Meer voll Trauer und Hoffnungslosigkeit, ihren Weg begleiteten.

Die letzte Kraft aufbringend, versuchte Wusch, als sie oben angekommen war, weiterzugehen. Ihre Beine jedoch versagten ihr den Dienst und erschöpft sackte sie auf den Boden.

Sie konnte einfach nicht mehr. Doch sie durfte jetzt nicht aufgeben. Es musste etwas Schlimmes mit Athandran und Wolf passiert sein und wer sollte ihre Freunde retten, wenn nicht sie?

Den Kopf auf die Knie gelegt wisperte sie: „Denk nach, Wusch, es gibt eine Lösung, denn die gibt es immer."

Aber wie sollte sie, die Versagerin, es schaffen, diese zu finden?

Sie durchdachte noch einmal die letzten Stunden. Was hatte sie bisher unternommen? Den unteren Bereich des Hauses hatte sie komplett durchsucht, sowie den linken und den rechten Flur im ersten Stockwerk. Viel mehr gab es nicht in diesem Haus. Aber hatte sie wirklich jeden Winkel durchstöbert oder doch etwas übersehen? Wo war sie noch nicht gewesen?

Wusch hob den Kopf und sah nach oben an die Decke. Überrascht kniff sie die Augen zusammen. Wie dumm von ihr, natürlich, ein Teil des Hauses blieb übrig.

War die Luke, die sie entdeckte, eine Illusion und schimmerte durch einen Spalt im Holz wirklich Licht?

Aber wie sollte sie hoch kommen um nachzuschauen, ob ihre Freunde dort oben gefangen waren?

Ach – wenn sie doch zaubern könnte!

Moment – zaubern?

Aber das konnte sie doch!

Okay, es klappte nicht immer so, wie sie es sich erwünschte, dennoch - einen Versuch war es wert. Mehr als schiefgehen konnte es ja nicht.

„Egal, ob Lug und Trug mir den Verstand vernebeln, ich muss da hinauf und ich weiß auch schon wie", dachte Wusch. Wenn sie einfach hochschwebte, passte sie nicht durch den schmalen Spalt. Aber, wie bereits gesagt, Wusch konnte zaubern. Sie erinnerte sich an den Flederrattenzauber. Zwar einer, der ihr noch nie auch nur annähernd gelungen war, aber genau das Richtige, was sie für ihre Zwecke brauchte. Niemals zuvor hatte sie sich in eine Flederratte verwandelt, aber in eine Fledermaus.

In dieser Gestalt kam sie an die Decke, gleichzeitig war sie klein genug, um durch den Spalt zu schlüpfen. Das erste Mal in ihrem Leben betete sie, dass der Zauber daneben gehen würde.

Gedämpft murmelte Wusch:

> „Ich fliege – hicks – durch die Nacht,
> schlafe, während ihr alle wacht,
> gefährlich und riesengroß bin ich,
> fressen würde ich gerne dich.

Selten gesehen und doch bekannt,
Flederratte – hicks – werde ich genannt.
Genau dies werde ich jetzt sein,
Zauber – hicks – verwandle nur mich allein!

Zunächst passierte nichts. Dann allerdings begann der Boden unter Wuschs Füßen zu rumpeln. Eine blaue Wolke stieg hoch und ließ Wusch in dem Nebel unsichtbar werden. Doch nur für einen sehr kurzen Augenblick. Wenige Sekunden später hopste aus diesem ein in keiner Weise Wusch ähnlichem Wesen. Mit tapsigen Schritten lief es ein wenig wirr auf dem Fußboden im Kreis.
Die Elbrax hatte es geschafft! Wieder schlug der Zauberspruch fehl und Wusch war zu einer Fledermaus, winzig klein, geworden.
Es brauchte einige Geh- und Flugversuche bevor sie den ihr fremden Körper unter Kontrolle brachte. Doch dann flatterte sie zielsicher nach oben und zwängte sich durch den schmalen Spalt.

Die geheimnisvolle Unbekannte

Kaum, dass sie auf dem Dachboden landete, schaute sie sich neugierig um. Mit allem hatte Wusch gerechnet – jedoch nicht damit.
Der Anblick war alles andere als das, was sie erwartet hatte.
Ein kleines Wesen, höchstens einen Meter groß, stand mit dem Rücken zu Wusch. Viel zu erkennen war aber von diesem nicht. Ein Meer von lockigen blonden Haaren verdeckte es und floss hinab bis auf den Boden.
Was oder wer war das?
Wirklich einschüchternd sah dieses Geschöpf nicht aus und Wusch fragte sich insgeheim, ob sie Angst haben oder einfach loslachen sollte. Insbesondere, als dieses Geschöpf begann, auf und ab zu hopsen.

Mit einer quäkigen Stimme fing es nun auch noch an zu sprechen:

„Wo ist es denn? Komisches kleines Spitzohrmädchen! Was tut es denn? Weg, einfach weg, kann das Mädchen doch nicht machen! Darf Freunde nicht finden, sind nun Phiadoras Freunde! Phiadora will spielen! Phiadora will Spaß!"

Während das Wesen schimpfend jammerte, drehten und kringelten sich die Haarlocken immer schneller. Wie ein Tornado umwirbelten sie den Körper. Dabei wurde die Stimme immer höher und ähnelte dem Piepsen einer Maus:

„Blödes Spitzohr! Schlau, einfach zu schlau für Phiadora. Phiadora hat Hund im Bann und anderes männliches Spitzohr auch! Warum nicht Mädchen, hmmmm?"

Dieses komische hopsende Wesen sollte der große Feind sein, der sie alle in Gefahr brachte?

Die Lippen krampfhaft zusammengepresst, kämpfte Wusch gegen das Lachen an. Dabei stieg glühende Hitze in ihr hoch und färbte ihr Gesicht rot. Dennoch schaffte sie es nicht einmal ein leises Kichern von sich zu geben.

Plötzlich jedoch spürte sie wie sich das, was sie jetzt am wenigsten gebrauchen konnte, ankündigte.

Wusch versuchte alles Elbrax mögliche, um es zu verhindern. Aussichtslos! Nein, er war nicht zu unterdrücken, so sehr sie sich auch dagegen wehrte.

Zu spät – ihr entwich der ultimative lauteste Hickser, den sie jemals von sich gegeben hatte.

Grabesstille breitete sich im Raum aus und man hätte eine Stecknadel fallen hören können. Dann ertönte nochmals ein Rumpeln aus dem Boden und eine Wolke aus blauem Rauch stieg auf. Aus dieser kroch Wusch – zurückverwandelt in eine Hochelbrax. Der Zauber, der sie zur Fledermaus machte, hatte sein Ende gefunden.

Ein zweiter Hickser ertönte und erschrocken presste sie die Hand vor den Mund.

Das blonde Lockengewirrwesen drehte sich im Zeitlupentempo um und Wusch erblickte ein winziges, mit Knollennase versehenes, sie grimmig anstarrendes Gesicht.

„Du dummes, dummes Mädchen, machst alles kaputt! Lass Phiadora die Freunde, brauchst sie nicht! Kannst Phiadora ruhig glauben!".

Wusch hickste ohne Unterlass weiter. Zusätzlich verlor sie den Kampf gegen das Lachen und schallend brach es aus ihr heraus. Aber wie sollte sie auch sonst reagieren?

Da stand dieses ulkige Wesen, brabbelte vor sich hin und machte es Wusch unmöglich, ernst zu bleiben.

Statt angstvoll, fragte sie kichernd: „Hicks – sag mal, was bist du und vor allem, was willst du?"

Wusch bekam keine Antwort, sondern einen bitterbösen Blick zugeworfen. Also startete sie einen zweiten Versuch, etwas über das Wesen herauszufinden.

„Wer bist du, habe ich dich gefragt. Ich denke, du hast meine Freunde verschwinden lassen, oder?"

Das kauzige Wesen gab keine Antwort.

Endlich wieder in der Lage zu sprechen, ohne ständig vom Hicksen und Lachen unterbrochen zu werden, wurde es Wusch allmählich zu bunt. Sie erinnerte sich daran, wie sie angstvoll durch das Haus rannte, auf der Suche nach ihren Freunden und der Zorn, über das bisher Durchgemachte, flammte in ihr auf.

Mit wütender Stimme und zornig blitzenden Augen zischte sie: „Jetzt antworte mir endlich! Wo sind meine Freunde und was hast du mit ihnen gemacht. Glaubst du, du kannst dir sie einfach nehmen? Weißt du eigentlich, wer ich bin? Ich bin Wusch und nicht irgendein Spitzohr! Sofort sagst du mir, wo sie sind, oder ich zeige dir, was eine Hochelbrax ist und vor allem, wozu sie im Stande ist!".

Dramatisch reckte Wusch die Arme empor. Der Ausdruck in ihrem Gesicht ließ sie wahrhaftig furchteinflößend aussehen.

Nichtsdestotrotz zeigte sich Phiadora davon wenig beeindruckt. Den Kopf schräg haltend, die Nase rümpfend, betrachtete sie Wusch, ohne mit der Wimper zu zucken. Murmelnd erklang ihre quarkige Stimme aufs Neue:

„Soll Phiadora etwa Angst vor dir haben? Einem Elbraxmädchen? Verwandelt sich in Fledermaus, mehr nicht, und glaubt an mächtigen Zauber sie kann! Pah! Ich großartiges Wesen habe Macht, siehst du das nicht? Größere Macht als dummes Spitzohrmädchen. Freunde gehören mir und werden mein bleiben. Du dummes Ding kannst nur komische Laute von dir geben. Hicks bedeutet nix. Hicks, Hicks und nochmal Hicks, Phiadora hat keine Angst vor Hicks ...!"

Mit dieser Reaktion hatte Wusch nicht gerechnet. Entmutigt ließ sie die Arme sinken und sah die Kleine nachdenklich an. Wohl wahr, dieses knollennasige wuselige Wesen musste das Zaubern sehr gut beherrschen. Ansonsten wäre es wohl kaum in der Lage, ihre Freunde einfach verschwinden zu lassen. Nein, es war besser, Phiadora nicht zu unterschätzen.

Wusch konzentrierte sich auf das eben Gehörte. Wie lauteten ihre Worte und vor allem, was bezweckte sie damit?

Was wollte Phiadora wirklich? Freunde gehörten ihr, hatte sie gesagt. Konnte es sein, dass sie das Alleinsein satt hatte? Sich wie jedes andere Lebewesen jemanden an ihrer Seite wünschte?

Wusch strengte sich an, ihren Ärger zu unterdrücken. Schluckte die Wut herunter und sagte sanft: „Phiadora, versteh doch, du kannst die beiden nicht einfach behalten. Sie haben einen freien Willen; wenn sie nicht bei dir bleiben wollen, musst du das akzeptieren. Niemals werden sie zu deinen wahren Freunden, wenn du es erzwingst.

Doch möglicherweise können wir ja alle gemeinsam eine Lösung finden, ohne Zauberei. Gib ihnen die Chance, dich kennenzulernen und ganz bestimmt werden sie dich mögen. Versuch es doch einfach.

Ich mache dir den Vorschlag, dass ich mit Wolf spreche. Auch Athandran wird mir zuhören, wenn wir ihm die Situation erklären. Wieder verhexen, falls sie wirklich nicht deine Freunde sein wollen, kannst du sie dann immer noch. Komm – probiere es aus."

Flehend sah sie Phiadora an. Diese runzelte ihre Stirn nachdenklich und ihre Haare begannen sich wieder wild wie kleine Spiralen zu drehen.

„Hmmmm, macht Phiadora das? Ist Phiadora schlau oder wäre es dumm? Phiadora will Freunde, aber will auch mit ihnen sprechen können. Kann sie das, wenn die verzaubert sind? Nein, kann sie nicht ... Soll sie es probieren? Soll sie wirklich …?"

Die kleine Knollroch, denn diesem Volk gehörte sie an, verstummte. Bewegungslos stand sie da.

Doch dann, von einer Minute auf die andere, veränderte sich ihre Körperhaltung. Wild trampelte sie auf der Stelle und wiegte rhythmisch die Hüften hin und her. Silberne Glöckchen, die an ihrem bunten schwingenden Rock hingen, klingelten leise.

Wusch musste schon wieder schmunzeln. Der Tanz der Kleinen sah einfach zu lustig aus. Elegant war etwas anderes, aber sie würde jetzt sicher nicht noch einmal loslachen. Sie begriff, diese kleine Lady durfte niemand unterschätzen. Also wartete Wusch ab, ohne einen Laut von sich zu geben, was als Nächstes passierte.

Zuerst herrschte eine bedrückende Stille. Wusch dachte schon, dass Phiadora nachgegeben hatte und Wolf sowie Athandran gleich in das Zimmer marschieren würden.

Doch mit einem Mal wurde der Raum von einem rosafarbenen Licht überflutet. Der Nebel machte es unmöglich für Wusch zu erkennen, was vor sich ging. Plötzlich ertönte von allen Seiten hallend Phiadoras Stimme:

„Frei – seid frei von eurer Vergangenheit.
Für die Zukunft seid nun bereit.

Bilder, lasst sie gehen.
Die Realität werdet ihr sehen.
Kommt, kommt her zu mir.
Schnell, denn ich warte hier."

Der Nebel verflüchtigte sich und Wusch erkannte wieder, was um sie herum geschah. Phiadora stand immer noch an derselben Stelle allein im Raum. Wuschs Hoffnung, dass vielleicht ihre Freunde auch anwesend sein würden, verblasste. Weder Wolf noch Athandran hatten das Zimmer betreten.

Die Knollroch schnippte einmal mit den Fingern, stampfte mit dem Fuß auf und sagte zu Wusch: „Wolf und anderes Spitzohr sind frei. Du, Elbraxmädchen, musst warten, dass sie kommen her. Aber sollten sie fortgehen, ohne Freunde von Phiadora zu sein, wirst du bleiben hier. Phiadora wird nicht mehr allein bleiben. Hoffe nun, dass sie von dir wahre Freunde sind."

Wusch schluckte – das war also der Punkt. Sie hatte sich schon gewundert, dass dieses Knollrochmädchen so einfach und schnell nachgab.

Natürlich hatte Wusch mit Schwierigkeiten gerechnet, aber kaum mit solchen. Was, wenn Athandran und Wolf nicht das Gleiche empfanden, wie sie, entschieden, fortzulaufen und sie zurückließen? Für Wusch bedeutete dass, auf Ewigkeit das Leben einer Gefangenen zu fristen.

Allein die Vorstellung, das Haus nicht mehr verlassen zu können, Wiesen und Wälder niemals wieder sehen, nie mehr mit ihren Freunden zusammen sein, war grausam.

All diese Gedanken ließen sie erzittern. Doch sie konnte nichts anderes tun, als abzuwarten.

Die Uhr tickte unaufhörlich, und innerlich betete Wusch, dass alles gut werden würde.

Wo ist Wusch?

Athandran blinzelte ungläubig, als er, wie aus einer tiefen Trance, in dem ihm fremden Raum erwachte. Spiegel um ihn herum, kalt und leer reflektierten sie sein erschüttertes Gesicht. Mühsam versuchte er, die Gedanken, welche stückeweise in seinem Verstand herumschwirrten, einander zuzuordnen.

Dieser, ihm fremde Ort, wie kam er hierher? War er nicht eben noch mit Anjanka zusammen gewesen? Aber er war allein und Anjanka nicht hier bei ihm.

Anjanka, was war mit Anjanka? Bruchteilhaft kehrten die Erinnerungen zurück und ein Stich der Erkenntnis fuhr in sein Herz. Anjanka lebte nicht mehr; sie war schon vor langer Zeit gestorben. Die Bilder – wie er sein Zuhause verließ, immer weiter fortlief, schwirrten schemenhaft in seinem Kopf und fügten sich zusammen.

Diese Hochelbrax, wie war ihr Name noch?

Und da gab es noch jemanden, der ihn begleitete.

Wolf, ach ja, und dieses hicksende Mädchen hieß Wusch. Das Haus der Träume, dort war er. Athandrans Kopf schmerzte von der Anstrengung des Nachdenkens. Dennoch grübelte er weiter, denn nur so würde er erfahren, was als letztes passiert war.

Sie hatten das Haus doch gerade erst betreten, zusammen gespeist und dann ... plötzlich wusste er wieder alles.

Er war wütend nach oben in dieses Zimmer gerannt und hatte dann hier in den Spiegeln Anjanka wiedergefunden.

Es hatte sich so gut angefühlt, wie früher, als sie gemeinsam glücklich gewesen waren.

Aber Anjanka war keine Realität, nur eine Illusion, vorgegaukelt durch einen Zauber – das begriff er jetzt. Doch wer hatte ihm das angetan, und was sollte er jetzt unternehmen?

Im gleichen Augenblick wie Athandran erwachte auch Wolf aus seiner Traumwelt. Rausgerissen aus dem wunderbaren

Gefühl der Geborgenheit, heulte er jämmerlich auf und es war ein Laut voller Schmerz und Pein.

Schluchzend schrie er: „Halt, wartet, Wolf braucht euch. Ich bin nicht mehr böse. Ich bin jetzt ein guter Junge. Nein, bitte nicht, bleibt bei mir." Hilflos griff er mit den Pfoten nach seiner Familie. Doch er fasste nur ins Leere.

Weiter und weiter entfernten sie sich von ihm. Das Bild seiner Familie verblasste langsam, bis nur noch in der Ferne kleine Punkte erkennbar waren, die dann mit einem letzten Aufblitzen ganz verschwanden.

Zwecklos – ungehört verhallte sein Flehen. Wolf wischte sich die Tränen aus den Augen. Wieso gingen sie fort?

Er verstand es nicht. Weshalb saß er hier in diesem kahlen, kalten Raum und starrte in das dreckige graue Wasser am Grunde des Brunnens?

Wolf wandte das Gesicht ab und ließ sich auf den Boden vor dem Brunnen sinken. Kalt spürte er die Steine an seinem Rücken und sie verstärkten das Gefühl von Einsamkeit. Er war allein, niemanden kümmerte es, ob er lebte oder bereits gestorben war.

Wirklich niemanden?

Gleichwohl erschienen Gesichter in seinen Erinnerungen, die nicht zu denen seiner Familie gehörten.

Ein Junge und ein Mädchen zeigten sich ihm. Fremd zunächst, doch dann wurden die Bilder der Erinnerung immer deutlicher.

Waren es Menschenkinder? Nein, falsch – die Gesichter gehörten einer Hoch- und einem Schattenelbrax.

Genau, sie drei waren zusammen gereist, um dann in diesem Haus einen Schlafplatz zu finden.

Seine Familie hatte er schon lange verlassen müssen. Der Fluch, der auf ihm lastete, entzweite ihn von seinen Eltern und Geschwistern. Dann, als er alleine und einsam durch den Elbraxwald streifte, traf er die beiden und sie waren zu seinen Freunden geworden.

Wusch und Athandran, ja so hießen sie, die gemeinsame Reise – die Realität. Seine Familie, was er mit ihnen erlebte – nur Einbildung.

Er hatte keine Ahnung, was mit ihm passiert war. Allerdings, dass er nicht freiwillig in diesem Raum verweilte, das wusste Wolf.

Aber er fragte sich, was mit seinen Freunden geschehen war. Waren sie ohne ihn fortgegangen?

Athandran erhob sich vom Boden. Seine Beine fühlten sich schwer und bleiern an, während er sich noch einmal in dem Raum umsah. Nichts als leblose Spiegel, die einzig und allein ihn wiederspiegelten. Es änderte kaum etwas, wenn er sich hier noch länger aufhielt.

Nun wurde es wirklich Zeit, zu gehen, dachte Athandran und ging mit schleppenden Schritten zur Tür. Als jedoch seine Finger den Türgriff umklammerten, erklang eine zarte Stimme in seinem Kopf. Erschrocken lauschte er ihr.

Wer sprach zu ihm, flüsterte die Worte: „Bleib oder geh, entscheide dich. Bleibst du - dann für immer, gehst du – nie wieder zurück du kommen kannst!" in seinen Verstand.

Oder war diese Stimme eine Einbildung, ein Streich, den ihm sein Verstand spielte, oder ein erneuter Zauber?

Nein, sie war da, denn er hörte sie ganz deutlich.

Aber warum zum Teufel sollte er bleiben wollen?

Seine Vernunft rief ihm zu, schnellstmöglich dieses Haus zu verlassen und ohne sich noch einmal umzudrehen, fortzugehen. Athandran zögerte dennoch. Wenn auch sein Verstand dies für die richtige Entscheidung hielt, sein Herz sprach eine andere Sprache.

Wolf erging es nicht anders, auch er hörte die Worte, sich wiederholend – ohne Pause. Im Gegensatz zu Athandran hatte er bereits eine Entscheidung getroffen. Ohne den leisesten Zweifel zu verspüren, folgte er dem Ratschlag seines Herzen.

Ja, er würde dieses Haus der Träume verlassen, aber auf gar keinen Fall allein, sondern nur mit seinen Freunden.

Sie allein waren das, was für ihn noch zählte und er würde alles in seiner Macht stehende unternehmen, die beiden zu finden.

Schnuppernd hob er seine Nase in die Luft. Jetzt kam ihm der Fluch zugute. Witternd nutzte Wolf instinktiv die Fähigkeit des Tieres in sich, den Duft seiner Freunde aufzunehmen. Voller Mut und Willenskraft, bereit für sie zu kämpfen, öffnete er die Tür und stürmte hinaus.

Wusch rannte die Zeit davon. Unfähig, selbst in das Geschehen einzugreifen, blieb ihr nichts, außer Bangen und Hoffen, dass alles gut wird. Sie kämpfte mit ihren Zweifeln, die ihr das Warten zur Qual machten.

Was würden Athandran und Wolf machen? Würden sie nach ihr suchen? Oder ließen sie Wusch einfach zurück? Waren sie wirklich das, wofür Wusch sie hielt, Freunde? Vielleicht bedeutete die Elbrax ihnen gar nichts und sie waren froh, sie endlich los zu sein? So wie all die anderen, die sie vor ihnen kannte? Wie die Hochelbrax?

Zählte sie überhaupt in ihrer Welt?

Sie hatte Angst, wollte nicht hierbleiben, einsam, eingesperrt mit diesem bizarren Wesen.

Athandran dachte nach. Was sollte er jetzt tun?

Früher war er lieber alleine gewesen und damit bestens klargekommen. Das entsprach doch der Wahrheit?

Wirklich? Oder log er sich etwas vor?

Er glaubte es selber kaum, dennoch, er musste sich eingestehen: Wolf und Wusch bedeuteten ihm etwas.

Diese kleine nervige Hochelbrax und der riesige, nicht gefährliche Wolf. Sie waren, wie sollte der Schattenelbrax es beschreiben? Ja, – ihm ans Herz gewachsen.

„Reine Zeitverschwendung noch länger darüber nachzudenken, was richtig oder falsch ist! Wie sollen die beiden ohne mich klarkommen? Ich darf sie nicht ihrem Schicksal überlassen!", rief Athandran und machte sich auf, nach ihnen zu suchen.

Wolf lief und lief. Endlos erschienen ihm die Flure. Was für ihn zu Beginn dieses Abenteuers als ein einziger Gang erschien, entpuppte sich nun als Labyrinth.
Auf irgendeine Weise war es ihm nicht möglich, voranzukommen. Die Gänge, die er durchschritt, waren endlos und verwirrend. Ihn beschlich das Gefühl, dass er wieder und wieder die gleichen Türen öffnete.
Es schien aussichtslos zu sein, bis Wolf einen ihm bekannten Duft witterte. Zunächst fiel es ihm schwer, den Geruch, der wie eine Mischung aus Waldboden und süßen, zarten Blüten roch, einzuordnen. Aber er wusste er kannte ihn.
Wolf schloss seine Augen und konzentrierte sich. Ganz auf den Duft fixiert, blendete er alles andere aus. Das, was übrig blieb in seinem Kopf, war das Gesicht der kleinen Elbrax. Er öffnete die Augen, schaute sich um, Wusch in seiner Nähe vermutend. Nichts! Wo war sie?

Leises Wimmern drang aus weiter Entfernung zu Athandran, kaum wahrzunehmen, für ihn jedoch hörbar. Ein Schattenelbrax konnte Laute aus großer Entfernung vernehmen, die anderen verborgen blieben. Intensiv lauschte Athandran der Stimme, die an sein Ohr drang. Eindeutig, es war Wuschs und er hörte ihren verzweifelten Hilferuf.
„Spitzohrmädchen, endlich aufhört zu jammern nach ihren Freunden, entweder sie kommen oder nicht! Wenn nicht, werden Phiadora und dummes Mädchen gute Zeiten haben!" schimpfte die Knollroch, den knubbligen Finger an die Lippen haltend.
Doch Wusch wollte nicht aufgeben und redete händeringend, mit sich überschlagender Stimme, auf Phiadora ein: „Bitte, bitte, lass mich gehen. Was hast du davon, wenn ich bleibe, obwohl ich nicht hier sein möchte."

Stur schüttelte Phiadora ihren Kopf:

„Still, Spitzohr! Zwecklos deine Worte sind ... Freunde werden nicht kommen und bleiben wirst du ... hier mit mir all ...“, ohne den Satz zu beenden, unterbrach die Knollroch ihren Redeschwall. Erstarrte einen Moment, dann veränderte sich ihr Gesicht. Die Nase feuerrot, die Augen zu engen Schlitzen zusammengekniffen, ihre Haare raufend, rastete sie völlig aus. Mit kreischender Stimme schrie Phiadora: „Nicht wahr! Geht fort, lasst sie mir!“.

Wild und voller Zorn trampelte sie auf den Boden, dass der Staub unter ihren Füßen hochwirbelte. Die Locken flogen umher und wie Schlangen züngelten sie in der Luft.

Die Wände begannen zu bröckeln und drohten einzustürzen. Phiadoras Brüllen erklang wie ein Donnerhall, schmerzhaft laut, dass es in Wuschs Ohren wehtat: „Sie mein! Hört ihr mich, sie ist mein ...!“

Wusch duckte sich und hielt krampfhaft ihre Hände an die Ohren. Ängstlich schluchzend wartete sie darauf, dass Phiadoras Tobsuchtsanfall endete.

Athandran rannte, dem lauter werdenden Wimmern folgend, los. Da, ein Schatten. Viel zu groß, als dass es Wusch sein könnte.

In der gleichen Sekunde hastete Wolf den Flur entlang. Auch er bemerkte den Schatten, jedoch war auch er sich sicher – das konnte nicht die kleine Gefährtin sein.

„Wer ist dort, zeig dich, was auch immer du bist!“ Unüberhörbar dröhnte Wolfs Stimme durch den Flur.

„Wolf, wie gut, dass ich wenigstens dich gefunden habe. Ich bin es, Athandran“, erleichtert atmete der Schattenelbrax auf. Dass er wirklich froh war, seinem Wegbegleiter gegenüberzustehen, war seinem Tonfall definitiv anzuhören. Auch Wolf fiel ein großer Stein vom Herzen.

„Mann, bin ich froh, dich zu sehen. Weißt du, was passiert ist? Verstehst du das Ganze? Hast du Wusch schon gefunden?" Wolfs Fragen prasselten wie ein Hagelschauer auf Athandran herab.

Der hob beschwichtigend die Arme, um Wolf zu unterbrechen: „Stopp, Wolf, lass uns später über alles reden. Nein, ich habe die kleine Nervensäge noch nicht gefunden, doch sie muss hier irgendwo sein. Ich höre sie."

Wolf hob die Nase witternd in die Luft: „Ja, und ich rieche sie."

Während er das sagte, folgte er dem Geruch, der von oben in seine Nase drang, mit den Augen. Dabei entdeckte er die Luke an der Decke, die vor ihm schon Wusch gefunden hatte. Mit einer Kralle deutete er hinauf: „Athandran, schau hoch, siehst du das auch? Da ist eine Öffnung und es scheint Licht hindurch. Aber nicht nur das, Wusch muss dort oben sein, denn ich wittere ihren Duft so stark, als würde sie direkt neben mir stehen."

Athandran folgte Wolfs Hinweis. Aber diesen brauchte er eigentlich nicht, denn mittlerweile hörte Athandran Wuschs Stimme - aber auch eine zweite, ihm fremde, klar und deutlich. Er musste nach oben, auf den Dachboden, dorthin woher sie kamen. Die Frage, die er sich allerdings stellte: Wie sollten sie beide ohne Hilfe an die Luke gelangen?

Phiadora tobte währenddessen immer wilder durch den Raum. Unverständlich, wahllos brabbelte sie Worte vor sich hin.

Es sah beängstigend aus, wie sie herumwirbelte. Wusch jedoch ahnte, dass ihr Zorn ein gutes Zeichen war. Etwas lief so gar nicht in Phiadoras Sinne.

Hoffnung flackerte in Wuschs Herzen auf. Sie fühlte es, ihre Freunde mussten nahe sein. Welchen anderen Grund konnte es sonst dafür geben, dass diese durchgedrehte Knollroch so ausflippte?

„Athandran, ich habe eine Idee. Ich bin groß und stark. Ich kann dich auf meine Schultern nehmen, dann schaust du nach, ob wir irgendwie diese Luke öffnen können."

Wolf ging in die Knie und winkte seinem Freund auffordernd mit der Pranke, ihm auf die Schultern zu klettern. Dieser zögerte allerdings und bewegte sich keinen Schritt vorwärts.

„Nun mach endlich, wir schaffen das!"

Aber Athandran teilte in keinerlei Hinsicht Wolfs Zuversicht. Dementsprechend sah er seinen haarigen Freund zweifelnd an. Dennoch, die Zeit drängte und was sollte schon passieren – außer dass Wolf ihn fallen ließ und er sich alle Knochen brach...

Er musste es wagen; eine Alternative hatte er nicht. So kletterte er vorsichtig auf Wolfs Schultern.

Krampfhaft klammerte er sich an seinem Freund fest, zog an seinen Haaren und kniff ihm in die Haut. Mehr als einmal stieß Wolf ein „Au!" hervor, während Athandran verzweifelt versuchte, das Gleichgewicht zu halten. Nach vielem Hin und Her hatte er es endlich geschafft.

Nachdem Athandran sicher auf Wolfs Schultern hockte, erhob er sich langsam zum Stehen. Dem Schattenelbrax wurde ganz anders, als er nach unten schaute. Der Fußboden schien so weit entfernt zu sein. Ihm schwindelte, verdammt – war das hoch.

Aber er biss die Zähne zusammen; ein Schattenelbrax, insbesondere ein Drow, zeigte niemals Angst. Jetzt war kaum der richtige Zeitpunkt damit zu beginnen, die Hosen voll zu haben. Sorgsam tastete er mit den Händen die Decke rund um die Luke entlang und spürte nichts als krumme Nägel, die in den alten dunklen Holzdielen steckten, und Holzsplitter, die ihm in seine Finger stachen.

Athandran stoppte kurz, horchte und vernahm erneut Wuschs Stimme. Es musste der richtige Weg sein, denn er hörte sie lauter als zuvor. Hektisch betastete er weiter die Decke und fühlte eine Lücke zwischen zwei Holzdielen. Etwas Kaltes, Metallisches, nach unten Gebogenes, drückte gegen seine Finger. Es war ein Haken zum Öffnen und mit aller Kraft schob er diesen zur Seite. Die Luke sprang nach oben auf, grelles Licht fiel auf sein Gesicht und blendete ihn. Gleichzeitig rollte eine Strickleiter herunter. Athandran wich ihr aus, packte aber instinktiv nach den Seilen und hielt diese fest. Die Füße auf die Sprossen setzend, hangelte er sich hoch bis in den Raum über ihm.

Wolf folgte seinem Beispiel und erklomm ebenso die Strickleiter. Noch während er den Oberkörper abstützte und ihn nach oben drückte, fragte er: „Athandran, siehst du sie? Ist Wusch hier?" Doch er bekam keine Antwort.

„Was ist los? Hallo, Athandran, sag was! Mach mir keine Angst, stehst du etwa wieder unter einem Zauber? "

Wieder erhielt Wolf keine Antwort, aber die brauchte er auch nicht. Jetzt entdeckte er das, was Athandran die Stimme verschlagen hatte: Phiadora!

„Häääää? Hust, ähmm", kein einziges verständliches Wort brachte Wolf heraus. Fassungslos sah auch er Phiadora an.

Wusch traute ihren Augen kaum. Sie waren da! Sie hatten sie nicht verlassen. Ihre Freunde! Tränen liefen ihr über das Gesicht. Keine Tränen der Traurigkeit, sondern der Freude. Das erste Mal in ihrem Leben fühlte sie sich nicht mehr allein. Stärke und die Sicherheit, dass sie nunmehr keine Gefangene bleiben würde, überwältigten die Elbrax.

Wie vom Donner gerührt hörte Phiadora mit ihrem Toben auf. Damit hatte sie nicht gerechnet, war sich ihrer Sache doch so sicher gewesen. Aber der Riesenwolf und dieser Schattenelbrax machten ihren schönen Plan zunichte.

Sie kamen, um diese dumme – wie nannten sie das Spitzohr? – Wusch – zu retten.

Was sollte sie tun, Magie anwenden, sie verzaubern?

Blödsinn! Selbst als die drei kleinen Schweinchen würden sie noch zusammenhalten. Aus und vorbei. Diesen Traum vom

Nicht-mehr-allein-sein-müssen, konnte sie abhaken. Die drei würden fortgehen und sie musste bleiben.

Der Fluch, eingesperrt in dieser Hütte ihr Dasein zu fristen, würde niemals enden. Niemals würde sie frei sein, denn Freiheit gab es schon seit langer Zeit nicht mehr für ein Knollrochmädchen wie sie eines war.

Hexen und Menschen sorgten gemeinsam vor ewiger Zeit, in der noch der Krieg tobte, dafür. Sie unterwarfen aus Habgier nach Gold das Knollrochvolk, Phiadoras Freunde, ihre Familie und beuteten sie aus. Viele von ihnen starben, andere schufteten als Sklaven.

Die Diener der Dunkelheit ließen Phiadora damals, als sie in ihr Dorf kamen, am Leben, doch zerstörten sie einen Teil ihrer Seele.

Sie ereilte das Los, in diesem hässlichen alten Gemäuer eingesperrt zu bleiben, bis Estella kommen würde, um sie zu holen. Es war fraglich, was schlimmer war: die Gefangene in diesem Haus der Träume oder der Hexe zu Diensten sein zu müssen. Und dann waren diese drei in ihr Gefängnis gekommen und die Hoffnung, doch noch frei zu kommen, erwachte in ihr.

Sie tat ihr Möglichstes, um sie am Fortgehen zu hindern. Bot ihnen Essen, eine reichhaltige Tafel voller Leckerbissen. Versteckt schaute sie ihnen zu und lauschte heimlich, wie sie lachten und fröhlich waren.

Der Wunsch, eine von ihnen zu sein, wuchs in ihr heran, wurde immer größer. Vielleicht wenn sie eine Elbrax wäre? Sie wusste, dass es unmöglich war, denn kein Knollroch konnte die Gestalt eines anderen magischen Wesens annehmen. Dennoch, wenigstens konnte sie ihnen etwas vorgaukeln. Sie zurück an glückliche Plätze ihrer Erinnerungen führen und somit dafür sorgen, dass sie blieben.

So ließ sie ihrer Magie freien Lauf und alles schien gut zu gehen. Aber das Mädchen war zu schlau gewesen. Sie widerstand dem Zauber und jetzt würden sie alle wieder gehen und sie alleine zurücklassen.

Lautlos weinte Phiadora und die Tränen tropften ihr Gesicht herunter.

Zuerst kicherte Athandran, dann begann er, laut zu lachen. Dieses Wesen, das da vor ihm stand, war aber auch zu komisch anzusehen. Alleine diese Nase, die stark an eine Kartoffel erinnerte.

Er wusste, aus den alten Erzählungen seines Volkes, was sie war. Eine Knollroch, nervige kleine Gesellen, aber völlig ungefährlich. Die einzige magische Gabe, die ihnen innewohnte, war, dass sie Illusionen in den Köpfen ihrer Gegner heraufbeschwören konnten.

Die aufgestaute Anspannung fiel von ihm ab.

Das, und Phiadoras Erscheinung, ließen Athandran fast vor Lachen zusammenbrechen.

„Hör auf damit!", wütend erklang die Stimme von Wolf. „Hör endlich auf zu lachen." Athandran stockte überrascht. Wolfs Tonfall und ein Blick in sein Gesicht sorgten dafür, dass ihm das Lachen im Hals stecken blieb.

„Siehst du nicht, wie sie leidet? Sie weint; findest du das etwa lustig?"

War diese Knollroch gerade nicht noch der große gefährliche Feind, den es zu vernichten galt?

Jetzt sollte er, Athandran auf einmal mit ihr Mitleid haben? Kopfschüttelnd erwiderte er: „Wolf, das ist nicht wirklich dein Ernst, oder?"

Phiadora hob ihren Kopf und verzweifelt schaute sie von einem zum anderen. Schluchzend zog sie ein riesiges kunterbuntes Taschentuch aus ihrem Rock. Laut schnäuzte sie sich, so dass die ganze Nase bebte.

„Phiadora ... ich ... Wusch ...", immer wieder unterbrach sie sich und drückte die Nase schnaubend in ihr Taschentuch.

Phiadoras Versuch, etwas zu sagen, misslang, es kamen nur unverständliche Laute aus ihrem Mund.

Aber die Knollroch war nicht dumm und witterte eine Chance, doch noch ihrem Käfig zu entfliehen.

Sich Wolf zuwendend, bemühte sie sich erneut, zu sprechen und diesmal war sie klar und deutlich zu verstehen.

„Guter großer Wolf, liebes Hündchen versteht Phiadora. Soll Phiadora Fell kraulen?" Zwinkernd, die Hand vorgestreckt, steuerte sie auf Wolf zu.

Auch wenn Phiadora ihm leid tat, war Wolf keinesfalls von ihrem Vorhaben begeistert und wich einen Schritt zurück. Fell kraulen? Drehte die jetzt ganz durch? Das war nun wirklich nicht in seinem Sinne!

„Keine Angst, großer Wolf, muss haben vor mir. Phiadora ist nicht böse. Nur einsam! Waren wir mal viele, ist sie nun allein. Menschen, böse Wesen, haben alles und alle genommen. Fluch der Hexen traf auch Phiadora. Sie wollte nicht hergeben alles. Nicht ihre Macht, nicht ihr Leben.

Da Hexen wurden böse. Sagten, keiner wird dich lieben, wirst bleiben allein, bis wir dich holen kommen. Lange ich nun bin allein. Dann drei Fremde kommen zu mir in die Hütte. Essen war doch gut, oder? Phiadora euch gegeben. Hmmm – dann solltet bleiben ihr hier. Aber ihr wäret gegangen fort. Phiadora ganz sicher sie sich ist!"

Schweigend hörten Wusch, Athandran und Wolf ihr zu. Und jeder von ihnen konnte nachempfinden, wie Phiadora sich fühlte. Wusch kannte die Einsamkeit, Athandran den Verlust und Wolf, ja Wolf, wusste am besten, wie es war, mit einem Fluch leben zu müssen.

„Warum hast du dich nicht bemerkbar gemacht?", Wusch ging zögerlich auf Phiadora zu. So ganz traute sie ihr auch jetzt noch nicht. „Du hättest doch mit uns sprechen können. Alles wäre besser gewesen als das, was du uns angetan hast!"

Athandran zögerte. So leicht würde er nicht mit sich reden lassen. Innerlich spürte er noch immer den Schmerz des erneuten Verlustes von Anjanka.

Und Wolf? Der brummte nur vor sich hin.

„Hättet ihr? Verstanden Phiadora? Geholfen ihr? Phiadora glaubt keinem von euch. Phiadora tat nur Gutes. Glücklich ihr wart mit euren Erinnerungen!"

Die kleinen Hände in die Taille gestemmt, stand sie mit blitzenden Augen da und stampfte mit ihren Füßen auf.

Athandran ließ sich davon nicht beirren und aufgebracht antwortete ihr: „Gutes? Du hast uns etwas Gutes getan? Nein, das waren keine Erinnerungen, das waren nur Illusionen, die du uns vorgegaukelt hattest. Wir waren nicht glücklich! Es hat uns erst unseren Schmerz um Verlorenes deutlich spüren lassen!"

„Aber jetzt sprich endlich die Wahrheit. Was willst du wirklich von uns?" Trotz seines Zorns auf das kleine Wesen, war Wolf dennoch bereit, dem Knollrochmädchen zu helfen.

„Phiadora will weg, einfach weg von hier. Nicht warten alleine auf das Ende aller Tage. Ohne Freund und, ja, auch ohne Feind. Vermisse die anderen ...".

Wieder begann sie zu schluchzen, und sich zu schnäuzen.

„Aha, und was sollen wir dagegen tun?" Athandran hatte nicht wirklich Lust auf dieses Knollrochmädchen.

Noch ein Verlierer mehr? Verlierer, das waren sie alle, das stand doch ohne Frage fest!

„Ich kann Hütte verlassen, wenn ich darum gebeten werde von ehrlichen Herzen. Bitte, nehmt mich mit. Phiadora hilft, Phiadora große Magierin, sie schwört! Aber nur ehrliches Herz kann sie befreien."

Hoffnungsvoll schaute die Knollroch an Wolf hoch. Sie war schlau genug zu wissen, wer von den dreien das sanfteste Herz hatte. Und sie lag damit genau richtig. Denn Wolf fragte erst gar nicht die anderen, sondern entschied sich dafür, was seines ihm sagte.

„Komm mit, Phiadora. Sei eine von uns. Lass uns gemeinsam finden, wonach wir suchen. Was auch immer das sein mag."

Athandran öffnete den Mund, bereit etwas dagegen zu sagen. Noch ein Anhängsel, und dann eines, das ihnen geschadet hatte. Ob es Gründe gab, die dieses rechtfertigten, war ihm völlig schnuppe.

Aber es war bereits zu spät. Die Entscheidung fiel, bevor Athandran einen Mucks machen konnte. Nur ein leises „Puff" war zu hören, kein Donnerschlag, kein Blitzen oder sonst irgendetwas Dramatisches. Urplötzlich standen sie wieder auf dem Waldboden im Elbraxwald.

Das Haus mit all seiner Pracht existierte nicht mehr. Zurückgeblieben war eine alte, hässlich anzusehende Hütte. Zwar auch ein Holzhaus, doch eines, das keinesfalls an das Haus der Träume erinnerte.

Anstatt Fensterläden, hübsch mit Blumen dekoriert, waren Gitterstäbe in den schiefhängenden Hauswänden eingemauert. Aus grauem Holz gebaut, scheußlich, dreckig, mit Stacheln, die aus ihm herausragten, war sie vor dem Betreten Fremder gesichert.

Eine Gartenbank? Blumen und frisches grünes Gras? Nichts von alledem war noch vorhanden. Schwarze Erde, aus der Disteln und Brennnessel wuchsen, umwucherten Phiadoras ehemaliges Zuhause. Krochen an den Mauern empor und hielten sie mit ihren Krallen aus Grün gefangen. Böses strömte aus jeder Ritze des Gebäudes.

Selbst die Bäume machten den Eindruck, als ob sie ihre Äste abwehrend zurückzogen. Es war, als ob es das Haus der Träume niemals gegeben hatte.

Ratlos schauten die vier sich um. „Bitte, was ist das denn jetzt? Und noch wichtiger – was bedeutet es?"

Athandran, an seinem Verstand zweifelnd, glaubte das alles nicht. Kein Haus der Träume, nur diese Scheußlichkeit und tote Bäume um ihn herum. Sollte es erneut eine Illusion sein?

Die Knollroch jedoch grinste fröhlich, klatschte in die Hände und tanzte singend um die drei im Kreis herum.

„Phiadora geht mit euch. Frei, frei bin ich, juhu, frei mit Freunden. Sag doch, gutes Hündchen, soll Knollrochmädchen jetzt kraulen langes Fell?" Mit einem Gesicht voller

Begeisterung und vorgestreckten Armen blieb sie abwartend vor Wolf stehen.

„Untersteh dich!", schnaubte Wolf, gar nicht amüsiert.

„Ja, ich nehme dich mit und ich werde dir auch helfen, aber gekrault wird hier nicht, verstanden?!"

Wusch kicherte: „Wolf hat eine Freundin. Wahre Liebe findet sich doch wirklich überall. Na, Athandran, soll die Kleine auch dein langes Haar kraulen? Hihihi, das möchte ich sehen! Hundert Mal bürsten wird sie dein langes Schattenelbraxhaar. Damit es glänzt wie Seide und sie es noch lieber krault. Oh, du schönes – hicks – seidiges – hicks – Haar des Athandran, lass Phiadora es berühren."

„Schluss, ich finde das nicht lustig!" Athandrans Gesicht wurde feuerrot. „Hört sofort auf ...!"

Doch er kam nicht gegen das Gelächter von Wolf an, als Phiadora eine Bürste aus dem Nirgendwo zückte und mit wiegenden Schritten auf Athandran zusteuerte. Ein wahres Chaos an Gelächter brach aus.

„Aufhören, hab ich gesagt ... ich – ach egal, ich geh jetzt los. Wenn ihr wollt, könnt ihr ja hierbleiben und euch weiter über mich lustig machen."

Wütend machte Athandran auf dem Absatz kehrt und stapfte mit großen Schritten in den Wald.

Wusch, Wolf und Phiadora sahen sich verblüfft an.

„Naja, ich denke, das war ein wenig zu viel für ihn. Hihihi, ich fand es aber echt lustig", Wolf tat sich schwer, mit dem Lachen aufzuhören.

„Hicks, nun ich glaub, wir sollten schnell hinter ihm her. Phiadora, folge uns einfach und mach dir keine Sorgen, der beruhigt sich schon wieder. Das ist öfters bei ihm so."

Gemeinsam machten sie sich auf den Weg, Athandran zu folgen. Immer noch jedoch hörte man, während sie voranliefen, leises verstohlenes Kichern und Hicksen, das erst verstummte, nachdem sie ihn eingeholt hatten.

Nicht allein

Feurige rote Augen spähten durchs Unterholz und eine Gestalt, ein Schatten seiner selbst, starrte mit wutverzerrtem Gesicht den Vieren hinterher.

Unsagbarer Schmerz durchströmte seinen Körper, kaum zu ertragen, wie tausend Nadeln, die auf einmal zustachen. Lachen, wie konnten sie nur lachen. Alles hielt er aus, nur diese eklige Fröhlichkeit nicht. Für ihn bedeutete sie das wahre Grauen.

Dieser Wald galt als ein Ort der Finsternis und der Furcht, wahnsinniger Furcht. Und er war einer der Gründe dafür. Jeder kannte ihn, auch wenn ihn kaum einer jemals zu Gesicht bekommen hatte. Jedenfalls niemand, der diese Begegnung überlebte. Sein Name und die Legende von Tod und Zerstörung eilten ihm voraus. Er liebte die Angst, die er verbreitete, denn nur durch sie fühlte er sich lebendig.

Er war entstanden durch eine Verbindung von Mensch und magischem Wesen. Einem Diener der Dunkelheit und einem Geschöpf, vor dem die malvadinische Welt erbebte. Keine Liebe brachte die beiden zueinander und die Menschenfrau, seine Mutter, willigte keinesfalls freiwillig in die Verbindung ein.

Doch das interessierte seinen Vater nicht. Allein seine Erscheinung, ein Blick in seine Augen, brachte das Mädchen dazu, ihm willenlos in den Elbraxwald zu folgen.

Es blieb ihr keine andere Wahl, als sich ihrem Schicksal zu fügen. Doch wie er, genoss auch sein Vater, die Furcht und die Qual anderer Wesen. Das, was dann mit ihr geschah, trieb sie in den Wahnsinn.

Wie ein Tier wurde sie gefangen gehalten. Schlimmer noch, der Tod wäre eine Gnade für sie gewesen. Aber diese wurde ihr erst erwiesen, als er, der Thronfolger, geboren wurde. Sobald er das Licht der Welt erblickte wurde dieses menschliche Stück Ballast, mehr war sie nicht für seinen Vater, überflüssig, und ihr Peiniger tötete sie.

Kindheit? Welche Kindheit? Vom Tage seiner Geburt an wurde er für seinen Vater zum Werkzeug, welches nunmehr Taten, die er ihm befahl, ausführte.

Versteckt vor allen anderen Lebewesen in Malvadin, lehrte ihn sein Vater die Kunst der schwarzen Magie. Mit ihr quälte und mordete er – ohne Rücksicht oder Mitleid.

Grausam im Wesen, ohne einen Funken Gefühl oder Reue in sich, genoss er es, dem Leiden seiner Opfer zuzusehen. Das größte aller Erlebnisse war für ihn, wenn sie den letzten Lebenshauch von sich gaben.

Oh ja – wundervoll! Der letzte Atemzug, der über ihre Lippen kam, gab ihm Stärke. Die er, während er seinen Mund dabei auf den ihren presste, einsog und ihre verlorene Seele dabei in sich aufnahm. Nie erschien ihm seine Macht größer als in diesem kurzen kostbaren Augenblick.

Alles hätte er beenden können, als sein Vater starb. Sein Unterdrücker, der Gewaltherrscher, der ihm vorschrieb, was er zu tun hatte, war fort.

Aber für ihn war es nicht nur eine Befreiung, sondern der Beginn seiner neuen Macht.

Aufhören zu töten? Mitleid zeigen? Nein, sicher nicht!

Im Gegenteil! Endlich konnte er selbst bestimmen.

Keiner war da, der ihm Befehle gab oder ihn in die Schranken wies.

Er kannte keine Gefühle, keine Güte. Er bewegte sich nicht nur auf der Seite der Dunkelheit, er war sie. Vielleicht existierte einmal vor langer Zeit ein Gewissen in ihm. Doch dieses verschwand genauso schnell, wie es entstand und er wütete schlimmer als all die Jahre zuvor.

Ihm zu begegnen, bedeutete, dem Tod ins Gesicht zu schauen.

Und jetzt würde er die, die er am meisten verabscheute, töten. Es bereitete ihm die größte Freude, wenn er einen Elbrax, unwichtig ob es ein Hoch- oder ein Schattenelbrax war, sterben sah. Er hasste sie, wenn sie lebten, aber er liebte sie, wenn sie starben.

Während seine Augen der vorbeiziehenden Gruppe folgten, dachte er zurück: Eine Grimasse, einem grausamen Lächeln ähnlich, breitete sich dabei in seinem Gesicht aus während er sich daran erinnerte, wie er zum ersten Mal eines dieser Geschöpfe tötete.

Vor sehr langer Zeit begegnete ihm ein Schattenelbraxmädchen. Sie war etwas Besonderes, das spürte er sofort als er sie erblickte. Ein erhabener Augenblick für ihn, als sie in seinen Armen liegend um ihr Leben bettelte. Wie ihre Tränen, während sie den Tod kommen sah, wie Silber über das feine Gesicht flossen. Nie wieder würde er die Schönheit ihres Kampfes mit dem Tode vergessen. Eine Göttin, die ihr Leben aushauchte und sich ihrem Schicksal ergab.

Er – ihr Gebieter des Todes, der ihre Seele zu seiner machte. Das Grauen, welches aus dem Nichts gekommen und wieder in das Nichts verschwand.

Niemand wagte sich in das Gebiet, wo er hauste; nur diese Ungläubigen dort, die zollten ihm keinen Respekt.

Ein Schattenelbrax, eine Hochelbrax und ein riesiger Wolf durchwanderten seinen Wald, als ob sie auf einem Spaziergang wären.

Er hätte sie ziehen lassen, wenn auch nur vielleicht, aber sie waren fröhlich, scherzten und scherten sich einen Dreck darum, dass er sie vielleicht hören würde.

Wo war ihre Angst vor ihm? Er konnte nicht den leichtesten Duft von Furcht wittern. Oh ja, sie kannten seinen Namen, er hatte gehört, wie der Schattenelbrax ihn nannte. Aber waren sie deswegen umgekehrt? Nein!

Er musste ihnen folgen. Ihnen zeigen, was es bedeutete, wenn man ihm keinen Respekt zollte.

Dann waren die drei zu dem Haus der Träume gelangt.

Er hatte gedacht, sie wäre am Ende ihrer gemeinsamen Reise. Ihre Freundschaft würde zerbrechen. Aber stattdessen befreiten sie die Knollroch und nahmen sie mit. Schlimmer -auch sie schien zu einer Freundin der drei zu werden.

Er zog die Lefzen hoch und ein leises bösartiges Knurren erklang.

„Freundschaft", wie Gift spie er das Wort aus. Seine Stimme in der Stille klang wie das Zischen einer Schlange und genau wie ihr Biss, war sie gefährlich.

Nie würde er Freundschaft und Glück in seinem Wald akzeptieren. Die Vier sollten erfahren, wer hier der Herr war.

Nicht mehr lange und seine Zeit würde kommen, den Genuss ihrer Furcht zu fühlen. Um dann, erfüllt von ihren Todesqualen, lachend weiterzuziehen. Allein dieser Gedanke beruhigte ihn und ließ Freude in ihm aufflackern.

Er wagte sich die ersten Schritte voran zu bewegen.

Mittlerweile waren die Vier weit genug entfernt und er konnte ihnen folgen, ohne dass sie etwas bemerkten.

Leise vor sich hin summend, unhörbar für andere, schlich er ihnen langsam nach und gab sich selbst die Zeit, seinen Plan weiter auszubauen.

Zuerst musste er sie beobachten, um dann im richtigen Moment zuzuschlagen. Der Augenblick, der ihm ermöglichte, ihre Schmerzen, ihr Leid, ihren Tod – wie einen Atemzug – in sich aufzunehmen. Der einzige Weg, selbst das Leben zu fühlen.

Sie würden ihm, Dragon, begegnen, und er wäre das Letzte, was sie in ihrem Leben sehen sollten.

Einst in der Vergangenheit

Aufgeschreckt erwachte Zerza am frühen Morgen.

Zuerst realisierte er nicht, wo er sich befand, doch dann erinnerte er sich an die letzte Nacht und dass er diese im Zelt von Sha verbracht hatte. Ein leises Lächeln erschien auf seinen Lippen und er genoss das Gefühl, welches ihm die Erinnerung zurück brachte.

Doch nun war der Zauber, der Gestaltenwandlung zu einem Menschen, vergangen. Sein Glück, dass Sha und die anderen Hochelbrax noch schliefen und ihn nicht in seiner wahren Gestalt, die eines Schattenelbrax, sahen.

Vorsichtig, leise erhob er sich von ihrem gemeinsamen Lager. Ein letztes Mal betrachtete er ihr schönes Gesicht, bemüht sich, jede kleine Einzelheit einzuprägen. Er wollte einen Teil von ihr in seinen Erinnerungen mitnehmen, etwas an dem er sich erfreuen konnte.

Zerza fiel es schwer, sich von ihrem Anblick zu lösen, aber es wurde hell und somit Zeit für ihn, zu gehen. Widerwillig löste er seinen Blick von ihr, lautlos zog er seine Kleidung an. Auf leisen Sohlen verließ er ihr Zelt und stahl sich ungesehen davon.

Eilig lief er zurück in seine Heimat. Keiner dort hatte in der Zwischenzeit sein Fortgehen bemerkt.

Glück gehabt, dachte er, so bleibt es für immer mein Geheimnis. Mein Leben kann ich weiterleben wie zuvor und irgendwann, in nicht allzu ferner Zukunft, wird Sha für mich nur noch ein längst vergessenes Bild vergangener Tage sein. Dass dies ein Irrglaube sein sollte, merkte er jedoch bald.

Ständig haderte er mit sich selbst, kämpfte gegen die in ihm wütende Sehnsucht an, die ihn überfiel, wann immer Shas Gesicht in seinen Erinnerungen vor ihm auftauchte.

Er verlor den Kampf. Statt weniger, träumte er immer öfters von ihr und die Bilder ließen ihn kaum noch Schlaf finden.

Das durfte, konnte nicht sein! Sie verbrachten doch nur eine einzige schöne Nacht zusammen.

Wie immer hatte er sich genommen, was er begehrte. Sha sollte eines von vielen Spielzeugen sein, das Zerza beiseitelegte, wenn es ihn langweilte.

Aber so sehr er sich auch anstrengte, sich das einzureden, es misslang ihm. Das Verlangen – unbeschreiblich schmerzhaft, brennend in seiner Seele, machte es Zerza unmöglich, Sha aus seinem Gedächtnis zu löschen.

Tage, Wochen und Monate vergingen, die er damit verbrachte, die Sehnsucht nach ihr zu bekämpfen. Wenn er durch die Wälder streifte, hielt er sich von einst geliebten Plätzen fern, aus Angst, sie könnte dort auftauchen.

Dass andere Schattenelbrax das Geheimnis herausfinden oder Sha seine Anwesenheit bemerken könnte, war ihm gleichgültig. Darüber machte er sich keine Sorgen.

Die Angst vor sich selbst, seiner Reaktion, wenn er sie wiedersah, ließen ihn nicht zur Ruhe kommen.

Etwas Fremdes, ihm Unbekanntes, ging in Zerza vor.

Ein Schattenelbrax empfand nichts für andere, so war es immer gewesen. Liebe? Überflüssig. Eine Bürde, die verhinderte, die Macht der Dunkelheit zu nutzen.

Dass sich Zerza verändert hatte, fiel auch den anderen Dorfbewohnern auf. Sie bemerkten sehr schnell, dass er nicht mehr derselbe war.

Früher galt Zerza als stolz, draufgängerisch; jemand, der sich ohne Angst jeglicher Gefahr stellte.

Häufig prahlte er mit lauter Stimme von seinen Abenteuern. Schilderte sie in allen Einzelheiten und fesselte seine Zuhörer so sehr, dass er sie in Gedanken in die Länder seiner Erlebnisse entführte. Dabei wurde Zerza nicht müde zu betonen, wie hart und unerbittlich er das Volk ihren Feinden gegenüber verteidigte.

Wie oft scharten sie sich alle um ihn und lauschten respektvoll seinen Erzählungen. Er war ihr Held, ihr Führer. Zerza verkörperte all das, wozu ihnen der Mut fehlte.

Und jetzt? Immer öfter sah man Zerza gedankenverloren allein durch das Dorf schlendern.

Seinen Körper vornübergebeugt, in der Haltung eines Greisen, erinnerte er kaum mehr an den kraftvollen Kämpfer. Sprach ein Elbrax ihn an, reagierte er nicht. Wenn er es dennoch einmal tat, dann hatte er nur ein müdes Schulterzucken für den anderen übrig. Zerza war leise geworden, sehr leise.

Die Nächte, in denen er aufregende Geschichten von Feinden, die ihm begegneten, erzählte, wurden zur Seltenheit. Selbst wenn er sich nach langem Bitten dazu herabließ, wirkte er gelangweilt. Ohne Freude und Stolz sprach er von seinen Abenteuern, so, als ob er eine Pflicht erfüllte. Für die Zuhörer wurde aus der ehemals abendfüllenden Spannung endlose Langeweile. Es dauerte nicht lange und kaum einer von ihnen bat noch darum, dass er von seinen Heldentaten erzählte.

Aber hinter seinem Rücken tuschelten sie, nannten ihn einen Feigling, der wohl schon immer nur ein großes Mundwerk besessen hatte. Glück für Zerza, dass er als Sohn des Renegaten eine unantastbare Rangposition bekleidete. Somit ließen sie ihn in Frieden und im Gegensatz zu einem rangniedrigeren Elbrax, blieb er vom Schicksal des Außenseiters verschont.

Allerdings seinem Vater, dem Renegaten, blieb all dies nicht verborgen und ließ ihn sorgenvoll in die Zukunft seines Volkes schauen. Sein Sohn würde eines Tages den Platz seines Vaters übernehmen. So aber würden sie ihn niemals als ihren Anführer akzeptieren. Er musste mit ihm reden.

Eines Tages saß Zerza am See, der dicht an das Dorf grenzte. Er glaubte, dort in Ruhe nachdenken zu können.

Geschützt durch die Uferpflanzen, die meterhoch um das Wasser herum wuchsen, hing er seinen Tagträumen nach. Jedoch dieses Mal folgte ihm sein Vater. Sorgenvoll legte er seine Hand auf die Schulter seines Sohnes und nahm neben ihm Platz.

„Sohn, was ist mit dir los? Ich verstehe dich einfach nicht mehr. Immer sitzt du hier alleine herum oder läufst wie ein Verlierer durch das Dorf. Warum nimmst Du nicht mehr am Leben im Dorf teil? Wo ist deine Erhabenheit über deine Untergebenen geblieben?" Betrübt musterte der Renegat seinen Stammhalter. Lag einst Stolz, wenn er ihn ansah, in seinem Gesicht, sprach jetzt nur noch Sorge aus ihm.

Von Zerza kam keinerlei Reaktion, geschweige denn eine Erklärung.

Erneut versuchte der Renegat, zu ihm vorzudringen: „Ich sorge mich um dich, Sohn. Was ist mit dir geschehen, das dich so verändert hat? Deine Aufgabe ist nicht die, hier am See deinen Träumen nachzuhängen. Du bist mein Nachfolger und deine Pflicht ist es, an meiner Seite das Volk zu beschützen. Aber dein Verhalten in den letzten Monaten ist eines Renegatensohnes unwürdig. Schleichst herum wie ein Häufchen Elend. Keine Spur von Stolz und Würde!"

Anstatt zu antworten, griff Zerza einen Ast vom Seeufer und stocherte gelangweilt im Schlamm herum. Er zeigte nicht die leiseste Spur von Interesse an den Worten seines Vaters. Nur für einen kurzen Moment billigte dieser das Verhalten seines Sohnes. Geduld kannte der Renegat nicht. Respektlosigkeit tolerierte er erst recht nicht. Es reichte ihm endgültig.

Wutentbrannt sprang er auf und schrie seinen Sohn an, dass es bis ins Dorf zu hören war: „Zerza! Entweder du reißt dich ab jetzt zusammen und klärst dein Problem, oder ich werde dich ohne mit der Wimper zu zucken verstoßen. Dein Betragen kann und werde ich so nicht weiter dulden."

Mit hochrotem Kopf fixierte er zornig, auf eine Antwort wartend, seinen Sohn.

Zerza schaute auf und sah hilflos – fast bittend – in das Gesicht seines Vaters. Wie gerne wollte er ihm etwas entgegnen, wollte seinem Vater erklären, was wirklich in ihm vorging. Wie gut täte es, das, was ihn bedrückte, loszuwerden. In seinen Gedanken legte er sich die Worte, um ihm die Wahrheit zu sagen, zurecht.

Doch Zerza schwieg zu lange. Bevor er auch nur ein Wort aussprechen konnte, stürmte sein Vater bereits hocherhobenen Hauptes davon.

Vielleicht ist es besser so, dachte er, während er ihm betrübt nachschaute. Die Wahrheit hätte das letzte bisschen Respekt, das ihm sein Vater entgegenbrachte, zerstört.

Er seufzte tief und erhob sich. Es wurde Zeit, eine Entscheidung zu treffen und er wusste bereits, welche es war.

Heute würde er zu Sha gehen und ihr alles beichten. Sie um Verzeihung bitten und darum, mit ihm fortzugehen – als seine Frau. Eine andere Möglichkeit, weiterzuleben und wieder glücklich zu werden, gab es für ihn nicht.

Zerza verharrte am See, bis der Abend kam und die Sonne unterging. Ein letzter Blick zurück zum Dorf, bevor er seinem Zuhause endgültig den Rücken kehrte, ließ ihn kurz zögern.

Wie friedlich es dalag. Hier hatte er sein ganzes Leben verbracht. Es war eine gute Zeit gewesen, ohne Sorgen, was der nächste Morgen brachte. Aber er hatte die Liebe kennengelernt und durch sie erschien Zerza das, was ihm einst wichtig gewesen war, überflüssig.

Niemals würde es wieder so werden, wie zuvor.

Es wurde Zeit, die Vergangenheit hinter sich zu lassen. Zeit, sich endlich auf den Weg zu machen.

Zerza wendete das Gesicht ab und begab sich auf seine Reise, die ihn zu den Hochelbrax führen sollte.

Verborgen im Gebüsch des Waldes hastete Zerza voran, ohne sich umzublicken. Er durchstreifte eine der wenigen Regionen, die sich so präsentierten, wie der Elbraxwald einst in seiner Gesamtheit gewesen war. Aber Zerza bemerkte nichts von der Schönheit um sich herum.

Blumen, die sich ihm offenbarten, fast schon mit ihren Blüten ihn berührten. Trotz ihres betörenden Duftes ignorierte er sie. Angetrieben von seinem Wunsch, Sha wieder nahe zu sein, stürmte er blindlings weiter.

Als der Abend sich dem Ende zuneigte, erreichte er endlich sein Ziel. Getarnt durch die Dunkelheit der Nacht, die wie ein schützender Mantel seine Gestalt verbarg, betrat er die Heimat der Hochelbrax. Auf einem Hügel kauernd kundschaftete er mit den Augen die Umgebung aus.

Dort unten lag friedlich das Dorf. Felsen, Bäume und schmale Bäche grenzten den Hügel vom Zuhause der Hochelbrax ab. Vor den Zelten brannten Lagerfeuer und tauchten es in rötliches gedämpftes Licht.

Vereinzelte bewaffnete Bewohner schritten im Kreis die Außenwege der Siedlung ab. Es mussten Krieger, Drow, sein, welche die Schlafenden schützend bewachten. Fackeln, die sie in der Hand trugen, leuchteten hell und sie kamen gefährlich nahe an den Hügel heran. Es war nur eine Frage der Zeit, bis sie ihn entdecken würden.

Zerza sah sich hastig nach einem anderen Versteck um und fand hinter einem großen Felsen einen geeigneten sicheren Platz. Hier würde ihn niemand bemerken und er konnte abwarten, bis er Sha alleine erwischen würde.

Natürlich wäre es ein Leichtes gewesen, erneut einen Zauber anzuwenden und in ihr Zelt einzudringen. Sie zu bezirzen und einfach zu entführen. Immerhin stellte das, was er vorhatte, ein hohes Risiko für ihn dar. Leichter wäre es, ihr alles weit entfernt von ihrem Volk zu beichten.

Er hätte lügen müssen, dass dieser Plan als Lösung nicht verlockend gewesen wäre. Aber dessen ungeachtet brächte es sie nicht dazu, ihn wirklich zu lieben.

Er rollte sich auf dem steinigen Boden zusammen und deckte sich mit seinem Mantel zu. Morgen erwachte ein neuer Tag und mit diesem ein neues Leben für Sha und ihn.

Ein Lächeln lag auf seinem Gesicht, während er die Augen schloss und ins Land der Träume glitt.

Das grelle Morgenlicht weckte ihn. Aufgeschreckt durch die Helligkeit und das Gezwitscher der Vögel, riss er die Augen weit auf. Schon beim Aufwachen vernahm er die Stimmen aus dem Dorf. Verdammt, dachte Zerza, ich habe zu lange geschlafen. Den Überraschungseffekt seiner Anwesenheit konnte er jetzt vergessen.

Als er viel zu schnell aufsprang, stolperte Zerza. Unmöglich für ihn, einfach loszulaufen, denn seine Beine waren eingeschlafen und wollten ihm nicht gehorchen.

Er stützte sich an dem Felsen ab und setzte sich zurück auf den Boden. Mit den Händen massierte er seine Gliedmaßen und wartete darauf, dass das Kribbeln endlich nachließ. Währenddessen schaute er am Felsen vorbei rüber zum Dorf.

Dort herrschte bereits rege Betriebsamkeit. Wie Ameisen wirkten die Bewohner aus der Ferne.

Zelte standen in einem Kreis nebeneinander auf der Waldlichtung. Die Lagerfeuer, in denen immer noch ein Rest vom Holz glühte, aufgeschichtet vor jedem Einzelnen.

Es gab Hunde und Katzen, die auf das Dorf aufpassten oder sich gemütlich in der Sonne aalten.

Elbraxkinder tobten durch das Dorf, immer darauf aus, irgendeinen Schabernack zu treiben. Gefolgt von ihren Eltern, die verzweifelt versuchten, sie zur Ordnung zu rufen. Einige der Erwachsenen bemühten sich darum, dass sich ihr Nachwuchs endlich an den großen Tisch setzte, auf dem das zubereitete Morgenmahl auf sie wartete. Die Ältesten unter ihnen hatten bereits an der großen Tafel, die mitten im Dorf stand, Platz genommen. Würdevoll betrachteten sie das Treiben der Kinder. Am Kopfende, gut erkennbar durch ihre Kleidung, thronten das Oberhaupt, der Renegat, und seine Frau.

Ein ganz normaler Morgen in einem Elbraxvolk und nicht anders als bei ihm Zuhause.

„Schon verwunderlich", dachte Zerza, „wie sehr wir uns doch gleichen. Warum ist es uns dann nicht möglich, gemeinsam in Frieden zu leben?"

Die Eltern hatten mittlerweile die Kleinen eingefangen und zogen sie laut schimpfend an den Ohren zum Tisch.

Endlich kehrte Ruhe ein und alle begannen zu speisen.

Alle?

Nein, dem war nicht so. Eine Elbrax stand mit gesenktem Haupt weit abseits von den anderen. Die Schultern waren hochgezogen, der Rücken gebeugt, und sie wirkte verloren. Niemand beachtete sie oder bat sie gar an den Tisch.

Das Mädchen jedoch kam Zerza bekannt vor und er musterte sie genauer. Langes blondes Haar, ein zartes Gesicht.

Ein freudiger Schauer lief durch seinen Körper als er erkannte, wer sie war.

Dort stand sie, Sha, die Tochter des Renegaten.

Eindeutig, sie war es. Wie damals, war ihr Gesicht so schön und anmutig, dass es mit Worten kaum zu beschreiben war. Ihr Körper jedoch wirkte verändert.

Zerza hatte sie schlank und grazil in Erinnerung. Jetzt erschien er ihm unförmig.

Rund wölbte sich ihr Bauch weit nach vorne. Wie eine Kugel trug sie ihn vor sich her.

Leicht nach vorne gebeugt stützte sie ihren Leib mit den Händen und die Anstrengung merkte er ihr selbst aus weiter Entfernung an.

Fassungslos starrte Zerza sie an. Sein Mund fühlte sich trocken an und nervös knabberte er an den Lippen.

Sha war schwanger – eindeutig! Wie konnte das sein?

Wer war der Vater des noch nicht geborenen Kindes?

Warum ließ er sie dort alleine stehen?

Eine Renegatentochter gehörte auf den Platz neben dem Oberhaupt des Volkes. Das, was dort vor sich ging, ihrer unwürdig. Es sei denn...

Wie ein Blitz durchfuhr ein Gedanke seinen Verstand. Der Vater des ungeborenen Kindes war nicht einer von ihnen.

Egal, ob Hoch- oder Schattenelbrax, das Schicksal, ein un-
gewolltes Kind in sich zu tragen, bedeutete für die Mutter,
in Schande das Leben einer Aussätzigen zu ertragen. Sie
konnte froh sein, dass sie noch lebte.

Ihr Volk zeigte Erbarmen, doch konnte man es wirklich so
nennen? Er selber hatte Frauen in seinem Dorf erlebt, die
dieses Schicksal erduldeten. Es gab Momente, da bettelten
sie um den Tod. Im Prinzip war das, was sie ertrugen, grausamer als das Sterben.

Zerza brauchte jetzt nicht mehr lange zu überlegen. Dass er
der Vater des Kindes in ihrem Bauch war, war für ihn offensichtlich. Er war der Schuldige an der Schande, der Qual,
die sie ertrug.

In diesem Augenblick erhoben sich drei halbwüchsige El-
braxjungen von ihren Stühlen. Kichernd liefen sie hinüber
zu Sha. Hämisch grinsend blieben sie vor ihr stehen und
sagten etwas, das Zerza nicht verstehen konnte. Aber er
ahnte, dass es kaum etwas Nettes sein konnte.

Sha reagierte nicht und hielt den Kopf gesenkt. Das schien
die drei noch mehr anzuspornen. Ihr mittlerweile lautes
Lachen klang meilenweit.

Zerza fiel es schwer, weiter zuzusehen, trotzdem tat er es.
Wütend biss er die Zähne zusammen, um nicht laut schrei-
end ins Dorf zu rennen, als er sah, was als Nächstes geschah.

Den Jungen reichte es immer noch nicht. Der Größte von
ihnen fasste Sha brutal unters Kinn und zwang sie, ihr Gesicht anzuheben und ihn anzuschauen. Indem er seine Finger zudrückte, zog er sie näher zu sich heran. Es war offensichtlich, dass er Eindruck bei seinen Freunden schinden
wollte. Anscheinend gelang es ihm auch, denn gespannt
beobachteten die anderen ihn.

Er lächelte Sha sanft an, als sich ihre Nasen berührten.
Dann veränderte sich sein Ausdruck. Er verzog abfällig die
Mundwinkel nach unten und spuckte ihr mitten ins Gesicht.
Beifall heischend schaute er herüber zu seinem Gefolge, das

sich vor Lachen krümmte und ihm lautstark applaudierte. Obwohl die Elbrax am Tisch sahen was vor sich ging, hielt es keiner von ihnen für nötig, einzuschreiten. Gleichgültig redeten sie miteinander und speisten weiter.

Sha hob ihre Hände an ihr Gesicht, verzweifelt bemüht, sich die Spucke abzuwischen. Doch es gelang ihr nicht, denn der Elbrax hielt sie eisern fest und spuckte sie zum zweiten Mal an. Endlich, es schien fast eine Ewigkeit gedauert zu haben, ließ er sie grinsend los. Kichernd lief er zu seinen Kumpanen und ließ Sha gedemütigt zurück.

Zaghaft strich sie mit den Fingern über die Wangen und wischte diese dann mit dem Saum ihres Kleides ab.

Zerza zerbrach es das Herz, ihre Entwürdigung mit anzusehen. Was für eine stolze Frau Sha einst gewesen war.

Nichts schien davon übrig geblieben zu sein. Jetzt wagte sie es nicht einmal mehr, sich zu wehren.

Bewegung kam in die restlichen anwesenden Elbrax.

Als sie das Mahl beendet hatten, standen sie gesättigt von der Tafel auf. Einer nach dem anderen schritt an Sha vorbei, sie keines Blickes würdigend. Einige der Kinder warfen kleine Steine nach ihr, ohne von den Erwachsenen zur Ordnung gerufen zu werden. Sha ließ all das über sich ergehen. Den Blick auf den Boden gerichtet, duckte sie sich wie ein getretener Hund.

Erst als ihre Eltern als Letzte vorbeigingen, schaute sie scheu auf. Zerza sah ihren bittenden Blick, die Hoffnung, die in ihrem Gesicht aufflackerte, und dann die Reaktion der beiden, die sie erbarmungslos zerstörte. Mutter und Vater liefen wie all die anderen einfach weiter. Sha existierte nicht mehr für sie.

Nachdem niemand mehr in Sichtweite war, schlich sie zögerlich an die Tafel und setzte sich auf einen Stuhl.

Nur wenige Brocken trockenen Brotes hatten die anderen ihr übriggelassen. Gerade so viel, um einen knurrenden Magen zu beruhigen, aber nicht genug, um ihren Hunger wirklich zu stillen. Sha schlang jeden noch so kleinen Krümel ihrer kargen Mahlzeit gierig herunter. Nichts war mehr übrig von ihrer Würde, ihrer Anmut und Eleganz. Das jetzige Leben hatte ihren Stolz gebrochen.

Zerza wandte traurig den Blick ab. Das hatte er nicht erwartet. Seine Sha, kraftlos, mitleiderregend. Dazu ein ungeborenes Kind. Es würde schwierig werden, sie von hier fortzubringen. Sollte er es wirklich wagen, sie mitzunehmen? Noch konnte er zurück in sein altes Leben und Sha ihrem Schicksal überlassen.

Vielleicht hatte niemand im Dorf sein Verschwinden bemerkt. Für den Fall, dass doch, würde ihm schon eine Erklärung einfallen. Es wäre die einfachste Lösung.

Vor ein paar Monaten hätte er dieses, ohne mit der Wimper zu zucken, getan. Aber das Gefühl in seinem Herzen ließ es nicht zu. Das dort war die Frau, die er liebte und diese trug sein Kind unter ihrem Herzen.

Ahnungslos zwar, was die Zukunft ihnen beiden bescherte, fällte er die Entscheidung, in ihrer Nähe zu bleiben.

Zerza brauchte Zeit - sehr viel Zeit, um einen Weg zu finden, das Richtige zu tun.

Wochen vergingen, ohne dass sich etwas veränderte im Dorf. Jeden Tag aufs Neue ertrug Sha die Erniedrigungen. Immer noch hatte er keine Möglichkeit gefunden, ihr zu helfen.

Die Schwangerschaft war mittlerweile zu weit fortgeschritten, um eine beschwerliche gemeinsame Flucht mit ihr zu wagen. Der Winter rückte näher und spürbar sanken auch die Temperaturen.

Es war besser, die Geburt des Kindes abzuwarten und Zerza bereitete sich auf für die kälteste Jahreszeit vor.

Er baute sich einen Unterschlupf zwischen den Bäumen. Ein paar zusammengezurrte Äste, trockenes Laub als Dach und als Lager reichten aus, um eine Schlafstätte zu errichten. Sie bot einen guten Schutz vor der Gewalt der Natur und diente gleichfalls als Versteck.

Das neue Zuhause lag weit vom Dorf entfernt, jedoch nahe genug, seinen Beobachtungsposten, den Felsen, zu erreichen. Seinen Hunger stillte er mit kleinen Tieren, die er fing, und mit Früchten, welche an den Bäumen wuchsen. Wenn die Nacht kam, füllte er sein Trinkhorn mit dem Wasser des kleinen Baches am Abhang des Hügels. So verbrachte er die Tage und Nächte damit, geduldig zu warten.

Eines Nachts erwachte Zerza schweißgebadet. Nervös wälzte er sich auf seinem Schlaflager hin und her. Sein Herz klopfte und ließ ihn nicht zur Ruhe kommen. Zwecklos, heute Nacht würde sein Körper keinen Schlaf finden.
Etwas, das dort draußen vor sich ging, hinderte ihn daran und rief Zerza zu sich.
Der Elbrax erhob sich und trat aus seinem Unterschlupf. Als er zum Himmel hinaufsah, glaubte er, seinen Augen nicht zu trauen. Der Mond leuchtete blutrot und heller als die Sonne. So etwas hatte er noch nie gesehen. Jedoch davon gehört. Er kannte dieses Zeichen dafür, dass etwas Außergewöhnliches auf dieser Welt eintraf.
Freudige Erregung ergriff Besitz von ihm. Er wusste es in diesem Augenblick – sein Fleisch und Blut wurde geboren. Das Kind einer Hoch- und eines Schattenelbrax erblickte das Licht der Welt.

Zurück in der heutigen Zeit

Unbeirrt setzte die auf mittlerweile vier Personen angewachsene Gruppe ihren Weg fort.

Wohin ihre Reise sie führte, wussten sie nicht. Sie alle waren auf der Suche und jeder von ihnen hoffte, dass am Ende ihres gemeinsamen Weges der Wunsch, ein glücklicheres Leben zu führen, in Erfüllung gehen würde.

Wusch beobachtete heimlich ihre Gefährten. Ging es ihnen wie ihr? Glaubten auch sie daran, dass es ein Ziel gab, das alles zum Besseren wenden würde? Ein Zuhause, in dem man sie willkommen hieß?

Oder waren sie das, wofür Athandran sie hielt: Nur Verlierer, die niemals gewinnen konnten?

Aber eigentlich hatten sie doch schon ein kleines Stück vom Glück erhalten. Wusch, die immer einsam gewesen war, spürte, dass die Freundschaft, die sie miteinander verband, etwas ganz Besonderes darstellte.

Fühlten Athandran, Wolf und Phiadora das Gleiche wie sie? Sie hoffte es von ganzem Herzen; aber Wusch sagte nichts und setzte ihren Weg schweigend fort.

Wolf trauerte, im Gegensatz zu Wusch, der Vergangenheit nach. Er vermisste seine Familie sehr und sehnte sich danach, wie sein Leben vor dem alles vernichtenden Fluch gewesen war. Doch er erzählte den anderen nicht, wie es in ihm aussah. Der Schmerz, die Angst – alles, was an ihm nagte – behielt er für sich, denn zu groß war seine Scham.

Jedoch nachts, wenn er meinte, alle schliefen tief und fest, wenn er sich sicher fühlte, dass keiner ihn hörte, heulte er sich wie ein kleiner Wolf leise in den Schlaf.

Aufrecht und stark zeigte sich der Schattenelbrax seiner Umgebung. Stolz schritt er einher und weigerte sich, auch nur eine Spur von Schwäche zeigen. Er war ein Drow und als dieser verbarg er seine wahren Gefühle.

Dabei erlebte Athandran in Wahrheit den Schmerz des Zurückgelassenen, der erneut erwacht war.

Lange hatte er die Trauer um Anjanka unterdrückt und jetzt kam sie mit aller Gewalt zurück an die Oberfläche.

Bei jedem Schritt den er tat, flammten Bilder von ihr vor seinem geistigen Auge auf. Er litt innerlich grausame Qualen doch der Stolz verbot ihm, dieses zuzugeben.

Athandran lächelte, obwohl er lieber geweint hätte.

Aber ein wahrer Krieger besaß nicht das Recht, Traurigkeit zu zeigen – niemals! Trauer und Schmerz bedeuteten Schwäche.

So ging er seinen Weg und trug dabei sein Haupt hoch erhoben.

Auch Phiadora war, seitdem sie das Haus der Träume verlassen hatten, still und in sich gekehrt. Stumm lief sie den anderen mit einigem Abstand hinterher. Ihr Gesichtsausdruck wirkte allerdings nicht traurig, eher nachdenklich, und verriet in keiner Weise, was wirklich in ihrem Kopf vor sich ging.

Wusch schien die Einzige von ihnen zu sein, die glücklich war. Zwar hatte auch sie die Bilder ihres Dorfes, ihrer Mutter und der einstigen Heimat gesehen, doch im Gegensatz zu ihren Freunden spürte sie nicht den Verlust, denn es gab für sie keinen. Wusch trug nicht die Sehnsucht nach ihrem alten Leben in sich, sondern nur den Wunsch, die Geborgenheit einer Familie zu finden.

Sie erkannte in dem Haus der Träume sehr schnell, dass keines von den Bildern ihre frühere Welt realistisch darstellte, sondern dass ihr all das Schöne nur vorgegaukelt wurde. Also brauchte sie auch nichts und niemandem nachzutrauern.

In dem Wissen, wie gut es ihr ging, begann Wusch über den Weg, den sie beschritten, zu hüpfen. Von einem Fuß auf den anderen sprang sie herum wie ein Rehkitz. Mal nahm sie einen Stein hoch und drehte ihn in ihrer Hand. Staunend betrachtete sie ihn, als ob sie so etwas niemals zuvor gesehen hätte. Dann wieder pflückte sie eine der Blumen am Wegesrand, schnupperte an ihrer Blüte und lachte verzückt auf. Malvadin präsentierte sich für sie als eine neue Welt. Eine schönere, mit vielen kleinen Wundern, die überraschten und verzückten.

Als Wusch eine kleine Maus am Wegesrand neugierig das Geschehen beobachten sah, gab es kein Halten mehr für sie. Dem kleinen Nagetier zuzwinkernd, rannte sie an Athandran vorbei und stellte sich ihm in den Weg, so dass ihm nichts anderes übrig blieb, als stehenzubleiben. Kichernd und hicksend hielt sie die Blume in ihrer Hand unter seine Nase.

„Hicks – oh, du schwarzer Schattenelbrax, schon mal an so einer wundervollen einzigartigen Blume gerochen, Wahnsinn, oder?"

Während sich ihre Stimme vor Freude überschlug, schaute sie ihren Freund mit gerötetem Gesicht fragend an.

Athandran zog missbilligend die Augenbrauen hoch.

Ihm war anzusehen, dass er keinesfalls ihre Begeisterung teilte. Wusch ließ sich dadurch nicht aufhalten und rannte zum nächsten.

Es war Wolf, der gedankenversunken nichts ahnend Athandran folgte und auf den Wusch jetzt zustürmte. Gerade noch rechtzeitig konnte er stoppen, um zu verhindern, die Elbrax nicht einfach umzulaufen.

Wusch allerdings, im Vergleich zu ihm sehr klein – reichte ihr Kopf doch gerade noch bis zu seiner Brust – stolperte in Wolf hinein. Schmerzhaft trat sie ihm auf die Pfoten, aber das „Aua" von Wolf interessierte sie kein bisschen.

Auf den Zehenspitzen stehend, den Arm in die Höhe gereckt, versuchte sie, auch ihm die Blume unter die Nase zu halten. Bei diesem Versuch jedoch landete diese in seinem Maul. Aber auch das interessierte sie nicht im geringsten. Mit lieblicher Stimme säuselte sie: „Mein süßes, süßes, großes Wolfshündchen, schnuppere mal – hicks – das ist das wahre Leben – hicks, hicks – oder?"

Wolf bemühte sich, zu antworten, aber so wie Wusch ihm die Blume ans Maul drückte, scheiterte der Versuch kläglich.

Nur ein „Grmpfh" und ein unverständliches „Blwwme as demph Mupfhd" ertönte dumpf aus seinem Maul.

Um wenigstens atmen zu können, schob er mit seiner Tatze Wusch sanft von sich. Wer jedoch die Kleine kannte, wusste, sie gab nicht so leicht auf. Wie ein Jo-Jo hüpfte sie weiter vor ihm auf und ab. Fuchtelte mit der Blume in der Luft herum und zielte auf seine Nase, um die Blüte dieses Mal an die richtige Stelle zu platzieren. Dabei lachte sie jauchzend, dass es meilenweit hörbar war.

Genervt hielt Athandran an und kehrte um, im Begriff, Wuschs Treiben ein Ende zu bereiten. Diese Elbrax sorgte immer wieder dafür, dass er sich aufregte. Warum konnte sie nicht einfach nur still sein?

Mit strengem Blick schaute er zu ihr, aber wie er sie so betrachtete, musste er lächeln. Dieses hüpfende, fröhliche Wesen hatte kaum etwas mit der arroganten, kalten Hochelbrax von einst gemein. Diese Wusch war einfach nur glücklich, liebte ihr Leben, und es schien für sie ein spannendes Abenteuer zu sein. Neidvoll wünschte er, ein kleines Stück ihrer Fröhlichkeit zu besitzen. Aber das konnte und durfte er im Moment nicht.

Er wurde, während sie ihren Weg durch den Elbraxwald fortsetzten, das Gefühl nicht los, dass ihnen jemand folgte. Immer wieder glaubte er, ein Rascheln, wie von einem Körper, der durch das Gebüsch neben ihnen schlich, zu hören. Er war sich sicher, da gab es noch etwas Unsichtbares, das jeden ihrer Schritte begleitete. Gefährlich und schlau, ein Schatten oder ein Geist, den auch ein Schattenelbrax nicht bekämpfen konnte. Ein beunruhigender Gedanke, der jegliche Sorglosigkeit in ihm erst gar nicht aufkommen ließ.

Trotz der Warnung seines Instinktes hoffte Athandran, dass er es sich einbildete, Schritte zu hören. Dass die roten Augen im Gebüsch letzte Nacht ein Streich seiner Fantasie gewesen waren.

Den anderen verschwieg er seine Befürchtungen. Manchmal war das Schweigen besser, bevor die Angst alle in Panik versetzte. Ein unüberlegtes Handeln der Gefährten konnte er nicht gebrauchen und würde ihre Situation nur verschlechtern.

Er allein trug die Verantwortung, die Sorge für seine Wegbegleiter. Sie zu beschützen, sah er als seine Pflicht als Drow an. Ein Krieger, der die Gefahren, die überall im Elbraxwald lauerten spürte, lange bevor der Feind sich zeigte. Der wusste, an welch unsicherem Platz sie sich befanden und es notwendig war, diesen mit äußerster Vorsicht zu durchqueren.

Dennoch gönnte er ihnen die kurzen Momente, in denen sie glaubten, jegliche Gefahr sei weit entfernt. So klang seine Stimme sanft, als er hinter Wusch trat und ihr die Hände auf die Schultern legte. Abrupt hörte sie mit dem Hopsen auf und ihre großen blauen Augen strahlten Athandran an.

„Wusch, schön, dass du dich so an Malvadins Geschenken ihrer Natur erfreust. Aber wir müssen weiter. Ich will keinesfalls noch eine Nacht hier draußen schlafen, die Gefahr ist zu groß."

Aber Wusch dachte nicht im Traum daran, auf ihn zu hören. Anstatt seine Worte ernst zu nehmen, klimperte sie mit ihren langen Wimpern und seufzte:

„Oh, wie schade, Wolf wollte doch gerade schnupp – hicks – schnuppern. Biiiiiittttee, lass ihn doch nur ein einziges Mal." Aufs Neue drückte sie Wolf die Blüte ins Gesicht und lächelte ihn dabei strahlend an.

Wusch entging dabei der Blick des Schattenelbrax, den er Wolf zuwarf. Dieser wusste auch ohne eine Erklärung, was er bedeuten sollte: „Ok, mein Lieber, tu ihr den Gefallen und sei begeistert von dieser Blume, bitte."

Verdutzt zwar, dass ausgerechnet Athandran Wusch diesen Gefallen tun wollte, zögerte Wolf dennoch nicht lange und kam seiner Aufforderung nach.

Vorsichtig schnappte er sich mit seinen Pfoten die Blüte aus ihrer Hand und hielt sie sich unter die Nase. Er wollte sie ja riechen und nicht fressen.

Den Duft tief einatmend, sprach er mit seiner brummigen Wolfsstimme: „Mhmm – welch ein köstlicher, lieblicher Duft, da kann ich garn ... – hatschi!"

Wusch nickte eifrig zustimmend und ihre Stimme überschlug sich dabei vor Freude: „Ja, nicht ... hicks – ...wahr? Wie ein schöner – hicks – Frühlings... hicks – ...morgen, finde ich. Los, schnuppere noch einmal!"

Hochhopsend war sie wieder im Begriff, ihm die Blüte aus seiner Pfote zu nehmen. Ahnend, dass Wusch, falls sie diese bekam, ihm erneut ins Gesicht drücken würde, reagierte Wolf schnell. Sich von ihr wegdrehend, nahm er einen tiefen Atemzug und sog dabei den Blütenduft ein.

Er versuchte zu ignorieren, dass seine Nase kribbelte, als ob tausend Ameisen sich eine neue Heimat in ihr suchten und riss sich mit aller Macht zusammen.

Erneut tauchte er die Nase in den Blütenkelch während Wusch erwartungsvoll, vollkommen auf das Geschehen konzentriert, seine Antwort abwartend, vor ihm stand.

Es kam keine. Denn so sehr Wolf auch etwas sagen wollte, das Kitzeln, das sich rapide verstärkte, ließ nicht zu, dass auch nur ein Wort über seine Lefzen kam. Von links nach rechts bewegte er seine Nase und es war unmöglich, auch nur das Maul zu öffnen.

Tränen sammelten sich in seinen Augen und liefen in Rinnsalen seine Wangen hinunter. Das gesamte Gesicht verzog sich, während er die Nase rümpfte und seine Stimme hoch und näselnd erklang: „Wusch, – ich finde ... hatschi – hatschi – hatschi – hatschi!". Wolfs Körper bebte, während er wieder und wieder nieste. Es schien, als ob er niemals wieder damit aufhören könnte.

Wusch staunte ihn mit offenem Mund an.

Eine Minute später schloss sie diesen und nach ihrer Mimik zu urteilen, dachte sie über etwas Wichtiges nach. Schließlich zuckte sie mit den Schultern und sagte völlig gleichmütig: „Tja, ich glaube, du und deine Nase mögen den Blütenduft nicht. Das soll mal einer verstehen!"

Während Wolf immer noch unablässig weiternieste, machte Wusch sich auf, etwas neues Aufregendes zu entdecken. Dabei hörte Athandran nicht das kleinste Hicksen von ihr, während sie dabei zum Wegesrand lief.

Jetzt war diese Elbrax endlich einmal still. Ruhe vor ihrem Hicksen gab es ja selten, dafür nieste Wolf wie ein Verrückter. Was war nun besser – Hicksen oder Niesen? Hilflos dem Ganzen gegenüberstehend, guckte er rüber zu Phiadora. Vielleicht bekam er wenigstens von ihr etwas Unterstützung.

Phiadora allerdings entpuppte sich als das genaue Gegenteil davon. Aufgedreht wie Wusch, rannte sie völlig außer Rand und Band herum, um sich dann vor die immer noch am Wegesrand hockende Maus zu knien. Während die Knollroch in einer ihm unverständlichen Sprache auf das kleine Nagetier einredete und natürlich keine Antwort bekam, schnitt sie Grimassen. Mal drückte sie mit ihrem Finger die dicke Knubbelnase hoch, dann wiederum schielte sie oder fletschte die Zähne. Anscheinend nicht müde werdend, fielen ihr immer wieder neue Möglichkeiten ein, was sie noch mit ihrem Gesicht anstellen konnte.

Athandran bewunderte insgeheim die Maus. Die schien sich nicht beirren zu lassen und sah Phiadora völlig entspannt an.

Phiadora, unzufrieden mit dem Verhalten der Maus, sprang auf, begann mit ihrem rundlichen Hintern wie ein Huhn zu wackeln und dazu schrecklich schön schräg zu singen: „Dubidu, Maus schau zu, dubidu. Popo links und Popo Phiadora bewegt rechts, Maus mach auch du, dubidu!"

Athandran schüttelte fassungslos den Kopf während er das Geschehen beobachtete. Da war Wusch, die am Wegesrand hin und her hüpfend Blumen pflückte. Eine Knollroch, die glaubte, eine begnadete Bauchtänzerin zu sein, und ein riesiger Wolf, dem die Nase vom ganzen Niesen rot glühte. Das einzige Wesen in seiner Umgebung, das ihm normal vorkam, war die Maus. Aber selbst die wirkte, als ob sie nicht glaubte, was die Wesen dort auf dem Weg trieben.

Es hätte Athandran nicht im Geringsten gewundert, wenn sie sich jetzt an den Kopf getippt und allen einen Vogel gezeigt hätte. So aber hockte die Maus da und schaute (genau wie er) nur verwundert den komischen Gestalten bei ihrem verrückten Treiben zu.

Langsam verabschiedete sich die Sonne. Noch ein bis zwei Stunden blieben, bis die Dunkelheit ihren Platz übernahm und es widersprach jeglicher Vernunft, jetzt noch weiterzuziehen. Besser war es sich einen sicheren, soweit überhaupt im Elbraxwald möglich, Schlafplatz zu suchen.

Athandran lief zum Wegesrand und schob mit seiner Hand die Blätter der Büsche zur Seite. Gebückt verschwand er aus dem Sichtfeld der anderen. Sorgfältig durchstreifte er das Dickicht, erkundete das Gebiet neben dem Weg, immer auf der Hut vor irgendeiner Gefahr.

Er brauchte nicht lange zu suchen, bis er an eine Lichtung gelangte. Sie wirkte freundlich und einladend. Licht strömte durch die Baumkronen und weder Fußspuren noch abgebrannte Feuerstellen deuteten darauf hin, dass jemand, der ihnen nicht wohlgesonnen war, dies als sein Territorium betrachtete.

Die dichten mit Blättern bewachsenen herunterhängenden Äste der Bäume boten Schutz. An einigen gab es Früchte, so wie einen vor sich hin plätschernden schmalen Bach mit klarem Wasser. Ihr Hunger und auch der Durst würde gestillt werden. Athandran beschloss hier das Nachtlager aufzuschlagen.

Er hatte einen der wenigen unzerstörten schönen Plätze vom alten Elbraxwald gefunden. Alles, was sie benötigten, schenkte ihnen hier Mutter Natur. Das Gute der alten Welt verharrte an diesem Ort und wehrte sich erfolgreich gegenüber dem bösen Einfluss, dem der restliche Wald unterlag.

Müde, aber erleichtert, setzte sich Athandran auf einen Baumstumpf. Die Ellbogen auf den Knien abgestützt, legte er das Kinn in seine Hände. Einen Augenblick der Ruhe wollte er sich, bevor er zurück zu den anderen lief, gönnen.

Aus weiter Ferne hörte er die Stimmen und das Lachen seiner Freunde. Wolf nieste immer noch laut und, ob er es wollte oder nicht, er musste lächeln.

Chaotisch, verrückt, Verlierer – so konnte man sie nennen; aber das, was sie ausmachte, das Allerwichtigste, war der Zusammenhalt zwischen ihnen.

Trotz der gefährlichen Umgebung, in der sie sich bewegten, der Abenteuer, die sie erlebten, und der ständigen Angst, die sie begleitete, gab es so etwas wie Freude, Spaß und ein Gefühl von Glück zwischen ihnen. Er wünschte sich, auch er könnte sich etwas freier fühlen, lachen und das Leben wenigstens in diesen kostbaren Momenten genießen.

Der Drow seufzte tief auf. Auch wenn er es gerne wollte, für ihn durfte es diese kindliche Unwissenheit niemals geben. Der Instinkt sagte ihm, dass sich etwas Böses in ihrer Nähe aufhielt. Dass etwas auf sie zukam wie ein dunkles Gewitter, das die Sonne urplötzlich verdeckt. Eine fühlbare, aber nicht greifbare Gefahr.

Athandran stand von seinem Sitzplatz auf.

Es wurde Zeit, zurück zur Straße zu gehen und dem Spaß ein Ende zu machen.

Lange würde es nicht mehr hell sein und sie mussten das letzte Tageslicht ausnutzen, um ihre Schlafstelle für die Nacht vorzubereiten.

Das Nachtlager

Nach einigen gescheiterten Versuchen schaffte Athandran es endlich, seine Weggefährten dazu zu bewegen, ihrer Pflicht nachzukommen. Überraschenderweise war Wusch die Erste, die ihm bereitwillig half, das Lager für die Nacht zu errichten. Im Gegensatz zu Wolf und Phiadora zögerte sie nicht allzu lange und bot Athandran ihre Hilfe an.

Verwundert, aber froh, dass sie sich bereit erklärte ihm zu helfen, schlug er vor, Holz zu besorgen, um das Lagerfeuer für die Nacht zu errichten.

Gemeinsam zogen sie los, den Wald nach Zweigen und Ästen absuchend. Eifrig lief Wusch neben ihm her und sammelte fleißig alles an Gehölz, was auf dem Boden lag auf. Beide arbeiteten konzentriert; jedes noch so kleine Stück Holz wurde aufgelesen.

Trotzdem herrschte keine Stille zwischen ihnen. Leise sprachen sie wie alte Freunde miteinander. Ein wenig erzählte jeder von sich und seinem vorherigen Leben. Seinem Leid, seiner Trauer, aber auch seinen Wünschen. Sie genossen die Vertrautheit, die sie verband. Noch vor einigen Tagen war das anders gewesen, jetzt linderte das Erzählen des eigenen schweren Schicksals den Schmerz.

Wusch stiegen Tränen in die Augen, während sie Athandran zuhörte, als er ihr von Anjanka erzählte. Er, der immer versuchte, cool zu wirken, sprach von ihr mit einem Ton in der Stimme, der Liebe und Trauer in sich trug.

Wusch hatte niemals dieses Gefühl – zu lieben oder geliebt zu werden – kennengelernt. Jedoch während sie ihm zuhörte, wünschte sie sich nichts sehnlicher, als dass es irgendwann auch jemanden für sie gab, der so über sie sprechen würde.

Ermutigt von Athandrans Offenheit erzählte auch Wusch ihm ihre Geschichte. Während der Schattenelbrax lauschte, schnaubte er immer wieder wütend vor sich hin.

Er verstand nicht, wie man ihr so etwas hatte antun können. In seinem Dorf wurde die Hilfsbereitschaft untereinander zwar nicht großgeschrieben, dennoch gab es einen Zusammenhalt. Niemals wäre ein Kind aus solchen Gründen verstoßen worden. Zumindest hatte er selber es nicht miterlebt.

Die Zeit verging wie im Nu. Schon bald hatten sie genug Holz und zufrieden mit ihrer Arbeit begaben sie sich auf den Rückweg. Kurz bevor sie das Lager erreichten, flüsterte Wusch ihm zu: „Athandran, weißt du irgendetwas über Wolfs und Phiadoras Vergangenheit?"

Der Schattenelbrax überlegte kurz und antwortete: „Nicht wirklich, zumindest nichts von Wolf. Phiadora erzählte ja irgendetwas von Hexen und Menschen, Gold und einem Fluch."

Zustimmend nickte Wusch: „Ja, richtig, davon hatte sie erzählt, als wir sie im Haus der Träume trafen. Aber Wolf? Nein, nicht ein Sterbenswörtchen hat er von seiner Vergangenheit preisgegeben! Weißt du, ich würde schon gerne mehr von beiden erfahren. Ich frage sie später einfach mal."

Athandran stoppte, sie hatten schon fast die anderen erreicht. Mit ernstem Blick schaute er ihr in die Augen.

„Wusch, was mit Wolf geschehen ist, wird er uns, wenn er es nicht will, auch dann nicht erzählen, wenn du ihn danach fragst. Ich vermute, es muss etwas sehr Schlimmes gewesen sein und er will noch nicht darüber reden. Ich weiß, er leidet sehr, denn in vielen Nächten habe ich ihn weinen gehört. Sein Heulen klang sehr traurig. Doch reden darüber, nein, ich glaube, soweit ist er noch nicht. Gib ihm etwas mehr Zeit." Athandran schwieg und legte seine Hand auf Wuschs Arm.

„Aber er muss reden! Wie sollen wir ihm sonst helfen?", raunte Wusch ihm zu.

„Nein, Wusch, lass ihn in Ruhe. Man kann ihm nur helfen, wenn er es selber zulässt."

Wolf und Phiadora saßen auf einigen Holzblöcken und naschten Früchte, die sie in der Zwischenzeit gesammelt hatten. Als sie die beiden kommen sahen, stand Wolf auf und eilte ihnen entgegen. Fürsorglich nahm er Wusch das Holz aus den Armen. Gemeinsam schichteten sie es zu einem ansehnlichen Haufen auf.

Als die Arbeit getan war, nahmen sie alle Platz. Die Hoch- und der Schattenelbrax setzten sich gegenüber von Wolf und Phiadora. Wusch blickte Wolf prüfend an und ihr Blick verunsicherte ihn, hatte er doch keine Ahnung, was sie von ihm wollte. Egal was er tat oder wohin Wolf sein Gesicht auch wendete, ihre Augen verfolgten ihn.

Genervt und missmutig knurrte er: „Was ist? Warum starrst du mich so mit deinen großen Augen an. Ist irgendetwas mit mir nicht in Ordnung?"

Es war ihm unangenehm, dass sie ihn beobachtete.

Zu sehr fürchtete Wolf, die anderen könnten ihn durchschauen und seine wahre Gestalt, die Bestie in ihm, erkennen.

Wusch antwortete nicht, sondern reagierte auf seine Frage, indem sie statt seiner jetzt Phiadora anstarrte.

Diese schenkte ihr jedoch keine Beachtung, sondern spielte lieber gelangweilt mit ihren Haaren. Nach kurzer Zeit räusperte Wusch sich.

„Meine Liebe, ich würde – hicks – gerne – hicks – mehr von dir erfahren. Was geschah in deiner Vergangenheit? Erzähle uns bitte etwas von dem Fluch der Hexen."

Mit einem wichtigen Gesichtsausdruck schlug sie die Beine übereinander und setzte sich kerzengerade hin.

Athandran, der in der Zwischenzeit dafür gesorgt hatte, dass das Feuer brannte, lächelte amüsiert. „Ja, ja, kleine Elbrax ganz groß. Die Holde möchte deine Geschichte hören, Phiadora." Er erwartete, kein einziges Wort von ihr zu erfahren, geschweige denn die ganze Geschichte. Aber – oh Wunder – sie schien damit kein Problem zu haben.

„Hmm, Spitzohr hören wollen Phiadoras Geschichte? Dann Phiadora erzählt ihr diese!"

Überrascht beugte Athandran sich erwartungsvoll, genau wie Wolf und Wusch, nach vorne. Alle lauschten gespannt, als die Knollroch ihre Geschichte zu erzählen begann.

Die Geschichte der Knollroch

In einer Zeit, lange bevor der Mensch die Welt der Magie eroberte, lebten die Knollroch weit entfernt von allen anderen Bewohnern Malvadins.

Geschützt durch hohe Berge, die das Dorf verbargen, fürchteten sie weder Feind noch die damit verbundenen Gefahren. Frei und unbekümmert gingen sie ihren täglichen Aufgaben nach.

Eine davon war, Gold und Edelsteine zu sammeln, die ihnen halfen, ihre Gabe, den ganz besonderen Zauber der Knollroch, auszuführen. Von klein auf lernten sie damit, ihre außergewöhnliche Magie anzuwenden. Sicherte sie doch das Überleben des ganzen Dorfes.

Es gab keinen wahrhaftigen Namen für diesen Zauber, jedoch konnte er andere Lebewesen beeinflussen. Dafür sorgen, dass Pflanzen schneller und prächtiger wuchsen, ihnen im Winter die Illusion gaben, es wäre Sommer, so dass sie nichts von der Kälte spürten und gar prächtig gediehen.

In ihrer Heimat gab es Wälder, Seen und alles, was die Knollroch zum Leben benötigten. Sie kannten keine Not, kein Leid, keinen Hunger oder Durst.

Der Überlebenskampf, wie ihn die anderen Völker in Malvadin kannten, war ihnen fremd. Sie erreichten ein sehr hohes Alter und wenn sie starben, dann allein durch den natürlichen Lauf der Dinge.

Das Volk ging seiner Arbeit pflichtbewusst nach und sie sorgten füreinander. So glich jeder Tag in ihrem Leben dem vorherigen, nie geschah etwas Aufregendes. Aber tatsächlich, wie in jeder anderen Lebensgemeinschaft, gab es auch in dieser einen, dem es nicht ausreichte, einfach nur ein Knollroch zu sein. Ein wirklicher Draufgänger, der sich in so vielem von den anderen seiner Art unterschied und der den Namen Elatio trug.

Den jungen Knollroch langweilte das Leben in seinem Dorf. Er träumte davon, in fremde Länder zu reisen, Abenteuer zu bestehen und aus ihnen als Held hervorzugehen. Statt seine alltäglichen Aufgaben ohne murren zu erfüllen, hörte man ihn stets schimpfen: „Warum muss ich das machen? Dazu habe ich keine Lust. Das kann ein anderer erledigen. Ich will etwas erleben. Sehen, was das Leben mir noch bietet. Das hier, was euch so wichtig ist, kann doch nicht alles gewesen sein. Da draußen muss es viel mehr geben. Ein junger Knollroch muss die Welt für sich erobern und erfahren, wie spannend das Leben sein kann! Ich bin nun mal nicht wie ihr - langweilig und kleinkariert!"

Egal, wie oft seine Familie oder seine Freunde versuchten, ihn zur Vernunft zu bringen, er hörte ihnen nicht zu.

Entmutigt gaben sie schließlich auf. Ignorierten seine, wie sie dachten, Hirngespinste und hofften, mit dem Alter würde auch er einsehen, wie gut es ihm im Dorf erging.

Doch Elatio redete keineswegs nur von Abenteuern und Gefahren, die er erleben wollte, er meinte es bitterernst.

So schlich er sich eines Nachts, den Weg über die Berge nehmend, davon. Um unterwegs keine Not leiden zu müssen, trug er einige Edelsteine und etwas Gold bei sich. Man konnte ja nie wissen, wofür es noch gut sein würde.

Frohgemut schritt er voran und schwor, nie mehr zurückzukommen.

Elatios Weg war lang und beschwerlich. Manchen Berg musste er erklimmen. Häufig war er kurz davor, aufzugeben, dachte darüber nach, umzukehren. Aber die Schmach, den anderen einzugestehen, dass er sein Vorhaben nicht in die Tat umgesetzt hatte, das wollte er auf keinen Fall.

So ging er immer weiter, egal, welche Hindernisse sich ihm in den Weg stellten.

Nach einer langen, beschwerlichen Reise betrat er einen Pfad, der Elatio in das Tal der Menschen hinabführte. Er freute sich schon auf das erste Abenteuer und lief mit schnellen Schritten seiner Zukunft entgegen. Endlich würden all seine Träume Wirklichkeit werden.

Am Ende des Weges, von Feldern umgeben, stand ein Haus. Staunend blieb Elatio stehen. Es war riesig, nicht so klein und mickrig wie die Hütten in seinem Dorf!

Der Anblick überwältigte den Knollroch und neugierig sah er sich mit großen Augen um. So viel Neues, ihm Fremdes. Dinge, die er niemals zuvor in seinem Leben gesehen hatte. Elatio wusste nicht, wohin er zuerst schauen sollte.

Ein großer Holzkasten mit jeweils zwei runden Öffnungen, durch die man in das Innere sehen konnte. Wofür mochte dieses gut sein?

Hunderte ihm unbekannte Gegenstände lagen verteilt auf dem Gras vor dem Haus herum. Dazwischen blühten Blumen, soweit das Auge reichte. Und das dort, was sich auf der großen Wiese bewegte und schnaubte. Was konnten das für Geschöpfe sein? Die – so viel größer als er selber – herumtollten und sich am Leben erfreuten. Welch wunderbarer Anblick, wie sie stolz und anmutig über die Grashalme hinwegpreschten.

Je länger er sich umschaute, umso langweiliger erschien ihm sein altes Leben im Dorf. Elatio gratulierte sich innerlich selber. Die Entscheidung, die Welt kennenzulernen, war die richtige gewesen.

In Gedanken versunken nahm er keine Notiz davon, was hinter seinem Rücken vor sich ging. Dass sich die Tür des Hauses geöffnet hatte, entging seiner Aufmerksamkeit völlig. Erst als laute Stimmen erklangen, drehte Elatio sich erschrocken um.

Die Menschen, die hier lebten, hatten die Aufregung der Pferde bemerkt. Bei einem Blick aus dem Fenster beobachteten sie, wie sie über die Weide jagten. Normalerweise verhielten sich die Tiere eher ruhig, nur wenn ein Fremder die Farm betrat, reagierten die Pferde mit Flucht.

Somit kamen die Bewohner besorgt, aber auch neugierig, aus dem Haus, um zu sehen, was die Tiere in Aufruhr versetzt hatte. Zuerst übersahen sie den Auslöser der Unruhe, aber dann entdeckten sie ein komisches Wesen, das am Tor der Weide stand.

Mit staunenden Augen stand der Knollroch da, nicht größer als ein kleines Kind, und starrte zu ihnen herüber. Ihre Besorgnis legte sich sehr rasch, denn bedrohlich wirkte Elatio wirklich nicht auf sie. Bei genauerer Betrachtung eher ein wenig lustig mit seiner dicken Knollennase und dem kugelrunden Bauch. Drohendes Unheil schaute ganz anders aus.

Dieses Geschöpf dort drüben ähnelte eher den Narren, die ab und zu das Dorf besuchten.

Die Kleidung des Winzlings war mehr als ungewöhnlich. Das Wesen trug eine sehr weite, von einem breiten Ledergürtel gehaltene Hose. Am Saum baumelten kleine Glöckchen, die leise im Wind klingelten.

Das Hemd und die Weste leuchteten, ebenso wie die Hose, in allen Farben des Regenbogens. Blonde Locken standen kreuz und quer von seinem Kopf ab. Ein außergewöhnliches Bild, das sich den Menschen bot.

Elatio fürchtete sich ebenso wenig vor den ihm fremden Geschöpfen. Warum sollte er denn auch? Was konnten sie ihm denn großartig antun? Schließlich war er ein Knollroch mit Fähigkeiten, von denen die Menschen nur träumen konnten!

Also schritt er lächelnd auf sie zu und sprach den, der ihm als Erstes gegenüberstand, ohne Zögern an:

„Mein Name ist Elatio, ich bin ein Knollroch und gekommen, eure schöne Welt kennenzulernen", mit diesen Worten streckte er seine kleine knubbelige Hand erwartungsvoll vor. Als keine Reaktion erfolgte, packte er einfach dessen Hand und schüttelte sie kräftig.

Völlig überrumpelt erwiderte der Mann den Händedruck des Knollrochs.

Ein Kind, das hinter seinem Vater hervorlugte, kicherte laut denn es war ein köstliches Bild, das die beiden ihren Betrachtern darboten.

Es schien eine Ewigkeit zu dauern, bis einer von ihnen endlich die Hand des anderen losließ.

Kurze Zeit sagte niemand ein Wort. Elatio zog die Hand zurück und nestelte verlegen an seiner Weste. Die neugierigen, abschätzenden Blicke der Menschen waren ihm peinlich. Unangenehm auch diese Stille, die plötzlich eintrat. Erleichtert registrierte er, dass ein älterer grauhaariger Mann aus der Menge hervortrat.

Dieser führte das Dorf als Oberster an und war der Mutigste von allen. Freundlich winkte er Elatio zu sich und sprach ihn an:

„Ich bin Fredo und heiße dich im Namen des Volkes Melwin willkommen. Sicherlich hast du Hunger und Durst nach deiner Reise. Meine Frau hat ein gutes Mahl zubereitet und es ist genug da, um einen weiteren Bauch zu füllen. Möchtest du mit uns das Abendessen teilen?"

Natürlich war Elatio nicht abgeneigt und als ob sein Bauch die Frage für ihn beantwortete, begann dieser lautstark zu knurren.

Der Junge, der sich zuvor kichernd hinter dem Mann versteckte, lief jetzt zu dem Knollroch. Beinahe gleich groß standen sie nebeneinander. Übermütig lachend nahm der Kleine Elatio an der Hand, zog ihn vorwärts und rief dabei:

„Nun komm schon, etwas Schmackhaftes erwartet deinen Bauch. Trödel nicht rum! Mama kann böse werden, wenn wir zum Essen zu spät kommen."

Hüpfend lief das Kind, Elatio im Schlepptau hinter sich herziehend, los, zum Eingang des Hauses. Und dieser tat es ihm voller Vorfreude auf das bevorstehende Mahl gleich.

Es wurde ein schöner geselliger Abend. Die Menschen verhielten sich nett und zuvorkommend. Sie erzählten spannende Geschichten aus ihrer Welt und spornten auch den Knollroch an, ebenso etwas von seiner zu berichten.

Elatio tat das gerne und genoss die Aufmerksamkeit. Er mochte die Menschen und als sie ihn darum baten, noch einige Zeit zu bleiben, zögerte er nicht lange und stimmte freudig zu.

Als es Nacht wurde bereiteten ihm seine Gastgeber ein Nachtlager aus Stroh in der Scheune bei den Pferden.

Wohlig kuschelte er sich in sein wärmendes Bett und bald schon fielen ihm die Augen vor Müdigkeit zu.

Elatio schlief tief und fest, wie schon lange nicht mehr. Erholt und voller Tatendrang erwachte er am nächsten Morgen.

Als er aus der Scheune heraustrat, sah er, dass alle anderen schon mit ihren alltäglichen Aufgaben beschäftigt waren. Dankbar für ihre Freundlichkeit, bot er seinen neuen Freunden die Mithilfe bei den Farmarbeiten an und sie wurde mit Freude angenommen.

So nahm die Zeit ihren Lauf und bald schon waren viele Monate ins Land gegangen.

Elatio wurde langsam unruhig und beschloss, weiterzuziehen. Wollte er seinen Traum von aufregenden Abenteuern erfüllen, musste er seine Freunde verlassen. Leicht fiel es ihm nicht, denen, die ihm ans Herz gewachsen waren, seine Entscheidung mitzuteilen. Die Menschen – einst so fremd – ähnelten jetzt einer großen Familie. Sie bedeuteten ihm weitaus mehr, als er jemals erwartet hatte. Schweren Herzens nahm er all seinen Mut zusammen.

Beim Abendessen teilte er ihnen mit, dass die Zeit gekommen sei, weiterzuziehen.

Traurig versuchten sie zunächst, ihm sein Vorhaben auszureden. Der Sohn des Hofbesitzers weinte und bat unter Tränen, dass Elatio doch bei ihnen bliebe. Alles Bitten jedoch erwies sich als zwecklos. Der Knollroch hatte sich entschieden und ließ sich nicht mehr umstimmen. Schließlich gaben sie auf und akzeptierten Elatios Entscheidung.

Zu seinem Abschied wollten ihm Fredo und seine Familie ein rauschendes Fest geben. Alle Dorfbewohner sollten kommen und mitfeiern.

Der richtige Zeitpunkt erschien ihnen die Nacht des kommenden Vollmondes zu sein. Zwar bedeutete das für den Knollroch, noch ein paar Tage länger verweilen zu müssen, dennoch konnte er ihnen diese Bitte nicht abschlagen.

Ein Jubelschrei aller ging durch den Raum. Voller Enthusiasmus schmiedeten sie sogleich die Pläne für die Feier.

Die traurige Stimmung verflog bei gutem Essen und Wein schnell und verwandelte sich in Vorfreude auf das kommende Fest. Es sollte eine Feier werden, wie sie noch niemand jemals zuvor erlebt hatte.

Einladungen wurden geschrieben und ausgeteilt. Tagelang gebacken und gekocht. Der Met, hunderte riesige Fässer, herangerollt und alles so geschmückt, dass es schon von weitem glitzerte und blinkte.

Viel schneller als Elatio gedacht hatte, brach der Tag des großen Ereignisses an. Die Gäste stürmten zuhauf auf den Hof. Jeder brachte noch jemanden mit. Bald konnte niemand mehr überschauen, wie viele gekommen waren.

So entging es der Aufmerksamkeit aller, dass sich nicht nur friedliche Lebewesen eingefunden hatten.

Keiner ahnte die Gefahr, in der sie sich befanden, denn mit den Dorfbewohnern kamen auch unerkannt die Hexen!

Sie – die Kreaturen, vor denen sich alle fürchteten!

Ihre Macht, gewaltiger als alle anderen Mächte, brachte stets den Tod mit sich. Beherrschten die Hexen doch die dunkle Seite der Magie.

Zu erkennen waren sie kaum, glichen sie doch in ihrer Gestalt dem Menschen wie ein Ebenbild. Dieser jedoch besaß nur Stärke, wenn er seine Waffen bei sich trug. Die Hexen hingegen konnten nicht nur jedem mit ihrer Magie schaden, sie verfügten auch über viele andere Fähigkeiten.

So konnten sie alles sehen und hören, egal ob Nacht oder Tag, ob es still oder laut war. Nichts entging ihnen.

Ebenso lasen sie die Gedanken der anderen Lebewesen. Sie drangen in ihr Bewusstsein ein, lähmten den Widerstand und manipulierten ihr Handeln. Nicht mehr Herr der eigenen Sinne, wandelten ihre Opfer wie leblos herum und gehorchten jedem ihrer Befehle.

Diese Hexen kannten kein Erbarmen und die grausamsten Geschöpfe Malvadins waren ihnen untertan – die Werwölfe. Große, furchteinflößende Kreaturen, bösartig und mordlustig. Es war besser, ihnen nicht zu begegnen.

Zwar existierten auch gute Hexen, doch es wurden immer weniger. Von dem Bösen, das die magische Welt regierte, infiziert, wechselten sie die Seite. Bekannten sich zur schwarzen Magie. So steigerte sich die Anzahl der gierigen, machthungrigen schwarzen Hexen, bis kaum noch eine der weißen übrigblieb.

Die meisten Menschen waren naiv, aber nicht dumm und so sich ihrer Schwäche und Verletzbarkeit sehr wohl bewusst. Ihre Angst vor der Macht der Hexen hatte dafür gesorgt, dass viele sich ihnen anschlossen.

Die Aussicht darauf, vielleicht ein Stück ihres gewaltigen Reichtums zu besitzen, überzeugte so manchen. Doch diese brachen ihre Versprechen auf ein reiches, gutes Leben und so mussten die Menschen als ihre Diener die niedrigen harten Arbeiten für sie ausführen.

Zudem fungierten sie als Spione, die, wann immer es Neuigkeiten gab, diese ihren Gebieterinnen auf schnellstem Wege zutragen mussten.

Es sollte nicht lange dauern, bis einer von ihnen zu der obersten Hexe eilte und ihr von dem Knollroch, der auf einem Hof in der Menschensiedlung lebte, berichtete. Der Lohn für seine Dienste war ihre Gnade, ihn am Leben zu lassen.

Das rauschende Fest begann. Alt und Jung feierte ausgelassen. Alle nahmen Platz auf den langen Holzbänken, die überall auf dem Farmgelände standen.

Reich gedeckte Tafeln, bestückt mit den leckersten Speisen, luden zum Schmausen ein. Ein Fass Met nach dem anderen füllte so manchen Krug. Bunt wirbelten die Frauen mit den Kleidern der Festtagstracht über die Tanzfläche, geführt von ihren Männern in deren besten Anzügen. Lachen und beschwingte Musik erklang über dem gesamten Hof und alle genossen das fröhliche Treiben.

Keiner der Menschen bemerkte, wer da noch mit ihnen feierte und freudig führten sie jeden zu Elatio, damit er seine Bekanntschaft machen konnte.

Mit einem lachenden und einem weinenden Auge saß dieser auf einer der Bänke und begrüßte jeden Neuankömmling.

Aber unter denen, die zu ihm gingen, bewegte sich eine der mächtigsten Hexen – Estella.

Sie wusste alles über sein Volk. Jede Einzelheit ihres Lebens kannte sie, und vor allem hatte sie Kenntnis von deren Schatz. Estella hatte genug von ihnen getötet, um das Geheimnis der Juwelen und des Goldes zu kennen. Sie bargen eine Kraft in sich, die ihr zu noch größerer Macht verhelfen würde. Nur den Weg ins Dorf, wo sie all das in rauen Mengen fand, den kannte sie nicht.

Estella drang, während sie ihn aus der Ferne beobachtete, unbemerkt in Elatios Verstand ein und las seine Gedanken. Aber es fiel ihr schwer, den Sinn der Bilder und der Worte zu erfassen. Zu verworren, zu schemenhaft waren diese.

Sie musste näher an ihn herankommen, um wirklich die Bruchstücke ihrer Informationen zu einem Gesamtbild zusammenzufügen.

Während sie den anderen folgte, kam sie Schritt für Schritt ihrem Ziel näher. Bald schon würde sie all das erfahren, was bisher vor ihr im Verborgenen lag.

So zögerte Estella nicht lange, als sie endlich Elatio gegenübertrat. Als er lächelnd zu ihr aufschaute, nutzte sie diesen

Moment der Unbedachtheit und drang in seinen Verstand ein. In wenigen Augenblicken erfuhr sie alles, was sie wissen musste, denn die Bilder seiner Erinnerungen zeigten ihr den Weg in das Knollrochdorf.

Natürlich spürte Elatio, dass mit ihm etwas nicht stimmte und erschrocken löste er sich von Estellas Augen. Doch es war zu spät, sie hatte bekommen, was sie wollte.

Mit einem triumphierenden Lachen drehte sie sich fort von Elatio und wendete sich den Dorfbewohnern zu. Es wurde Zeit für sie, das Fest zu verlassen und sie machte sich zum Aufbruch bereit.

Aber wo immer die schwarze Hexe auftauchte: Überlebende hinterließ sie niemals!

Auch in dieser Nacht machte sie keine Ausnahme.

Aufrecht stehend, die Hand hoch erhoben, ließ sie ihre eiskalte Stimme ertönen. Mit blitzenden Augen sah sie jeden Einzelnen an und die, die in ihr Gesicht schauten, glaubten, den leibhaftigen Teufel zu sehen. Und nichts anderes war die Hexe in diesem Augenblick, denn sie sprach den Fluch des Todes aus.

Alle, die gerade noch fröhlich und ausgelassen feierten, fielen ihr zum Opfer. In wenigen Sekunden bedeckte ein Meer von Blut und Toten den Boden der Farm. Nur die Menschen, die sich den Hexen vorher angeschlossen hatten, ihre Lakaien, blieben davon verschont.

Mit einem teilnahmslosen Blick betrachtete sie ihr Werk. Zufrieden mit dem Bild, das sich ihr bot, nickte sie und rief ihr restliches im Dunkeln verborgenes Gefolge zu sich.

Eilig machte Estella sich mit ihnen auf den Weg, um ihre anderen Schwestern und die Werwölfe zusammenzurufen. Sie würden sie auf die Reise hinter den Bergen zu den Knollroch begleiten.

Was Estella aber in keiner Weise ahnte – nicht alle erlagen ihrem Todesfluch. Elatio hatte überlebt.

Das, was ihr gegenüberstand, war nicht er selbst gewesen, sondern nur eine Spiegelung seiner Gestalt. Rechtzeitig gewarnt durch seinen Instinkt, spürte Elatio, dass etwas ganz und gar nicht in Ordnung war. Gemeinsam mit Fredo und seiner Familie schlich er rechtzeitig fort und versteckte sich in den Pferdeställen. Dort krochen alle unter das Stroh. Still verharrten sie so lange, bis sie keinen Laut mehr vom Ort des grausamen Geschehens hörten. Auf leisen Sohlen schlichen sie zum Scheunentor und öffneten es vorsichtig.

Was sich ihren Augen draußen offenbarte, konnte bestialischer nicht sein. All ihre Nachbarn, Freunde, Menschen, die sie ihr ganzes Leben gekannt hatten, waren tot. Gerade noch hatten sie zusammen gefeiert und jetzt hatte Estella sie unwiederbringlich aus dem Leben gerissen.

Weinend brachen sie zusammen. Verfluchten den Himmel, dass er zugelassen hatte, dass so etwas geschehen konnte.

Der kleine Knollroch spürte einen riesigen Schmerz in sich. Viele von den Menschen, die dort zu seinen Füßen lagen, waren ihm ans Herz gewachsen. Gemeinsam hatten sie gelacht und das Brot geteilt.

Doch Elatio blieb keine Zeit für Trauer. Er musste schnellstens fort, zurück zu seinem Volk, um sie vor den Hexen zu warnen, bevor es dafür zu spät sein würde.

Wenn auch Estella nur das Trugbild von Elatio gesehen hatte – ein Teil seiner Erinnerungen lebte auch in diesem. Die Hexe kannte nicht den genauen Weg in das Knollrochdorf, doch das, was sie wusste, würde ausreichen, ihn früher oder später zu finden. So schnell ihn seine Beine trugen, stürmte Elatio los, um das, was noch zu retten war, zu retten.

Ohne Unterlass lief er Tag und Nacht. Häufig meinte er, die Stimmen der Hexen sehr nahe zu vernehmen. Manchmal glaubte Elatio, in der Dunkelheit ihre glühenden Augen zu sehen. Doch nichts von alledem hielt ihn auf – vorwärts trieb ihn die Angst um sein Volk.

Der Knollroch achtete nicht auf Hunger oder Durst. Selbst als ihm seine Beine vor Müdigkeit ihren Dienst versagten, schleppte er sich weiter.

Endlich erreichte er das Dorf. Laut um Hilfe rufend rannte er winkend zu den anderen Knollroch und freudig liefen diese auf ihn zu, um ihn zu begrüßen. Doch er wehrte sie ab und sprudelte damit heraus, was passiert war.

Hektisch packten die Kleinen ihr Hab und Gut zusammen. Kinder, Alte, Männer und Frauen – sie alle versuchten, vor den Hexen zu fliehen.

Aber zu spät. Estella mit ihrem Gefolge war bereits in der lang behüteten, geheimen Knollrochwelt angekommen.

Mit hocherhobenem Haupt und gnadenlosem Gesichtsausdruck schritten sie siegessicher in das Dorf. Bereit, sich das, was sie begehrten, zu holen.

Die Dorfbewohner hatten keine Chance, zu mächtig waren ihre Gegner. Die kleinen Beine trugen sie nicht rasch genug fort von diesem Ort. Viele starben, bevor sie nur den Hauch einer Überlebenschance gehabt hätten.

Den kläglichen übriggebliebenen Rest traf ein weitaus schlimmeres Schicksal. Mit einem Bann belegt, der ihnen nicht erlaubte, ihren eigenen Willen zu haben, fristeten sie ihr Dasein als Estellas Marionetten. Sie wurden zu Arbeitssklaven der Hexen und gebrochen taten sie, was die Hexen ihnen befahlen. Ihre Gier nach Juwelen und Gold kannte kein Erbarmen. Sie beuteten ihre Opfer aus, ließen sie in den Minen schuften, bis sie vollkommen erschöpft zusammenbrachen. Wer es nicht schaffte, wieder aufzustehen, wurde umgehend von ihnen getötet. Doch der Tod war wie eine Gnade für die Ausgebeuteten. Das Leben der Knollroch konnte furchtbarer nicht sein.

Die Mädchen sperrten die Hexen in kleine Hütten ein. Um sie dann, wenn sie alt genug waren, zu sich zu holen, mit dem Ziel, dass sie neue Sklaven gebaren.

Um zu verhindern, dass einer von ihnen vielleicht die Flucht gelang, belegten sie die kleinen Mädchen mit einem Fluch. Dieser versperrte ihnen den Weg in die Freiheit.

Eingesperrt in Hütten, fristeten sie ihr Dasein und es war unmöglich, aus diesen zu entkommen. Zwar ließen sich von außen die Türen öffnen, so dass die Hexen die Hütte betreten konnten. Die Gefangenen jedoch waren einzig und allein von glatten unüberwindlichen Mauern umgeben.

Den Fluch brechen und ihr Gefängnis verlassen, diese Chance bestand nur, wenn einer mit reinem Herzen kam und sie befreite. Ein Fremder, es durfte kein Knollroch sein, musste sie bitten, mit ihm zu kommen.

Allerdings warteten sie vergeblich, es kam niemand, der sie retten wollte. Allein zurückgelassen lebten sie weit ab von ihrem Volk und warteten auf das kommende Schicksal.

Immer mit der Hoffnung auf die Befreiung durch einen Reisenden, der eines Tages seinen Weg zu ihnen finden würde.

Die Hexen wiegten sich in Sicherheit. Viele Jahre sah es so aus, als ob Estella und ihresgleichen damit Recht behielten und keiner an der Freiheit der Knollrochmädchen Interesse zeigte.

Niemand betrat freiwillig den Elbraxwald. Wenn sich jedoch einer in ihm verirrte, dann drang dieser niemals so weit vor, um eine der unzähligen Kerkerhütten zu finden.

Auch Phiadora war eine der gefangenen Mädchen und sie lebte schon sehr lange in der Hütte, die den Namen „Haus der Träume" trug.

Die Jahre vergingen und nichts veränderte sich. Bald würde die Hexe ihre Dienerin holen. Das Schicksal der Knechtschaft wartete auf sie.

Doch Phiadora besaß eine Stärke, die die Hexen nie brachen. Ihr Glaube an Wunder und der unerschöpfliche Mut ließ sie niemals aufgeben, und so war sie bereit, als Athandran, Wusch und Wolf ihr Gefängnis betraten.

„Phiadora ganz allein – so lange ...“, die Knollroch verstummte. Sie senkte ihren Kopf und schien, während ihre Augen zu Boden blickten, immer noch mit ihren Gedanken in der Vergangenheit zu verweilen.

Die drei beobachteten sie und warteten ab. Was sollten sie auch zu Phiadoras Geschichte sagen? Tröstende Worte gab es nicht wirklich für sie. Nur die Zeit konnte ihr helfen, das Leid, das sie erdulden musste, zu vergessen.

Es dauerte lange, bis Phiadora ihren Kopf hob und sie anschaute. Mit leiser Stimme, aber mit einem hoffnungsvollen Ton, sagte sie: „Phiadora nicht weiß, wo ihr Dorf jetzt ist. Phiadora nicht weiß, ob Knollroch noch leben. Aber Phiadora weiß, der Himmel zeigt Weg, wenn er weint. Farben – so bunte Farben. Regenbogen die Menschen nennen es. Dort am Ende von Farben, dort ist Phiadoras Dorf.“

Jeder von den dreien kannte ihn – den Regenbogen. Alle hatten ihn schon einmal gesehen. Auch die Geschichte, dass am Ende von ihm ein Topf voller Gold auf den, der dem Bogen folgt, wartet, hatten sie bereits mehr als einmal gehört. Bisher glaubte keiner wirklich daran, aber nun, nach dem was Phiadora ihnen erzählt hatte, schien sie doch wahr zu sein. Jetzt dämmerte es ihnen, wie die alte Legende entstanden war.

Wusch sprang auf, im Begriff, loszustürmen, um sich auf den Weg zu machen. Ihre ganze Körperhaltung signalisierte: „Auf geht's! Den Regenbogen erobern!“ Und sie rief: „Phiadora, wir finden dein Dorf. Kommt, wir machen uns jetzt sofort auf den Weg, um nach ihm zu suchen! “

Phiadora lächelte zaghaft, doch im gleichen Moment schüttelte sie verneinend den Kopf.

„Wusch, kleines Spitzohr, mutig sie ist. Aber nicht schlau. Himmel weint doch gar nicht. Geduld Elbraxmädchen muss haben. Wenn Farben am Himmel, wir gehen schauen, ok?“

Phiadora sah hoch zu Wusch, nahm ihre Hand und zog sie hinunter auf den Platz neben sich. Nicht überzeugt, setzte diese sich widerwillig und murmelte enttäuscht: „Trotz alledem, ich wollte doch, ihr wisst schon, helfen! Weil ...“

Wolf unterbrach sie und ergriff das Wort: „Wusch, sie hat recht. Es ist wunderbar, dass du ihr helfen willst. Das wollen wir alle und werden es auch tun. Nur jetzt in der Dunkelheit ist es zwecklos loszulaufen, um den Regenbogen zu suchen. Schau selbst, du siehst keinen Regenbogen, weil keiner da ist. Wenn das unser einziger Wegweiser ist – ja, dann müssen wir abwarten, bis der Himmel wieder weint. Lasst uns schlafen gehen und morgen überlegen, wie es weitergehen soll.“

Immer noch nicht zufrieden öffnete Wusch den Mund, um etwas darauf zu entgegnen. Aber Athandran ließ sie nicht zu Wort kommen und pflichtete Wolf bei: „Wusch, es ist jetzt gut. Lege dich hin und schließe deine Augen. Bald erwacht ein neuer Tag und es ist besser, ausgeruht auf die lange Reise zu gehen.“

Er stand auf und legte sich, ohne weiter auf Wusch zu achten, unter die Decke aus Blättern.

Wolf schaute nochmal kurz nach dem Feuer und schichtete erneut ein paar Äste in die Glut. Nachdem er sich vergewissert hatte, dass genug Holz vorhanden war, um es die ganze Nacht am Brennen zu halten, ging auch er zu seinem Schlafplatz. Dort rollte er sich wie ein kleiner Welpe zusammen und schlief bald tief und fest.

Phiadora schlummerte bereits im Sitzen ein. Völlig erschöpft war sie ins Traumland gegangen und schnarchte jetzt laut vor sich hin.

Übriggeblieben, als Einzige wach, hockte Wusch auf ihrem Baumstumpf. Mürrisch brummelte sie vor sich hin, in der Hoffnung, eine Reaktion von den anderen zu bekommen. Doch irgendwann hatte sie begriffen, dass ihr keiner mehr Beachtung schenkte, geschweige denn antwortete.

Unzufrieden stapfte sie zum Schlafplatz, wobei sie, natürlich ganz aus Versehen, Wolf und Athandran mit den Füßen anstieß. Selbst das brachte nicht das von ihr erhoffte Meckern. Schließlich gab sie auf und legte sich – wenn auch widerwillig – hin. Es dauerte nicht allzu lange und von Wusch hörte man nur noch ein tiefes Atmen. Auch die kleine Hochelbrax schlief endlich.

Mitten in der Nacht erwachte Wusch. Aufgeschreckt öffnete sie ihre Augen und starrte in die Dunkelheit. Beunruhigt versuchte sie, die Umgebung zu erkennen. Sie wurde das Gefühl nicht los, dass etwas nicht stimmte. Etwas Böses schien dort zu lauern.

Sie war sich ganz sicher, jemand hatte sie berührt. Zart über ihren Arm gestreichelt und Wusch damit aufgeweckt.

Eine Einbildung? Aber Wusch spürte doch, dass sie sich nicht täuschte.

Sie richtete den Oberkörper auf und horchte, jedoch kein Laut drang an ihr Ohr. Nur das Atmen und Schnarchen ihrer Freunde durchbrach die Stille ringsherum.

„Wohl doch nur ein Albtraum oder der Wind, der mir einen Streich spielt", murmelte sie.

Ein letztes Mal blickte Wusch prüfend zum Feuer. Es brannte noch und warf mit seinen Flammen einen sanften Lichtschein auf den Lagerplatz. Niemand war zu entdecken, der ihnen schaden wollte.

Wusch legte sich wieder hin und schloss die Augen. Zeit weiterzuschlafen, denn der morgige Tag würde anstrengend werden. Doch wirklich beruhigt fühlte sie sich immer noch nicht. Erst als der Morgen bereits erwachte, fiel sie in einen unruhigen Schlaf.

Dragon, der Beobachter

Sie saßen da, vollkommen ahnungslos, was oder wer sie erwartete. Wiegten sich in Sicherheit und fühlten sich stark, weil sie glaubten, gemeinsam allen Gefahren trotzen zu können.

Oh, welch Irrglaube – wenn sie wüssten, wer ihnen schon seit Beginn ihrer Reise folgte! Leise lachte Dragon vor sich hin. Wie dumm von ihnen! Glichen sie doch wirklich in ihrem Denken den Menschen - diese niederen Wesen!

Diese kindliche Naivität, immer wieder einzigartig für ihn zu beobachten. Äffchen, die von Baum zu Baum schwingen, das waren die Menschen für ihn. Die vier standen der Gutgläubigkeit von Äffchen in nichts nach.

Nicht mehr und nicht weniger!

Hexen dagegen spielten eine andere Rolle in dieser Welt.

Sie – die herrschaftlichste Lebensform von allen – flößten selbst ihm, Dragon, Respekt ein. Insbesondere ihre Anführerin Estella. Ihr grausames Wesen glich seinem, liebten sie doch beide das Vernichten aller anderen Lebewesen.

Ja, Dragon kannte Estellas Wesen gut. Sie war die Einzige, der er sich nur sehr vorsichtig näherte. Wenn er es überhaupt wagte.

Manchmal hielt er sich in ihrer Nähe auf so, wie jetzt, unentdeckt versteckt im Gebüsch, denn er wusste, dass es auch für ihn besser war, ihr fernzubleiben. Diese schwarze Hexe besaß genug Macht, ihn auf der Stelle zu töten.

Kkkk ... wie ein kleiner Junge kicherte Dragon und vergaß beinahe, dass er still sein musste.

Mit ihr wollten es diese Verlierer aufnehmen?

Einfach zu köstlich! Amüsant allein schon die Vorstellung, wie ein Kampf zwischen ihnen aussehen würde. Estella würde ihren Spaß mit den vieren haben.

Alles wegen einer überflüssigen Knollroch. Völlig wertlos für diese Welt!

Natürlich hatte er ihnen gelauscht und ihren Plan, das Dorf zu suchen, gehört. Sollten sie nur den Regenbogen finden und ihm folgen – er würde sie auf Schritt und Tritt dorthin begleiten.

Dragon wagte sich näher an das Lager heran. Wie schön, sie schliefen tief und fest. Das Feuer brannte zwar immer noch, hatte aber bereits an Kraft verloren. Nur die direkte Umgebung wurde von den Flammen erhellt. Er bliebe unentdeckt, falls einer von ihnen aufwachte. Solange er dem Feuer fernblieb, verschmolz er wie ein Schatten mit der Dunkelheit. Diese Phiadora schnarchte so laut, er brauchte sich nicht einmal die Mühe machen, leise zu sein. Sie würden es nicht merken, wenn er sich ein wenig umschaute.

In aller Ruhe lief Dragon im Lager herum und betrachtete jeden Einzelnen von ihnen genau.

Der Wolf hatte die Tatzen über die Ohren und Augen gelegt und die Nase nach unten tief in den Boden gedrückt. Auch er würde nichts hören, nichts sehen und ihn nicht wittern.

Der Einzige, vor dem er sich in Acht nehmen und vorsichtig sein musste, ihm nicht zu nahe zu kommen, war der Drow. Weitaus aufmerksamer als die anderen, stellte er eine Gefahr für Dragon dar. Aber warum sollte er sich ihm auch nähern? Sein Anblick erzeugte nur Langeweile bei Dragon. Nein, er war es nicht, dem sein besonderes Interesse galt!

In einem weiten Bogen umschlich er Athandrans Schlafplatz und steuerte auf sein eigentliches Ziel zu – Wusch.

Sie lag da wie ein kleiner Engel. Ihr Gesicht so zart, so zerbrechlich, umrahmt von ihrem wunderschönen seidig glänzendem schwarzen Haar.

So verletzlich und dem Tode nahe, ohne es auch nur zu ahnen. Sie faszinierte ihn. Etwas an ihr zog ihn an, aber gleichzeitig stieß es ihn auch ab. Nein, kein Ekel – eher Angst.

Vertieft in Wuschs Anblick ging er neben ihr langsam in die Knie. Wie konnte das sein, dass eine Hochelbrax, dazu fast

149

noch ein Kind, diese Anziehungskraft auf ihn hatte? Sie war doch nichts Besonderes, beherrschte nicht einmal die Zauberei perfekt. Aber sie besaß eine Ausstrahlung, die Dragon verunsicherte. Eine Aura, die Wusch wie ein Schleier umgab und ihm Furcht einflößte.

Verständnislos betrachtete er ihr Gesicht, unfähig, den Blick abzuwenden. Sie war so schön, so einzigartig. Ohne es zu merken, streckte er die Hand aus. Sanft strich er über ihren Arm. Wie Samt die Haut, und wie heiß das Blut unter dieser pulsierte.

Sein Verstand warnte ihn: „Hör auf, sie wird aufwachen und dich entdecken", aber er konnte nicht anders.

Wie unter einem Bann glitt seine Hand höher und höher, bis sie an ihrem Hals anlangte.

Seine roten Augen verengten sich und ein bösartiger Ausdruck - grausamer als jemals zuvor - trat auf Dragons Gesicht. Hektisch fuhr die lange gespaltene Zunge über seine Lippen. Wenn er jetzt einfach zudrückte, sie tötete im Schlaf, dann wäre er frei von dem Zwang, ihr nahe sein zu wollen.

Wenn er… – langsam hob er die zweite Hand legte sie auf Wuschs anderen Arm und wanderte auch mit dieser bis zu ihrer Kehle hoch. Wie Klauen krümmten sich seine Finger, er wollte zudrücken – töten...

Da bemerkte Dragon, wie Wuschs Augenlider anfingen zu flackern. Gleichzeitig vernahm er hinter sich das Rascheln von Athandrans Blätterdecke. Zu spät, er hatte zu lange gewartet. Natürlich konnte er sie alle jetzt töten, ohne dass irgendeine Gegenwehr ihrerseits sie rettete. Aber nein, so durfte er es nicht enden lassen.

Dragon wollte es genießen, sehen, wie sie langsam starben. Den Schmerz in ihren Augen entdecken, das Betteln um ihr Leben hören, um dann zu verstehen, dass der Glaube, es retten zu können, ein Irrtum war.

Er konnte warten!

Lautlos, kurz bevor Wusch die Augen öffnete, verschwand Dragon und wurde wieder eins mit dem Wald.

Der Morgen danach

Schlaftrunken erwachte Wolf im Morgengrauen.

Müde reckte er die Glieder und gähnte herzhaft. Die Luft war kalt und sein Fell fühlte sich nass an. In der Nacht musste es geregnet haben. Wie gerne würde er noch ein oder zwei Stunden schlafen. Viel zu kurz war die Nacht gewesen, als dass er sich ausgeruht und erholt fühlen würde. Aber das klamme Empfinden sorgte nicht dafür, dass sein Lager sich warm und kuschelig anfühlte. Nein, besser war es, aufzustehen und den Körper zu bewegen, damit das steife Gefühl in seinen Muskeln endlich wich.

Wolf richtete sich von seinem Schlaflager auf und schaute sich um. Dabei stellte er fest, dass die anderen noch fest schliefen. Fein, dachte er, denn das bedeutete, dass er wenigstens noch eine kurze Zeit die Ruhe genießen konnte.

Sein Bauch knurrte laut vor Hunger und der Appetit auf etwas Nahrhaftes war enorm groß. Ein knusprig gebratenes Kaninchen erschien ihm sehr schmackhaft und allein der Gedanke an das zarte Fleisch ließ ihm schon das Wasser im Munde zusammenlaufen.

Mit der Zunge fuhr Wolf sich über seine Lefzen; ja, das wäre ein Frühstück, wie er es sich vorstellte. Er hoffte, dass es ihm gelang, eines zu fangen und beeilte sich, von seinem Schlafplatz aufzustehen.

Am besten sollte er sofort losziehen, um zu jagen. Sobald die anderen aufwachten, brauchte er nicht einmal mehr den Versuch starten, auch nur ein einziges zu fangen. Jedes Kaninchen, das Wusch mit ihrem Schluckauf und Phiadoras quarkige Stimme nur aus der Ferne hörte, ergriff umgehend die Flucht.

Schon wieder ihretwegen Früchte essen?

Das stillte doch nicht den Hunger eines großen Wolfes, wie er einer war. Aber bevor er in den Wald ging, musste er zuerst nach dem Feuer schauen. Wolf hoffte, dass noch ein wenig Glut vorhanden wäre, um es neu zu entfachen.

Mühsam stand er auf. Jeder Muskel sowie alle Knochen im Leib taten ihm weh. Die anstrengende Reise ging auch an ihm nicht spurlos vorbei.

Natürlich war es schön, Freunde zu haben, und er genoss die Zeit mit ihnen. Die Aufregung und ihre Abenteuer, aber er sehnte sich auch in sein altes Leben zurück. Wenn er nur wüsste, wie er es schaffte, den Fluch umzukehren.

Die Wolfsmutter hatte nicht nur dafür gesorgt, dass er als Monster leben musste, sondern auch dafür, dass es keine Hoffnung für ihn gab, jemals wieder der kleine Junge zu sein.

Immer stärker wuchs in ihm der Wunsch, endlich mit den anderen darüber zu reden. Die Furcht, deswegen abgelehnt zu werden, hinderte Wolf daran, auch nur eine Silbe preiszugeben.

Entmutigt durch seine Gedanken und kein bisschen mehr motiviert, schlurfte er zum Feuerplatz.

Mist, fluchte er, nur noch Asche lag dort. Sein Problem?

So oft er es auch vorher schon versucht hatte, nie gelang es ihm, dass das Holz Feuer fing. Wollte er etwas Warmes zwischen seine Zähne bekommen, blieb keine andere Alternative, als Athandran aufzuwecken. Der Schattenelbrax brachte selbst das nasseste Holz in Sekundenschnelle zum Brennen.

Sein Blick wanderte hinüber zu Athandran, sollte er ihn wirklich deswegen aufwecken?

Er beschloss zumindest einen Versuch zu wagen, das übrige Holz wieder zum Brennen zu bekommen. Vielleicht war ja doch noch ein wenig Glut vorhanden, so dass er nur hinein pusten musste, um die Flammen neu zu entfachen.

Wolf schaute auf die Asche und bückte sich. Lustlos stocherte er mit einem Zweig in ihr herum.

Als er sie jedoch ein wenig zur Seite schob, entdeckte er etwas, das ihn stutzig werden ließ. Das konnte nicht sein, er musste sich irren. Er sah genauer hin und erschrak.

Er hatte sich nicht geirrt, das, was sich ihm dort in dem Boden offenbarte, waren Fußspuren. Tiefe Abdrücke und jetzt deutlich zu sehen.

Er war sich vom ersten Moment an sicher, dass sie weder von ihm noch von seinen Weggefährten stammen konnten. Schmal, nicht wirklich die Form eines Fußes, sondern eher klauenartig mit langen Krallen. Riesengroß zeichneten sie sich in der feuchten Erde ab. Solche Spuren hatte er nie zuvor gesehen.

Beunruhigt ließ Wolf den Blick über den Boden ringsherum schweifen. Das sorgte dafür, dass aus einer anfänglichen Beunruhigung Angst wurde.

Überall auf dem ganzen Lagerplatz entdeckte er die Spuren. Jemand war hier herumgeschlichen, hatte sich überall umgeschaut, während sie, ohne es zu bemerken, schliefen.

Vorsichtig, um nichts zu verwischen, lief er neben den Spuren und folgte ihrer Richtung. Was Wolf im ersten Moment wie ein Wirrwarr von Abdrücken vorkam, änderte sich schlagartig, als er dort ankam, wo die Fährte endete.

Eine Spur, deutlicher als alle anderen, führte direkt zu Wusch. Tief, so dass Wasser sich in ihr sammelte, als ob der Fremde seine Füße, Klauen oder was auch immer es sein mochte, noch mehr in die Erde gedrückt hatte.

Wolf kniete sich vor Wuschs Schlafplatz und fuhr mit seinen Tatzen entlang der Fährte. Der Fremde musste vor Wusch gehockt haben, darum auch dieser Abdruck.

Warum, was wollte er von ihr? Dass er nichts Gutes im Sinn hatte, darüber brauchte Wolf nicht lange nachzudenken.

Besorgt beugte er sich über die Gefährtin. War ihr etwas geschehen? Hoffentlich lebte sie noch! Den anderen schien es, nach der Lautstärke ihres Schnarchens zu urteilen, gutzugehen, nur von ihr hörte er keinen Laut.

Atmete sie überhaupt noch? Wolf legte sein Ohr dicht an Wuschs Mund und wagte kaum, sich zu bewegen.

Warm fühlte er ihren Atem seinen Hals entlangstreifen. Gott sei Dank, sie lebte.

Gerade als Wolf den Kopf wieder von ihr wegdrehen wollte, erwachte Wusch. Verwundert starrte sie in sein Gesicht und begann, laut loszuschreien: „Sag mal, spinnst du? Warum hängst du hier mit deinem Riesenmaul über mir? Willst du mich fressen?"

Sie stieß Wolf von sich weg und sprang auf. Kreischend, völlig hysterisch rannte Wusch zu Athandran.

Dort angekommen fiel sie auf ihre Knie und begann, ihn wild an den Schultern zu rütteln. Dabei brüllte sie in sein Gesicht: „Wach auf, Athandran, verdammt, nun wach endlich auf! Hörst du mich, ich wurde fast gefressen! Von Wolf! Jetzt weiß ich, was mit ihm los ist. Der ist gar nicht so lieb, wie er immer tut. Nein, das ist er ganz bestimmt nicht."

Wusch verschluckte sich beinahe an ihren eigenen sich überschlagenen Worten und war nicht zu beruhigen.

Athandran wachte völlig verstört auf und starrte sie mit großen Augen verständnislos an.

„Gerade, ich war am Schlafen, da wach ich völlig ahnungslos auf. Und was sehe ich? Das Riesenmaul von Wolf kurz vor dem Zubeißen. Ich konnte seinen Atem schon riechen. Glaubst du mir, Athandran? Der wollte mich fressen. Jawohl, ich kenne sein Geheimnis, der frisst Elbrax.

Athandran, verdammt noch mal, nun steh endlich auf und unternehme irgendwas!" Wuschs Augen blitzten und ihr Haar flog wild hin und her.

Aber Athandran gab noch immer keinen Ton von sich, sondern sah die Elbrax verwirrt an.

Diese schrie so laut, dass selbst Phiadora, die wie ein Stein schlief, erwachte und aufsprang.

Ohne zu fragen, was denn los sei, rannte sie zu Wusch und begann ebenfalls, Athandran wie eine Wilde zu schütteln.

Obwohl sie keinen Schimmer hatte, worum es ging, machte sie einfach mit.

Nur Wolf sagte und tat nichts. Hilflos stand er mit hängenden Schultern da. Keine Ahnung, wie er das Chaos beenden sollte. Wusch hatte es erkannt, das Böse in ihm gesehen. Genau wie die Wolfsmutter prophezeit hatte – sein wahres Ich.

Athandran, endlich wach, reagierte keineswegs erfreut.

Wütend fuhr er Wusch und Phiadora an:

„Verdammt nochmal, seid ihr beide jetzt total irre? Hört sofort auf mit dem Quatsch."

Mit beiden Händen schlug er um sich und versuchte, die lästigen Quälgeister loszuwerden.

Mit der linken Hand traf er die Knollroch, mit der Rechten Wusch am Arm.

„Aua", ertönte es gleichzeitig aus beiden Mündern. Aber sie stoppten endlich ihr Treiben. Trotzig verzogene Gesichter, die schmerzenden Stellen an ihren Armen reibend, sahen sie Wolf böse an.

Wusch fand als Erste ihr Sprachvermögen wieder. Den Zeigefinger anklagend auf Wolf gerichtet und mit erhobener Stimme schimpfte sie: „Frag den dort, was hier los ist. Ich habe gar nichts falsch gemacht, aber der da wollte heute Elbraxfleisch zum Frühstück!"

Dann verschränkte sie die Arme und schaute Athandran auffordernd an.

Phiadora hatte nichts Besseres zu tun, als ihr nachzueifern: „Wenn Wolf will essen Wusch, dann Phiadora kein Fell kraulen."

Wolf schwieg. Völlig bedröppelt ließ er seinen Kopf hängen.

„Natürlich, die ganze Zeit seid ihr mit ihm unterwegs, und er ist eine gütige Seele von einem Monster. Dir, Phiadora, hilft er aus der verfluchten Hütte. Ja, und dich, Wusch, hat er schon die ganze Zeit beschützt. Jetzt auf einmal möchte er dich aus heiterem Himmel fressen. Danach wahrscheinlich Phiadora und zum Schluss mich. Na klar, anders kann es ja nicht sein! Ihr seid doch beide völlig durchgedreht. Wolf würde niemandem, nicht einmal der dunkelsten Seele, etwas zuleide tun. Außer, er müsste einen von uns retten!" Kopfschüttelnd, die Arme vor seinem Bauch verschränkt, bedachte er beide mit zornigen Blicken.

„Aber, aber er hat, ganz bestimmt ...", stammelte Wusch, immer noch nicht gewillt, alles auf sich beruhen zu lassen. War sie sich doch ganz sicher, dass Wolf sie wirklich fressen wollte.

Phiadora allerdings schaute Wusch skeptisch an.

„Hmm, Phiadora muss nun denken, Schattenelbrax recht hat. Zwar ist Wolf groß mit mächtigen Zähnen, aber hilft Phiadora immer."

„Sag ich doch", entgegnete Athandran, „Wolf, nun sag du doch auch mal was dazu."

Als Wusch erneut ihren Mund öffnete, warf er ihr einen Blick zu, der sie im gleichen Moment verstummen ließ.

Sie zuckte mit den Schultern und schaute auf ihre Hände, so als ob sie das alles nicht mehr interessierte.

Wolf erwachte endlich aus seiner Regungslosigkeit und ging zögernd zu Wusch herüber. Während er sich ihr Schritt für Schritt näherte, berichtete er mit leiser Stimme, was wirklich passiert war. Mit jedem seiner Worte wurde Athandrans Gesichtsausdruck besorgter.

Auch Wusch hörte auf, so zu tun, als ob ihre Hände interessanter wären als alles andere, was um sie herum vor sich ging. Mittlerweile war Wolf bei ihr angelangt und drehte mit der Pfote ihr Gesicht in seine Richtung, so dass sie ihm in die Augen schauen musste.

Mit weicher, warmer Stimme und einem liebevollen Lächeln sagte Wolf: „Wusch, ich würde dir nie wehtun. Du bist meine Freundin, hörst du. Ich hab dich einfach nur gern, so wie du bist, und würde für dich töten, nur damit du bei mir bleibst."

Athandran und Phiadora betrachteten die beiden und sagten kein Wort. Beide schienen zu warten, was Wusch als Nächstes tat.

Die stand mit Tränen in den Augen vor Wolf und bekam nichts anderes als ein leises „Danke" zustande.

Dann trat sie näher an ihren Beschützer heran, legte die Arme um seine Taille und kuschelte sich an ihn.

Ihr „Es tut mir so leid" war kaum zu hören, die Tränen, die in Wolfs Fell fielen, waren allerdings sehr gut sichtbar.

Eng umschlungen standen sie beide da und sprachen kein Wort. Genossen die Nähe des anderen und schienen die Welt um sich herum vergessen zu haben.

Athandran räusperte sich laut. Nicht, dass er den beiden den Moment der Ruhe missgönnte, im Gegenteil. Doch jetzt waren einfach nicht die Zeit und der richtige Ort dafür. Seine Unruhe aufgrund dessen, was Wolf entdeckt hatte und auch für ihn auf den zweiten Blick sichtbar war, drängte ihn, schnellst möglichst aufzubrechen.

Die beiden lösten sich voneinander und lächelten. Wo kurz zuvor noch gegenseitiges Misstrauen herrschte, war jetzt Einigkeit. Doch Wolf wusste, worum es dem Schattenelbrax ging. Auch ihm machte der unbekannte Besucher Angst. Darum benötigten die beiden auch nur einen kurzen Blickkontakt, um sich zu verständigen.

Athandran begann, den Lagerplatz abzugehen und Wolf folgte ihm. Murmelnd beratschlagten sie, wie es weitergehen sollte. Und je mehr Spuren sichtbar wurden, umso stärker drängte es sie, weiterzuziehen. Auch die beiden Mädchen wollten auf keinen Fall länger hierbleiben. Eilig packten sie ihre Habseligkeiten und machten sich für den Aufbruch bereit.

„Athandran, meinst du, wir sollten die Umgebung absuchen? Vielleicht entdecken wir doch noch jemanden oder eine Spur, die uns Aufschluss darüber gibt, wer hier rumgeschlichen ist", flüsterte Wolf seinem Freund zu. Genauso leise antwortete der Schattenelbrax: „Nein, Wolf. Ich habe es niemandem von euch gesagt, denn ich war mir bislang nicht sicher. Aber irgendjemand verfolgt uns schon länger. Ich denke, dass es unser nächtlicher Besucher war.

Wenn er sich irgendwo versteckt und uns immer noch beobachtet, besitzt er die bessere Ausgangsposition. Wir aber brauchen einen Moment, in dem unser Verfolger nicht damit rechnet, dass wir auftauchen und ihn finden. Ich glaube, wir haben einen sehr gefährlichen Feind, jemand, der uns alles andere als etwas Gutes wünscht. Das Beste ist, sofort weiterzuziehen."

Wolf nickte zustimmend. Gemeinsam verließen sie die Lichtung, die ihnen am gestrigen Abend sicher vorgekommen war. Jetzt strahlte sie nur noch Gefahr aus.

Eilig liefen sie zurück zu dem Weg, von dem sie gekommen waren und keiner von ihnen blickte zurück.

Nur einen, den gab es, der noch eine Weile in den Büschen nahe ihrer Schlafstelle verharrte: Dragon.

Er hatte es keineswegs eilig und ließ sich Zeit, bevor er ihrem Weg folgte. Dann jedoch streifte er im Schutze der Bäume immer in ihrer Nähe umher. Sehr wohl darauf bedacht, nur ein Schatten zu bleiben. Er wusste, er war diese Nacht zu weit gegangen und kurz davor gewesen, entdeckt zu werden.

Nein, er hatte keine Angst, aber die Zeit der gegenseitigen Begegnung war längst noch nicht gekommen. Nein – dazu war er noch nicht bereit!

Zerzas Vergangenheit

Zerza erlebte den Schmerz, welchen Sha bei Wuschs Geburt ertrug, aus weiter Ferne. Er hörte ihre Schreie und es drängte ihn danach, ihr nahe zu sein. Sie zu unterstützen und tröstend in seinen Armen festzuhalten.

Dieser Wunsch war in ihm übermächtig groß. Und doch, er wusste, er musste sich zusammenreißen, warten, bis die Nacht sich ihrem Ende zuneigte und der Morgen erneut erwachte. Erst dann konnte er zurück zu seinem Platz gehen und das Dorf beobachten.

Er legte sich auf sein Lager aus Blättern und schaute nachdenklich hinauf zum Mond.

Würde es ein Sohn oder eine Tochter werden? Besaß es eine Chance auf eine glückliche Kindheit? Eine Hoch- und ein Schattenelbrax, die gemeinsam ein Kind zeugten; so etwas hatte es noch nie gegeben.

Zerza kannte die Prophezeiung, dass genau dieses Kind, geboren aus einer verbotenen Verbindung, die Welt der Magie wieder vereinte. Aber entsprach dies wirklich der Realität? Oder war es nur wieder eines der zahlreichen Märchen, die es in der magischen Welt gab, um den Verzweifelten Hoffnung zu geben?

Doch wenn es der Wahrheit entsprach, wie würde das Leben seines Kindes verlaufen? Wäre sein Dasein einfach, glücklich und vor allem sicher? Zerza bezweifelte es.

Diese Welt Malvadins in der er und Sha lebten, war seit Beginn der menschlichen Ära niemals leicht, geschweige denn sicher, gewesen. Die einstige Schönheit weit fort, übrig blieb allein der Kampf um das Überleben. Die Erinnerung, in der Schatten- und Hochelbrax als ein gemeinsames Volk existierten, offenbarte sich nur noch in den Erzählungen der Alten und Weisen.

Oh ja, Zerza hatte ihren sehnsüchtigen Blick sehr wohl gesehen, wenn sie mit froher Stimme davon erzählten, aber auch die Traurigkeit, wenn sie wieder verstummten. Wie sollte ein unschuldiges Kind, dessen Leben bereits jetzt voller Hindernisse begann, das einmal Gewesene zurückbringen?

Wenn Zerza die magische Welt betrachtete, erschien es ihm unvorstellbar, dass eines Tages alles wieder so wäre, wie es einst gewesen war.

Müde schloss der Schattenelbrax die Augen und glitt langsam in die Welt der Träume, in der er, Sha und ihr Kind glücklich lebten, ohne Schmerz, Hass oder Trauer.

Ein Lächeln lag auf seinem Gesicht, als er endlich in einen tiefen Schlaf fiel.

Mit neuen Kräften frisch gestärkt, erwachte Zerza am nächsten Morgen. Er nahm sich keine Zeit, seinen Hunger zu stillen, sondern begab sich sogleich auf den Beobachtungsposten. Voller Hoffnung schaute er zu dem Dorf hinüber. Natürlich würde er nicht sofort sein Kind zu Gesicht bekommen, aber vielleicht die glückliche Mutter.

In seinem Dorf galt es als ein wunderbares und großartiges Ereignis, wenn ein Kind des Volkes das Licht der Welt erblickte. Er nahm an, das Gleiche galt auch für Shas Volk, und dass sie und ihr Neugeborenes gefeiert wurden.

Sicherlich hätte die Zeit für sie als Schande zu leben ein Ende, denn Elbraxkinder waren ein Schatz für jedes Dorf.

Immer noch existierte die Erinnerung an den Krieg, bei dem so viele Kinder gestorben waren und keine neuen geboren wurden. Darum war jedes Einzelne etwas Besonderes, egal, wie es entstand. Ein neues Leben übertraf alles, denn es sicherte das Überleben des ganzen Volkes.

Wenn man ihr auch vielleicht nicht die Hochachtung zollte, dann aber zumindest dem Neugeborenen.

Gut, für Sha würde es wahrscheinlich dennoch nicht leicht werden, aber sie hatte ja ein kleines Wesen, dem sie Liebe und Schutz schenken konnte. Ein eigenes Kind sollte genügen, dass sie glücklich sein würde. Wenn er, Zerza, dann noch um ihre Hand anhielt, sie gemeinsam ein neues Heim suchten, um dort ein Volk der Schatten- und Hochelbrax zu gründen, ja, dann konnte nur alles gut werden.

Zerza schreckte aus seinen Gedanken auf. Ohne sich der Gefahr bewusst zu sein, entdeckt zu werden, stellte er sich aufrecht auf den Felsen hin. Selbst von weitem konnte ihn jetzt jeder sehen, aber das, was dort gerade in dem Dorf vor sich ging, erweckte seine absolute Aufmerksamkeit.

Sha trat aus ihrem Zelt und es wirkte, als ob das ganze Dorf von einem Moment auf den anderen in eine Art Starre verfiel. Das Volk wartete darauf, dass sie ihnen das Neugeborene zeigte. Doch Sha hielt kein Baby in ihren Armen, sondern ließ es allein zurück in dem Zelt.

So etwas hatte Zerza noch nie in seinem ganzen Leben erlebt aber er wusste, mit ihrem Verhalten zerstörte sie in diesem Augenblick die Aussicht ihres Kindes auf eine bessere Zukunft.

Ihre ganze Haltung demonstrierte hochmütigen Stolz, als Sha begann, zum Volk zu sprechen. Mit jedem Wort aus ihrem Munde zerbrach in Zerza jegliche Hoffnung auf eine bessere gemeinsame Zukunft.

„Ich, Sha, habe das Kind, meine Schande, geboren. Ihm das Leben geschenkt, aber es ist dennoch unmöglich, dass es mein Fleisch und Blut ist. Ich war nur die Hülle, die es ertrug.

Mein einziges Vergehen liegt darin, dass ich keine Erinnerungen an das habe, wodurch dieser Fehler der Natur zustande kam. Und…" mit einem eisigen Blick streifte sie jeden einzelnen ihrer Zuhörer „ich werde es nicht als meinesgleichen, mein Kind, meine Tochter akzeptieren. Dieses Ding dort im Zelt ist kein Teil von mir. Dass ich diesem Mädchen, oder was auch immer es ist, das Leben schenkte, ist mehr als genug. Meine Schuld ist beglichen. Mehr kann und will ich nicht geben!"

Nie hatte Zerza eine Frau gesehen, die so viel Härte ausstrahlte. War das die Sha, die er glaubte, zu lieben, der er sein bisheriges Leben opferte? Es konnte nicht wahr sein.

Sicherlich war dies nur ihre Taktik, um wieder von ihrem Volk akzeptiert zu werden.

Endlich kam Bewegung in die anderen. Einige zeigten Desinteresse, gingen einfach der Arbeit, mit der sie vorher beschäftigt waren, nach. Doch andere schauten sie an und in ihrem Blick lag fast so etwas wie Bewunderung.

Shas Plan schien aufzugehen. Er wünschte sich nur, dass er mit seiner Vermutung richtig lag. Dass sie sich, wenn mit der Zeit Ruhe in das Volk kam, zu ihrem Kind bekannte.

Zerza beschloss, Geduld zu haben, abzuwarten und weiter das Geschehen zu beobachten. Noch durfte er sich ihr nicht zeigen. Er musste ihr die Chance geben, dass, wenn sie ihr Volk verließ, dieses ohne Hass passierte. Ihm war klar, dass er nur ihre Liebe gewinnen konnte, wenn sie ihm aus freien Stücken folgte. Nicht, um ein schlechtes Leben zu verlassen.

Wieder wurde Zerza aus seinen Gedankengängen gerissen, denn erneut kam Unruhe im Dorf auf.

Alle Elbrax, egal ob klein oder groß, alt oder jung, liefen zusammen. Sie stellten sich in zwei Reihen, zwischen denen ein schmaler Gang frei blieb, in tiefer gebeugter Haltung auf und hielten den Blick zum Boden gesenkt. Der Vorhang des größten Zeltes öffnete sich und heraus trat der Renegat mit seiner Frau.

Sie durchschritten den Gang zwischen ihren Untertanen, ohne sie eines Blickes zu würdigen. Ein paar Schritte von Sha entfernt stoppten sie und schauten ihre Tochter an. Diese allerdings senkte nicht mehr ihr Haupt oder wirkte am Boden zerstört. Geradeaus in die Augen ihres Vaters blickend begann sie, bevor er etwas sagen konnte, zu sprechen:

„Vater, Mutter, ihr gabt mir das Glück, eure Tochter zu sein. Und ihr tatet es aus freien Stücken. Mein Leib entstand aus der Liebe, die euch beide verband. Ich hatte dieses Glück nicht. Ihr habt mich verstoßen, obwohl ich nichts tat, wofür ich es verdient hätte!

Ihr sprecht von Schande? Ich auch, denn ihr wart nicht an meiner Seite und habt alles andere als für mich eingestanden. Die Wahrheit, die ich sprach, nanntet ihr Lügen.

Lange habe ich auf Verzeihung und Verständnis gehofft. Doch jetzt sollt ihr die sein, die darauf hoffen müssen.

Dieses Kind dort in meinem Zelt soll euch vor Augen führen, dass ihr euch keineswegs wie liebende Eltern verhalten habt. Kümmert euch um den Bastard, denn ich werde es unter keinen Umständen tun." Bittere Wut schwang in ihrer Stimme, während sie sich ihren Eltern entgegenstellte.

Zerza erwartete, dass Shas Vater seine Tochter schlug und war bereit zum Sprung, ihr zu Hilfe zu eilen. Doch nichts dergleichen geschah.

Lange Zeit nach Shas Worten herrschte Stille. Ihre Mutter schaute zur Seite. Unfähig, der Tochter in die Augen zu blicken. Allein der Renegat hielt den Blicken seiner Tochter stand. Viel zu groß war sein Stolz, als dass er, das Oberhaupt der Elbrax, sich die Blöße gab, ihren eisigen Augen auszuweichen. Dann vernahm Zerza seine Stimme. Nicht weniger kalt als die seiner Tochter, tönte sie zu Zerza herüber:

„Sha, ich bin keineswegs gewillt, dir zu vergeben, denn ich glaube noch immer nicht an deine Unschuld. Doch auch wenn jedes deiner Worte einer Lüge gleicht, ist dein rechtmäßiger Platz bei deinem Volk. Dieses ist so und so wird es bleiben.

Jedes neue Kind, das geboren wird, ist ebenso ein Teil von uns – gewollt oder ungewollt. Deine Tochter trägt Hochelbraxblut in sich und es wird für sie, genau wie für dich, gesorgt werden.

Allerdings glaube nicht, dass ich dir, einer Tochter, die ihres Vaters unwürdig ist, Achtung und Liebe schenke. Noch erwarte ich von dir, dass du sie diesem kleinen Wesen gibst. Es sei dir überlassen, ob du dich wie eine Mutter verhältst. Dennoch – du wirst für deines Leibes Frucht sorgen, solange sie dich braucht. Weigerst du dich, wirst du aus deinem

Volk verbannt und wir werden deine Pflicht übernehmen. Also überlege dir deine Wahl gut!"

Einen kurzen Moment schwieg der Renegat und schaute zum Zelt, aus dem die Klagelaute des Neugeborenen drangen. Dann nahm er seine Frau an die Hand und schritt langsam mit ihr zu Shas Herberge. Auf dem Weg dorthin begann er erneut zu sprechen: „Du, Tochter, folge mir. Es ist Zeit, den neuen Erdenbürger auf dieser Welt willkommen zu heißen."

Sha zögerte, ihr Zorn über die Worte ihres Vaters ließ sich kaum verhehlen. Zu deutlich zeigte er sich in ihrer Mimik. Nichts anderes blieb ihr übrig, als das, was ihr Vater von Sha forderte, zu erfüllen.

Die Augen funkelten wütend, die Lippen ihres Mundes zusammengekniffen und die Hände zu Fäusten geballt, folgte sie widerwillig ihren Eltern.

Ein kleines Elbraxmädchen löste sich aus der Gruppe der anderen und lief zu Sha. Erwartungsvoll schaute sie zu der Renegatentochter hoch und griff nach ihrer Hand, um gemeinsam mit ihr das Zelt zu betreten. Aber Sha schüttelte sie ab und warf ihr einen vernichtenden Blick zu. Die Kleine zog sich eingeschüchtert zurück und blickte ihr verängstigt hinterher.

Nein, Sha ähnelte keineswegs der Frau, in die er sich einst verliebte. Das Leben und die Geburt des Kindes hatten sie verändert. Dort, wo früher Liebreiz und Sanftmut in ihrer Seele herrschten, trat jetzt an deren Stelle Kälte. Und dort, wo einst ein fröhlicher Mensch das Leben versuchte zu entdecken, stand jetzt eine Frau, die allein Zorn und Wut in sich fühlte. Zerza musste sich eingestehen, er hatte ihr Leben zerstört und nichts würde sie jemals davon überzeugen, ihn zu lieben.

Er hätte jetzt gehen können, versuchen, sein eigenes Leben wieder in seinem Dorf zu fristen, mit allen Konsequenzen. Aber das Wissen, ein Vater zu sein, diesem Kind vielleicht etwas Liebe und Wärme geben zu können, sorgte dafür, dass er blieb.

Sha betrat ihr Zelt und es dauerte nicht lang, bis sie wieder herauskam. In ihren Armen, weit von ihrem Körper weggehalten, lag ein kleines Wesen. In eine Decke gehüllt, blieb es vor Zerzas Augen verborgen. Aber er hörte es laut schreien. Das jämmerliche Wimmern eines Kindes, welches sich nach der Wärme einer Mutter sehnte, durchbrach die Stille des Dorfes.

So mitleiderregend es auch klang, es zeigte dennoch, dass es seinem Kind gut ging. Dass es lebte und eines Tages ihm gegenüberstehen würde.

Der Renegat und Shas Mutter traten vor um das Enkelkind in Augenschein zu nehmen und zu begrüßen. Während beide gemeinsam die Decke zur Seite klappten, so dass das Kind vollkommen zu sehen war, rückten auch die anderen Elbrax näher. Sha ließ sie gewähren. Dann jedoch, erklangen ein Schrei und aufgeregtes Gemurmel. Es hörte sich keinesfalls nach Freude an. Alle Dorfbewohner wichen erschrocken zurück.

Im Sonnenlicht lag das winzige Kind, nackt und verletzlich in den Armen von Sha und Zerza erkannte, warum keine Lobgesänge und kein Lachen ertönten. Dieses Kind ähnelte in keiner Weise einer Hochelbrax. Es glich ihm, dem wahren Vater so sehr, dass es sich kaum verleugnen ließ, wer oder was er war. Schwarze Haare bedeckten das Köpfchen des Neugeborenen, doch das war keineswegs der einzige Hinweis darauf, von welchem Blute dieses Mädchen stammte.

Shas Mutter, die völlig entsetzt rief: „Das darf nicht sein! Blaue Augen, schwarze Haare. Tochter, was hast du getan! Eine Todsünde. Dies ist – bei meinem Leben – das Kind eines Schattenelbrax. Das kannst du nicht leugnen!"

Beschwichtigend legte der Renegat den Arm um die Taille seiner Frau: „Weib, beruhige dich. Ja, es scheint ein Kind von unseren Feinden zu sein. Aber es ist eben nur ein Kind.

Wie zuvor besprochen, wird es ihm an nichts mangeln. Du, Sha, erhältst den Platz, der dir zusteht, mehr nicht. Und jetzt erfülle deine mütterliche Pflicht." Vorsichtig deckte der Renegat das kleine Wesen wieder zu. Dabei meinte Zerza, etwas wie Bedauern in seinem Gesicht zu erkennen.

Nur kurz streifte der Blick ihres Vaters Sha. Auch hier glaubte er, Traurigkeit, ja, auch Liebe zu sehen. Doch Sha vermied es, ihren Vater anzuschauen und somit entging ihr der kostbare Moment.

Abrupt wendete sich der Renegat von seiner Tochter ab, ergriff den Arm seiner Frau und verließ den Platz. Wie er, schenkten auch die anderen Elbrax den beiden keine weitere Aufmerksamkeit. Einer nach dem anderen ging seines Weges und die Gruppe löste sich auf.

Keine Geschenke für Sha oder Gratulationen zu ihrem Kind. Es war, als ob nie etwas gewesen wäre. Alle gingen wieder ihren alltäglichen Aufgaben nach und ließen Sha alleine zurück.

Diese blickte mit einem geringschätzigen Gesichtsausdruck auf das Kind. Dann nahm sie das Bündel näher an ihren Körper, drehte sich auf den Hacken um und ging mit schnellen Schritten zurück in ihr Zelt.

Lange war noch das Weinen des Babys zu hören, bis es endlich verstummte. Allerdings schien das keinen im Dorf zu interessieren. Niemand kümmerte sich darum oder fand den Weg in Shas Zelt.

Viele Stunden verharrte Zerza auf dem Hügel, hoffend, dass Sha sich erneut mit dem Kind zeigte. Aber das Warten wurde nicht belohnt.

Als die Dunkelheit sich über das Land legte und die Nacht hereinbrach, ging er zurück zum Lagerplatz. Mechanisch suchte er dabei Früchte für ein Abendessen zusammen. Ohne wirklich etwas zu schmecken, kauerte er am Lagerfeuer. Tief erschüttert über das, was er am Nachmittag erlebt hatte, traf er eine Entscheidung. Er würde bleiben, über sein Kind wachen, es begleiten und heranwachsen sehen.

Auch wenn ihm klar war, er konnte dies nur aus der Entfernung tun. Doch er musste einfach sehen, dass es ihr gut ging. Nur so, sollte seine Tochter einmal in Gefahr sein, konnte er ihr zur Seite stehen.

Das musste ihm im Moment reichen. Sein Kind brauchte ihn und er brauchte dieses Kind.

So blieb Zerza in Wuschs Nähe, ohne dass sie jemals ahnte, dass es ihn gab. Er sah sie heranwachsen, erlebte ihre Kindheit mit all dem Leid. Fühlte, wie sie, die Kälte ihrer Mutter. Aber er erlebte auch, dass sie nicht daran zerbrach, sondern eine Stärke entwickelte, die sich einer Schattenelbrax als würdig erwies. Von Stolz erfüllt und mit dem Herzen eines Vaters, betrachtete er ihre Schönheit, bewunderte ihren Mut und lächelte über ihr Hicksen und die missglückten Zauberversuche.

Sehr oft kam sie ihm während ihrer Streifzüge sehr nahe. Manchmal waren es nur ein paar Schritte, die sie voneinander trennten. Leider fehlte Zerza jedes Mal der Mut, ihr gegenüberzutreten. Also ließ er die wertvollen Momente, in denen er ihr hätte sagen können, dass er ihr Vater war, verstreichen und begnügte sich weiter damit, sie anzuschauen.

Bis zu dem Tag, als das Volk Wusch verstieß und an dem auch Zerza sein Lager verließ um ihr zu folgen.

Die lauernde Gefahr

Von all dem, was in der Vergangenheit vorgefallen war, wusste Wusch nichts.

Niemand sprach jemals ein Wort mit ihr über die Schande ihrer Geburt. Dass etwas mit ihr nicht stimmte, sie keine reinblütige Hochelbrax war, das hatten die anderen sie mehr als einmal spüren lassen.

Wusch fragte niemals danach, wer ihr Vater sei, aber tief in ihrem Inneren wünschte sie sich, etwas über ihn zu erfahren. Ihm vielleicht sogar zu begegnen. Doch nie kam das Wort „Vater" über ihre Lippen.

Wie groß das Geheimnis ihrer Herkunft war, davon ahnte Wusch nichts. Auf die Idee zu kommen, da gäbe es jemanden, der sich mehr als alles andere wünschte, für sie da sein zu dürfen, ahnte die kleine Hochelbrax nie.

So beschritt sie nun gemeinsam mit ihren Freunden einen Weg, auf dem viele Gefahren lauerten.

Eine davon war Dragon. Wie ein Schatten schlich er hinter ihnen her. Vorsichtig genug, nicht entdeckt zu werden.

Allerdings, wenn nur einer von ihnen umgedreht oder ins Dickicht gelaufen wäre, wäre ihm sogleich klar gewesen, welchen Namen ihr Verfolger trug.

Dort, wo grünes Gras wuchs, die Bäume voller Leben ihre Blätter zur Schau trugen, Blumen in wunderschönen Farben blühten, blieb nichts zurück als verdorrte schwarze Erde, sobald Dragon sie berührte.

Ihn selber kümmerte dieser Hinweis auf seine Existenz nicht im Geringsten. Er ärgerte sich weitaus mehr über seinen Fehler im Nachtlager der vier. Ein einziges Mal erlag er seiner Schwäche - Wuschs Anziehungskraft. Eine Dummheit, die sich niemals mehr rückgängig machen ließ.

Diese Verlierer wussten nun, dass jemand sie verfolgte. Sie im Schlaf besuchte und ihnen nichts Gutes wollte. Ihre bisherige Naivität hatte äußerster Vorsicht Platz gemacht.

Waren sie früher lachend, scherzend und verträumt durch die Wälder gestreift, benutzten sie jetzt all ihre Sinne und Fähigkeiten, sich zu schützen.

Vorneweg lief Wolf, die Nase hoch in die Luft erhoben, um die Witterung einer möglichen Gefahr aufzunehmen. Wusch und Phiadora folgten ihm. Die Nachhut bildete Athandran, der sich bemühte, seine Augen überall gleichzeitig zu haben.

Missmutig realisierte Dragon, dass er jegliche Chance vertan hatte, sie mit einem überraschenden Angriff zu überwältigen. Dennoch hielt seine Enttäuschung nicht lange an und ein neuer bösartiger Plan entstand in seinem Kopf.

Er würde warten, bis sie ihr Ziel, das Dorf der Knollroch, erreichten. Dragon zweifelte nicht eine Sekunde daran, dass es ihnen gelang, den Regenbogen zu finden. Vieles Unmögliche hatten sie bereits möglich gemacht.

Er wusste, dort erwartete sie Estella. Dankbar für das Geschenk, welches er ihr servierte, konnte er auf ihre Unterstützung – die vier zu töten – hoffen.

Was würde das für ein Spaß werden!

Auch dass Estella ihn als Gleichgesinnten anerkannte, stand für ihn so fest wie das Aufgehen der Sonne an jedem Morgen. Es würde für sie beide ein Fest werden, die vier ihrem Schicksal, dem Tod, zuzuführen. All das bereitete ihm keine Sorgen.

Nur dieser andere, dessen Nähe er spürte, aber nicht greifen konnte, bereitete ihm Kopfzerbrechen.

Immer wieder entdeckte er Spuren seiner Anwesenheit.

Doch jedes Mal, wenn er glaubte, er sei kurz davor, ihm zu begegnen, entpuppte sich die vermeintliche Gestalt im Gebüsch nur als eine Täuschung. Nichts außer den Bäumen umgab ihn.

Dennoch, er existierte, der zweite Verfolger. Unsichtbar begleitete er sie alle und der Gedanke an ihn beunruhigte Dragon zutiefst.

Er hoffte, dass sie bald das Ziel erreichten, bevor der Fremde wahrhaftig in Erscheinung trat.

Auch Zerza spürte den Schatten, der alles Lebendige der Natur allein durch seine Anwesenheit zerstörte. Jetzt aber gehörte die Aufmerksamkeit allein seiner Tochter. Böse Kreaturen kreuzten häufig seinen Weg und mehr als einmal beseitigte er sie. Sollte jemand es wagen, Wusch und ihre Freunde anzugreifen, wäre es das Letzte, was er in seinem Leben tat. Zerza würde ihn lehren, was es hieß, sich mit einem Schattenelbrax, einem Krieger und dem Sohn eines Renegaten, anzulegen. Geschweige denn, die Hand gegen dessen Tochter zu erheben.

Wolfs Verwandlung

Wusch langweilte sich, bis sie es kaum noch ertragen konnte. Missmutig stapfte sie hinter Wolf her.
Seit Wochen befanden sie sich nun auf der Reise und es gab nichts Neues, Aufregendes mehr für sie zu entdecken.
Ermüdend lang erstreckte sich der Waldweg, scheinbar bis ins Unendliche, vor ihren Augen.
Alles sah gleich aus. Dieselben Bäume, alt und knorrig, an denen die scheinbar gleichen Blätter hingen. Blumen, die einheitliche Blüten trugen und selbst die Steine des Weges hatten exakt die gleiche Form und Farbe. Am Rand lagen kleine Kiesel, die sich auch in nichts unterschieden. Kein Vogelgezwitscher durchbrach die Stille. Nicht einmal eine Maus zeigte sich im Gebüsch.
Sie aßen immer die gleiche Nahrung. Liefen und schliefen, um dann am nächsten Tag genau wieder dasselbe zu tun.
So lange hatte Wusch nicht mehr auf einem Vierblitzer geritten oder zumindest einen gesehen. Sie wollte sich nicht beklagen, wie sehr ihr diese Dinge fehlten Doch nun, wo sie

schweigsam, ohne Lachen, ohne Freude nur noch ihrem Ziel entgegenliefen, konnte sie es kaum noch ertragen.

Bevor sie die Anwesenheit des Feindes entdeckt hatten, reichte ihr das Glücksgefühl, Freunde zu haben, mit ihnen eine gute Zeit zu verbringen, hielt sie aufrecht. Aber jetzt hatte sich eine Glocke von Schwermut und Angst über die Gruppe gestülpt.

Vorne lief Wolf, die Nase hoch in die Luft gereckt, ohne sich einmal nach ihnen umzuschauen. Hinter ihr Athandran, der nur noch Augen für die vermeintliche Gefahr um sie herum hatte. Es wunderte Wusch, dass er nicht jeden kleinen Kieselstein hochhob und nachschaute, ob unter diesem der große böse Feind lauerte.

Sie fühlte sich überflüssig, nichtsnutzig. Aber auch Phiadora, die neben ihr lief, sah nicht gerade glücklich aus.

Im Gegenteil, wie sie vor sich hin stampfte, hätte es Wusch nicht erstaunt, wenn die ganze Straße davon erbebt wäre.

Forschend blickte sie ihre Freundin an. Konnte es sein oder spielte ihr der Verstand einen Streich? Die sonst leuchtende, farbenfrohe Kleidung Phiadoras wirkte stumpf und glanzlos. Selbst die Glöckchen an ihrem Rock klingelten kaum noch.

So durfte es nicht weitergehen. Doch was sollte Wusch dagegen unternehmen? Der Feind existierte ja wirklich und Vorsicht war angebracht. Aber sollten sie trübsinnig bleiben, bis sie ihr Ziel erreichten? Irgendetwas musste Wusch gegen diese Traurigkeit unternehmen.

Ein Lied singen? Wie „Da in dem Baum, da sitzt ein Feind und sieht uns zu, schubidu."

Ein leises „Hicks" entwich ihren Lippen und allein der Blick, den Athandran ihr zuwarf, reichte aus, nicht einmal eine Silbe des gerade erdachten Liedes erklingen zu lassen.

Verdrießlich schaute sie erneut auf Phiadora hinunter.

Wenigstens mit der kleinen Knollroch sollte es doch möglich sein, ein wenig Spaß zu haben. Ohne wirklich nachzudenken, ergriff Wusch eine Locke von deren Haar und zupfte daran.

Nachdem zuerst keine Reaktion kam, zog sie stärker und lächelte dabei zufrieden. Dieses Lächeln blieb nur einen kurzen Augenblick auf ihrem Gesicht. Phiadora fand das Haarziehen überhaupt nicht lustig. Wütend schlug sie Wuschs Hand weg.

„He, was soll das! Brauchst mich doch nicht gleich schlagen – hicks."

„Soso, kleine Spitzohrmädchen lustig das findet, an Haare von Phiadora ziehen, hmm? Komm her, Haare ich auch kann ziehen!"

Hüpfend griff Phiadora Wuschs langes Haar und zog heftig daran. „Aua, aua, eh, das ist nicht zupfen! Du reißt mir ja gleich die Haare aus. Hör auf damit."

Phiadora dachte ganz und gar nicht daran aufzuhören und kam nun erst richtig in Schwung.

Beide standen mitten auf der Straße, zogen und zerrten einander gegenseitig an den Haaren, während sie immer lauter fluchten und schimpften.

Sehr zum Ärger von Wolf und Athandran.

„Verdammt noch einmal! Wusch, kannst du einmal Ruhe geben", genervt fuhr der Schattenelbrax sie an.

„Wieso bin ich denn nun schon wieder die Böse? Sie ist schuld!", schrie Wusch.

Nichtsdestotrotz zog sie weiter an Phiadoras Haaren.

Die Gesichtshaut der Knollroch färbte sich puterrot. Unübersehbar, dass sie vor Wut kochte.

Auch sie dachte in keiner Weise daran, mit dem Tumult aufzuhören. Im Gegenteil, Phiadora steigerte das Ganze, in dem sie nicht nur an Wuschs Haaren herumzog, sondern ihr obendrein gegen das Schienbein trat. Aus der vorherigen Stille und Vorsicht war ein Gezanke und Gezeter geworden.

Wolf hatte endgültig die Nase voll von dem Geschrei der beiden. Erzürnt stürmte er auf die beiden Streithähne los.

„Ihr benehmt euch wie Verrückte. Habt ihr nichts Besseres zu tun? Jederzeit könnte der Feind auftauchen und uns überfallen. Glaubt mir, das würde kein gutes Ende nehmen. Und ihr? Ihr balgt herum wie zwei kleine Kinder. Wir sollten euch alleine weiterziehen lassen!"

Die Zähne gefletscht, griff er beide am Nacken, zog sie auseinander und hob sie in die Höhe. Jede Faser seines Körpers angespannt, verwandelte sich der sanftmütige Ausdruck von Wolf in das Antlitz eines gefährlichen Raubtieres.

Sein Körper veränderte sich rasend schnell. Muskeln traten auf einmal hervor, wo vorher nur Fell sichtbar gewesen war. Auch schien er zu wachsen und immer größer zu werden. Das Gesicht bestand nur noch aus langen spitzen Zähnen und die Augen leuchteten böse und glühend rot. Speichel tropfte aus Wolfs Maul und ein gefährliches Knurren erklang.

Athandran bemerkte mit großem Entsetzen Wolfs Veränderung. Niemals zuvor hatte er ihn so gesehen. Dort auf der Straße, das war nicht mehr sein Freund, sondern einer der gefürchteten Werwölfe, der die beiden Streithähne in seinen Klauen hielt.

Endlich realisierte auch Wolf seine Veränderung und begann, dagegen anzukämpfen.

Bereits seit mehreren Tagen hatte er diese immer stärker werdende Unruhe in sich verspürt. Zuerst schob er es auf die Entdeckung, dass sie verfolgt wurden. Tat es als Angst vor dem, was kommen könnte, ab.

Doch selbst wenn er schlief, fand er keine Ruhe, denn auch seine Träume hatten sich verändert.

Wenn er träumte, blieb nichts übrig von dem kleinen Jungen, der einmal seinen Namen trug. Ein riesiger bösartiger Wolf, ein Monster, hatte seinen Platz eingenommen. Mit nichts als der Lust am Töten in seinem Herzen.

Als Bestie preschte er durch den Wald. Das Maul blutig verschmiert, hetzte es abwechselnd jeden seiner Freunde, bis diese zusammenbrachen und er sich auf sie stürzte.

Alle Versuche, die Wahrheit vor sich selbst zu verleugnen, scheiterten. Wolf wusste, wer dieses Monster war - niemand anderer, als er selbst.

Das Schlimmste, was geschehen konnte, traf ein- er genoss die Jagd. Selbst jetzt empfand er ein sich immer mehr steigerndes Glücksgefühl. Alles in ihm schrie danach, zuzubeißen.

Bis er in die weit aufgerissenen Augen von Wusch sah.

Panische Todesangst stand in ihnen geschrieben. Völlig erstarrt, leblos wie Kaninchen in Leinensäcken, hingen sie und Phiadora in der Luft, gehalten von seinen Klauen.

„Lass sie endlich los", der Schrei von Athandran durchdrang die Stille. Wolf schüttelte sich und der Nebel vor seinen Augen lichtete sich.

Wie aus einer anderen Welt zurückgekehrt erkannte Wolf, was er soeben getan hatte. Bestürzt öffnete er seine Tatzen, so dass Phiadora und Wusch zu Boden fielen.

Wie in einem Zeitraffer verwandelte sich nun sein Körper zurück. Aber das Zusammenziehen der Muskeln und seiner Knochen musste schmerzhaft sein, denn Wolf stieß dabei qualvolle Laute aus.

Kaum wieder der alte, verließ ihn schlagartig die Lust am Töten. Verwirrt und schuldbewusst sah er in Athandrans Gesicht in dem Verständnislosigkeit, sowie Furcht, geschrieben stand.

Die Worte der großen Wolfsmutter, wenn der Mond blutrot am Himmel steht, dann wirst du dein wahres Antlitz zeigen und zur Bestie werden, hallten in Wolfs Ohren wieder und eiskalt lief ihm ein Schauer über den Rücken.

In der Welt, in der sie lebten, erschien der blutrote Mond nur zweimal im Jahr. Darum schenkte Wolf auch dem Himmel in der Nacht keine Beachtung.

Jetzt traf ihn die Erkenntnis wie ein Schlag. Er erinnerte sich, als er den Mond das letzte Mal betrachtete, hatte sich der Lichtschein von Weiß ins Rötliche verändert.

Zwei Nächte waren seitdem vergangen. Das hieß, nach vier weiteren würde der Blutmond am Himmel stehen und Wolf sich ganz und gar verwandeln. Wenn er nicht zulassen wollte, dass er seine Freunde verletzte oder tötete, blieb ihm keine andere Wahl, als ihnen sofort die Wahrheit zu sagen.

„Athandran, ich …", doch der Tumult, der um ihn herum ausbrach, ließ ihm keine Möglichkeit, den Satz zu beenden.

Die Begegnung

Wusch starrte in das veränderte grausame Gesicht ihres Freundes. Nichts war von seiner Sanftmütigkeit übrig geblieben.

Lange Zähne schoben sich zwischen den Lefzen der breiten Schnauze hervor. Hungrig und gierig verschlang er sie mit seinen Augen.

Das Monster, das seine Krallen in ihr Fleisch bohrte, ähnelte in keiner Weise Wolf. Einer der gefürchteten Werwölfe von Malvadin hielt sie in seinen Klauen gefangen.

Wolf riss das Maul weiter auf und nahe, sehr nahe, blitzten Zähne vor ihren Augen auf. Heißer Atem schlug ihr ins Gesicht und sie wusste, wenn er zubiss, würde das ihren Tod bedeuten.

Das Herz pochte wild in Wuschs Brust. Verängstigt hielt sie den Atem an, darauf wartend, dass dieses Ungeheuer ihrem Leben ein Ende bereitete.

Bis sie den Schrei von Athandran hörte.

Sobald Wolf sie fallen ließ und ihre Füße den Boden berührten, rannte sie los. Nur fort von ihm, renne, soweit du kannst, schrie ihr Verstand. Blindlings lief sie ins Dickicht des Waldes. Die Rufe der anderen, dazubleiben, hörte Wusch nicht.

Vergessen – das gemeinsame Ziel. Vergessen – der lauernde Feind. Nichts von alledem spielte noch eine Rolle. Allein der Fluchtgedanke trieb sie an.

Blind vor Tränen lief sie immer tiefer ins Dunkel des Waldes. Die Äste der Bäume schlugen ihr ins Gesicht und Wusch hielt schützend, damit sie sich nicht verletzte, die Arme davor.

Hilflos, unfähig, etwas um sich herum wahrzunehmen, bemerkte sie die Gestalt nicht.

Plötzlich, wie aus dem Nichts kommend, stand sie vor ihr und Wusch rannte mit voller Wucht in sie hinein. Durch den Aufprall geriet die Hochelbrax ins Straucheln und alle Versuche, das Gleichgewicht zu halten, scheiterten. Zappelnd fiel Wusch direkt in die sie auffangenden Arme des Fremden.

Sie konnte nicht noch mehr ertragen. Zuviel prasselte auf sie ein. Ihr Freund - nicht mehr ein Freund, sondern ein Monster. Und jetzt- ein Fremder, vielleicht der gefährliche Verfolger, der sie in seinen Armen festhielt.

Erschöpft schloss Wusch ihre Augen. Die Natur zeigte sich gnädig und umhüllte sie mit der Schwärze einer Ohnmacht.

Hilflos stand Wolf da, unfähig, etwas zu sagen oder zu tun, während Phiadora sowie Athandran hinter Wusch herliefen.

„Ich, ich ...‟ stammelte er und hielt sich die Tatzen aus Scham vor das Gesicht.

„Lass gut sein, für Entschuldigungen bleibt uns jetzt keine Zeit‟, rief Athandran ihm zu, während er im Wald verschwand. Auch Phiadora sprintete in seine Richtung und erreichte bereits die ersten Bäume.

Endlich löste sich Wolfs Erstarrung und er folgte den beiden.

Es sollte nicht lange dauern, bis sie bei Wusch angelangten. Verblüfft, sie nicht alleine vorzufinden, stoppten sie schlagartig.

„He, lass sie los, sofort!" Angriffslustig, bereit, seine Freundin zu retten, trat Athandran mit gezücktem Messer vor. Ihn interessierte nicht, wer der Fremde war und was er hier tat. Athandran sah nur Wusch, wie diese leblos in dessen Armen lag.

Für Phiadora jedoch wirkte es nicht so, als ob ihre Gefährtin in höchster Gefahr schwebte. Sie griff nach seinem Arm und hielt ihn mit aller Kraft zurück.

Athandran begriff im ersten Augenblick nicht, warum Phiadora ihn zurückhielt. Sich windend versuchte er, seinen Arm aus ihren Fingern zu lösen.

Bis er sah, wie der Fremde vorsichtig Wusch auf die Blätter am Boden legte und ihr zärtlich das Haar aus dem Gesicht strich. Alles an ihm strahlte Wärme, Güte und Mitgefühl mit der Kleinen aus. Athandran erkannte, dass die Gestalt nichts Böses im Sinn hatte und beruhigte sich allmählich.

Zögernd nahm der Fremde die Hand von Wuschs Gesicht und richtete sich auf. Mit elegantem Schwung drehte er sich zu den anderen um und lächelnd begrüßte er sie mit einer angenehmen dunklen Stimme: „Hallo, ich bin Zerza und wer seid ihr?"

Abwartend, gegenseitig skeptisch musternd standen sich die beiden Drows gegenüber.

Während Athandran misstrauisch wirkte, schien Phiadora wie verzaubert von Zerza zu sein. Niemals zuvor hatte sie jemanden wie ihn gesehen und mit verzücktem Blick hing sie an dessen Lippen. Immer wieder strich sie sich durch die Haare und wickelte diese um ihre knubbeligen Finger.

Ein Schattenelbrax – unübersehbar, aber weitaus eindrucksvoller als alle, die ihr jemals begegnet waren. Zumal ihr nicht viele, außer Athandran, begegnet waren!

Doch im Gegensatz zu dessen eher schlaksigen Figur, war Zerzas Gestalt imposant und von mächtiger Statur.

Umhüllt von einem langen, bis zum Boden reichenden schwarzen Mantel aus feinstem Leder, überragte er selbst Wolf.

Lässig über die Schulter geschwungen, trug er einen Bogen und einen Beutel, der mit unzähligen herausragenden Pfeilen bestückt war. Ein breiter schwarzsilberner Gürtel, aus dem gefährlich aussehende Messer, Dolche und ein Schwert herausragten, umschlang seine Hüfte.

All dies wirkte sehr eindrucksvoll, dennoch, etwas anderes sorgte für Phiadoras unübersehbare Verzückung – das Gesicht des Fremden.

Schmal, kantig, umrahmt von glänzendem, langem schwarzen, mit silbergrauen Strähnen durchzogenem Haar. Kleine Fältchen, die auf ein fortgeschrittenes Alter hinwiesen, gaben Zerza etwas Gütiges, Weises, und er strahlte Ehrlichkeit aus.

Diesem Anblick konnte sie nicht widerstehen und zog die Knollroch in seinen Bann. Seine Ausstrahlung hielt Athandran von einem Angriff ab. Das Misstrauen allerdings blieb. Etwas an Zerza machte ihn stutzig. Aber er konnte nicht benennen, was es war.

Noch eines fiel ihm, während er den Blick von der ohnmächtigen Wusch zu Zerza schweifen ließ, auf. Es bestand eine unleugbare Ähnlichkeit zwischen den beiden!

„Zerza, wer bist du und wo kommst du her? Wir würden gerne etwas mehr als nur deinen Namen erfahren!"

Athandran näherte sich dem Unbekannten und streckte ihm die Hand entgegen. Eigentlich trat er Fremden misstrauisch entgegen. Unerklärlicherweise fühlte er eine Vertrautheit und Verbundenheit zu Zerza. Es konnte daran liegen, dass Zerza einer aus seinem Volk war, dennoch bezweifelte Athandran dieses.

Zerza ergriff Athandrans Hand und schüttelte sie kräftig. Gerade, als er im Begriff war, zu antworten, erwachte Wusch. Eine Sekunde lang lag sie still auf dem Boden. Allerdings, sobald sie Wolf entdeckte, sprang sie fluchtartig auf.

Dieser – ein Schatten seiner selbst, zu sehr mit sich und seiner Verwandlung beschäftigt, reagierte nicht auf das Geschehen. Mit hängenden Armen und einer verlegenen Miene gab er keinen Ton von sich. Phiadora jedoch reagierte blitzschnell. Mit einem Hechtsprung warf sie sich nach vorne, hielt Wusch mit beiden Händen an den Beinen fest und sprach beruhigend auf sie ein: „Steh, Wusch, kleines Spitzohr ruhig muss sein. Steh und sieh doch! Jetzt hier ist alles gut." Wusch trat nach ihr, aber Phiadora ließ sie nicht los. Schließlich wurden ihre Befreiungsversuche zaghafter, bis Wusch schließlich aufgab.

Zitternd wehrte sie sich nicht, als Phiadora den Arm um sie legte. Aber furchtsam irrte ihr Blick hin und her, bis er auf Wolf traf und verschreckt zuckte die Hochelbrax zusammen. Hilfesuchend sah sie zu Athandran, der neben Zerza stand.

Als Wusch den Fremden an seiner Seite wahrnahm, stutzte sie und die Neugier besiegte ihre Angst. Sie beruhigte sich und begann augenblicklich damit, ihn ins Visier zu nehmen.

Fast wieder die Alte, wand sie sich aus Phiadoras Armen und fragte neugierig: „Und – hicks – sag – hicks – wer bist du?"

Dies war der Moment, auf den Zerza so lange gewartet hatte. Die Chance, Wusch zu sagen, dass er ihr Vater war - sie bestand jetzt. Er musste es nur aussprechen.

Aber dazu fehlte ihm der Mut und seine Stimme klang unsicher:

„Mein Name ist Zerza, ich gehöre zum Volk der Schattenelbrax. Wie ihr sicher wisst, wurde es vor langer Zeit durch ein Unglück in viele Gruppen gespalten. Alle mussten fliehen und wir verloren uns aus den Augen. Seit langem bin ich auf der Suche, um mein Volk wiederzufinden. Doch es ist gefährlich, alleine durch den alten Elbraxwald zu streifen. Ich hoffe, es ist in Ordnung, wenn ich mich der Gruppe anschließe und euch ein Stück des Weges begleite"

Athandran runzelte die Stirn. Er glaubte Zerza kein einziges Wort von dem, was er erzählte. Irgendetwas stimmte nicht mit seiner Geschichte.

Nie hatte er von einem Unglück, das ein ganzes Schattenelbraxvolk spaltete, gehört und er war sich sicher, er hätte davon erfahren.

Aber welches Geheimnis brachte den Fremden dazu, die Unwahrheit zu sagen? Was wollte Zerza verbergen?

Und diese Ähnlichkeit mit Wusch. Niemals konnte das nur ein Zufall sein. Kurz überlegte Athandran, ihn darauf anzusprechen, entschied sich aber dagegen. Stattdessen grummelte er: „So sei es!"

Was hinter all dem steckte, würde er schon noch herausfinden. Im Augenblick konnte er froh sein, dass jemand, der solche Waffen besaß, sie begleitete. Zu viele Probleme machten dem Schattenelbrax das Leben schwer. Nach dem, was mit Wolf passiert war, benötigte er die Unterstützung von Zerza. Solange es keine Erklärung dafür gab, konnte niemand Wolf trauen.

„Aha, hicks", wenig begeistert erklang Wuschs Stimme. Warum stimmte Athandran Zerzas Bitte zu? Gut, auch sie hatte die Waffen gesehen, aber stellten diese nicht eher eine Gefahr für sie alle dar? War sie die einzige Vernünftige, umzingelt von lauter Verrückten?

Phiadora dagegen, schmachtete den Fremden mit klimpernden Wimpern, einem Schmollmund und einem äußerst verzückten Gesichtsausdruck an. Schwungvoll warf sie das Haar nach hinten und spazierte mit wiegenden Hüften auf ihn zu. Bei Zerza angekommen, stellte sie sich dicht neben ihn, so dass kaum mehr ein Haar zwischen sie passte.

Und Wolf?

Der stand nur bedröppelt da.

Wusch blieb nichts anderes übrig, als Athandrans Worte zu akzeptieren und den Dingen, die folgten, ihren Lauf zu lassen.

Athandran räusperte sich: „Zerza, seit längerer Zeit verfolgt uns jemand. Hast du vielleicht etwas auf deinem Weg bemerkt?"

Zerza strich sich nachdenklich über das Kinn: „Ich weiß nicht, ob es der Gleiche ist, von dem du sprichst. Aber auch ich spürte die schwarze Aura eines bösartigen Wesens in meiner Nähe. Wirklich Auge in Auge habe ich ihm aber nicht gegenübergestanden. Nicht einmal seinem Schatten begegnete ich. Jedoch das ausgedörrte Gras und vertrocknete Blätter, die ich vorfand, wiesen darauf hin, dass er dort verweilte. Ich will euch ja nicht ängstigen, aber diese Zeichen vom Tod deuten einzig und allein auf ein einziges Wesen hin: Dragon!"

Erschrocken stieß Phiadora hörbar die Luft aus. Selbst Wolf hob den Kopf.

„Jaja, Dragon – der Böse, der Unheimliche. Wer sagt denn überhaupt, dass es ihn gibt? Wahrscheinlich ist er nur eine Legende. Gesehen hat ihn noch niemand. Was ist, wenn du unser Verfolger oder sogar selber Dragon bist?"

Wusch ballte die Fäuste und musterte Zerza wütend. Dieser schwieg und verteidigte sich mit keinem Wort. Stattdessen eilte er zurück zum Weg von dem sie gekommen waren.

„Hier ist es nicht sicher. Last uns endlich diesen Ort verlassen", rief er den anderen zu und entging so weiteren Fragen. Ohne Einwände folgten sie ihm. Doch als Athandran an Wolf vorbeilief, zischte er ihm leise ins Ohr: „Wir beide müssen reden."

Schweigend begab sich die Gruppe auf den Rückweg, bis sie den Pfad erreichten.

Wolfs Wahrheit

Angespannt trottete Wolf hinter dem Schattenelbrax her.
Er verstand nicht, worauf er warten sollte und warum sein Gefährte jetzt einfach weiterlief.
Sie mussten miteinander reden-jetzt sofort! Wer wusste schon, was in den nächsten Minuten mit ihm passieren konnte? Ein Auslöser, der erneut dafür sorgte, dass er zur Bestie wurde?
Nur weil ein Fremder auftauchte, hieß das keinesfalls, dass jetzt alles wieder gut war. Vergessen und vergeben!
Dass er sich jederzeit in ein Monster verwandeln könnte und somit eine tickende Zeitbombe war, musste Athandran ja wohl klar sein. Warum also redete er nicht sofort mit ihm?
Für Wolf stellte dieses Schweigen keine Beruhigung dar.
Im Gegenteil! Jede Minute, die verging, steigerte seine Nervosität bis hin zur Qual.
Er hielt es nicht mehr aus und kaum, dass seine Tatzen die Steine des Weges berührten, brach es aus ihm hervor.
Herzzerreißend schluchzte er los: „Ich bin ein Monster. Geht fort, schnell, lasst mich alleine zurück. Ich bin eine Gefahr für euch!"
„Später, Wolf, nicht jetzt, dafür ist wirklich keine Zeit. Wir beide reden später alleine darüber!", wieder blockte Athandran das Gespräch ab.
Aber Wolf ließ sich dieses Mal nicht aufhalten. Unter Tränen sprudelten die Wörter aus ihm heraus. „Nein, ich will sofort mit euch reden. Ihr müsst alles erfahren. Hört ihr? Alles!"
Viel zu lange hatte er geschwiegen, es vor den anderen verborgen. Es tat gut, jetzt alles rauszulassen und die Last, ein Geheimnis mit sich herum zu tragen los zu werden.
Vielleicht jagten sie ihn fort oder straften ihn mit ihrer Verachtung. Aber das Risiko musste er eingehen, denn schweigen konnte er nicht mehr.

Während er ihnen alles über den Fluch und seine Vergangenheit erzählte, vermied er jeglichen Blickkontakt.

Aus gutem Grund, denn er war sich bewusst, dass er sie schon vor langer Zeit vor der Gefahr, die ihm innewohnte, hätte warnen müssen. Eine Entschuldigung für das Verheimlichen der Bedrohung, die sie mit seiner Anwesenheit umgab, fand Wolf nicht.

Die anderen hörten ihm, während er sprach, gespannt zu. Jenes Bild, dass er sanftmütig sei, ihr Freund, auf den sie immer zählen konnten, verblasste mit jedem Wort. Mit seinem Schweigen missbrauchte er ihr Vertrauen. Etwas, das sie sowieso kaum jemandem schenkten, und so war sein Vergehen weitaus schlimmer als der Fluch.

Was, wenn das Monster eher ausgebrochen, seine Freunde ihm ahnungslos in die Arme gelaufen wären? Unsicher nestelte er, während er sprach, an den Knöpfen seiner Latzhose und mehrmals stockte Wolfs Redefluss.

Endlich hatte er es geschafft. Es war alles gesagt worden, was es zu sagen gab.

Ängstlich flüsterte Wolf leise: „Es tut mir so leid!", darauf vorbereitet, dass sie ihn fortschickten. In seinem Kopf hörte er bereits ihre Beschimpfungen. Sah vor sich, wie sie ihn wegjagten.

Nichts dergleichen geschah.

Nach einer kurzen Pause hob er seinen Blick vom Boden und schaute Wusch an. Doch das, was er in ihrem Gesicht zu sehen erwartete, war nicht vorhanden. Weder Enttäuschung noch Abneigung, geschweige denn Zorn, spiegelten sich in ihm wieder. Einzig und allein Nachdenklichkeit las er in ihren Augen.

Überrascht schweifte sein Blick zögernd zu Athandran, Phiadora und Zerza. Er erblickte ernsthafte Mienen, in denen sich jedoch weder Ablehnung oder gar Abscheu widerspiegelten.

Seine Angst wich der Hoffnung, dass sie ihm seinen Fehler vergaben.

Zerza ergriff als Erster das Wort. Seine Stirn in krause Falten gelegt, sagte er: „Wolf, es steht mir nicht zu, über dich zu urteilen, da ich selber ein Fremder für euch bin.

Dennoch, ich weiß, solange du uns begleitest, schweben wir alle in großer Gefahr. Zwar habe ich deine Verwandlung nicht gesehen, solltest du aber wirklich das Monster sein, zu dem dich die Wolfsmutter verfluchte, dann Gnade uns Gott.

Eine Galgenfrist bleibt uns ja zum Glück noch."

Mit bangem Herzen lauschte Wolf den Worten Zerzas. Konnte es sein, dass ... sprach doch der Fremde von einer Frist, einer Galgenfrist. Die Schlussfolgerung dessen, was er gesagt hatte, war so unglaublich für Wolf, dass er sich kaum traute, diese zu Ende zu denken.

„Der blutrote Mond wird erst in vier Tagen in seiner vollkommenen Größe am Himmel stehen. Bis dahin ist es dir möglich, gegen deine Verwandlung anzukämpfen, je nachdem, wie stark dein Wille ist. Wenn allerdings die Nacht des Mondes gekommen ist, wird er dich einfangen. Ein unvorstellbarer Blutdurst erwacht dann in dir. Darum musst du uns, wenn der letzte Tag Abschied nimmt, verlassen und dich bis zum nächsten Morgengrauen fernhalten.

Ich frage mich nur, wie viel Kraft du in dir trägst, um bis dahin die ersten Anzeichen deiner Mordlust zu unterdrücken."

„Wolf schafft das, ganz bestimmt!" Kämpferisch, die kleinen Hände zu Fäusten geballt, stand Wusch für ihren Freund ein. Damit hätte Wolf als Letztes gerechnet.

„Er wusste nicht, was mit ihm passiert. Jetzt kann er aufpassen und rechtzeitig reagieren."

Demonstrativ legte sie ihren Arm um Wolfs Hüfte. Wusch wollte den anderen zeigen, wie sehr sie ihm vertraute.

„Wusch, alles, was ich jemals über die Werwölfe hörte, sagt mir, dass es keine Geschöpfe sind, die wir unterschätzen sollten. Neben Dragon und der schwarzen Hexe Estella sind sie die grausamsten Wesen in Malvadin. Sie löschen

Leben aus, einfach so aus Freude am Töten. Fluch oder nicht, Wolf ist einer von ihnen. Und auch, wenn es auch unvorstellbar für euch ist, euer Freund wird sehr bald vergessen, wer ihr seid."

Zerza verschränkte die Hände hinter dem Rücken und lief, während er redete, den Weg auf und ab.

Wuschs bedingungslose Freundschaft zu Wolf machten es ihm schwer, die Wahrheit über das Kommende auszusprechen. „Er wird nicht unterscheiden können, wer oder was ihm gegenübersteht. Das Einzige, was dann für ihn zählt, ist zu töten. Aber es ist eure Entscheidung, ob ihr euch auf diese Gefahr einlassen wollt.

Ihr wisst noch nicht einmal, ob Wolf nicht schon vorher einen von uns tötet oder wir ihn töten müssen, weil er die Kontrolle über sich verliert. Wollt ihr dieses Risiko wirklich eingehen?"

Was die anderen nicht wussten, Zerza war einer der wenigen, die gegen einen Werwolf kämpften und überlebten. Allein der Umstand, dass dieser sich in einem vorherigen Kampf verletzt hatte, rettete ihm das Leben. Doch niemals würde er vergessen, wie knapp er mit dem Leben davonkam. Seine Besorgnis, dass keiner von ihnen stark genug sein würde, Wolf aufzuhalten, war begründet.

Aber Wusch wollte von alldem nichts hören: „Papperlapapp – hicks – das wird nicht passieren – hicks – Wolf kann das, nicht wahr, Athandran? Mann, nun sag doch mal was dazu!"

Anstatt Athandran antwortete Wolf aufs Wuschs Frage.

Mit belegter Stimme murmelte er traurig: „Vielleicht hat Zerza recht und es ist das Beste, ich gehe fort."

Dass ausgerechnet Wusch Wolf zur Seite stand, erstaunte Zerza. Gleichzeitig erfüllte ihn Stolz über den Mut seiner Tochter. Sie erinnerte ihn an sich selber vor vielen Jahren, in denen er als junger Krieger allen Gefahren ins Auge blickte, ohne an sein eigenes Leben zu denken. Ob sie jedoch klug handelte, wagte er zu bezweifeln. Allerdings schwieg er. Die Entscheidung, die sie jetzt treffen mussten, schloss seine Meinung aus.

„Nein, Wolf, du bleibst bei uns! Obwohl auch ich Zerzas Bedenken teile, so glaube ich an deine Stärke.

Es wird keinesfalls leicht für dich werden. Alle meine Instinkte sagen mir, dass ich die richtige Entscheidung treffe, indem ich dich bitte, uns weiter zu begleiten.

Dennoch sollten wir einen Kompromiss schließen. Vorerst gehst du den Weg gemeinsam mit uns. Wenn du aber merkst, dass du das Tier in dir nicht mehr zähmen kannst, seine Macht über dich zu groß wird, verlässt du uns. Ich erwarte deine Ehrlichkeit, dir selbst einzugestehen, dass es so sein muss. Versprichst Du mir das, Wolf?"

Zwar hörte Wolf den ernsten Unterton in Athandrans Stimme, dennoch war er glücklich. Sie gaben ihm eine Chance, obwohl sie wussten, was er war. Niemals würde Wolf diese verspielen. Eifrig nickend reichte er Athandran die Hand und der bekümmerte Ausdruck in seinem Gesicht verschwand.

„Regen, Phiadora spürt Regen, nicht mehr lange und Wasser kommt vom Himmel!"

Bei all der Aufregung hatte keiner außer Phiadora bemerkt, wie die Sonne hinter dunklen Wolken verschwand.

Ihre Hand schützend über die Augen haltend, schaute sie hoch zum Himmel.

„Schattenelbrax nicht fühlt Wasser? Natur spricht nicht, sie schweigsam. Trotzdem sie zeigt Wind und Wasser kommt. Mutter Natur immer ganz ruhig, bevor sie schimpft!

Und Wasser vorbei - kommt Regenbogen! Und wenn Regenbogen da, Phiadora kann wieder nach Hause, nicht wahr? Phiadora ist bald zu Hause, alle wir retten Phiadoras Familie. Bestimmt, oder?", die Knollroch wurde, während sie sprach, immer aufgeregter.

Auch Wusch schaute zum Himmel und sah, wie er sich verfinsterte.

Ein böses Omen. Der kommende Sturm ließ nicht mehr lange auf sich warten. Die Wolken hingen grau und schwer am Horizont.

Phiadora hatte recht: Bald würde es regnen.

Wusch schätzte, ein bis zwei Tage würde das Unwetter über Malvadin toben, doch dann war es so weit. Wenn es endlich endete, zeigte er sich – der Regenbogen. Weitere zwei Tage blieb er am Himmel sichtbar, bis seine Farben endgültig verblassten.

Genau der Zeitraum, der ihnen blieb, bis Wolf seine Verwandlung nicht mehr aufhalten konnte.

Vier Tage Zeit, um das Dorf der Knollroch zu erreichen – vier Tage Zeit, bis Wolf dem Fluch der Bestie erlag.

Das mussten sie schaffen. Wusch erkannte, welche Möglichkeit das für sie alle eröffnete. Doch allein Zerza verstand ihre Worte: „Vielleicht ist Wolfs Fluch genau das, was uns alle rettet!"

Keiner außer ihrem Vater bemerkte, dass Wusch nicht hickste, ruhig wirkte und sich verändert hatte.

Die kleine Wusch wurde erwachsen. Zerza betrachtete seine Tochter und fühlte erneut den Stolz, ihr Vater sein zu dürfen.

Sie hatte recht, Wolfs Verwandlung war genau das, was sie brauchten, wenn sie zum richtigen Zeitpunkt das Dorf erreichten. Wenn das Schicksal es gut mit ihnen meinte, hatten sie eine Chance. Doch jetzt war der Moment gekommen aufzubrechen, um diese auch zu nutzen.

Estella

Währenddessen nahm das Leben in Phiadoras Dorf seinen Lauf. Vieles hatte sich verändert, seit man sie fortschaffte und einsperrte.

Dort, wo früher kleine Hütten bunt und fröhlich standen, waren viele von ihnen den dunklen Zelten der Hexen und ihrer Gefolgschaft gewichen. Es gab keine Wiesen mehr mit bunten Blumen, die von den Knollroch gehegt und gepflegt wurden. Auch Felder, die zu früheren Zeiten mit Gemüse bepflanzt waren, lagen verwildert und brach dar. Keiner kümmerte sich mehr um sie.

Aus einem Paradies der Freude war ein kahler, kalter Platz der Angst und des Todes geworden.

Die Knollroch selbst waren kaum noch zu sehen. Und wenn, dann merkte man ihnen an, dass sie jeglichen Lebenswillen verloren hatten. Nicht nur, dass die Farben ihrer Kleidung jeglichen Glanz verloren hatten, zerschlissen und dreckig hingen sie an ihren Körpern.

Doch das Schlimmste war die Stille, die im Dorf herrschte, sowie die Gesichter der Knollroch, die um Jahre gealtert schienen. Sangen sie einst laut lustige Lieder, spielten die kleinen Bewohner ausgelassen im Dorf, so flüsterten sie heute und die Kinder weinten heimlich, still und leise.

Von dieser Niedergeschlagenheit umgeben, lebte die Hexe Estella mitten im Dorf der Knollroch.

Um sie herum tummelten sich Heerscharen von Werwölfen, Hexen und anderem bösartigen Getier. Wer nur einen Fuß in das Dorf setzte spürte schon von weitem, wie ihn die Aura des Bösen erfasste.

Durch die Eroberung des Dorfes stieg Estellas Macht ins Unermessliche und es gab niemanden, der sie noch aufhielt. Am wenigsten ihre Untertanen oder gar die Knollroch.

Alles war so gekommen, wie sie es vor langer Zeit geplant hatte.

Das sah man ihr auch an. Alles an ihr, jedes Detail ihrer Körperhaltung drückte stolze Zufriedenheit aus.

Hämisch zog sie die Augenbrauen hoch, während sie aus ihrem Zelt trat und ihr Gefolge betrachtete.

Armselige Kreaturen, die zu ihren Füßen kuschten! Die Werwölfe nur Abschaum – Handlanger, um ihr Werk zu beschützen.

Wie sie rumkrochen. Die Köpfe geduckt und von ihrer Hässlichkeit gezeichnet. Getrieben von der Lust zu töten, besaßen sie nichts, was ihrem Dasein einen anderen Sinn gab.

Viele von diesen Bestien waren einst Menschen gewesen, doch im Gegensatz zu Wolf, ließ sich ihr Fluch keinesfalls umkehren. Es gab für sie keine Tage, an denen sie ihre Gestalt veränderten, wieder zu Menschen wurden und wie sie fühlten und lebten. Sie waren nur Tiere, Monster, die kaum mehr als Estellas Handlanger sein durften.

Jeden Einzelnen erschuf sie. Ausgesucht aus der Meute der anderen ihrer kleinen Äffchen – denn mehr waren die Menschen nicht für sie.

Der Mensch, hilflos und doch machthungrig, schloss sich ihr an. In der Hoffnung, in Estellas Schatten ein besseres Dasein zu fristen.

Wie konnten sie so naiv sein. Glauben, sie hätten irgendeine Bedeutung für die Hexe. War der Mensch für sie doch kaum mehr wert als der Staub auf ihren Schuhen.

Am Anfang wusste sie noch nicht einmal, welchen Sinn ihre Anwesenheit für sie haben konnte. Bis Estella die Unterschiede zwischen ihnen entdeckte und für sich zu nutzen lernte.

Wenn sie ein wirklich bösartiges Exemplar fand, dann besiegelte sie sein Schicksal. Das, was er sich erhoffte, indem er sich Estella anschloss, vielleicht ein Stück ihrer Magie, einen Teil ihrer Macht zu erlangen, endete mit dem Los, ein Werwolf zu sein.

Der Rest von ihnen wurde, wie die Knollroch, zu ihren Arbeitern und der einzige Ausweg für sie, Estella zu entfliehen, war der Tod.

Dann und wann starb einer zu frühzeitig. Doch da die Menschen, getrieben von ihrer Gier, darum bettelten, einer von ihrem Gefolge zu sein, erhielt sie immer reichlich Nachschub.

Ihre Dienerschaft bestand keineswegs nur aus den Werwölfen. Auch andere Hexen hatten sich Estella angeschlossen. Zwar standen sie in der Rangfolge höher als der Rest ihrer Untertanen, doch auch sie bedeuteten ihr nichts. Gut, sie bei sich zu haben, aber mehr als Sklaven sah sie nicht in ihnen.

Tief atmete sie die Luft ein. Regen, er würde kommen. Sie fühlte ihn bereits auf ihrer Haut.

Eine Erholung für die Natur. Die Erde brauchte das Wasser; trocken und ausgedörrt lag sie zu ihren Füßen.

Auch der darauf folgende Regenbogen bereitete ihr keine Sorgen. Warum auch? Keiner würde sich ihr, falls es jemandem gelang, das Dorf zu finden, in den Weg stellen.

Jeder wusste von ihrer Macht. Kannte sein Schicksal, falls er wagte, es zu betreten – den sicheren Tod.

Und dennoch: Selbst eine mächtige Hexe wie Estella besaß eine Schwachstelle. Etwas gab ihr das Gefühl, nicht unantastbar zu sein. Aber es war nicht der Regen, ebenso wenig der Regenbogen, die eine Gefahr für sie darstellten.

Nur noch wenige Nächte, bis der blutrote Vollmond am Himmel stand. Die Stunden, in denen Estella verwundbar und hilflos jedem Angreifer gegenüberstand. Keine Magie half ihr, wenn der Mond auf das Dorf herunterschien.

Aber niemand wusste davon, gut hütete sie ihr Geheimnis.

Diese Nacht verbrachte Estella stets allein, zurückgezogen in ihrem Zelt und zeigte sich ihren Anhängern erst am nächsten Morgen. Sorgen machte sie sich nicht wirklich, aber eine gewisse Unruhe blieb.

Allerdings war es noch nicht so weit und so bemühte sie sich, die lästigen Gedanken abzuschütteln.

Es gab noch zu viel, dass sie erledigen musste und so machte sie sich auf den Weg. Neben ihrem alltäglichen Gang, der sie zu den Juwelen und dem Gold führte, kontrollierte sie gleichzeitig die Anzahl der Knollroch.

Diesmal war sie nicht zufrieden mit dem, was sie vorfand. Der Ertrag der Ausbeute hatte abgenommen, da viele ihrer Arbeiter gestorben waren. Diese kleinen Sklaven hielten eben nicht viel aus. Zu schnell kamen sie an die Grenzen ihrer Kraft. Aber es gab genug Mädchen, die dafür sorgten, dass es nie zu wenige von ihnen geben würde. Es wurde Zeit, für Nachschub zu sorgen.

Mit anmutigen Schritten lief sie zu dem Weg, der sie zum Haus der Träume führte. Dort hatte sie eines der Exemplare vor ewigen Zeiten eingesperrt. Jetzt war der Zeitpunkt gekommen, es zu holen.

Unterwürfig folgten ihr die Werwölfe. Nahe ihren Füßen kriechend, trauten sie sich kaum, Estella anzuschauen und hielten die Nasen schnüffelnd am Boden. Hechelnd und sabbernd schwänzelten sie eifrig um ihre Gebieterin herum, immer in Erwartung neuer Befehle.

Einer von ihnen machte den Fehler, nicht auf die Hexe zu achten und lief ihr direkt vor die Füße. Ein lautes Jaulen erklang, als sie nach ihm trat.

„Kaschka!", kam zischend aus ihrem Mund, und der Werwolf lief winselnd ans Ende der Truppe. Wusste er doch, was dieses Wort bedeutete. Eine Warnung, die ihm mitteilte, dass, falls er es noch einmal wagte, unaufmerksam zu sein, bei der Rückkehr ins Dorf unvorstellbare Qualen auf ihn warteten.

Eingeschüchtert zogen sich auch die anderen Werwölfe zurück und schlichen hinter Estella her. Sie alle hatten schon oft ihren gewaltigen Zorn zu spüren bekommen.

Wenn auch ihr Anblick nichts von all dem Bösen preisgab, die Wölfe wussten, was besser für sie war.

Im Gegensatz zu anderen Lebewesen, die der Hexe das erste Mal gegenüberstanden. Viele von ihnen erwarteten eine Frau, hässlich und verabscheuungswürdig. Jedoch das, was sie sahen, erstaunte sie umso mehr.

Ein liebreizendes junges Mädchen, schöner als ein sonniger Morgen, lächelte sie an. Ihr Körper gehüllt in ein Gewand, gesponnen aus feinstem Gold, ließ ihre Haut rosa und zart wie die eines Pfirsichs schimmern. Ein Leib, zierlich, jedoch sehr weiblich, der jedem Mann den Verstand raubte. Rotes Haar, das weich den Rücken herunterfloss.

Ihr Gesicht ähnlich dem einer Puppe, in dem mandelförmige Augen strahlten. Der Mund mit vollen, weich geschwungenen Lippen, die ihrem Gegenüber ein herzliches Lächeln schenkten. Anmutig strahlte sie Eleganz, aber auch Wärme aus.

Häufig rieben sich die Neuankömmlinge die Augen und fragten sie erstaunt, ob sie wirklich Estella, die mächtigste Hexe, die ihr Land jemals gesehen habe, sei. Und Estella lächelte immer noch und nickte eifrig.

Freundlich winkte sie die Fremden zu sich ins Zelt, tischte ihnen ein gutes Mahl auf und unterhielt sich angeregt mit ihnen. Wenn sich ihr Gast allerdings sicher und entspannt offenbarte, schlug sie zu. Mit aller Härte ließ sie ihre Magie dafür Sorge tragen, dass er niemals mehr derselbe sein sollte. Sie nahm ihm seine Gefühle, den eigenen Willen und die Seele. Zurück blieb eine Hülle, die ihr zu Diensten sein musste.

Anders als Dragon, genoss sie nicht das Töten. Sie war die Katze, die mit der Maus spielte, solange es ihr Spaß machte. Und genauso grausam wie die Katze spielte Estella, bis sie die Lust daran verlor und ihre Beute tötete.

Auch jetzt flackerte die Angst in den Augen der Wölfe sowie in denen der Hexen, während sie Estella folgten und dem Haus der Träume näherkamen.

Kurz vor der Eingangstür blieb sie stehen und winkte eine der jüngeren Hexen zu sich. Unübersehbar, wie sehr diese sich fürchtete.

Zögernd ging sie zu Estella und stand zitternd vor ihr.

Die schwarze Hexe würdigte sie keines Blickes, sondern wies mit dem Zeigefinger auf die Tür. Barsch befahl sie ihr, das Knollrochmädchen zu holen. Kreuzbuckelnd tat diese, wie ihr geheißen und betrat rückwärtsgehend die Hütte. Knarrend fiel die Holztür zu und die Dienerin verschwand vor ihren Augen. Estella blieb wartend an der Türschwelle zurück. Aber für Geduld war sie nicht gerade bekannt und so sollte es auch nicht lange dauern, bis sie merklich immer wütender wurde.

„Wo bleibt dieses nichtsnutzige Ding mit meiner Knollroch! He, du da hinten, folge ihr!" Herrisch mit den Händen winkend, schickte sie die Nächste rein. Doch auch diese kam nicht zurück.

Estella brodelte vor Zorn und konnte sich nicht mehr beherrschen. Erbost riss sie die Tür auf und stürmte in die Hütte.

Schlotternd vor Angst standen die beiden Hexen in einer Ecke. Mit bleichen Gesichtern sahen sie Estella entgegen.

„Wo ist sie?" Erzürnt stieß ihre Herrin die Worte aus.

Mit bebender Stimme antwortete die kleinere der Hexen ihr: „Hoheit, vergib uns, aber die Knollroch ist nicht hier!",

„Ihr dummen Dinger! Unnütz, einfach unnütz seid ihr. Wollt ihr wirklich behaupten, dass sie verschwunden ist? Das kann nicht sein. Sie ist irgendwo, sie muss hier sein!", schrie Estella und stürmte die Treppe mit großen Schritten hinauf. Die beiden blickten ihr verängstigt nach. Sie ahnten, dass dies kein gutes Ende für sie nehmen würde.

Estella rannte im oberen Trakt hin und her. Viel zu stark wütete der Zorn in ihr, als dass sie sich beherrschen konnte.

Sie riss Türen auf und durchsuchte die Zimmer hektisch. Doch sie fand nur Leere vor.

Ohne Sinn und Verstand schrie sie unzusammenhängende Worte, die die Werwölfe und Hexen vor und in der Hütte zusammenzucken ließen.

Nachdem sie alle Zimmer ausgekundschaftet hatte und immer das Gleiche vorfand, hielt sie endlich inne.

Schwer atmend stand sie im Treppengang, genau bei der Stelle, an der Wusch die Luke entdeckt hatte.

Plötzlich spürte Estella etwas und schloss ihre Augen.

Langsam atmete sie tief ein und konzentrierte sich auf das Gefühl.

Dann sah sie es. Alles, was vorher hier geschehen war, lief wie eine Bilderflut in ihrem Verstand ab.

Zuerst Wuschs Verwandlung. Danach Wolf und Athandran, wie sie die Luke öffneten, und als Letztes Phiadora, die mit ihnen ihrem Gefängnis entkam.

Estella brüllte los und zerraufte mit den Händen ihr Haar. Aus ihren Augen schossen Blitze und sie trampelte wütend auf der Stelle. Wie konnten sie es wagen, ihrem Fluch zu trotzen? Töten, sie würde sie alle töten!

Während Estella die Treppe herunterrannte, flog sie fast. Wie der Wind fegte sie jede Stufe hinab. Ihr Haar, das hinter ihr herschwang, glich einer Feuerwand.

Getrieben von ihrem Zorn kannte sie nur ein Ziel, die vier zu verfolgen. Es ging ihr keineswegs alleine um das Knollrochmädchen. Nein, das Wissen, verloren zu haben, trieb sie beinahe in den Wahnsinn.

Sie schenkte den beiden Hexen, die eng beieinander stehend, zähneklappernd in der Ecke warteten, keine Beachtung, sondern hetzte aus dem Haus, an ihrem verängstigten Gefolge vorbei. Während sie den Weg in den Wald hinein rannte, kreischte sie ihnen zu, ihr zu folgen.

Ohne nachzudenken lief Estella weiter. Bis sie auf einmal Regentropfen im Gesicht spürte. Abrupt hielt sie an. Sie war dabei, einen großen Fehler zu begehen. In ihrer Raserei hatte sie vergessen, dass ihr keine Zeit blieb, ihre Widersacher aufzuspüren.

Der Mond, der verdammte Blutmond, kündigte seine Ankunft an. Wenn sie jetzt weiterging, brachte sie sich in Gefahr. Sie musste warten. Wie schwer es der Hexe auch fiel, umzukehren, sie tat es dennoch. Sie hasste das, was sie jetzt tun musste

Sprachlos verfolgten ihre Diener, wie sie umkehrte und den Weg zurück ins Dorf lief. Hochmütig, den Kopf erhoben, lief sie an ihnen vorbei und sagte kein Wort der Erklärung. Alles an ihr wirkte wie immer kaltherzig und bösartig.

Aber in ihrem Inneren spürte sie bereits, dass ihre Magie schwand. Ansonsten hätte sie viel früher das Verschwinden von Phiadora bemerkt.

Doch sie tröstete sich damit, dass ihre vollkommene Kraft zurückkommen würde und dann gab es für ihre Wut kein Halten mehr. Jetzt musste sie ruhen und neue Kräfte sammeln.

Die im Dorf zurückgebliebenen Werwölfe erhoben sich von ihren Wachtposten, als die Hexe zurückkehrte.

Mit der Gabe gesegnet, allein in dem Geruch eines Geschöpfes seine Gefühle und seine Ängste wahrzunehmen, spürten sie es als erstes. Etwas ging vor sich und sie witterten eine Veränderung bei Estella. Der Glanz der Macht, der ihre Herrin sonst umhüllte, schwand. Verblasste nach und nach. Ihre Ausstrahlung wirkte kaum noch hoheitsvoll und angsteinflößend auf sie.

Von der Hexe unbemerkt, breitete sich eine Unruhe in ihren Reihen aus. Die Sehnsucht nach Freiheit erwachte in den Bestien. Das erste Mal seit einer Ewigkeit spürten sie den Mut, die Kraft und auch den Menschen in sich, der ihnen zurief, den Bann zu brechen.

Estella, die in ihrem Zelt verschwand, sah nicht die Blicke der Wölfe, die sie sich untereinander zuwarfen. Sie hörte auch nichts von dem Gewisper der Hexen. Dem Raunen der Knollroch, welches von Mund zu Mund ging, während sie sich zuflüsterten: „Phiadora ist frei!"

Estella wähnte sich in Sicherheit, ahnungslos, dass ihre Macht über ihre Gefangenen langsam zerbröckelte.

Das Unwetter kündigt sich an

Zuerst waren es vereinzelte Tropfen, die zu ihren Füßen auf die Steine des Weges fielen. Ein feiner Nieselregen wie an einem Sommertag. Die Reinheit der Luft und die Frische des Wassers, welche sie auf der Haut spürten, fühlte sich leicht und angenehm an.

Wusch hatte ihr Kinn vorgereckt und den Kopf in den Nacken gelegt. Mit geöffnetem Mund und herausgestreckter Zunge versuchte sie, die Regentropfen aufzufangen. Auch ihre Freunde genossen das wunderbare Nass.

Doch der Regen währte nicht lange und nach kurzer Zeit hörte er wieder auf.

Er war nur ein Vorbote für das, was kommen würde.

Enttäuschung machte sich breit, als der Schauer aufhörte.

„Schade", seufzte Wusch und zog einen Schmollmund.

Zerza betrachtete kritisch den Himmel. Zwar hatte der Nieselregen aufgehört, aber schwarze, tiefhängende Wolken zogen auf. Keine Sonne oder ein blauer Horizont, der ihn beruhigt hätte, zeigte sich. Nicht halb so erfreut wie Wusch über den Regen, winkte er besorgt ab.

„Wusch, dort wo dieses Wasser herkam, wartet noch sehr viel mehr darauf, vom Himmel herunterzufallen. Siehst du, wie dunkel die Wolken sind? Wenn der nächste Regen fällt, dann wird es für uns kein Grund zur Freude sein. Er wird ein Gegner sein, dem gegenüber wir machtlos sind. Wir sollten schnellstmöglich einen Unterschlupf finden, damit wir in Sicherheit auf sein Ende warten können. Ein wenig Regen ist gut, aber das Unwetter, welches sich ankündigt, ist es nicht!"

Abermals gab Zerza Anweisungen, was zu tun sei; etwas, was Athandran bisher getan hatte. Dieser schaute missmutig drein. Ihm gefiel nicht, wie Zerza die Führung der Gruppe an sich riss.

Wer hatte ihn zum Chef ernannt? Schlecht gelaunt nagte Athandran an seiner Unterlippe.

Zerzas Blicke, mit denen er Wusch ansah, trieben Athandran zur Weißglut. Auch störte es ihn, dass der undurchschaubare Fremde ständig Wuschs Nähe suchte.

Ein leichter kühler Wind strich über seinen Nacken. Der Kälteschauer ließ ihn frösteln. Zum Schutz, und um gleichzeitig seinen Missmut zu verbergen, zog Athandran die Kapuze des Mantels tief in das Gesicht. Verborgen lagen seine Augen und das wütende Gesicht darunter.

Unfreundlich fragte er Zerza: „Und wo willst du einen Unterschlupf finden? Etwa hier? Wir waren uns doch einig, dass es zu gefährlich ist."

Verdutzt horchten die anderen auf. Dieser Ton in Athandrans Stimme war ihnen fremd. Auch Zerza gefiel er nicht, dennoch entgegnete er ruhig:

„Ja, Athandran, du hast recht. An diesem Ort können wir nicht bleiben."

Dann wandte er sich der Knollroch zu: „Phiadora, die Berge nahe dem Tal deines Dorfes, liegen doch in der Nähe?

Meiner Kenntnis nach, kommen wir sehr bald an eine Kreuzung. Die rechte Abzweigung führt uns zurück in den Elbraxwald, die linke Gabelung aus ihm heraus, direkt hin zu den Bergen. In ihnen könnten wir eine Höhle finden, in der wir vor dem Unwetter geschützt sind. Ich finde, der beste Ausgangspunkt, um auf den Regenbogen zu warten."

Zerzas Plan war gut, das musste sich auch Athandran eingestehen. Trotzdem wollte er keinesfalls nachgeben.

Aber gerade als Athandran Zerza widersprechen wollte, meldete sich Phiadora eifrig zu Wort: „Hmmm, ich schau, ich sehe, ich weiß – fremder Schattenelbrax hat recht. Berge sind nun kaum mehr weit. Wenn der Himmel weint, dann

Zeit ist da zu ruhen. Nicht lange und die bunten Farben des Regenbogen sind am Himmel danach."

Als wolle sie ihren eigenen Worten zustimmen, nickte Phiadora eifrig während sie fortfuhr: „Phiadora meint, Schattenelbrax, auch wenn fremd, hat schlaue Worte gesprochen!"

Die Hand über die Augen gelegt schaute sie in die Ferne.

Sie schien zufrieden mit dem, was sie entdeckte, denn sie nickte abermals bestätigend mit ihrem Kopf.

Wolf hingegen zog die Stirn kraus. Skeptisch sah er von einem zum anderen, bis sein Blick bei Athandran verharrte. Er musste dem Fremden recht geben, sein Plan war wirklich gut. Doch er tat es ungern. Athandrans Veränderung missfiel ihm. Wie er gerade und stolz dastand, krampfhaft bemüht, seine wahren Empfindungen zu verbergen, ähnelte er einer Marionette. Gestellt und unehrlich.

Auch wenn der Gefährte nach außen hin ruhig und gefasst wirkte, bemerkte Wolf seine Unzufriedenheit.

Darum sagte er „Athandran, was meinst du dazu? Ist es ein guter Plan? Wenn du mir sagst, wir sollen die Höhle suchen, so folge ich dir! Aber wenn du anderer Meinung bist, dann tu ich das, was du für das Beste hältst!"

Abwartend sah er seinen Freund an. Athandran zögerte. Verlockend war es, den Vorschlag von Zerza abzulehnen. Allerdings fiel ihm kein besserer Plan ein. So sehr es ihm auch gegen den Strich ging, er musste klein beigeben.

Räuspernd, darauf bedacht, überzeugend zu wirken, sah er Zerza direkt in die Augen und beantwortete Wolfs Frage: „Zerza hat recht. Ich teile seine Meinung. Phiadora, du sagtest, du kennst den Weg zu den Bergen?"

Die Kleine bejahte und wies mit dem Zeigefinger in die nördliche Richtung. Sie mussten nur der Straße folgen, auf der sie sich bereits befanden.

„Gut, dann lasst uns gehen." Athandran nahm an, dass Zerza die Führung der Gruppe übernahm.

Darum wartete er, statt loszugehen. Zerza jedoch bewegte keinen Fuß vorwärts und blieb stattdessen an der Seite von Wusch stehen.

Die Zeit drängte: Wieder fielen vereinzelt Regentropfen vom Himmel. Athandran zuckte mit den Schultern und lief mit wehendem Mantel los.

Sein Gang – schnell und zielstrebig – signalisierte seine Wut. Die Sicherheit der Gruppe interessierte den Fremden kein bisschen. Da war er sich sicher. Alles, was für Zerza zählte, war Wusch. Zornig stieß er mit seinem Fuß einen Stein aus dem Weg. Während dieser an den Wegesrand flog, wirbelte eine Staubwolke auf.

Verstohlen beobachtete er Zerza. Er sah, wie dieser freudig strahlte, wenn er Wusch anschaute. Einmal schien er die Hand erheben zu wollen, so als ob er ihr über den Kopf streichen wollte. Was sollte das?

Missmutig setzte Athandran seinen Weg an der Spitze der Truppe schweigend fort.

Und es gab noch jemanden, dem das Verhalten von Zerza Kopfzerbrechen bereitete. Wolf!

Ein Fremder, aufgetaucht aus dem Nirgendwo, mit einer Geschichte, die wie eine Lüge klang. Geheuer erschien Wolf das nicht. Warum schwänzelte er ständig um Wusch herum? Er würde ihn im Auge behalten und auf der Hut sein.

Auch Zerza hing seinen Gedanken nach und in seiner Fantasie erzählte er seiner Tochter die Wahrheit. Er stellte sich vor, wie sie seine damalige Situation verstand und ihm alles verzieh.

Allen Mut zusammennehmend sagte er: „Wusch, ich ...“, erwartungsvoll schauten ihn ihre blauen Augen an.

Seine kleine Tochter, verletzlich, doch immer mit dem Versuch, stark zu wirken, berührte sein Herz so sehr, dass es ihm wehtat. Zerza verließ augenblicklich der Mut.

Die Angst, alles zu zerstören, ließ ihn verstummen.

„Ja?“, treuherzig lächelte Wusch ihn an. Obwohl sie ihm keineswegs völlig vertraute, genoss sie seine Nähe und das

Gefühl von Verbundenheit. So, als ob sie ihn schon seit langer Zeit kannte.

Dennoch ermahnte sich Wusch zur Vorsicht. Das Wenige, was sie von ihm wusste, waren die paar Worte, die er ihnen erzählt hatte. Bei weitem nicht genug, um sich in Sicherheit zu wähnen.

Von der Spitze der Truppe ertönte ein Ruf: „Da vorne teilt sich der Weg. Phiadora, bist du dir sicher, dass die linke Abzweigung die richtige ist?" Athandran wartete auf Phiadora, die sich eilig zu ihm gesellte.

„Richtig, der Weg ist ganz richtig. Gar nicht mehr weit zum Berg!", aufgeregt schnappte die Stimme der Kleinen über. Statt wieder nach hinten an ihren alten Platz zu gehen, blieb sie an seiner Seite. Immer wieder schaute sie ihn an, studierte teilweise regelrecht sein Gesicht. Athandrans Verhalten gab auch ihr Grund zur Besorgnis. Aber Phiadora wusste sich keinen Rat, was sie gegen die angespannte Atmosphäre tun sollte.

Athandran ignorierte die prüfenden Blicke. In seinem Inneren tobte ein Aufruhr, den er nicht verstand. Jedes Mal, wenn er sich umschaute und Zerza mit Wusch zusammen sah, fühlte er einen Stich im Herzen. Wie Ikarus, der verbrannte, weil er dem Feuer zu nahe kam, loderte die Wut in ihm. Sein Gefühl von Überlegenheit, Unnahbarkeit, wich einem anderen und Athandran suchte Antworten darauf, was es sei, aber er fand keine.

Warum spürte er Zorn wenn er die beiden betrachtete?

Einen Schmerz, der sich kaum unterdrücken ließ.

„Was ist es, was du von ihr willst?", murmelte der Drow unhörbar, während sein langes Haar sein Gesicht verdeckte. Sich bereit machend, weiter zu gehen, warf er es schwungvoll zurück und peitschte damit durch Phiadoras Gesicht. „He, Spitzohr, mag kein Haar in meinem Mund, schmeckt nicht", brummelte sie.

„Tut mir leid. Sag, wie weit ist es noch, bis wir die Höhle erreichen?"

Prüfend schaute Phiadora sich die Umgebung an. So vieles hatte sich verändert. Dort, wo einst Blumen blühten, Vögel zwitscherten, das Leben zu sehen gewesen war, herrschte triste Einöde. Und doch, sie waren auf dem richtigen Weg.

„Zweimal noch den Weg nach Norden gehen, dann sehen wirst du die Berge."

„Bist du dir wirklich sicher? Es wird Zeit, den Unterschlupf zu erreichen, Phiadora. Sieh dir den Himmel an. Er ist fast schwarz. Mir schwant nichts Gutes. Ich hoffe, wir sind dort, bevor das Unwetter beginnt."

„Schattenelbrax sich beruhigen! Bevor der Himmel vollkommen dunkel, wir sind da. Sieh da vorn die nächste Abbiegung. Noch wenige Schritte, das Ziel kommt."

Athandran beschleunigte das Tempo und rief den anderen zu: „Schnell, beeilt euch!". Eilig folgten ihm seine Weggefährten.

Dragon

Im Dickicht der Bäume versteckt, schlich Dragon ihnen nach. Nichts, aber auch wirklich nichts, lief, wie er es sich vorgestellt hatte. Jedes Wort, das er lauschend vernahm, widersprach seinen Wünschen. Keine Zwietracht, nichts schien die Verlierer trennen zu können. Selbst die größte Gefahr schweißte sie noch mehr zusammen.

Dieser tölpelhafte Wolf hatte sich in ihrem Beisein zum Monster verwandelt! Und was tat die Hochelbrax? Sie sorgte dafür, dass er bleiben durfte.

Obwohl dies bereits die reinste Idiotie war, schien es ihnen an dummen Entscheidungen nicht auszureichen! Nein, sie nahmen auch noch den Fremden bei sich auf, einfach so.

Vielleicht sollte er sich auch auf den Weg stellen, ihnen freudig zuwinken und sagen „Hey, ich bin es, der Dragon, darf ich auch noch mit?" Wahrscheinlich würde sie ihn freudig zu ihrer Reise einladen.

Dragons engstehende Augen funkelten zornig. Die Lefzen, fletschend hochgezogen, legten seine spitzen gelben Zähne frei. Unruhig bewegte er seinen Kopf hin und her.

Der Fremde – ja, er war ihm vertraut. Häufig kreuzten sich ihre Wege, ohne dass sie aufeinandertrafen.

Dragon, der sonst keine Angst kannte, wich ihm aus.

Nein, er fürchtete sich keineswegs vor ihm. Allerdings wusste er genau, wann es besser war, jemandem aus dem Weg zu gehen. Dieser Schattenelbrax besaß, neben den Waffen, geschmiedet aus hartem Stahl, ebenso viele magische Fähigkeiten, die er sein Eigen nannte. Und jetzt begleitete er den Club der Verlierer.

Oh ja, Dragon kannte das Geheimnis, das Wusch umgab, und er wusste, wer der Fremde war.

Wie Dragons Vater wagte Zerza, die Gesetze ihrer Welt zu brechen. Jedoch erschuf er damit ein Geschöpf, rein und umgeben von weißer Magie. Die Prophezeiung, die von der Geburt eines ganz besonderen Kindes, welches die verfeindeten Völker wieder vereinte, erzählte, wandelte sich zur Realität. Um Malvadin das Licht, das Gute, zurückzubringen, dafür wurde Wusch geboren.

Damit Malvadin im Gleichgewicht blieb, musste es auch für Wusch einen Widersacher geben – Dragon!

Sein Vater schloss einen Bund mit den dunklen Schatten und ebnete dem Schicksal seinen Lauf.

Sie hatten beide ihre Rollen in dem Spiel des Lebens.

Dragon, der heimtückische Zerstörer, neben Wusch, zwar hicksend und schwach, bedrohlich jedoch für alle Schattenwesen, wenn sie jemals herausfand, was bisher in ihr im Verborgenen lag. Dies entsprach dem Willen derer, die ihre magische Welt einst aus den Steinen der Elemente erschufen.

All die Wesen in Malvadin schliefen, damit ihre Seelen ruhten. Dragon benötigte keinen Schlaf. Das Herz, durchdrungen von Bosheit, Gewalt und Hass, hatte keinen Raum übrig für ein Gewissen.

Wenn Dragon die Augen schloss, wandelte er mit den Geschöpfen der Schattenwelt. Wesen, die das Licht mieden und es tief verabscheuten. Von Anbeginn der Zeit, auferstanden aus dem Nichts.

Sie trugen das Wissen Jahrhunderte alter schwarzer Magie in sich. Wann immer Schwierigkeiten auftauchten, erbat Dragon ihre Hilfe.

Bereitwillig halfen sie ihm, aber die Schatten verlangten eine Gegenleistung für ihre Unterstützung. Mit jedem Wandeln verlor er ein Stück seiner selbst. Sie saugten sich fest in seinem Verstand und fraßen ihn auf. Bis der letzte Rest Gewissen unwiderruflich daraus verschwand.

Nachdem er in Wuschs Nähe die Angst fühlte, besuchte er seine Helfer in der darauffolgenden Nacht. Wie Schlangen umwanden sie Dragons Körper. Züngelten ihm Antworten auf seine Fragen ins Ohr. Zeigten Bilder, die ihm den Grund der Furcht verrieten.

Wusch war eine Mayaterra. Die Trägerin der weißen Magie. Sie konnte Gedanken lesen und das Böse in ihnen zum Guten bekehren. Vorausschauen, was die Zukunft brachte. Es war ihr möglich, ihren Geist allein mit der Kraft ihres Verstandes in die Welt anderer Orte zu bewegen.

Die weiße Aura, Wusch wie ein Schleier umhüllend, beschützte sie vor negativen Einflüssen und ließ die, die sich ihr in schlechter Absicht näherten, vor Furcht erzittern.

Als Mayaterra konnte sie jegliche Gestalt annehmen, ohne einen Zauberspruch auszusprechen. Sie brauchte bloß den Wunsch äußern. Um jedoch eine Mayaterra zu sein, musste Wusch zuerst die Wahrheit ihrer Bestimmung erfahren.

Bisher hatte Dragon das Glück, dass sie ahnungslos blieb. Sie mit kleinen Zaubereien experimentierte, die ihr stets misslangen. Eine Versagerin, mit geringerer Bedeutung als ein normales Elbraxkind.

Dragon erlebte, dass sie nicht mehr flog oder schwebte. Wusch lief gemeinsam mit dem Rest der Verlierer. Sie passte sich ihnen an. Bald glich Wusch einem Menschen, der hilflos, verletzlich den Gefahren ausgesetzt, durch das Leben ging. Nur ein Äffchen und kein echter Gegner für Dragon. Trotzdem unterschätzte er sie nicht.

Dragon fletschte erneut die Zähne. Nervös zwinkerte er mit den Augen und drückte seine Krallen in die Flächen seiner Klauen, bis diese bluteten. Die Bedrohung stahl ihm die Sicherheit der Überlegenheit und er hatte keinen dunklen Plan, der ihn leitete.

Wieder schloss er seine Augen, doch dieses Mal waren die Schatten ihm keine Hilfe. Ihr Gesäusel, fadenscheinige Ausflüchte, die eigene Unwissenheit verbergend. Er allein musste Zerza aufhalten, doch wie?

Der Gruppe folgen, einen günstigen Moment abwarten, um dann anzugreifen?

Vielleicht jetzt, in dieser Sekunde, herauszustürmen und einen nach dem anderen zu erledigen?

Oder loszurennen, um das Dorf vor ihnen zu erreichen und sie mit Estellas Unterstützung zu bekämpfen?

Der Versuch, Ordnung in die Gedankensprünge zu bringen, marterte seinen Verstand. Unruhig lief Dragon zwischen den Bäumen auf und ab. Unbewusst auf die Lefzen beißend, bis das Blut sein Kinn heruntertropfte. Er bemerkte es nicht einmal.

Ihnen bis zu ihrem Ziel zu folgen, brachte sicher nicht den erwünschten Erfolg. Zu groß war das Risiko, dass Zerza Wusch bald alles beichtete. Sobald dieses eintraf, würde Dragon als Verlierer aus einem hoffnungslosen Kampf hervorgehen.

Vorauszulaufen zu Estella, änderte kaum etwas an der Gefahr, einem Gegner gegenüberzustehen, dem sie auch gemeinsam nicht gewachsen waren. Es gab nur eine Möglichkeit, seinen Feinden Auge in Auge gegenüberzutreten und die Schlacht zu gewinnen. Aber gewiss nicht hier und nicht jetzt.

Ein Lächeln – grausam verzerrte es Dragons Gesicht zu einer Grimasse. Die Idee, welche in seinem Kopf Gestalt annahm, gefiel ihm.

Wenn sie in der Höhle ihr Lager errichteten und die Augen schlossen, dann schlug seine Stunde. Im Schlaf, wenn sie wehrlos gegenüber der drohenden Gefahr waren, würde er zuschlagen. Zwar war die Höhle ihm fremd, jede jedoch besaß nur einen einzigen Ein- und Ausgang. Eine Flucht blieb ihnen somit verwehrt.

Dragon wischte sich das Blut mit den gekrümmten Klauen vom Kinn. Wenn er leise genug heranschlich, konnte er zuerst Wusch das Leben nehmen. Danach hätte er mit Zerza und den anderen ein leichtes Spiel.

Hämisch kichernd, fast fröhlich, duckte er sich ins Gras. Flink setzte er auf allen Vieren seine Verfolgung fort.

Der Unterschlupf

Endlich hatte die Gruppe die Berge erreicht.

„Da ist Höhle, schau, Athandran – da!" Aufgeregt zappelte Phiadora herum und winkte ihn herbei.

Hinter Büschen gut verborgen, lag am Abhang der Eingang der ersehnten Höhle. Kaum sichtbar für jemanden, der nicht wusste, dass sie da war und Athandran übersah ihn prompt. Ohne Phiadora wäre er daran vorbeigelaufen.

Verdutzt blieb er stehen, als diese an ihm vorbeirannte. Glücklich, den Unterschlupf gefunden zu haben, gab es kein Halten mehr für sie.

Abwechselnd rennend und hüpfend eilte sie zur Höhle und verschwand hinter den Büschen. Zögernd den ersten Fuß hineinsetzend, betrachtete Phiadora neugierig die Felsengrotte.

Dieser Ort war ihr vertraut. Die Knollroch nutzten einst diese Höhle als Unterschlupf für die Nacht, wenn sie loszogen, um neue Pflanzsetzlinge für ihre Felder zu holen.

Ein seltener Ausflug, denn sie vermieden es, das Dorf zu verlassen. Jedoch alle zwölf Monde war die Ernte vorbei und die Felder lagen brach. Somit musste Nachschub herangeholt werden. Auch Phiadora hatte vor langer Zeit ihre Eltern hierher begleitet.

Sie, damals noch ein kleines Kind, genoss das Abenteuer, andere Länder zu bereisen. In der guten Zeit, in der keine Angst das Land regierte, freute sie sich wie jeder junge Knollroch über ein wenig spannende Abwechslung. So bewahrte der Gedanke an die Nächte in dieser Höhle die schönsten Erinnerungen für Phiadora.

Hier hatte sich kaum etwas verändert. Am Eingang standen immer noch Büsche, an denen kleine rote Beeren hingen. Nicht so zahlreich wie damals, aber immer noch ausreichend. Sie würden den Hunger von ihnen allen stillen.

Diese süßlichen Früchte waren nahrhaft und man brauchte nur wenige von ihnen, um einen ausgewachsenen Knollroch zu sättigen.

Sie trat ein und sah sich im Inneren um. Das Licht, das vom Eingang hereinschien, tauchte ihre Umgebung in Dämmerschein. Hohe Felsmauern, teilweise mit Moos und Wildkräutern bedeckt, umgaben sie.

Während Phiadora die Höhle durchquerte, wich sie langen Felsspitzen, die von der Decke herunterragten, aus.

Im hinteren Bereich tropfte das Wasser entlang der Felsen auf den Boden herunter. Leise plätscherte es in einem feinen Rinnsal, mündend in einen kleinen Bach, der durch eine winzige Öffnung in der Wand herausfloss.

Sie erinnerte sich daran, wie gut ihr damals dieses klare frische Wasser geschmeckt hatte und freute sich darauf, es abermals zu kosten.

An der vom Eingang gegenüberliegenden Wand lagerten Feuerholz sowie wärmende Decken, die Wanderer zurückgelassen hatten. Das Holz reichte, um ihnen in den nächsten drei Nächten Wärme und Licht zu spenden. Beruhigt atmete sie tief ein: Es war für alles gesorgt.

Zufrieden begab sich Phiadora zurück zum Eingang, bereit ihre Freunde hereinzurufen. Doch diese hatten ihn bereits erreicht. Drängelnd (jeder wollte der Erste sein) betraten sie ebenfalls die Höhle.

Neugierig durchsuchten und erforschten sie jeden kleinsten Winkel ihres neuen Zuhauses.

„Das ist ja weitaus besser, als ich erwartet habe."

Athandrans Stimme klang erfreut. „Ja, wirklich, hier kann man es gut aushalten."

Auch Wolf war mit dem, was er entdeckte, zufrieden.

Wusch drängte sich an den beiden vorbei. Mehr stolpernd als laufend, lief sie schimpfend hinein. Zerza verstand kein einziges Wort von ihrem Gezeter, aber er folgte ihr.

Mitten in der Höhle blieb Wusch zunächst stehen und betrachtete ihre neue Umgebung. Sie schien mit dem, was sie sah, sehr zufrieden zu sein.

Die Hände in die Taille gestemmt rief sie „Super!", und machte sich genau wie die anderen daran, herumzulaufen und sich alles anzuschauen.

Genau im richtigen Moment hatten sie die Höhle erreicht. Denn in diesem Augenblick ertönte ein lauter Donner vom Himmel. Erschrocken fuhren sie herum und sahen nach draußen. Aus dem Sonnenlicht war eine Dunkelheit so schwarz wie die Nacht geworden.

„Los rein, schnell weg vom Eingang. Das Gewitter geht los!", schrie Wusch.

Kaum hatte sie die Worte ausgesprochen, heulte der Sturm auf. So aufbrausend, dass ihre Stimme vom Tosen des Unwetters verschluckt wurde.

Schutzsuchend drängten sie tiefer in die Höhle und betrachteten von dort aus das Toben der Natur.

Die Büsche wirbelten unkontrolliert wild herum. Bäume knickten um und Äste flogen fort in die Finsternis.

Der Himmel wütete. Blitze zuckten am Firmament. Ließen für einen kurzen Augenblick die Düsternis taghell werden, um dann mit einem Grollen wieder alles in tiefste Schwärze zu tauchen.

Für einen Augenblick erstarb der Sturm und Stille breitete sich aus. Es sollte nur eine kurze Ruhepause sein, denn erneut heulte der Sturm auf und der Regen brach mit aller Gewalt los.

In null Komma nichts wurde aus der festen Erde, die sie vorher ohne Probleme beschritten hatten, eine alles verschlingende Schlammlawine.

Sie beobachteten fassungslos, wie die Massen den Berg herunterströmten, alles Lebendige unter sich begruben oder mit fortrissen. Wahrlich, es war ihr Glück gewesen, diesen Platz noch rechtzeitig gefunden zu haben.

Dankbar sah Wolf Phiadora an. Die Natur dort draußen, die ihr Zerstörungswerk vollführte, hätte alles von ihnen gefordert. Er ahnte, dass sie ihr nicht gewachsen gewesen wären. Das Leben in ihrer Welt konnte grausam mit seinen Launen sein. Wenn die Erde sich gegen ihre Bewohner stellte, ging sie stets als Gewinner hervor.

Beunruhigt beschäftigte Wolf ein weiteres Problem.

Er spürte, dass die Zeit der Bestie- dass der Fluch sich in seiner Gesamtheit zeigte-, immer näher rückte.

Immer öfter fühlte er einen Drang, der sich kaum noch unterdrücken ließ. Der kommende Mond rief ihn, forderte ihn auf, mit ihm zu rennen, Eins zu werden und den Blutdurst zu stillen.

Wolfs Muskeln wuchsen stetig. Er spürte in sich eine ihm vorher unbekannte Stärke und wie sein Herz immer schneller schlug.

Stillschweigend hatte er dagegen angekämpft, die Bestie an die Oberfläche kommen zu lassen. Doch in den letzten Stunden wurde es immer anstrengender, sie in Schach zu halten. Diese Höhle würde für seine Freunde zu einem Gefängnis werden, wenn der Werwolf in ihm erwachte.

Nur ein einziger Ausgang, aus dem seine Freunde flüchten konnten. Fraglich, ob er dann noch ihre Flucht zuließ und sich ihnen nicht in den Weg stellte.

Zerza schien die gleichen Gedanken zu haben. Der sorgenvolle Ausdruck in seinem Gesicht, wann immer seine Augen Wolf betrachteten, drückte genau dieses aus.

Wolfs Beine schmerzten. Ein Ziehen in seinen Unterschenkeln deutete darauf hin, dass sie sich streckten. Vorsichtig ging er in die Hocke und umklammerte seine Beine mit den Armen. Es half nicht, der Schmerz ließ kaum nach.

Ebenso veränderten sich die Farben seiner Umgebung. Was auch immer er anschaute, sah er in Rottönen mit den Augen eines Werwolfs. Nervös stand er wieder auf und ging zu dem Holzstapel. Mechanisch schichtete er die Äste in der Mitte der Höhle zu einem Haufen.

„Was schaut dumm ihr!" Phiadora nahm die Unsicherheit von Wolf wahr und hatte Mitleid mit ihrem großen, haarigen Wegbegleiter. Emsig stellte sie sich an dessen Seite und begann ebenfalls Holzspalten zu einem Lagerfeuer aufzubauen. Grimmig guckte sie Athandran, Zerza und Wusch an, die keinen Finger rührten.

„Ist genug zu tun, ihr faulen, nichtsnutzigen Elbrax. Starrt den Armen an. Holt die Decken, bereitet den Schlafplatz vor, bald ist es Nacht. Etwa ihr wollt auf dem kalten Felsboden schlafen?"

Keiner widersprach und alle begannen augenblicklich, ihren Anweisungen Folge zu leisten.

Im vorderen Teil der Höhle sammelte Zerza die Beeren, die der Wind hereinwehte, auf. Wusch ergriff einige der Decken und breitete sie zu einem Lager auf dem Boden aus.

Athandran zündete das Holz an, das für Wärme und Licht sorgte.

Sie waren alle so mit ihren Aufgaben beschäftigt, dass keiner mehr auf Wolf achtete. Endlich entspannte er sich. Die Hoffnung, dass doch alles ein gutes Ende nehmen würde, ließ ihn etwas beruhigter der kommenden Nacht entgegensehen.

Bald war die Arbeit getan und jeder suchte sich einen Schlafplatz aus. Müde, eingekuschelt in die Decken, kauerten sie am Feuer. Schweigend aßen sie von den Beeren und sahen in die Flammen. Im Hintergrund plätscherte das Wasser leise. Ab und zu lief einer von ihnen hin, fing mit den Händen das kostbare Nass auf und trank es.

Kein gemeinsames Lachen oder ein angeregtes Gespräch, einfach nur Stille herrschte zwischen ihnen. Ungewöhnlich für die fünf, denn eigentlich gab es keine langen Pausen der Ruhe und des Schweigens. Doch die Vorahnung, dass etwas unbeschreiblich Böses auf sie zukam, ließ alle verstummen. Die Furcht vor dem Unbekannten, so stark, fast greifbar, ließen ihre Gedanken nicht zur Ruhe kommen.

„Was war das?", durchbrach Wuschs Stimme das Schweigen.

„Was denn?" Athandran hatte nichts Außergewöhnliches vernommen.

„Hast du es denn nicht gehört? Dieses leise Zirpen."

Athandran spitzte die Ohren. „Da ist kein Zirpen, Wusch. Das sind nur Geräusche, die vom Wind und vom Regen kommen."

„Aber nein, nun hört doch, da ist definitiv ein Zirpen. Regen und Wind zirpen nicht!"

„Wusch, das ist nur eine Einbildung, die dir dein Verstand vorgaukelt."

Wusch wollte aufspringen, bereit, nachzuschauen, aber Athandran hielt sie am Arm zurück.

„Nein, lass los, es kommt von dort hinten aus der Ecke und es leuchtet, sieh doch genauer hin, Athandran."

Aufgeregt deutete die Elbrax zu der Stelle, aus der sie meinte, die Geräusche zu vernehmen. Aber Athandran hatte keine Lust nachzuschauen. Müde wünschte er sich nichts mehr, als ein wenig Ruhe und brummelte:

„Da ist wirklich nichts. Wusch, gib endlich Ruhe."

Wusch hörte ihm schon gar nicht mehr zu, sondern sprang auf und lief eilig dorthin, wo sie soeben meinte, ein Leuchten gesehen zu haben. Die Nase an die kalte Felswand gedrückt, untersuchte sie mit ihren Händen und Augen jeden kleinsten Spalt. Sie strich mit den Fingern über die kantigen Felsvorsprünge und klopfte leicht dagegen. Dann trat sie ein kleines Stück zurück und horchte.

Nichts! Aber sie war sich so sicher gewesen, etwas zu hören und zu sehen. Hatte Athandran recht, dass sie sich alles nur einbildete? Gewann ihre Angst die Oberhand?

„Nun setze sie sich wieder, die Elbrax, es ist Zeit, der Welt gute Nacht zu sagen!" Phiadora klopfte leicht mit der Hand auf die Decke neben sich und winkte Wusch herbei.

Diese kniff noch einmal die Augen zusammen und starrte die Felswand an. Nicht der kleinste Lichtschimmer war zu sehen, nicht der leiseste Ton zu vernehmen. Widerstrebend ging Wusch an ihren Platz.

„Gut ist, wenn nichts da!", lächelnd sah Phiadora Wusch an.

„Ja, damit wirst du wohl recht haben, aber ich war mir so sicher."

„Wir alle sollten jetzt schlafen gehen. Wer weiß, wie beschwerlich die Reise weitergeht. Unsere Körper müssen neue Kräfte sammeln." Athandrans Stimme, genervt und müde, klang barsch. Der Schattenelbrax, ausgepowert und am Ende seiner Geduld, konnte keine Aufregung mehr gebrauchen.

Der Ecke, um diese im Auge zu behalten, zugewandt, setzte Wusch sich und schlug die Decke um ihren Körper. Kurz kämpfte sie gegen die bleierne Müdigkeit an. Dann allerdings fielen ihre Augen zu. Bald schon ging ihr Atem langsamer und sie schlief ein.

Für Zerza die Möglichkeit, seine Tochter, ohne das es auffiel, zu betrachten. Die Zeit, ihr die Wahrheit zu sagen, rückte immer näher. Er sah die Zeichen, bemerkte, dass Wusch sich veränderte, dass die Mayaterra in ihr erwachte! Bereits jetzt gewahrte sie Dinge, die den anderen verborgen blieben. Ihre Kindheit, ihre Naivität, ging dem Ende entgegen.

Auffällig waren auch die Veränderungen an ihrem Äußeren. Ihr Körper war fraulicher geworden, das Gesicht weicher. Die Gefahren der letzten Monate hatten ihre Spuren hinterlassen. Kleine Linien durchzogen ihr Antlitz und die Wangenknochen traten leicht hervor. Doch das tat ihrer immer mehr erblühenden Schönheit keinen Abbruch.

Zerza bemerkte auch Athandrans Reaktion und hatte lange schon erkannt, dass dieser mehr für Wusch empfand, als ihm selber klar war.

All das regelte sich von allein, nun ging es nur um ihn und sein Kind. Morgen, ja morgen würde er diesen schweren Schritt tun – es war seine Pflicht, seiner Tochter das Geheimnis zu verraten, auch wenn sie sich dann für immer von ihm abwandte. Er durfte nicht länger das Risiko eingehen, dass es jemand vor ihr entdeckte. Denn er war sicher, dass dies geschehen würde. Eine ahnungslose Wusch konnte kaum etwas mit ihren Fähigkeiten bewirken. Die Möglichkeit, die jeden Feind nicht zögern ließ, sie zu töten.

Den Verstand voller unangenehmer Gedanken, schloss auch Zerza seine Augen. Von den Unruhen der Natur begleitet, glitt er hinüber in die Welt der Träume.

Wuschs Traum

Regentropfen, die laut herunterprasselten, das Heulen des Sturms, begleiteten Wusch in ihren Träumen.

Es war kein guter Schlaf. Unruhig zuckten ihre Augenlider und auch ihr Körper kam nicht zur Ruhe.

Immer wieder hob sie abwehrend die Hände und murmelte im Schlaf. Das, was sie sah, holte die Angst der letzten erlebten Stunden zurück. Wolfs Verwandlung hatte sich tief in ihre Seele hineingefressen. Panisch flüchtete sie vor ihm in ihren Träumen, und er stürmte ihr mit gefletschten Zähnen nach. Zwar kein Teil der Realität, dennoch durchlebte es Wusch, als ob es wirklich passierte.

Plötzlich veränderte sich der Traum.

Wusch sah sich mitten in einem ihr unbekannten Dorf stehen. An ihr preschte Wolf vorbei, stürzte sich laut heulend in einen Kampf mit einem anderen Werwolf. Aufgerissene Mäuler und ausgefahrene Krallen wirbelten durch die Luft. Unvorhersehbar, wer diesen Kampf gewinnen würde.

Dann jedoch löste sich Wolf von seinem Gegner, der tot am Boden lag. Er drehte sich um zu Wusch und präsentierte ihr seine ganze angsteinflößende Gestalt.

Als Wusch sah, dass er bereit war, loszuspringen und sich in den nächsten Kampf zu werfen, erwartete sie, Wolf würde sie angreifen. Allerdings irrte sie sich; nichts dergleichen geschah.

Ohne zu verstehen woher, wusste sie plötzlich, niemals würde er ihr ein Haar krümmen. Nein, er kämpfte für sie und für das Dorf. Das Gesicht der Bestie, kaum Ähnlichkeit mit ihrem Freund, erstrahlte voller Liebe, Wärme und dem Willen, für sie zu sterben.

Ihr Traum zeigte ihr, dass sie recht behielt. Wolf war ihre beste Waffe gegen Estella.

Wusch brauchte keinen Hinweis, in welchem Ort dieser Krieg tobte – es war das Zuhause der Knollroch. Wusch befand sich in der Zukunft.

Sie sah ihre Freunde, die Knollroch, feindliche Werwölfe, und alle kämpften gemeinsam für ihre Freiheit.

Unentdeckt von den Hexen, Menschen und Werwölfen, durchschritt sie wie ein Geist das Gefecht.

Keiner schenkte ihr Beachtung. Selbst als ein Werwolf auf sie zustürzte, durch ihren Körper hindurchrannte, bemerkte er nichts von ihrer Erscheinung. Unverdrossen stürmte er zum nächsten Kampf.

Dann entdeckte Wusch ein riesiges schwarzes Zelt. Davor standen schützend Wachen. Waffen schwingend wehrten sie sich mit letzter Kraft gegen ihre Widersacher, die versuchten, in das Zelt einzudringen. Dies musste Estellas Zuhause sein.

Zielstrebig ging Wusch darauf zu. Bereit, der schwarzen Hexe gegenüberzutreten.

Vorsichtig öffnete sie den Vorhang, doch als sie die ersten Schritte in das Zelt setzte, hörte sie feine Stimmen. Zuerst wollte sie die Worte der Stimmen nicht verstehen. Mit den Händen verschloss sie ihre Ohren und wehrte sich gegen das Flüstern.

Nein – nichts durfte Wusch davon abhalten, Estellas Herrschaft ein Ende zu machen. Ihre Aufgabe war es, das Leid aller zu beenden. Aber die Stimmen gaben keine Ruhe.

Lauter und inständiger drangen sie in ihren Kopf, bis Wusch ihre Warnung verstand.

„Wache auf, Mayaterra, schnell, wache auf! Du bist in großer Gefahr. Verlasse das Dorf, gehe zurück in die Höhle! Schütze dich und deine Freunde. Nun wache auf, sonst wird die dunkle Magie nie besiegt werden.

Mayaterra, sie brauchen dich. Öffne die Augen...

Jetzt!"

Aus dem Flüstern wurden Schreie. Hände griffen nach ihr und zogen sie aus dem Zelt zurück in die Höhle.

Wusch spürte sofort, dass etwas Böses dort lauerte.

Panisch riss sie ihre Augen auf, um in die von Dragon zu starren!

Etwas verändert sich

Die Knollroch flüsterten es einander zu – frei - Phiadora ist frei. Vorsichtig um sich blickend, wurden die Worte von ihnen weitergetragen. Doch das, was als Raunen begann, erhob sich zu immer lauter werdenden Stimmen. Ein Hoffnungsschimmer breitete sich aus.

Und die Knollroch spürten es kommen – das längst vergessene Wesen aus den alten Legenden.

Nicht nur, dass eine von ihnen es schaffte, die Ketten des Fluches abzuschütteln, diese eine – Phiadora – brachte sie mit ins Dorf: die Mayaterra!

Sie kam, nein, sie war bereits hier. Unsichtbar zwar, aber ihr Geist, vom Licht der Träume begleitet, wandelte durch ihre Reihen.

Mut zu kämpfen, sich gegen ihre Unterdrücker zu stellen, flackerte auf. Und aus der zunächst kleinen Flamme entstand ein Feuer, das in ihnen lichterloh brannte.

Zuerst waren es wenige, die bereit waren für die Ankunft der Mayaterra. Jedoch jeden weiteren Tag gesellten sich immer mehr dazu, denn sie spürten, wie die Kraft der Mayaterra wuchs. Etliche sahen ihre Chance auf Freiheit und das Ende des Martyriums aller kommen.

Das Unmögliche geschah. Hexen, Werwölfe und auch die Knollroch schlossen heimlich einen Pakt: Gemeinsam sich gegen die zu wehren, die sie knechteten. Nur wenige verblieben, die Estella weiterhin treu ergeben waren.

Die Bedrohung, die auf leisen Sohlen im Dorf herumschlich, das Murmeln ihrer Sklaven, flößte Estella Angst ein. Die mächtige Hexe wagte es nicht mehr, ihr Zelt zu verlassen. Das Risiko, dass die Diener ihre Wehrlosigkeit erkannten, war groß. Entlarvt, hilflos ohne Magie, konnte dieses Wissen den letzten fehlenden Funken, der ihr Imperium stürzte, entzünden. So schwach war ihre magische Kraft geworden, dass sie nicht einmal den Namen ihres Rivalen erriet.

In edle Gewänder gekleidet lag sie auf ihrem Bett. Aber all das Gold und die Juwelen waren unnütz und würden ihr nicht helfen. Estella war jetzt nicht mehr als der Mensch, der sie einst gewesen, und ihr blieb einzig das Warten auf das Ende der Blutmondnacht.

Ein letztes Überbleibsel der Magie gab es in ihr noch. Gerade genug, um wenigstens einige wenige von ihren Untertanen zu blenden. Sie glauben zu lassen, ihre Herrin sei unbesiegbar. Nur ein Trugbild, das leider sehr schnell verpuffte, und bald verschwand auch dieser Rest an Zauberei.

Aufgeschreckt schaute Estella zum Eingang des Zeltes.

Bewegten sich die Tücher? Bestimmt durch das Unwetter und es war nur ein Windstoß, der den feinen Stoff flattern ließ. Doch für eine Sekunde glaubte sie, eine durchscheinende Gestalt wahrzunehmen. Etwas Fremdartiges, das in ihr Zelt eindrang.

Ein flüchtiger Augenblick, weniger als ein Augenzwinkern, und der Geist verschwand wieder. Aber jemand war dagewesen, oder nicht? Spielte ihr die Furcht einen gemeinen Streich?

Trotz aller Versuche Estellas, sich einzureden, einer Illusion erlegen zu sein, zweifelte sie daran.

So entschied sie sich Vorsichtsmaßnahmen zu treffen. Schwankend vor Schwäche erhob Estella sich von ihrem Lager und mit zittriger Hand nahm sie einige der glänzenden schwarzen Steine, die auf einem Schrank an der Wand lagen. Sanft strich sie sie über ihre glatte, kalte Oberfläche und flüsterte: „Lando el dera so – eure Kraft erwache."

Danach legte sie die Steine in einem engen Kreis um ihr Bett auf den Boden, fortwährend die Worte flüsternd, kaum hörbar und unverständlich für andere.

Mühevoll war jeder ihrer Schritte und der letzte Stein fiel aus ihren kraftlosen Händen. Dieser jedoch schloss den Kreis. Sobald dies geschehen war, erstrahlte aus jedem einzelnen ein Licht, das sich mit dem des nächsten Steines bündelte. Ein Ring aus blauem Feuer umschloss Estellas Lager.

Ihre Magie war jetzt endgültig aufgebraucht für einen armseligen Schutzzauber. Er wehrte zwar Eindringlinge ab, aber er nahm auch Estella unübersehbar die letzte Kraft.

Das erste Mal seit ihrer Wandlung zur bösartigsten Hexe von Malvadin war sie zerbrechlich und schwach.

Ein Gefühl, dass sie schon lange vergessen hatte.

Ihre Arme hingen schlaff am Körper und Schweiß tropfte von ihrer Stirn. Erschöpft brach sie auf dem Boden zusammen. Mehr konnte sie nicht tun und es blieb ihr nur die kleine Hoffnung, dass sie die Mondnacht unbeschadet überlebte. Mit geschlossenen Augen blieb sie am Boden liegen und schlief schließlich erschöpft ein.

Dragon greift an

Erbarmungslos peitschte ihm der Regen ins Gesicht und der Wind pfiff Dragon in den Ohren. Um dagegen anzukämpfen, musste er alle seine Kraftreserven aufbringen.

Das Warten in dem Tosen der Natur zerrte an seiner Geduld.

Die Blitze, die immer wieder vom Himmel zuckten, bereiteten ihm die größten körperlichen Probleme. Das grelle Licht, das die Welt hell erstrahlen ließ, tat seinen Augen weh. Er brauchte die Dunkelheit, doch in seinem Versteck gab es für Dragon keinen Schutz, um sich vor der Helligkeit zu verkriechen.

Die Bäume hielten dem Sturm kaum Stand. Er zerrte an den Stämmen, drückte ihre Äste auf den Boden und Zweige umwirbelten ihn. Er duckte sich, damit er nicht von ihnen getroffen wurde. Die Büsche, hinter denen er sich vor den Blicken der anderen verborgen hielt, lagen sehr schnell blattlos da und gaben den Blick auf seine Gestalt frei. Hier konnte er nicht länger bleiben und so durchquerte er ruhelos die Umgebung der Höhle.

Dragon fluchte und schlug um sich, seine Wut steigerte sich von Minute zu Minute. Zu lang war die Zeit bis die Nacht anbrach und endlich die Dunkelheit ihren schützenden Mantel um ihn legte.

Endlich war es soweit und er schlich zurück zur Höhle.

Still und bewegungslos verharrte Dragon am Eingang bis er es wagte, sie zu betreten. Das Risiko, entdeckt zu werden, besonders dadurch, dass die Blitze, die die schützende Finsternis verdrängten, ihn verrieten, nahm er in Kauf.

Der wiederkehrende Donner, das Toben des Sturmes, unterstützten, dass keiner sein Kommen bemerkte. Geräuschlos und geduckt auf allen Vieren, kroch er in die Höhle hinein.

Der Schein der flackernden Flammen huschte über die Gesichter der Schlafenden. Dragon jubelte innerlich: Der Weg war frei für sein eigentliches Ziel – Wusch.

Bedacht, keinen Laut von sich zu geben, robbte er langsam näher zu ihr hin. Zufrieden registrierte er, dass Wusch schlecht träumte. Ihre Hände zuckten und ihr Körper zitterte. Wenn sie im Schatten der Träume wandelte, würde sie ihn nicht bemerken. Zufrieden lächelte er und beeilte sich, ihren Schlafplatz zu erreichen.

Als er direkt neben ihr auf dem Boden saß, lehnte er sich über sie und betrachtete jede Einzelheit ihres Gesichts.

Er genoss es, ihren Duft einzuatmen. So süß wie Honig strömte er in seine Nase.

Dragon schloss die Augen und erfreute sich daran, die aufkommende Anspannung in sich zu spüren. So lange, bis der Zeitpunkt kam, um zuzuschlagen.

Mit Genuss leckte er sich über die Lippen – voller Vorfreude auf ihren Tod. Ohne Eile erhob er seine Klauen, bereit, den tödlichen Schlag auszuführen.

Doch während seine Krallen sich zu ihrem Hals bewegten, geschah etwas, das ihn abrupt stoppen ließ. Wusch schlug ihre Augen auf und starrte ihn an.

Niemals zuvor hatte sie so ein hässliches, bösartiges Geschöpf gesehen. Zwar bewegungslos und unter Schock stehend, wusste sie dennoch, um welches Wesen es sich handelte. Dieses Ungeheuer, das sich über sie beugte, ihr nach dem Leben trachtete, konnte niemand anders als Dragon sein.

Es waren nicht nur die Augen. Blutunterlaufen, kalt und leer steckten sie tief in den Höhlen eines abstoßenden Gesichtes. Schuppen ersetzten die Haut, wie die eines Drachen lagen sie aneinandergereiht. Das Maul, größer als das der Werwölfe, stieß fauligen Atem hervor. Spitze, lange Zähne, zwischen denen eine Zunge, wie die einer Eidechse, über Wuschs Haut züngelte. Eine Nase gab es nicht, nur zwei Löcher, aus denen heißer Atem emporstieg.

Sein Kopf, langgestreckt, mit spitzen Ohren versehen, die sich in diesem Augenblick nach hinten drehten, berührte ihr Gesicht.

Alles um Wusch verblasste, denn seine Augen hielten sie gefangen. Schmerzen, Tod und Verdammnis spiegelten sich in ihnen. Seelen der Opfer von Dragon, griffen mit ihren Händen nach ihr und versuchten, sie in den Sog der Dunkelheit zu ziehen. Ihr Körper erschlaffte, bereit, sich ihnen hinzugeben.

Urplötzlich zogen sich die Seelen zurück, etwas hatte sie irritiert. Erstaunen lag in Dragons Gesicht, ließ ihn zögern. Stille – dann schrie sie auf. Laut und gellend, von den Wänden der Höhle widerhallend, ertönte ihr Schrei, der dafür sorgte, dass alle anderen aufwachten und der Tumult um Dragon herum ausbrach.

Der Moment, in dem er Wusch nicht mehr kontrollierte und die Lähmung ihres Körpers verschwand.

Mit schmerzverzerrtem Gesicht fuhr Dragon zurück und gab den Blick auf seine vollständige Gestalt frei.

Vier Arme, viel zu kurz für den langen Körper. Sie waren schuppig und mit Klauen versehen, aus denen messerlange, scharfe Krallen herausstachen. Dazu dünne, gekrümmte Hinterläufe an einem langgezogenen Leib, der in einem nackten Rattenschwanz endete. Ein Wesen, das aus vielen verschiedenen Geschöpfen zu bestehen schien.

Die Haut schien undurchdringlich zu sein, ähnlich einem Panzer. Nur vorne zwischen seinen Armen, auf Dragons Brust, befand sich eine kleine durchsichtige, weiche Stelle. Zart und rötlich leuchtend, schützte sie sein Herz, das dort deutlich sichtbar klopfte.

Drohend erhob Dragon den Oberkörper und stand auf seinen Hinterbeinen vor Wusch.

Doch eine plötzliche Bewegung aus dem Hintergrund lenkte seine Aufmerksamkeit von Wusch ab. Abrupt drehte er sich um. Dabei schlug er ihr mit seinem langen Schwanz hart ins Gesicht.

Die Wucht des Schlages hinterließ auf ihrer Haut eine tiefe, blutende Wunde. Verzweifelt kämpfte sie gegen die Schwärze an, die sich über ihre Augen legte, und wie durch einen Nebel erahnte sie Gestalten, die auf Dragon zustürmten.

Nach und nach realisierte sie, dass es sich dabei um Zerza und Athandran handelte. Zerza stellte sich Dragon in den Weg und schrie ihn an.

Obwohl Wuschs Wahrnehmung sich besserte, hörte sie dennoch kaum etwas, geschweige denn, war sie in der Lage einzugreifen. Bewegungsunfähig blieb ihr nur hilflos mit anzusehen, wie sich die beiden in den Kampf stürzten.

Während Zerza Dragon vorne in Schach hielt, sprang Athandran behänd auf den Rücken der Bestie. Mit den Beinen klammerte er sich an ihm fest und hieb mit aller Gewalt mit einem Messer auf ihn ein. Ohne Erfolg; die harte, schuppige Haut ließ sich nicht durchbrechen.

Ziellos huschte Wuschs Blick durch die Höhle auf der Suche nach Phiadora und Wolf. Ihn konnte sie nicht finden, aber die Knollroch. Diese schien wie in Trance zu sein.

Mit großen Augen, wimmernd und zitternd, hockte sie gekrümmt in der äußersten Ecke der Höhle. Wenigstens hielt sie sich nicht in der Nähe von Dragon auf und entging so der Gefahr, von seinen herumwirbelnden Klauen getroffen zu werden.

Stockend kam Wuschs Geistesgegenwart zurück.

Sie wollte irgendetwas tun, um ihren Freunden zu helfen, doch weder besaß sie Waffen noch schenkte sie ihren magischen Fähigkeiten allzu großes Vertrauen. So musste sie mit ansehen, wie die Kräfte von Zerza und Athandran schwanden, ohne dass sie eingreifen konnte.

Sie war sich sicher, Dragon würde aus dem Gefecht als Gewinner hervorgehen, denn mit ihren Waffen richteten die beiden nichts aus. Die harten Schuppen schützten ihn wie eine stählerne Wand, die sie nicht durchdringen konnten.

Dragon wirbelte wie von Sinnen hin und her. Seine Krallen zerschnitten dabei die Luft. Er griff mit seinen Fängen an und biss schnappend nach seinen Widersachern. Die Luft war erfüllt von Staub und dem Geruch seines muffigen Atems.

Nochmal erhob er die Klauen, erneut eindreschend auf seine Gegner. Eine streifte Zerza im Gesicht, haarscharf zischte die zweite an Athandrans Kehle vorbei. Allein das reflexartige Ducken rettete ihn vor dem sicheren Tod.

Würde Dragon doch nur stillhalten! Nur das konnte die beiden retten. Wie sehr wünschte Wusch sich eine Minute der Erstarrung dieses Drachenwesens.

Schlagartig erklang ein Geräusch aus der Ecke der Höhle und kam auf sie zu. Federleicht war der von zarten Flügelschlägen verursachte Ton. Wie der, den Wusch zuvor vernommen hatte. Erstaunt sah sie, wie ein winziges goldenes Wesen mit filigranen Flügeln zunächst vor ihrem Gesicht schwebte und dann still in der Luft stand.

Ein leises Zirpen ertönte von ihm, und hunderte dieser kleinen Lichter lösten sich von der Felswand. In einem dichten Schwarm flogen sie zu Dragon und nahe seinen Augen umschwirrten sie den Kopf der Bestie.

Geblendet durch das grelle Licht, kaum noch in der Lage irgendetwas zu sehen, versuchte er sich mit seinen Klauen zu schützen. Er duckte den Kopf und hielt sie vor seine Augen.

Gehindert durch die Lichter, erneut anzugreifen, ließ er endlich von Zerza und Athandran ab. Laut heulte er auf, und dann geschah etwas, womit niemand rechnete.

Urplötzlich erstarrte Dragons Körper.

Wie Wusch es sich wünschte, stand er aufrecht dort – hilflos – unfähig, auch nur eine Kralle zu benutzen.

Sein Herz schlug direkt vor Zerza unter der weichen Haut. Der Schattenelbrax reagierte sofort und nutzte diese ihm geschenkte Chance. Zielsicher stach er mit seinem Schwert zu und traf das ungeschützte weiche Fleisch auf Dragons Brust. Nur knapp verfehlte seine Waffe dessen Herz.

Dragon brüllte auf und Athandran ließ sich von seinem Körper fallen, bereit, Zerza zu Hilfe zu eilen. Dazu sollte es nicht kommen.

Als er auf das Blut, das aus Dragons Wunde floss, schaute, glaubte er, diesen Kampf hätten sie gewonnen. Doch noch lebte die Bestie.

Ein weiteres Mal schwang Zerza sein Schwert, um den letzten, alles entscheidenden tödlichen Stich auszuführen, aber das Ende der Erstarrung von Dragon verhinderte dies.

Das Leben kehrte zurück in seinen Körper und tollwütiger als zuvor schlug er um sich.

Die Lichter stoben in alle Richtungen davon, seinen Klauen ausweichend. Sie beeinträchtigten ihn nicht mehr.

Das Schwert auf Dragons Herz gerichtet, stürmte Zerza ein weiteres Mal vorwärts. Doch dieses Mal verfehlte er sein Ziel und stach ins Leere.

Auge in Auge standen die beiden sich gegenüber. Dragon überragte den Elbrax um ein Vielfaches.

Rasend vor Hass packte er Zerza am Hals und hielt ihn wie eine Puppe in die Höhe. Zappelnd hing Wuschs Vater in der Luft, als ihm Dragon mit der anderen Klaue einen mächtigen Schlag versetzte. Dann schmiss er ihn von sich fort und Zerza prallte gegen die Felswand.

Dragon wirbelte herum, bereit, sich Athandran zu stellen. Doch statt sich auf ihn zu stürzen, kippte er nach vorne, und knickte ein. Geschwächt durch die tiefe Wunde, verließ ihn die Kraft. Er wusste, es war unmöglich für ihn, weiterzukämpfen.

Erleichtert registrierte Dragon, dass Zerza an der Felswand aufschlug und dort leblos zusammensackte. Der Schattenelbrax war keine Gefahr mehr für ihn. Aber er konnte es jetzt auch nicht mehr wagen, sich seinen Feinden zu stellen. Es wurde Zeit für ihn, die Höhle zu verlassen.

Als er sich mühsam wieder aufrichtete und dabei sein Blick auf Wusch fiel, zögerte er, und hasserfüllt wägte er ab, zu bleiben und sie mit seiner letzten Kraft zu töten.

Doch erneut griffen die Lichter an, umschwirrten ihn, und einige krochen in seine Wunde. Dragon schrie, versuchte, sie wegzuwischen, aber sie ließen nicht von ihm ab.

Wie Feuer brannte seine Wunde und der Schmerz war kaum noch zu ertragen.

Die Schwäche, hervorgerufen durch den Blutverlust, verlangsamte seine Bewegungen. Wieder taumelte Dragon und stürzte vor Wusch auf die Knie. Spuckend fauchte er sie an und hieb mit seiner Pranke nach ihr. Aber all seine Bewegungen waren wirkungslos und die Krallen seiner Pranken streiften sie nicht einmal. Erschöpft trat er endgültig den Rückzug an, indem er rückwärts bis zum Eingang zurückwich.

Niemand folgte ihm, denn den Gefährten erging es nicht anders als Dragon. Auch sie waren am Ende ihrer Kräfte.

Dort angekommen erhob er sich, indem er sich an der Felswand abstützte, und flüchtete aus der Höhle.

Lange hörten sie sein wütendes Geheul durch den tosenden Sturm. Bis es endlich verklang, sie sicher waren, dass er endgültig fort war und sie sich nicht mehr in Gefahr befanden.

Der Abschied

Die beiden Krieger hatte es schwer getroffen.

Ohnmächtig lag Zerza am Boden. Die Kleidung an der Schulter, dort wo Dragon ihn getroffen hatte, war zerrissen. Blut tropfte aus der Wunde in seinem Gesicht und der Ärmel des Mantels färbte sich dunkel.

Athandran atmete schwer, verharrte erschöpft auf dem Felsboden liegend. Doch wenigstens schien er unverletzt zu sein.

Phiadoras Wimmern, das sich in ein lautes Schluchzen steigerte, erklang aus der Ecke. Mit beiden Armen umklammerte sie ihre Beine und wiegte ihren Oberkörper vor und zurück. Sie stand unter Schock, aber körperlich schien ihr nichts zu fehlen.

Einer allerdings fehlte – Wolf. Er war fort, und alle wussten auch, warum. Sie kannten die Antwort auf diese Frage. Der Fluch hatte die Oberhand gewonnen.

Unsicher erhob sich Wusch und lief mit schleppenden Schritten zu Zerza. Schwer fielen ihr die Bewegungen, wirklich gehorchen wollten ihr die Beine nicht. Alle paar Schritte hielt sie inne, um neue Kraft zu schöpfen.

Schweratmend, mühsam das Gleichgewicht haltend, verweilte sie kurz bei ihrem Freund: „Athandran ...?"

Er winkte ab und zeigte auf Zerza. Geschwächt flüsterte er: „Gehe zu ihm. Mir geht es gut, keine Sorge. Zerza scheint es schwer getroffen zu haben. Er braucht dich."

Wusch hockte sich neben Zerza auf den Boden. Mit einem sanften Summen umschwirrten sie die Lichter, die jetzt allerdings gedimmt wirkten. Sie spendeten Wusch die benötigte Helligkeit, um ihren Gefährten genauer zu untersuchen. Von Sorge erfüllt musste sie feststellen, dass es keineswegs gut um Zerza stand. Der stolze Fremde war immer noch bewusstlos und sein Atem ging schwer.

„Zerza, bitte, Zerza, mache die Augen auf!", bettelte Wusch. Doch er reagierte nicht. Fahl und blass hielt er die Augen geschlossen.

Tränen rannen über Wuschs Wangen und zaghaft berührte sie sein Gesicht, seinen Namen flüsternd. Dann legte sie ihren Kopf auf Zerzas Brust, lauschte dem kaum hörbaren schwachen Herzklopfen. Unregelmäßig schlug es und schien zeitweise ganz zu verstummen.

Irgendetwas musste sie tun. Sie konnte doch nicht einfach abwarten, bis es endgültig für immer schwieg. Zerza musste aufwachen, zurückkehren zu ihr und ins Leben. Also richtete Wusch seinen Oberkörper auf und begann vorsichtig, ihn zu schütteln.

Zerza stöhnte schmerzvoll auf. Er lebte!

Erleichtert atmete Wusch aus. Trotzdem machte ihr die blutende Wunde Sorgen; sie musste schnellstens gereinigt und verbunden werden. Als sie sich suchend umsah, fand Wusch das Benötigte. Die Decken würden in lange Stücke zerrissen einen guten Verband abgeben.

Geschwind eilte sie hinüber, um sie zu holen, und die Lichter folgten ihr wie ein Schatten. Wusch, auf das, was sie tat, konzentriert, verschwendete keine Zeit, darüber nachzudenken, was das für winzige Wesen waren und woher sie kamen. Sie unterstützten Wusch mit ihrem Licht; das alleine zählte.

Eilig zerriss sie eine der Decken, ließ auf einen Fetzen das Wasser fließen, bis er gut durchnässt war. Flink lief sie zurück zu dem Verwundeten und wischte damit sanft Zerza Gesicht sauber. Der nächste Schritt, Zerzas Wunde zu reinigen, bereitete ihr mehr Schwierigkeiten. Vorsichtig streifte sie ihm den Mantel von der Schulter, im Begriff, ihn ebenfalls vom Hemd zu befreien, als er ihren Arm festhielt.

Kaum vernehmbar erklang stockend seine Stimme: „Wusch, es hat keinen Zweck. Du wirst mir nicht helfen können. Dragon hat mich schlimm erwischt. Ich spüre das Gift seiner Krallen in mir. Ich werde nicht wieder gesund.

Verschwende deine Zeit nicht damit, einen Sterbenden retten zu wollen."

Seine Stimme erstarb und Wusch versuchte sanft, ihren Arm von seiner Hand zu befreien. Keine Macht der Welt würde sie davon abhalten, Zerza zu helfen.

Aber er ließ sie nicht los, und mit strengerer Stimme fuhr er fort: „Ihr müsst ohne mich weiterziehen. Es muss sein!

Sobald das Unwetter aufgehört hat, der Regenbogen am Himmel steht, verlasst ihr alle die Höhle.

Doch solange ich noch etwas Leben in mir spüre, will ich die verbleibende Zeit nutzen. Da ist etwas, was ich dir erzählen muss, Wusch, etwas Wichtiges, das euch hilft, das Knollrochdorf zu befreien!"

„Hör auf damit, zu sagen, dass du stirbst. Es wird alles wieder gut. Spar dir deine Kräfte. Reden kannst du, wenn es dir wieder besser geht."

Zart legte Wusch ihren Finger auf Zerzas Lippen, um ihn am Weiterreden zu hindern. Aber unwirsch schob er ihn zur Seite. Hüstelnd und stöhnend bemühte er sich, weiterzusprechen: „ ... muss dir sagen, was das Geheimnis ist ...".

„Still, Zerza, bitte!", stammelte Wusch, von der Angst erfüllt, ihren neuen Freund an das Reich der Schatten zu verlieren.

„Lass ihn endlich aussprechen, Wusch!", erhob Athandran die Stimme.

„Aber Zerza ...", stotterte Wusch, aber der Drow fiel ihr ins Wort. „Siehst du nicht, was hier vor sich geht? Bist du so blind? Die Lichter, die dir treu zur Seite stehen – das sind Irrlichter. Sie folgen nur demjenigen, der die Magie beherrscht wie kein anderer. Es ist lange her, dass man sie sah. Jetzt bist du hier und sie tauchen einfach aus dem Nirgendwo auf.

Und willst du behaupten, du hast es nicht bemerkt? Dragon erstarrte ohne ersichtlichen Grund. Das Monster war plötzlich vollkommen wehrlos."

Immer schneller sprach Athandran, um zu verhindern, dass Wusch ihn unterbrach: „Fragst du dich nicht, warum?

Oder weißt du bereits die Antwort darauf? Kann es sein, dass du es dir gewünscht hast?

Ja, Wusch, nicht wahr, ich habe Recht, das hast du.

Allein ein Geschöpf gibt es, dem dieses möglich ist – die Mayaterra. Zerza, sprich, ist das das Geheimnis?"

Die Fragen prasselten auf Wusch hinab wie die Regentropfen draußen auf den Boden. Hilflos zuckte sie mit den Schultern und vermied es, Athandran anzusehen.

„Du hast recht, so ist es!", ausgelaugt erklang Zerzas Stimme.

Die Augen seiner Gefährten ruhten auf ihm, darauf wartend, dass er weitersprach. Selbst Phiadora hörte endlich mit dem Zittern und Wimmern auf. Die Spannung lag spürbar in der Luft. Sie ahnten, dass sie jetzt etwas Unvorstellbares erfuhren.

In abgehackten Sätzen erzählte er ihnen alles. Mühselig formte er jedes Wort und wenn man ihn ansah, ließ es sich kaum leugnen, dass er wohl bald seine letzte Reise antreten würde. Blaue Adern, die sein Gesicht wie ein Netz überzogen, färbten seine Haut mit jeder Minute, die verrann, dunkler. Die Pausen, in denen er pfeifend Luft holte, häuften sich, und immer öfter versagte ihm die Stimme ihren Dienst.

Sie lauschten, ohne Zerza auch nur einmal zu unterbrechen. Wusch kämpfte, während sie ihm zuhörte, mit ihren Gefühlen. In ihrem Inneren wechselten Fassungslosigkeit, Wut, ja sogar Zorn, sich mit der Trauer um ihren sterbenden Vater ab.

Wo war er, als sie ihn brauchte?

Jetzt, als es zu spät schien, tauchte er auf.

Einfach aus dem Nichts trat er in ihre Welt, um sie dann gleich wieder zu verlassen.

Vielleicht wäre es besser gewesen, niemals von ihm zu erfahren? Nicht diesen Schmerz ertragen zu müssen, der ihr jetzt das Herz zerschnitt.

Jedoch hatte er sich geopfert, sein Leben für ihres gegeben. Von Gefühlen, die sie nicht einordnen konnte, überwältigt, hüllte sie sich in Schweigen.

Die letzten Worte Zerzas waren ausgesprochen.

Seine Hand, die Wuschs festhielt, fühlte sich kalt an.

Der Griff, mit der er ihre Finger umklammerte, kraftlos und schlaff.

Stille, die erdrückend auf allen lastete. Wusch, kaum fähig, sie zu ertragen, beendete das Schweigen.

„Du bist wirklich mein Vater?"

Zerza nickte: „Ja, das bin ich. Es tut mir leid, dass du all die Schmerzen erdulden musstest durch meine Schuld. Doch mir bleibt nicht die Zeit, es wieder gutzumachen.

Verzeih mir! Nicht einmal jetzt kann ich das Geschehene aus der Welt schaffen. Wie gerne täte ich es, aber ich muss die wenige Zeit, die mir verbleibt, nutzen, dir deine Macht als Mayaterra zu geben. Rück bitte näher zu mir."

Wusch zögerte, sie wollte Antworten auf ihre Fragen.

Hören, dass er sie liebte und für sie ab jetzt da sei.

Trotzdem, sie verstand auch die Sinnlosigkeit der Vorwürfe, die sie im Begriff war, auszusprechen.

Aber Macht? Wofür brauchte sie eine Macht, wenn sie ihr nicht half, ihn zu retten?

„Wusch, tue, was er dir sagt, jetzt!"

Streng befahl Athandran ihr, Zerzas Anweisung zu folgen, und widerstrebend tat sie, was er von ihr verlangte.

Zerza deutete ihr, den Kopf zu senken, damit er seine Hand auf ihn legen konnte.

Seinem Körper ganz nahe, Zerzas Atem auf ihrer Haut spürend, neigte sie ihr Haupt. Die Hand ihres Vaters, sanft wie ein Streicheln auf ihren Haaren, und fremde Worte, die sie nicht verstand, geflüstert aus seinem Mund, erklangen an ihrem Ohr. Mit dem Namen Mayaterra erstarb sein Atem und die Hand fiel leblos herunter.

Wusch hob ihren Kopf und betrachtete sein Gesicht.

Sie realisierte, Zerza gehörte nicht mehr zu den Lebenden.

Wusch weinte, aber kein Laut verließ ihre Lippen.

Kein Schluchzen, nur ein stilles Tränenvergießen erlaubte sie sich, das umso herzzerreißender für die anderen anzusehen war. Tiefstes Mitleid empfanden sie für ihre Freundin. Und doch konnten sie nicht mehr tun, als für Wusch da zu sein. Phiadora und ebenso Athandran gesellten sich zu ihr und versuchten, der Mayaterra, die sie jetzt sein würde, Trost zu spenden.

Sie nahmen Wusch in die Arme, streichelten sanft ihr Gesicht. Es dauerte lange, bis die letzten Tränen versiegten und sie die Hand ihres Vaters endgültig losließ.

„Elbrax, Mayaterra ich mein, nicht mehr weinen. Nicht fort Vater ist, bei dir immer er wird sein. Seine Seele nahe deiner und nachts in Träumen sehen wirst du ihn. Glaube Phiadora das."

Wusch gab keinen Ton von sich, sondern stand auf.

Gebeugt lief sie durch die Höhle und holte eine Decke, die sie über Zerzas Körper ausbreitete. Schweigend legte sie sich neben ihren Vater, schlüpfte unter die Decke und schmiegte ihren Körper nahe an seinen.

Athandran konnte sehr gut nachempfinden, welche Gefühle Wusch aufwühlten. Sie brauchte Ruhe, wollte mit ihrem Kummer allein sein. Genau wie damals, als er Anjanka half, ihren letzten Weg zu gehen.

Mit Gesten deutete er Phiadora an, ihm in den hinteren Teil der Höhle zu folgen. Dort, wo das Wasser die Wand herunterfloss, hockte er sich hin und winkte die Knollroch zu sich.

Ein anderes Problem musste besprochen werden.

Was war mit Wolf geschehen?

Wo war er? Gedämpft fragte er Phiadora, ob sie etwas gesehen hätte. Traurig schaute sie ihn an und antwortete: „Ja,

Phiadora hat das. Wolf nicht mehr Wolf ist. Zähne wuchsen und Haare, ganz viele Haare. Sehr groß und gefährlich, immer noch versucht, es zu verbergen, Wolf sprang auf und fort er rannte in das Unwetter. Phiadora sah seinen Schmerz und den innerlichen Kampf. Wollte er sich zunächst auf euch stürzen, doch panisch lief der Wolf raus, somit gewann er ihn."

Beide schauten gleichzeitig zum Ausgang, und deutlich entstand das Bild in ihren Köpfen von Wolf, wie er sich durch das Unwetter kämpfte. Die Blitze machten das Ausmaß der Hölle, die draußen toste, sichtbar.

Die Chance, dass Wolf dieses unbeschadet überstand, stellte sich nicht als allzu groß dar. Besorgt malten sie sich das Schlimmste aus und beteten, dass dies nicht eintreffen würde.

Wolf verliert den Kampf

Wolf schrak aus seinen Träumen auf und das Erste, was er beim Erwachen sah war Wusch, und das sie in größter Gefahr schwebte. Wie eine Gestalt, die dem Ort der Verdammnis entsprungen zu sein schien, sich über seine Gefährtin beugte. Ohne Zweifel hatte diese nichts Gutes im Sinn.

Entschlossen, seiner Freundin zu Hilfe zu eilen, preschte er vorwärts.

Jedoch kurz vor seinem Ziel, Dragons Rücken schon im Visier und bereit, sich auf ihn zu stürzen, durchfuhr ihn ein Schmerz, der ihn erstarren ließ. Er spürte, wie sich seine Muskeln streckten, die Knochen knackten, wie Zähne seinen Kiefer durchbrachen und riesenhaft in seinem Mund wuchsen.

Wolf krümmte sich und heulte qualvoll auf. Immer schneller wuchs sein Körper und jeder Zentimeter seines Leibes brannte wie Feuer. Ein Schmerz, unmöglich zu ertragen und ihm offenbarend, dass er den Kampf gegen den Fluch verlor.

Ein böses Knurren erklang aus seinem Maul. Erschrocken hielt er sich die Tatze vor das Maul und sah, wie aus dieser lange Krallen wuchsen.

In rasender Geschwindigkeit vollzog sich die Verwandlung und das Monster durchbrach seinen Widerstand. In Sekundenschnelle bemächtigte es sich seines Willens sowie seines Körpers. Es schlüpfte in ihn hinein, benutzte Wolf als Hülle und trieb ihm seinen freien Willen aus.

Bald schon ragte sein Körper bis an die Decke der Höhle. Nur noch ein kleines bisschen Seele des Menschenkindes, des Jungen, war noch in ihm, doch auch dieses begann zu schwinden.

Wolf fiel auf alle Viere und machte einen Schritt nach vorne. Mit einer nervösen hektischen Bewegung drehte er den Kopf in alle Richtungen. Nur noch undeutlich erkannte er die Umrisse seiner Freunde.

Ein Zittern durchlief seinen Körper und das Verlangen, zuzubeißen, trieb ihn fast in den Wahnsinn.

Er zog die Lefzen hoch und zeigte seine angsteinflößenden Zähne. Seine Krallen kratzten tiefe Rillen in die Steine der Höhle und alles in ihm schrie danach, der Bestie nachzugeben. Einzig das bisschen Menschlichkeit, das in ihm existierte, das, was die Bestie nicht zum Verstummen brachte, hielt ihn davon ab, sich auf sie zu stürzen.

Wolf schüttelte seinen Körper und kurzzeitig kehrte ein menschlicher Zug zurück in sein Gesicht. Phiadora zugewandt, zögerte er nicht lange. Erkenntnis lag in ihrem Blick. Rasend schnell machte Wolf kehrt und ohne zurückzuschauen, hastete er fort, raus in die Nacht. Das letzte Stück Gewissen ließ ihn flüchten und rettete so den anderen das Leben.

Wolf rannte und rannte. Preschte voran und nur der Mond begleitete ihn. Keineswegs in seiner vollständigen Größe, auch noch nicht vollkommen von der blutroten Farbe bedeckt, erstrahlte er am Himmel. Dennoch riss er Wolf mit sich, trieb ihn an, immer weiterzulaufen.

Nichts, auch nicht das Unwetter, konnte ihn stoppen.

Weder Regen, Sturm oder Gewitter ließen ihn anhalten.

Die Bestie lebte und sie liebte ihre Freiheit.

Er durchbrach Büsche, hastete über das nasse Gras. Die Krallen schlugen große Stücke aus dem Boden. Lehmige Erdbrocken flogen durch die Luft und bedeckten seinen Körper.

Das Leben des wahrhaftigen Wolfes pulsierte in seinen Adern und der Instinkt des Raubtieres beherrschte seinen Willen.

Mit aufgerissenem Maul und Augen, die vor Glück strahlten, preschte er durch die Nacht. Folgte der inneren Stimme, gab sich dem Verlangen hin.

Seine Freunde waren nur noch schemenhafte Erinnerungen, die immer mehr in den Hintergrund seines Verstandes rückten.

Das Tier, so lange gefangen, löste die Fesseln.

Das Begehren nach Freiheit, welches ihm zuflüsterte, mit der Bestie eins zu werden, hatte gesiegt – Wolf tötete.

Während er mit dem Teufel um die Wette zu laufen schien, schnappte er zu, zerfetzte alles, was seinen Zähnen zu nahe kam. Genoss den Geschmack des Blutes im Maul und jagte bereits dem nächsten Opfer hinterher.

Wolfs Beute, Hasen, Ratten, Katzen, wildlebende Tiere, deren einziger Lebenssinn darin bestand, Nahrung für die anderen zu sein, erlagen dem Schicksal, ihm zu begegnen.

Und Wolf liebte den Mond, die Freiheit, die Lebendigkeit, die ihn erbeben ließ. So lief er weiter mit dem Mond um die Wette, bis der Morgen anbrach und er erschöpft ins Gras sank.

Das Meer der verlorenen Seelen

Bei ihrem Vater liegend, presste Wusch den Körper nahe an seinen. Kalt, so kalt, kein Hauch des Lebens streifte sie. Ein lebloser Körper, den sie in ihren Armen hielt. Trotzdem rückte sie nicht von ihm ab. Festhalten, was ihr von ihm blieb, war alles, was sie wollte.

Ihre Fragen - unbeantwortet lagen sie zwischen den beiden und die Gewissheit, niemals zu erfahren, warum er so gehandelt hatte, nicht den Mut zeigte, für sie einzustehen, quälten Wusch.

Wie wäre ihr Leben an seiner Seite verlaufen?

Glücklich?

Wie wäre es gewesen, dem Vater, der sie mit seiner Liebe beschützte und nicht der Mutter, die ihr einzig Hass entgegenbrachte, zu folgen?

Erinnerungen an die Kindheit bahnten sich den Weg in ihren Verstand.

Das Gefühl, ungewollt zu sein, niemals dazuzugehören, ein Nichts, die Schande des Dorfes darzustellen, nagten an ihr. Anders wäre es mit ihm an ihrer Seite gewesen.

Jetzt lag er neben ihr, stumm, ihr Vater, der niemals hören würde, wie sie ihn so nannte.

Einsamkeit ließ sie voller Trauer die Augen schließen. Wusch schlummerte ein. Ihr Körper nahm sich, was er brauchte und sie kämpfte nicht dagegen an.

Träume – wild und verworren, erwarteten sie, als sie ins Land der Schatten glitt und dann...

... dann stand sie am Meer der verlorenen Seelen.

Viele Male hatte sie davon gehört, daran geglaubt hatte Wusch jedoch nie.

Eine Erzählung der Alten und Weisen am Feuer, wenn der Tag sich verabschiedete. Mehr war es nie für Wusch gewesen. Aber jetzt stand sie hier und jedes Detail ihrer Umgebung glich den Schilderungen der Erzähler.

Neugierig beugte sich Wusch vor und inspizierte das Meer genauer. Graues tiefes Wasser erblickten ihre Augen.

Wie tot lag es da und ein fauliger, brackiger Geruch stieg in ihre Nase.

Unangenehm berührt fiel ihr das Atmen schwer. Wusch trat einen Schritt zurück. Es war besser, diesen Ort wieder zu verlassen.

Doch für einen Rückzug schien es bereits zu spät.

Hände streckten sich aus dem Wasser empor und klammerten sich an ihre Beine. Sie zogen an ihnen, während ihre verzerrten, bleichen Gesichter vom Grund des Meeres auftauchten.

Verzweifelt strampelte Wusch mit den Beinen und trat nach ihnen. Ohne Erfolg. Wie Schraubzwingen hielten die Finger sie fest. Sie zerrten und zogen an ihr, bis Wusch ins Wasser fiel und im Meer untertauchte.

Um sie herum fremde, nie gesehene Menschen, Wesen der unbekannten Welt, und sie formten mit ihren Mündern Worte, eigentlich unhörbar, und doch erreichten sie Wusch. Sie verstand, alle wollten nur eines - zurück ins Leben.

Jedes einzelne der Geschöpfe flüsterte ihr zu: „Hol mich hier raus. Nimm mich mit und lass mich wieder lebendig sein."

Das Flehen um Gnade, ihr Betteln um Hilfe, diesem Meer zu entfliehen, drangen in Wuschs Herz.

Die Schwermut, die sie erfasste, lähmte ihren Widerstand. Sie ließ sich tragen von ihrer Traurigkeit.

Die Seelen der Toten – dort unten schwammen sie und nahmen sie mit sich, tiefer und tiefer dem Meeresgrund entgegen. Aus den Gesichtern wurden Grimassen. Verzerrt, Rauchschwaden ähnlich, umkreisten sie Wusch. Sie kamen ihr näher und bei jeder Berührung raubten sie ihr ein Stück der Lebenskraft.

Bald schon wehrte sie sich nicht mehr. Das Zappeln hörte auf, ihr Körper driftete kraftlos dahin und er machte sich bereit, endgültig aufzugeben.

Urplötzlich stoben die Seelen auseinander, ließen von ihr ab und gaben sie frei.

Ein ihr bekanntes Gesicht, nicht schemenhaft, sondern klar und deutlich zu erkennen, schwamm an Wuschs Seite.

Starke Arme legten sich vorsichtig um ihre Taille und nahmen sie mit an die Oberfläche, fort von dem Gewimmel der Toten. Zügig schwammen sie gemeinsam an das Ufer und verließen das Meer ungehindert.

Andere Seelen versuchten, ihnen zu folgen, kämpften sich an die Oberfläche des Gewässers. Aber es war zwecklos, denn ihnen wurde das Entkommen aus dem Meer verwehrt. Jedes Mal, wenn sie sich dem Ufer näherten, zog das Wasser die Toten zurück in die Tiefe des Meeres.

Jedoch die Seele, die Wusch rettete, erhielt in dem Moment, an dem sie den Uferboden betrat, eine Gestalt.

Waren im Wasser nur verschwommene Gesichter erkennbar gewesen, so stand jetzt ihr Vater, wie zu seinen Lebzeiten, vor Wusch. Das Unverständnis in ihr für das, was hier vor sich ging, führte sie zu der Frage, ob sie dies wirklich erlebte. Oder waren es Hirngespinste, spielte der Verstand ihr einen Streich?

Allerdings, es kam ihr alles so real vor, und als er ihre Hand ergriff, spürte sie es. Das konnte kein Traum sein, keine Illusion – niemals!

Malchera

„Folge mir, meine Tochter." Wie im Trance vernahm sie die Stimme ihres Vaters und ohne ihr Zutun bewegten sich Wuschs Beine vorwärts.

Der Boden unter ihren Füßen fühlte sich angenehm warm an und obwohl sie durchnässt war, fror sie kein bisschen.

Vater und Tochter, Hand in Hand liefen sie das Ufer entlang. Sie betrachtete ihn, während sie ihm folgte.

Jünger, weitaus jünger, als sie ihn in Erinnerung hatte, schritt er neben ihr her. Das Lächeln, das er ihr von Zeit zu Zeit zuwarf, strahlte gütige Wärme aus.

Unverhofft blieb Zerza stehen und deutete mit dem Zeigefinger nach vorne. Sie folgte der Aufforderung und entdeckte überrascht, worauf er zeigte.

Eine Wiese voller bunter Blumen, umgeben von saftigen Bäumen, offenbarte sich Wusch. Vierblitzer, Knollroch, Elbrax und viele andere Wesensarten tummelten sich glücklich auf ihr. Ein Platz, wie es damals, bevor das Böse die Welt ereilte, viele gegeben hatte.

Wusch ließ Zerzas Hand los und rannte voraus, und er lief fröhlich lachend hinter ihr her.

Kaum berührten ihre Füße das leuchtend grüne Gras der Wiese, kniete Wusch nieder und fuhr sanft mit den Händen darüber.

Mit strahlenden Augen sah sie sich um und krabbelte auf den Knien weiter. Bei einer wunderschönen Blume angekommen, hielt sie inne und beugte andächtig ihren Kopf über die Blüte. Tief atmete sie ihren Duft ein. Zart und lieblich liebkoste er ihre Nase. Dann sprang sie erneut auf und lief eilends hinüber zu den Vierblitzern. Wusch schwang sich bei einem auf den Rücken und jauchzend galoppierte sie über die Wiese.

Wohlwollend beobachtete Zerza seine Tochter.

Niemals zuvor hatte er sie so ausgelassen das Leben genießen sehen.

Jemand rief ihn und sein Blick folgte der Richtung, aus der die Stimme kam.

Mitten auf der Wiese wartete eine junge Elbrax und winkte ihm zu. Er folgte ihrer Aufforderung und als er bei ihr angelangt war, bat sie Zerza freundlich, neben ihr Platz zu nehmen. Gemeinsam beobachteten sie Wuschs wildes Treiben und unterhielten sich dabei andächtig.

Irgendwann hatte Wusch genug getobt. Erschöpft, aber zufrieden, sprang sie vom Rücken des Vierblitzers.

Glücklich und mit der festen Absicht, diesen Ort nie wieder zu verlassen, machte sie sich auf den Weg zurück zu Zerza.

Argwöhnisch beäugte sie die junge Elbrax, die angeregt mit ihrem Vater redete. Was konnte so wichtig sein, dass er einer Fremden mehr Beachtung schenkte als ihr?

Wer war sie, eine weitere Tochter?

Belustigt verneinte Wusch ihre eigene Frage. Obwohl eine Schwester zu haben auch kein schlechter Gedanke war. Dennoch, es sah nicht danach aus, als ob die beiden sich kannten oder sie etwas verband. Außer, dass sie unübersehbar zum Volk der Schattenelbrax gehörte.

Da Wusch diesen wunderschönen Ort als ihr neues Zuhause betrachtete, schob sie die Gedanken beiseite – später würde sie ihre Antworten schon bekommen.

Ruhig kauerte sie sich neben Zerza nieder und lehnte ihren Kopf an dessen Schulter.

Doch sehr schnell zerstörte Zerza Wuschs Hoffnung auf ein gemeinsames Leben mit ihm, ihrem Vater, für immer in Malchera verweilen zu können.

Als ob er ihre Gedanken erraten würde, sagte er: „Wusch, uns bleibt keine Zeit. Dieser Ort ist nicht für dich gedacht. Es ist Malchera, wo die guten Seelen weiterleben und auf ihre geliebten Menschen warten.

Die anderen, die du im Meer gesehen hast, sind die schlechten und gequälten Seelen. Sie können das Wasser nicht verlassen. So sind wir hier vor allem Niederträchtigen geschützt, das uns in unserem früheren Leben verfolgte.

Die ihre Aufgaben erfüllt haben mit gutem Willen, die ein reines Herz besitzen, sie alle dürfen hier ihr Dasein fristen. Du aber musst zurück in deine Welt. Den Einlass in diese Welt erlaubte man dir dieses eine Mal, damit du deine Pflicht erfüllen kannst. Sie wartet auf der anderen Seite auf dich."

„Aber, aber, ich möchte bei dir bleiben, damit ..."

„Nein, Wusch, das ist dir verboten!", ließ Zerza sie nicht ausreden. „Höre mir bitte zu und lass uns den kurzen Augenblick, der uns vergönnt ist, nutzen, die Welt zu retten. Sie wieder zu dem zu machen, was sie einst war."

Mit Tränen in den Augen verstummte Wusch.

Die Enttäuschung war ihr anzusehen und mitleidig ruhten die Augen der Elbrax auf ihr. Sie verstand, was in dem Mädchen vorging. Doch mit dem Finger, den sie auf Wuschs Lippen legte, gebot sie ihr dennoch, zu schweigen und den Worten Zerzas zu lauschen.

„Vor langer Zeit, in der Malvadin eine andere Welt war, als die, welche du heute kennst, sie noch nicht von dem Bösen heimgesucht im Dunkeln lag, gab es viele von deiner Art. Man nannte sie die Mayaterra.

Entsprungen aus der Liebe einer Hoch- und eines Schattenelbrax, verbanden sie alle guten Eigenschaften, die diese besaßen. Nur Gutes im Sinn, kümmerten sie sich um die Bedürftigen, pflegten die Natur und heilten jedes Geschöpf. Dann brach der Krieg aus. Die Mayaterra verschwanden und das Schlechte gewann die Oberhand. Gab es doch keinen mehr, der sich dem Bösen in den Weg stellte.

Von den Göttern verlassen war niemand mehr da, der für das Gute kämpfte und so nahm der kommende Schrecken seinen Lauf.

Das meiste von dem, was dann geschah, kennst du aus den Erzählungen. Auch von dem Pakt, sowie seinem Inhalt, hast du ganz gewiss gehört. Keiner von denen, die ihn schlossen, ahnte jedoch die schlimmen Auswirkungen, welche er nach sich zog.

Dadurch, dass es niemals mehr eine Verbindung zwischen beiden Elbraxvölkern geben durfte, besiegelten sie unwiederbringlich das Schicksal aller. Die Mayaterra starben für immer aus und mit ihnen verließ das Gute unsere Welt.

Wusch, du hast es überall gesehen und du hast auch Dragon kennengelernt. Er ist das Gegenteil der Mayaterra. Durch das, was sein Vater einer Menschenfrau antat, erblickte er das Licht der Welt.

In ihm – im Gegensatz zu dir – lebt das Böse. Seine Gestalt ist die Hülle für das Niederträchtige, das sich von den Tränen, dem Leid der Lebewesen, nährt.

Lange konnte er seine Machenschaften ausüben, ohne dass jemand ihm Einhalt gebot. Jetzt, durch dich, erwacht die Mayaterra zu neuem Leben. Stärker und reiner als je zuvor, verharrt sie in dir, bereit, dir all ihre Stärke zu geben. Wusch, nur du kannst Dragon und alle, die so sind wie er, aufhalten."

Zerza schwieg und sah nachdenklich in die Ferne. Ihm war bewusst, dass es sehr viel war, was er von seiner Tochter verlangte. Dennoch: Es gab keinen anderen Weg.

„Vater, wie, sage mir, wie soll ich schwache Elbrax das vollbringen? Beherrsche ich doch keinen Zauber, jedenfalls keinen, der funktioniert.

Erinnerst du dich nicht? Ich bin es – die hicksende, unfähige Wusch. Die Lachnummer für alle; die, die keiner will!"

Sie ließ ihren Kopf nach vorne in die Hände sinken und das Beben ihrer Schultern offenbarte ihr hilfloses Weinen.

„Still, Kind, schweig! Die Zeit rinnt mir durch die Finger. Lausche dem Rest, den ich dir zu sagen habe. Du bist eine Mayaterra, du brauchst keine Zaubersprüche. Nein, keine kleinen magischen Hilfsmittel. Dein Glaube an dich, das ist, was dich vollkommen macht. Du bist das Gute, die, die alle führen kann, du musst es nur wollen. Bitte, glaube an dich und rette das Leben aller."

Wusch hob den Kopf und die Verzweiflung lag in ihren Augen. „Vater, ich kann das nicht und ich will es auch nicht.

Gib einem anderen – jemandem wie Athandran oder Phiadora – diese schwere Aufgabe. Ich will nur hier, bei dir,
bleiben. Habe ich es nicht verdient, glücklich zu sein?",
schluchzte Wusch.

Zornig sprang Zerza auf: „Tochter, sieh dort zum Wald
herüber. Siehst du es? Siehst du, was passiert, wenn du dich
weigerst?

Schau genau hin, sie sterben, Wusch, sie sterben alle – willst
du das?"

Und Wusch sah hin.

Das Inferno

Dort, am Rande der Wiese, nahe den Bäumen, erhob sich
ein Flammenmeer; qualvolle Schreie gellten aus ihm zu
ihnen herüber. Wusch sah Menschen, die versuchten, dem
Inferno zu entrinnen, aber sie kamen nicht weit! Kreaturen,
wie Dragon, brachen aus dem Feuer hervor und töteten sie.
Es war grausam für sie, es mit ansehen zu müssen und
nichts dagegen tun zu können. Aber es sollte keinesfalls
alles sein, das Schlimmste wartete noch auf Wusch.

Deutlich erkannte sie die Wesen, die jetzt aus der Feuers-
brunst nach vorne stürmten. Athandran, Phiadora, Wolf, sie
alle kämpften in dieser Hölle. Seite an Seite setzten sie sich
zur Wehr und beschützten die Wenigen, die noch übrig
blieben.

Doch die Übermacht des Feindes beendete die Schlacht und
auch ihre Freunde fielen ihrem Gegner zum Opfer. Wusch
wollte zu ihnen rennen, aber Zerza hielt sie zurück. So
konnte sie nur weiter zusehen, wie zwischen unzähligen
Toten zwei Gestalten auftauchten.

Niemals würde sie den Anblick Dragons vergessen, denn
genau er stand triumphierend dort. Gemeinsam mit einer
fremden Frau jubelte er und feierte seinen Sieg.

Die Frau, wunderschön anzusehen, wie ihre roten Haare sie umfluteten, reckte die Arme zum Himmel empor.

Worte, von ihr gesprochen, verhallten ungehört für Wusch. Aber als sie endete, konnte sie sehen, welche Auswirkung diese hatten.

Die Erde unter ihren Füßen durchfuhr ein Beben. Erst nur ein Zittern, steigerte es sich zu einer Erschütterung, die ganze Bäume umstürzen ließ. Wusch taumelte und um nicht den Halt zu verlieren, klammerte sie sich an Zerza. Mit aufgerissenen Augen registrierte sie, wie der Boden zu den Füßen der Frau aufbrach.

Ein Riss entstand auf der Erdoberfläche, und je weiter er wanderte, umso größer klaffte die Spalte auf. Die Welt öffnete gierig ihren Schlund.

Wehrlose Kämpfer des Guten verschlingend, alles in den Abgrund ziehend, kam sie Wusch und Zerza immer näher. Wie ein Dämon fraß sie alle, die tugendhaft und mit reinem Herzen ihr Leben verteidigten. Ein Krieger nach dem anderen fiel dem Rachen der Hölle zum Opfer, nur die Handlanger des Bösen blieben verschont.

Laut auflachend verließen Dragon und seine Gefährtin den Ort des Grauens. Sicher, ihr Werk vollbracht zu haben, hielt sie dort nichts mehr.

Wusch ahnte, was sie vorhatten, wohin sie gehen würden. Die beiden würden von Ort zu Ort weiterziehen, jede Stadt, jedes Land und jedes Lebewesen, das sich ihnen in den Weg stellte, auslöschen, das war ihr Plan.

Schnelle Bilder, die sich vor ihren Augen öffneten, bestätigten ihre Ahnung. Sie zeigten ihr das Leben in der magischen Welt wie überflutet vom Blut der Opfer, das Licht der Liebe der Finsternis des Hasses Platz machte. Wie die beiden das letzte bisschen Gute sterbend, mit jedem Schritt, den sie taten, zurückließen.

Malvadin wurde zu einer Welt des Schreckens, in der Dragon und die Frau an seiner Seite über alles herrschten.

Wusch schlug die Hände vor ihr Gesicht und brach weinend zusammen. Immer wieder stammelte sie: „Nein, nein." Zerza kniete vor ihr nieder und strich ihr beruhigend übers Haar. „Steh auf und sieh hin, mein Kind, es ist nur eine Vision, wie die Zukunft ohne deine Hilfe aussehen wird. Eine Gnadenfrist bleibt dir noch. Du kannst es abwenden, doch du musst es wollen."

Aber Wusch wollte nicht hinschauen. Es war unerträglich für sie, weiter die Katastrophe mit anzusehen ohne eingreifen zu können. Verneinend schüttelte sie den Kopf.

Vorsichtig zog Zerza ihre Hände von ihrem Gesicht und hielt diese fest in seinen. Leise und sanft sprach er auf Wusch ein: „Bedecke deine Augen nicht. Es gibt keinen Grund dafür. Glaube mir, alles ist wieder genauso, wie es vorher war."

Und als sie seinen Worten folgte, erspähte sie das Bild der Freude, des Glücks, jenes, das sie sah, bevor die Apokalypse ihren Verlauf genommen hatte. Die Sonne schien, die Vierblitzer grasten friedvoll, Lachen und Singen klangen fröhlich herüber.

„Wusch, ich zeigte dir, wie unsere Welt sein wird, wenn du dich weiter gegen die Mayaterra in dir sträubst. Versteh doch endlich, keiner außer dir, kann Dragon und Estella, das ist der Name der Fremden an seiner Seite, auf ihrem Triumphzug stoppen. Es liegt alleine in deiner Hand und deiner Entscheidung, die richtige Wahl zu treffen.

Wirst du endlich akzeptieren, wer du bist?"

„Kannst du nicht mit mir kommen, Vater? Mit dir an meiner Seite bin ich stark und verspüre keine Furcht. Gemeinsam halten wir sie auf."

Ihr Flehen brach ihm das Herz, und doch blieb ihm keine Wahl. Die Antwort, die Zerza seiner Tochter geben musste, war nicht die, die sie sich erhoffte.

„Das kann ich nicht. Dies ist der Ort, an dem meine Seele verweilen muss. Es gibt keinen Weg als Lebender zurück in deine Welt. Und doch werde ich immer bei dir sein. In deinen Träumen mich dir zeigen.

Der Wind wird meine Stimme zu dir tragen, die dir Antworten auf deine Fragen gibt. Meine Seele – allgegenwärtig – begleitet dich. Nur meine Gestalt, die wirst du nicht sehen. Nicht jetzt und nicht in der baldigen Zukunft.

Aber eines Tages, dann, wenn auch du deinen Lebenssinn erfüllt hast, sehen wir uns wieder. Hier an diesem Ort stehe ich wartend; am Meer der verlorenen Seelen werde ich dich abholen. Doch bis es so weit ist, musst du mich hier zurücklassen.

Nun geh! Malvadin und deine Freunde brauchen dich. Du musst zurück an das Ufer der verlorenen Seelen.

Auf keinen Fall schaue ins Wasser, sondern verschließe die Augen, wenn du vor ihm stehst. Warte einen kurzen Moment, dann öffne sie und du bist zurück in der Höhle."

Wusch erhob sich zögernd und nickte ihrem Vater zu.

Sie wusste, Worte waren genug gesprochen und so hüllte sie sich in Schweigen. Traurigkeit lag in ihren Augen, zaghaft winkend hob sie die Hand, bereit zu gehen.

Da zog Zerza sie noch einmal an sich und nahm sie fest in die Arme. Leise flüsterte er ihr ins Ohr: „Alles wird gut. Du bist stark, meine Tochter, glaube an dich." Dann ließ er sie los und machte kehrt. Mit gesenktem Haupt lief er die Wiese hoch bis zu dem Platz, an dem Wusch die Katastrophe beobachtet hatte.

„Wusch, bitte warte noch einen kleinen Augenblick."

Die junge Elbrax, die bei Zerza auf der Wiese gesessen hatte, trat auf Wusch zu.

„Wenn du zurück in deiner Welt bist, dann sage bitte Athandran, dass ich ihn liebe."

„Du bist Anjanka?", Wusch stoppte mit einem verblüfften Gesichtsausdruck. Neugierig musterte sie die Elbrax von Kopf bis Fuß.

„Ja, das bin ich. Bitte erzähle ihm von diesem Ort und dass ich hier glücklich bin. Er soll endlich leben und den Hass weit von sich fortschieben. Dass wir uns wiedersehen und er keine Schuld an meinem Tod hat. Es tut mir weh zu sehen, wie er leidet. Alles, was ich mir wünsche, ist, dass er wieder lacht so wie früher. Bitte tu mir den Gefallen."

„Ja, das werde ich, Anjanka. Ich verspreche es dir!"

Mit diesem Versprechen machte Wusch sich endgültig auf den Weg.

Anjanka folgte Zerza und schaute ihr gemeinsam mit ihm nach, wie sie Malchera verließ.

Immer wieder den beiden zuwinkend, blickte Wusch über ihre Schulter zurück, bis Zerza und Anjanka nur noch kleine Punkte in der Ferne und sehr bald nicht mehr zu erkennen waren.

Nach kurzer Zeit erreichte sie das Meer der verlorenen Seelen. Als sie an das Ufer gelangte, zögerte sie, den Weisungen ihres Vaters zu gehorchen. Bewusst, dass, sobald sie Malchera verließ, eine Rückkehr unmöglich sein würde, fragte Wusch sich, ob sie diese Entscheidung wahrhaftig treffen sollte. Aber all das Zögern half nichts. Selbst wenn sie bliebe, niemals würde sie wirklich glücklich sein.

Wie könnte sie es auch in der Gewissheit, dass ihr Zuhause dem Untergang geweiht war. Nur sie allein konnte das Unglück abwenden. Sie schluckte und schloss ihre Augen.

„So sei es! Im Glauben an das Gute nehme ich die Mayaterra in mir an. Zeige mir meinen Weg."

Und Wusch akzeptierte endlich ihre Bestimmung.

Als sie die Augen öffnete, ruhte sie wieder unter der Decke, an der Seite ihres Vaters. Aus der Ferne vernahm sie Athandrans Stimme. „Soll ich nachschauen?"

„Elbraxmädchen in Ruhe lassen musst du, Kleine braucht noch Zeit. Geweint sie hat, Schattenelbrax doch gehört, hmmm?"

„Ja, Phiadora, das ist mir auch klar. Bloß, es ist so lange her, dass sie sich hinlegte. Vielleicht braucht sie jemanden, der mit ihr jetzt redet, sie tröstet. Sie ist doch nur ein kleines Hochelbraxmädchen. Ich gehe jetzt zu ihr, um nachzuschauen."

Wusch hörte, wie Athandran sich erhob. Laut hallte das Klacken seiner Stiefelabsätze bei jedem Schritt, den er auf den Höhlenboden setzte. Der häufig missmutige Schattenelbrax machte sich wahrhaftig Gedanken um sie.

Allerdings, es zu genießen und sich von ihm trösten zu lassen, dafür blieb keine Zeit.

Bevor Athandran bei ihr angekommen war und unter die Decke schauen konnte, kam Wusch ihm zuvor. Mit Schwung warf sie den Überwurf zurück und sprang auf ihre Füße.

Das, was sich vom Lager erhob, ähnelte nicht mehr dem kleinen Mädchen. Dies war kein Kind mehr, das ihren Vater jetzt nach draußen trug und ihm den Weg in das andere Dasein ebnete.

„Die Mayaterra!", wisperte Phiadora. „Sie ist zurück!"

Eine erwachsene, stolze, wunderschöne, in keiner Weise schwach wirkende Wusch, kehrte zurück in die Höhle.

Erwartungsvoll, voller Tatendrang lächelte sie über die entgeisterten Gesichter ihrer Freunde. Wie sie sie anstarrten mit offenem Mund und kugelrunden Augen.

Wusch war sich ihrer Veränderung bewusst. Keine Unsicherheit oder Selbstzweifel versperrten ihr den Weg.

Gelenkt vom Jahrhunderte altem Wissen der Mayaterra, vereint mit großem Mut, wurde Wusch vorangetrieben.

Ihre Stimme, die kraftvoll und ruhig erklang, erinnerte in nichts mehr an die einstige piepsige und hicksende Wusch.

Es genügten drei Worte: „Lasst uns gehen!", und Athandran sowie Phiadora folgten ihr blind.

Der Ruf der Mayaterra

… und er spürte es…

Augenblicklich, als der Regenbogen am Himmel erschien, stürmte Dragon los zum Dorf der Knollroch. Er rannte, ohne sich um die stark blutende Wunde in seiner Brust zu kümmern. Er blendete den Schmerz einfach aus.

Doch dann witterte er einen fremden Geruch.

Wie versteinert blieb er stehen. Welches Geschöpf trug diesen für ihn ekelerregenden Gestank?

Angewidert versuchte er, flacher zu atmen. Aber wie Gift füllte der Geruch seine Lungen aus.

Qualvoll hustend und würgend setzte Dragon seinen Weg fort. Aber er schaffte nur wenige Schritte, bevor er das leise Wispern vernahm. Ein Flüstern, welches der Wind mit sich trug und die Kunde damit im Lande verbreitete.

„Die Mayaterra, sie lebt!"

Ein Singsang, für jedes gute Wesen, so lieblich und fein anzuhören, jedoch peinigend für Dragon.

Er hielt sich die Ohren zu, bettelte darum, dass es verstummen möge.

Zwecklos – die Stimme wurde lauter und eindringlicher. Erbarmungslos hämmerten die Worte auf Dragon ein.

Die Klauen in die Erde krallend, schrie er voller Zorn auf und rannte los. Er versuchte, vor der Stimme zu flüchten. Immer schneller schlugen seine Tatzen auf dem Boden auf. Die Wunde brach weiter auf, das Blut ergoss sich schwallweise auf die Erde, doch Dragon kümmerte sich nicht darum und hastete immer weiter. Getrieben von nur einem einzigen Gedanken:

Estella, er musste zu ihr, bevor das Geschöpf sie erreichte…

… und sie hörte sie …

Die Stimmen im Dorf. Wie sie riefen: „Sie ist zurück! Die Prophezeiung wird endlich wahr! Die Mayaterra ist erwacht! Bald sind wir frei."

„Sie kommt näher!" raunten ihr die Schatten zu. Aber die Hexe bekam keine Antwort auf die Frage, was es war, das sich ihr näherte.

Angst und Panik lähmten Estella. Wimmernd auf dem Boden liegend, betete sie die dunklen Götter an, ihr zu helfen. Flehte um ihren Schutz und dafür zu sorgen, dass sie sie nicht fand. Wer immer sie auch sei.

... und er hieß sie willkommen ...

Wärmende tiefe Liebe zu ihr durchströmte ihn und ließ ihn sein Herz für sie öffnen.

Gleich einem Sommertag in seiner Kindheit, damals, als er noch ein richtiger kleiner Junge war, erwachte Wolf.

Unbeschreiblich glücklich jauchzte er auf und es kümmerte ihn kaum, dass er immer noch ein Werwolf war.

Er spürte die Reinheit seines Herzens und er war bereit, an ihrer Seite zu kämpfen.

Dem Ruf folgend, sicher, dass alles gut enden würde, lief er los und machte sich auf den Weg dem Dorf entgegen.

... und sie alle ...

Die guten Seelen, die Verbannten und Verfolgten, riefen es ins Land hinaus:

„Kommt heraus, ihr, die ihr versteckt, gefangen und geknechtet seid. Hört unseren Ruf: Sie kommt, die Mayaterra, sie kommt."

Vierblitzer, Elbrax, Knollroch, Trolle, Feen, gute Hexen, sowie die restlichen magischen Wesen, erhoben sich gemeinsam, um schweigend den Stimmen zu lauschen.

Auch die Menschen vernahmen den Ruf. Neugierig traten sie aus der Dunkelheit hervor. Ließen alles stehen und liegen und begaben sich auf den Weg zum Dorf.

Weit mehr als eine Hoffnung, ein Wunsch, überwältigte das Land. Der Glaube an die wahrhaftige Rückkehr der alten Welt brachte sie dazu, aufzustehen und loszumarschieren, um das Wunder zu erleben.

Und die Mayaterra trat heraus aus der Höhle.

Sie brauchte keinen Regenbogen mehr, um das Dorf zu finden. Zielsicher, ohne zu zögern, schritt sie in das Tal hinab, ihrem Ziel entgegen.

Dort, wo ihre Füße den Boden berührten, erblühten Blumen und neu erwachte Schmetterlinge flogen auf.

Das Grün der knorrigen Bäume begann zu sprießen, Blätter rauschten im Wind und Tiere wagten sich hinaus ans Licht.

Das Böse wich ängstlich zurück dorthin, wo es einst in der Finsternis sein Dasein fristete.

Seid Willkommen

Argwöhnisch lauernd darauf, erneut anzugreifen, flüchtete die Dunkelheit und ringsherum hielt das lebendige Schöne seinen Einzug.

Alles begann in dem Augenblick, als Wusch vor Athandran stand. Nein, nicht Wusch, sondern die Mayaterra. In dem Moment, als sie ihre Gefährten zu sich rief, endete das Unwetter.

Die Sonne, ihr alles durchflutendes Licht, tauchte die Höhle in einen warmen Schein. Ihre Strahlen ließen die Wildkräuter rasend schnell wachsen, so dass sie die kahle Felswand mit einem grünen Teppich überzogen. Dort in der Höhle, wo einst der Tod herrschte, regierte jetzt das Leben mit all seinen schönen Seiten.

Und Wusch?

Sie schien allgegenwärtig ihre Göttlichkeit auszubreiten.

Das Leuchten der Irrlichter auf ihren Schultern, ließ ihre Gestalt erstrahlen. So wunderschön, dass es Athandran den Atem raubte, während er sie ansah.

Ohne einen weiteren Gedanken schenkte er ihr sein Herz und folgte Wusch bereitwillig.

Phiadora brauchte keine Erklärungen, kannte sie doch die Legenden. Ihr Wissen um die Prophezeiung, ihr Hoffen darauf, dass sie wahr wurde, gab ihr die Antwort.

Die Mayaterra – das Wesen aus lang vergangenen Zeiten – weilte wieder unter ihnen.

Überglücklich eilte sie zu Wusch. Sie wusste, bald würde sie wieder zu Hause sein, bald.

Wuschs Vater hatte wahre Worte gesprochen. Sie folgte ihrem Gefühl und ließ alles, was er vorher gesagt hatte, geschehen.

Wachsam schritt der Geist ihres Vaters neben ihr her, sicherte den Weg für sie und zog seine Tochter vorwärts, immer weiter mit sich.

Jedes Mal, wenn sie an sich zweifelte, glaubte, es nicht zu schaffen, hörte sie die Stimme Zerzas und neuer Mut erwachte in ihr.

Hielten ihre Freunde zunächst die ersten Meter respektvoll Abstand, kamen sie zögernd näher, als Wusch sie rief:

„Nun kommt schon, ihr braucht keine Angst vor mir zu haben. Hallo, ich bin es – Wusch."

Sie lachte belustigt über die skeptische Miene ihres Freundes: „Athandran, mein Held, glaubst du, ich kann das etwa ohne dich schaffen? Und du, Phiadora, meine Stütze, die mir zeigt, was Stärke und Mut tatsächlich bewirken, denkst, es ginge ohne dich? Bitte begleitet mich, bleibt an meiner Seite und vergesst nie, dass ihr meine Freunde seid."

Eifrig liefen sie zu ihr und schauten sie fragend an.

Was hatte Wusch in ihren Träumen erlebt? Was geschah, dass sie so veränderte? Wie würde jetzt ihre Reise weiter gehen? Konnte sie ihnen als Mayaterra die Zukunft, den Ausgang des Kampfes verraten? Fragen brannten den beiden auf der Seele und Athandran öffnete den Mund, um sie zu stellen. Bevor allerdings, auch nur ein Wort über seine Lippen kam, schloss er ihn wieder.

Abgelenkt durch eine Bewegung, die er in der Ferne wahrnahm, kniff er die Augen zusammen. Ungläubig rieb er mit den Händen den Staub aus ihnen, um deutlicher zu erkennen, was am Ende des Weges vor sich ging. Das konnte nicht sein, oder?

Eine Wolke aus hochgewirbeltem Sand kam auf die Gruppe zu. Schemenhafte Umrisse, die sich immer mehr auszubreiten schienen, nahmen die komplette Straße ein.

War das nur eine Einbildung oder passierte das wirklich?

Ein Rascheln erklang am Wegesrand zwischen den Bäumen. Nicht wie der Wind, wenn er über den Boden strich und die vertrockneten Blätter aufwirbelte. Oder kleine Tiere, die auf der Suche nach Essbarem zwischen ihnen herumhuschten. Es klang nicht wie winzige Pfötchen, nein, eher Füße, viele Füße, wie die von Menschen, und auch wie die Hufe von Vierblitzern, die durch das Laub preschten.

Alarmiert wirbelte Athandran aufgeschreckt herum; er musste Wusch und Phiadora warnen und ihnen klar machen, dass es besser wäre, zurückzugehen.

Doch während er dies tat, registrierte Athandran, dass ihnen der Rückzug verwehrt wurde. Hinter den beiden bot sich das gleiche Bild. Eine Traube von Gestalten, dicht aneinandergedrängt, lief unaufhaltsam auf die drei zu.

Von allen Seiten eingekesselt, dämmerte es dem Drow, dass ihm keine Wahl blieb. Er konnte nichts anderes tun, als abzuwarten, ob das, was auf sie zukam und ihnen den Weg versperrte, Freunde oder Feinde waren.

Gehetzt zückte er den Krummdolch aus seinem Waffengürtel, bereit, für ihrer aller Leben zu kämpfen.

Zu seiner Verblüffung teilte Wusch seine Sorge anscheinend nicht. Völlig entspannt stand sie still da und schien die Herannahenden zu erwarten. Nach allem, was sie gemeinsam erlebt hatten und was bald auf sie zukam, hieß Wusch die Fremden willkommen? Es mochte sein, dass eine Mayaterra besondere Fähigkeiten besaß. Dennoch, offenherzig Fremde zu begrüßen, glich einer Dummheit, die erst erfunden werden musste. Jetzt hob sie auch noch lächelnd die Hand zum Gruß. Diese Gelassenheit entsprach niemals dem Kriegerherzen, welches in Athandrans Brust schlug.

Irgendetwas umnebelte ihre Sinne – eine andere Erklärung für Wuschs Verhalten fiel ihm nicht ein.

Unruhig trat der Schattenelf auf der Stelle: Er hasste das Gefühl von Machtlosigkeit und Schwäche. Sich einzugestehen, dass er, der Krieger, hilflos dem drohenden Unheil gegenüberstand, machte ihn verrückt. Aber ruhig die Situation hinzunehmen, dass kam für Athandran keinesfalls in Frage.

Ohne weiter zu zögern, warf er sich kämpferisch, wie ein Ninja, vor sie. Den Krummsäbel vorgestreckt, den anderen Arm schützend vor Wusch haltend, leicht in die Knie gebeugt, verharrte er mit einem gefährlichen, und wie er hoffte, bitterbösen Blick.

Sollten sie ruhig kommen – ihre Nemesis lag schon auf der Lauer.

„Macht euch bereit zum Kampf, meine Krieger!" knurrte er mit dunkler heiserer Stimme.

Leises Kichern von Phiadora sollte die Antwort sein. „Schattenelbrax sieht was, was ich nicht sehe!

Krieger wo? Zählen er muss üben! Drei, wir sind nicht mehr und nicht weniger! Aber viele kommen in der Ferne zu uns.

Sag mir, Schattenelbrax, sie zu bekämpfen können, daran glaubst du wirklich?"

Im Gegensatz zu ihrem Gefährten, wähnte sich Phiadora in völliger Sicherheit. Für sie ließ sich Wuschs Verhalten ganz einfach und simpel erklären. Die Befähigungen einer Mayaterra – das Wissen einer möglichen Bedrohung – schon lange war Wusch derer habhaft gewesen. Nun, da sie aber kein Anzeichen von Furcht, geschweige denn Anstalten zur Flucht erkennen ließ, entschied Phiadora, ihrem Beispiel zu folgen. Seelenruhig schaute sie Athandran an und rümpfte ihre Nase über sein Gebaren.

Eindeutig nervlich überstrapaziert, herrschte Athandran die Knollroch wütend an: „Ja, ich glaube daran, zumindest kichere ich nicht irrsinnig! Oder rümpfe meine Nase! Was ist daran lustig, eingekreist, ohne eine Fluchtmöglichkeit, auf offener Straße zu stehen? Weißt du, wer da auf uns zugestürmt kommt? Erkläre mir das Spaßige an der Situation. Für mich habt ihr beide komplett den Verstand verloren. Du solltest lieber etwas zu unserer Sicherheit beitragen. Wie wäre ein Zauber, eine Illusion, die du in ihre Köpfe eindringen lässt? Egal was, tu es jetzt, statt kichernd herumzustehen!"

Gebieterisch baute er seinen Körper vor Phiadora auf. Stützte die Hände in die Taille und erwartete, dass sie seinen Worten Folge leistete.

Die aber dachte nicht im Geringsten daran, sich Athandrans Befehl zu beugen, sondern starrte trotzig zurück.

Ein schnippisches „Pah!" kam über ihre Lippen.

Wer war er, einer Knollroch zu sagen, was sie zu tun und was sie zu lassen hatte?

Phiadora reckte ihren Körper, streckte die Brust heraus und stemmte ebenfalls die Hände in die Taille. Haargenau so, wie Athandran es tat. Ähnlich zweier Kampfhähne standen die beiden sich gegenüber – und vergaßen bei ihrem Imponiergehabe den vermeintlichen Feind.

Wusch betrachtete sie schmunzelnd. Ihre beiden Kämpfer – in nichts hatten sie sich verändert. Gott sei Dank schwebte niemand wirklich in Gefahr. Nichts Bösartiges, ihnen Übelgesinntes, kam auf sie zu. Entgegen Athandrans Befürchtungen wusste sie, der näherkommende Schwarm waren Freunde.

Sich befreiende, lange in der Angst Gefangene, schritten zur Tat, gemeinsam mit ihnen Malvadin von der Knechtschaft zu befreien. Eine Welt zu erschaffen, in der Lieder ohne Strafe erklangen, bunte Farben statt tiefes Schwarz leuchteten, sie Worte des Herzens statt des Hasses aussprachen.

Die Stimme ihres Vaters, flüsternd begleitete sie auch jetzt jeden ihrer Schritte. Sein Versprechen haltend, unterstützte er ihre Entscheidung und nahm ihr die Angst. Wusch fühlte sich stark, gewillt, diesen Gang ins Ungewisse bis zum bitteren Ende zu gehen.

Während Athandran und Phiadora ihren internen Kampf ausfochten, huschte Wusch unbemerkt an ihnen vorbei und mit langen Schritten eilte sie den Herannahenden entgegen.

Tränen traten in ihre Augen, wahrlich Freudentränen, als sie die Geschöpfe erkannte. Sie alle vereint zu sehen glich einem Traum, der wahr wurde.

Hoch- und Schattenelbrax, Zauberer, Hexen, Magier, die Guten, so lange versteckt, streckten der Mayaterra ihre Arme entgegen.

Einhörner, Pegasus, Phönix – längst vergessen – galoppierten neben Vierblitzern her. Mit fliegenden Mähnen glitten sie elegant an den Menschen vorbei. Senkten die Flügel und ihre Vorderbeine, Wusch den Rücken zum Ritt anbietend.

Der Zauber aller funkelte, strahlte hell, und er versprach die Erlösung von der Herrschaft des Bösen. Wusch lachte und weinte gleichzeitig.

Emsig Hände ergreifend und Häupter streichelnd, lief sie zwischen den Ankommenden hin und her.

Jeden Einzelnen begrüßte Wusch.

Sie beugte sich zu denen, die ihren Körper auf den Boden warfen, ihrer Mayaterra huldigend, herab und zog sie an den Armen zu sich empor.

„Nein, tut das nicht. Ihr braucht mir eure Ehrerbietung nicht zu zeigen. Wir sind ein Volk und wir werden gemeinsam das zurückholen, was uns gehört.

Es ist wahr, zur Mayaterra wurde ich und doch ich bin auch Wusch, ein Wesen euresgleichen. Mein Dank gebührt euch, dass ihr mir helfen wollt, das Dunkle aus Malvadin zu vertreiben. Darum lasst uns die Finsternis verjagen. Mit eurer Hilfe schaffe ich es."

Und so übernahm Wusch die Spitze der Gruppe, und es waren Hunderte, die sich ihr anschlossen.

Als die anderen kopfschüttelnd an den beiden Streitenden vorbeizogen, bemerkten diese ihr kindisches Verhalten.

Äußerst verlegen und ohne auch nur einen Ton von sich zu geben, gesellten sich Phiadora und Athandran neben Wusch an die Spitze der Gruppe. Beschämt und mit rotem Kopf liefen sie schweigend an ihrer Seite der Heimat der Knollroch entgegen.

Das Böse schläft nie

Alles hätte wunderbar sein können, einfach vollkommen. Doch wie die guten Seelen sich zusammenfanden, blieben auch die schlechten nicht untätig.

Von ihnen wurde der Ruf Estellas vernommen. Angezogen von ihrem Schrei der Hilflosigkeit, begaben sie sich ebenfalls auf den Weg zum Dorf.

Ihr Ansporn allerdings diente nicht dem Ziel, Malvadin oder die Hexe zu erretten.

Nein, Mitleid empfanden diese Kreaturen keineswegs.

Aus allen Himmelrichtungen kommend brachen sie auf, und wie der Wind überrannten sie Phiadoras Heimat.

Egoistisch und von der Machtgier beflügelt, hasteten sie der Schlacht entgegen. In Erwartung, baldigst die Herrscher über das gesamte Magiereich zu sein.

Zuerst mussten die Rivalen ausgemerzt, danach die Hexe in die Schranken gewiesen werden.

Auch Dragon vernahm das Flehen Estellas, hörte das wütende Heulen, welches aus tausenden Kehlen erklang.

Verspürte, wie Dunkelheit und Licht aufeinanderprallten und die bisherige Macht sich einem anderen Blickwinkel auf die Welt zuzuwenden begann.

Die Furcht, dass seine Seite verlieren, sich unterwerfen müsse, ließ ihn jede Sehne des Körpers straffen.

Wie von Sinnen preschte er vorwärts, durch nichts aufzuhalten, dem letzten Gefecht entgegen.

Wolf lief wie Dragon weiter auf das Dorf zu. Immer den Regenbogen im Visier, obwohl dieser nicht mehr allein nur ihn führte.

Das feine Gehör, das eines wahren Wolfes, leistete ihm die weitaus besseren Dienste. Fetzen von Worten, Rufen, Jubellauten aus den Mündern der Krieger, mutig ausgestoßen, drangen an sein Ohr. Je lauter sie erklangen, umso sicherer wusste er, das Ziel rückte näher.

Auch hörte er die Kampfesrufe der Dunklen. Klangen sie auch weitaus schwächer, Wolf unterschätzte sie dennoch nicht.

Kraftvoll stemmte er seine Läufe in die Erde. Die Ohren steil nach vorne gerichtet, das Fell eng am Körper liegend, raste er voran in das Geschehen, das ihn erwartete.

Wie ein Pfeil jagte er dahin und übersprang Felsen und Holzstämme, ohne das Tempo zu verringern.

Die Gewissheit, dass die Chance, alle zu befreien auch dasselbe für ihn bedeutete, begleitete seinen Weg.

Die Befreiung des kleinen Jungen von der Bestie, das Ende des Fluchs, nie erschien sie ihm näher denn jetzt.

Ein Lachen, so fröhlich, so leicht, tief aus seiner Brust hervorbrechend, ließ seine Kehle erklingen.

Und im Schatten der Bäume sah man einen riesigen Wolf mit einem glücklichen Antlitz dahinpreschen.

Der Preis der Macht

Estella vernahm die Laute.

Schrill und unangenehm stießen sie in ihren Verstand vor.

Sie hörte die Stimmen derer, denen die Welt gehörte, als ihr noch keine Sünde innewohnte.

Sie waren fremd, flüsternd die Rückkehr verkündend und durchdringend schmerzhaft für eine Seele wie die ihre.

Doch auch die Stimmen, die sich Estella untertan gemacht hatte, umnebelten ihre Gedanken.

Unnachgiebig stellten sie ihre Forderungen an die Hexe.

Sie befahlen ihr, alle Dienste, die sie für Estella jemals leisteten, zu bezahlen. Sie verlangten, dass die Hexe, nunmehr eher ein Mensch, denn eine Herrscherin über das Böse, sich selber für die Finsternis opferte.

„Manipuliere sie! Gib deinen Kämpfern die Stärke, das Blatt zu unseren Gunsten zu wenden. Steh auf, du schwaches Menschenkind, und leiste deinen Dienst an uns!"

Wie Reptilien, Estellas Körper und Willen umschlingend, zischten sie die Worte in ihren Verstand.

„Es ist Zeit, das Versprechen, das du uns einst gegeben hast, geleitet durch deine Gier, alles zu sein, was sie fürchten, einzulösen."

Estella kannte die Bestrafung, die sie ereilte, sollte sie den Stimmen ihren Gehorsam verweigern. Sie wusste, die Strafe würde grausamer als jedes Schicksal, schlimmer als der Tod sein.

So raffte sie ihren Körper auf und benetzte ihre Lippen, aus denen: „So sei es!", heiser krächzend ertönte.

Die Hexe, die keine mehr war, benutzte die Fähigkeiten, die die Natur ihr einst bei ihrer Geburt schenkte. Denn jetzt war sie eine Frau, deren Augen die verdunkelnde Ewigkeit präsentierten, verzehrend schön wie die Sünde selbst anzusehen.

Sie hob die Schultern, reckte das Kinn nach vorne und bereitete sich auf den zu zahlenden Preis vor.

Estella bündelte ihre letzten verbliebenen Magiereserven. Sie nutzte ihr Wissen über die Beeinflussung der Seelen.

Die Bewohner des Untergrundes unterstützten sie und umschwirrten ihre Gestalt wie ein Schwarm Bienen. Nur allein für Estella waren sie sichtbar, die glühenden Augen, die grausamen Fratzen, doch für alle anderen blieben diese unsichtbar.

Waren ihre ersten Schritte noch wankend und schwach – trat die Veränderung, je näher sie dem Zelteingang kam, hervor.

Ein letztes Mal straffte sie den Körper, umhüllte ihn mit ihrem Gewand und begab sich zum Ausgang.

Es fiel ihr schwer, den bebenden Leib zur Ruhe zu zwingen. Tief durchatmend streckte Estella die Hand aus. Sie ergriff den Stoff des Zeltes und öffnete es schwungvoll.

Eine ehrfurchtgebietende Herrscherin trat hinaus. Nichts war mehr von ihrer Schwäche zu sehen und hoheitsvoll betrachtete sie das Schlachtfeld.

Eine vollkommene Landschaft in der einbrechenden Dämmerung, mit der Schönheit der Wälder am Hang des Berges liegend, erwartete Estella.

Jedem anderen wäre der Atem bei diesem Anblick geraubt worden. Doch Schönheit zu erkennen, lag ihr fern – allein die Bilder der geschwächten Untertanen überfluteten sie.

Der Kampf vor ihrem Gemach hatte bereits begonnen. Knollroch, zusammengerottet, kämpften verbissen gegen die wenigen der Hexe verbliebenen Treugesinnten.

Seite an Seite mit abtrünnigen Werwölfen hielten ihre einstigen Sklaven die Gegner in Schach. Schwerter klirrten, Blut tropfte von den Klingen, und das Königreich der dunklen Hexe war im Begriff, zu stürzen.

Ein Lied des Unterganges, bitter gesungen von vielen Gefallenen, drang in ihren Verstand und der Hass übermannte Estella. Er stärkte sie und vertrieb auch den allerletzten Hauch ihrer Ohnmacht.

„Haltet ein!", machtvoll hallte die dunkle, unergründliche Stimme über das Schlachtfeld.

Wie ein Messer durchschnitt sie den Lärm des Kriegsgemenges. Dies war ihre Chance, alles zu ihren Gunsten zu wenden. Und so verharrte sie nicht, hielt sich nicht damit auf, erneut Kräfte zu sammeln, sondern ließ ihre Stimme, sowie ihren Körper, sprechen.

Ein Abbild der Reinheit, des Guten und doch Verlockenden, so zeigte sie sich ihren Gegenspielern.

Aber die Augen ihrer einstigen Untertanen sahen eine andere Frau. Wie eine Göttin der Nacht, eine Meisterin der Dunkelheit, bedingungslos erscheinend, ließ sie die Augen über die stillstehenden Kämpfer schweifen.

Die Worte, die über ihre Lippen kamen, klangen gleich, und doch waren sie in ihrer Bedeutung unterschiedlich für alle, die sie hörten.

Für die einen, die der Finsternis zugetan waren, erfüllt mit Versprechungen, dass ihre Macht ins Unermessliche stieg.

Die Lichtbringer dagegen vernahmen demütige Versprechungen der Hexe. Sie schwor ihnen, dass sie sich ändern, ihren Geist für das Gute öffnen und Einlass in ihrer Seele gewähren würde.

Estella sagte genau das, was sich jeder von ihnen wünschte zu hören. Hart und kraftvoll für die einen, säuselnd und sanft für die anderen.

Die Knollroch trauten ihren Augen kaum als sie, statt der Hexe, ein zerbrechliches, liebreizend anzusehendes Menschenkind vor dem Zelt stehen sahen.

Wogegen die Überläufer einer unbarmherzigen, mit wilder Entschlossenheit erfüllten Estella gegenüberstanden.

Unsicher, was sie tun und wie ihre Entscheidung ausfallen sollte, legten die Kämpfer die Waffen nieder.

Der Krieg endete, bevor er richtig begonnen hatte.

Erleichterung breitete sich unter den Rivalen aus.

Ein Trugschluss aller, denn die Waffenruhe bedeutete nur eine kurzweilige Atempause. Sie würde niemals ausreichen bis zum Ende des Blutmondes.

Die Hexe war sich gewiss, dass es ihr nur einen Aufschub verschaffte, bevor ihre Sklaven die Wahrheit erkannten und sich erneut gegen sie stellen würden.

Die Nacht und die Farben der Wälder wirkten gedämpft im kalten Licht der hereinbrechenden Dunkelheit.

Das Flüstern der Stimmen, die Estella Hilfe versprachen, verstummte in ihrem Verstand.

Die Hüter des Bösen brauchten der Hexe nichts mehr zuzurufen, sie waren angekommen!

Und als der Mond in voller Pracht am Himmel emporstieg, den nebeldurchtränkten Wald in glutrotes Licht tauchte, geschah es.

Während das Leben zum Erliegen kam, sich die Unwirklichkeit des Daseins manifestierte, Estella die Hand entgegenstreckte und ihr die letzte Möglichkeit zur Buße gab, marschierten sie auf.

Die Henker, Mörder, Lebensvernichter und Seelenverschlinger, gerüstet, um ihr beizustehen.

Der Sturm des Krieges

Kurz, viel zu kurz war ihre verbliebene Zeit, um sich Ruhe zu gönnen. Die Bilderflut, die sie ohne Vorwarnung packte, trieb Wusch voran und sie lief nicht mehr - sie rannte.

Die Mayaterra hetzte den Weg hinauf zum Dorf, immer weiter, ohne Rücksicht auf die zu nehmen, die ihr folgten.

Sie fühlte keine Müdigkeit. Im Gegensatz zu ihrer Nachhut, von denen einige, am Ende der Kräfte, vor Erschöpfung über ihre eigenen Beine stolperten.

Jedoch aufgeben – niemals!

Nicht im Entferntesten dachten sie auch nur eine Sekunde daran. Der Wille, mit ihrer Mayaterra Schritt zu halten, stachelte sie an, durchzuhalten.

Doch genauso wie Wusch, trieb auch sie der Blutmond weiter vorwärts, und je höher er stieg, er sein Licht scheinen ließ, umso schneller stürmten sie voran.

Er hob den Blick zum Himmel und betrachtete den Mond. Ruhig stand Wolf da, genoss seine Anziehungskraft und hörte ihm zu. Wie er ihm ein Lied sang, handelnd von der Zukunft, die ihn begrüßte und gleichzeitig Bilder einer vergangenen Zeit zeigte.

In diesem außergewöhnlichen Augenblick war der Mond sein Freund und sorgte dafür, dass der kleine Junge in ihm Frieden mit dem Werwolf schloss.

Wenn auch der Körper einer Bestie – Augen rot aufblitzend und lange entblößte Raubtierzähnen, sichtbar waren – schlug in Wolfs Brust das Herz einer guten Seele, die nichts anderes wollte, als zu helfen.

Und mit dem Mut eines Kindes, das an Märchen und Wunder glaubte, preschte er in das Dorf.

Dragon erreichte das Dorf noch vor allen anderen.

Vollkommen der Raserei verfallen und nicht mehr Herr seiner Sinne, stürzte er sofort auf Estella zu.

Um sich schnappend, ohne Rücksicht zu nehmen, wen er mit seinen Zähnen verletzte, stürmte er über das Feld.

Das Wesen, welches die Hexe auf sich zukommen sah, ließ sogar sie erschaudern. Kein Geschöpf, das ihr jemals begegnete, ähnelte dieser Abscheulichkeit, welches sich jetzt auf sie zubewegte.

Mit einem Aufschrei wich sie vor ihm instinktiv zurück. Tiefe Abscheu empfindend, starrte sie Dragon entgegen. Der drachenähnliche Körper, das breite fratzenhafte Gesicht, welches alles an Hässlichkeit in sich vereinte, ekelten sie an. Er war ein Übel, das schon vor langer Zeit aus dieser Welt hätte getilgt werden müssen.

Eine Handbreit vor Estella stoppte er die Hatz. Helle Raubtieraugen betrachteten die Hexe abschätzend. Fauliger Atem schlug ihr entgegen, als er mit schneidender Stimme zu sprechen begann: „Herrin, ich, dein Diener Dragon, bin gekommen, um dir zu dienen. Befehle mir, was ich zu tun habe, um die Erhabenheit der Dunkelheit zu verteidigen. Was auch dein Begehren sei, ich werde ihm Folge leisten. Ich bin dein Werkzeug, also verfüge über mich!"

Estella zweifelte nicht nur an der Echtheit seiner Unterwürfigkeit, sie kannte die Wahrheit, die sich hinter dem Gesäusel versteckte. Sie wusste, Dragon trug wie sie den Machthunger, die alles zerfressende Gier in sich, denn er ähnelte ihr viel zu sehr. Zweifelsohne erkannte er sehr schnell die Schwäche eines Wesens, welches ihm begegnete. Ihm konnte sie nichts vorspielen. Würde er auch nur die Wahrheit hinter ihrer Fassade vermuten - das Ende von Estellas Herrschaft wäre gekommen. Aber noch schien er sich nicht ganz sicher zu sein und das offenbarte ihr die Möglichkeit, ihn wie alle anderen zu täuschen. Sie musste nur herausfinden, wie sie dies am besten bewerkstelligte.

Während sie nachdachte, kam ihr ein weiterer Gedanke in den Sinn.

Dieses Ding, das einer der schlimmsten Fantasien jeglicher Geschöpfes entsprungen zu sein schien, konnte ihr stärkster Verbündeter sein. Dragon - eine Bestie mit keinem Funken Menschlichkeit, die niemals auch nur im Ansatz zögerte, zu töten, das war der wahre Beschützer für sie. Wenigstens solange wie er glaubte, sie wäre die mächtigste Hexe in Malvadin.

„Sei willkommen und geselle dich an meine Seite, Dragon." Mit samtiger Stimme, die ihre Einladung wie eine Liebeserklärung klingen ließ, schritt sie auf ihn zu.

Zart streichelte Estella mit ihrer Hand über seine Fratze. Eine Geste, die ihn verzauberte, einlullte, und seine letzten Zweifel beseitigte.

Dragon stand einer Frau, einer Königin, gegenüber, deren dunkler Glanz in den Augen ihn einfing. Schnurrend wie eine Katze stieß er aus: „Dank an meine Herrin für ihre Güte, ihr Diener sein zu dürfen!"

Unterwürfig katzbuckelnd begab er sich an ihre Seite.

Gerade rechtzeitig in dem Augenblick, als von allen Seiten des Dorfes ein Aufruhr losbrach.

Das Gefecht

Sie überrannten das Dorf, die Seelenlosen und Kaltherzigen, gleichzeitig mit den Untadeligen, denen ein reines Herz innewohnte. Aus jeder Himmelsrichtung hielten sie Einzug.
Tausende zerlumpter Gestalten griffen in wilden Horden an. Wesen, seit Beginn der neuen Zeit besessen von Mordlust, und überdimensionale, fliegende wespenähnliche Räuber fielen über die kreischenden Knollroch her. Schaurige Werwölfe bildeten ihre Nachhut, die mit aufgerissenen Mäulern heranrückte und die alles zerfetzten, was sich ihnen in den Weg stellte. Riesige Schlangen, bösartig züngelnd, wickelten ihre Körper um Menschen, drückten zu und pressten alles Leben aus ihnen.
Hilflos und verwirrt rannten Knollroch, Werwölfe und Hexen durch das Lager. Überrumpelt von dem Ansturm der Wesen der Dunkelheit wussten sie nicht, wie sie sich verhalten sollten. Welche Seite die ihnen zugetane war.
Vierblitzer, aus der anderen Richtung herangaloppierend, warfen sich zum Schutz zwischen die Kämpfenden.
Pegasus und Einhörner zertrampelten mit ihren Hufen die Schlangen, schlugen im Fluge die fliegenden Räuber aus der Bahn.
Weiße Hexen setzten ihre Magie ein. Der Phönix und die alten edlen Drachen stießen Feuerwolken aus. Die Menschen ließen Dolche, Krummsäbel, Schwerter, alles, was sie als Waffen nutzen konnten, herumwirbeln, um damit das Böse, der Hölle Entsprungene, zurückzudrängen.
Ein Tumult der aufeinanderprallenden Krieger. Ein Schlachtfeld der sich häufenden Opfer beider Seiten.
Mittendrin Wolf auf der Suche nach Wusch, Athandran, Phiadora und auch Zerza. Wusste er doch nichts vom Tode Wuschs Vaters.
Als erstes entdeckte er Athandran, der säbelschwingend gegen einen Burga kämpfte. Der kleine Burga, ein Wesen,

dem Skorpion ähnlich, hielt nicht lange den Angriffen des Schattenelbrax stand. Sehr schnell erlag er seinen Wunden.

Trotzdem blieb Wolf keine Zeit, Athandran nach Wusch zu fragen, denn der nächste Gegner wartete bereits auf den Drow.

Nur ein kurzer Blickkontakt, ein Aufblitzen des Erkennens in Athandrans Gesicht, wer dieser Werwolf war, dann stürzte dieser sich in den nächsten Kampf.

Ziellos rannte Wolf weiter. Wehrte sich gegen Angriffe und suchte nach seiner Gefährtin. Wusch lebte; deutlich spürte er ihre Anwesenheit. Aber er konnte sie nicht wittern, nicht sehen. Ohne sich zu sammeln und zu vergewissern, wohin er rannte, lief er immer weiter vorwärts.

Bis er ihm erneut gegenüberstand – Dragon .

Phiadora versteckte sich hinter Wusch. Nicht, dass es ihre Entscheidung war; genau wie Athandran stürmte sie ins Dorf und wollte für ihre Familie und ihre Freunde kämpfen. Wuschs Ruf jedoch, zurückzukommen, machte ihr einen Strich durch die Rechnung. Trotzig und unwilligen Schrittes, folgte sie der Aufforderung Wuschs. Diese deutete ihr an, sich hinter ihren Rücken zu begeben.

Die Mayaterra wusste, Phiadora besaß nicht die Fähigkeiten einer Kriegerin, die mit Waffen gegen ihre Rivalen kämpfte. Ihre Aufgabe lag in einem anderen Bereich.

Und so sehr Phiadora das Warten missfiel, beugte sie sich dennoch Wuschs Entscheidung.

Ihre Untertanen, nebst Dragon, stürzten für sie in den Tod, und Estella, zurückgelassen von allen, versteckte sich im Zelt. Niemand bemerkte, wie sie langsam rückwärtsgehend in ihrer Behausung Schutz suchte. Es blieb ihr nichts anderes übrig. Was besaß sie denn noch, um Gegenwehr zu leisten?

Von der großen Herrscherin war nur ein erbärmlicher Feigling übrig geblieben.

Der Mond zwang sie dazu. Auch wenn die Nacht mit schnellen Schritten voranschritt, er bald wieder unterging, nun machte seine Anwesenheit einen Schwächling aus ihr.

Die Kämpfe dauerten die ganze Nacht an und neigten sich dem Höhepunkt entgegen, als der Glanz des Mondes langsam verblasste.

Hatte Estella viele Stunden wartend auf dem Boden des Zeltes gekauert, flackerte allmählich ein hämisches Grinsen in ihrem Gesicht auf. Sacht floss die Kraft zurück in ihren Körper. Zwar noch nicht vollständig wiederhergestellt, doch genug, um ihren Feinden gegenüberzustehen.

Die Hexe war bereit, das Zelt zu verlassen.

Den Gedanken an die Mayaterra schob sie beiseite. Nur dummes Geschwätz, diese Prophezeiung, die sich die Schwachen erzählten. Von einer, die kam und in jener Stunde die Welt von allen Sünden reinigte. Alles Übel, das Estella beherrschte, verbannte.

Nun denn, wo blieb sie jetzt, diese großartige Mayaterra?

Ein Märchen – mehr war sie nicht. Die Schlacht da draußen erzählte eine andere Geschichte. Die Zeit drängte, dem ein Ende zu machen. Erfrischt und ausgeruht trat die Hexe aus ihrem Versteck hervor.

Empfangen von Wusch, die auf sie wartete.

Die Entscheidung

Eine nichtsnutzige Elbrax sollte wirklich und wahrhaftig die großartige Mayaterra sein?

Davor hatte sie Furcht gespürt und mit Bangen dieser Konfrontation entgegengesehen?

Das Wesen vor ihrem Zelt war nur ein Mädchen, das zu einer Frau erblühte.

Hübsch? Ja. Respekteinflößend? Nein!

Lächerlich, der dürre Körper, nichtssagend – ihr Gesicht. Ein Märchen, das man Kindern beim Einschlafen erzählte, um ihnen die Angst vor Geschöpfen wie Dragon zu nehmen.

Mehr waren die Worte der Prophezeiung nicht.

Ja, sie spürte schon, dass diese Kleine gewisse Fähigkeiten, weit mehr als die einer Elbrax, besaß.

Aber die vielgepriesene Mayaterra, eine Göttin? Sie?

Ein spöttisches Lächeln umspielte Estellas Mund. Langsam entspannte sich die Hexe. Diese Kleine, die sie wortlos, beinahe schüchtern ansah – unnötig, noch mehr Zeit mit ihr zu vergeuden.

Jetzt gab es wichtigere Dinge zu erledigen. Wie das Aufräumen des Schlachtfeldes und den Krieg zu beenden.

Natürlich zu ihren Gunsten.

Ein kleines bisschen fehlte, bis Estella wieder vollständig über ihre Magie verfügen konnte. Aber das, was ihr zur Verfügung stand, reichte ihr aus. Sie hob die Hand, berührte Wusch, um sie unwirsch zur Seite zu schieben und erstarrte im gleichen Augenblick.

Ein Blitzschlag durchfuhr ihren Körper in dem Moment, als sie die Mayaterra berührte. Er war so mächtig, dass er die Hexe zurückprallen und durch die Luft wirbeln ließ. Schmerzhaft schlug Estella auf dem harten Boden vor dem Zelt auf und blieb dort liegen.

Zwei ihr immer noch treu ergebene Werwölfe preschten herbei, um ihre Herrscherin zu beschützen. Angriffslustig wollten sie sich auf Wusch stürzen, die fassungslos über das eben Geschehene dastand.

Aber sie hatten nicht mit Phiadora gerechnet, die vor die Mayaterra trat.

Eine feine Singsangstimme ertönte aus ihrem Mund und wenn auch die Worte unverständlich waren, so bezirzten sie die Werwölfe sehr wohl.

Genau das hatte Wusch bezweckt, als sie Phiadora an ihre Seite nahm. Ohne dass die Knollroch es ahnte, war ihre Aufgabe das Leben der Mayaterra mit der Kraft der Knollrochmagie zu schützen.

Dass sie eine großartige Illusionistin war, das hatte Phiadora genügend im Haus der Träume bewiesen.

Aber selbst jetzt, in höchster Gefahr schwebend, konnte sie sich kaum ein Schmunzeln verkneifen, als sie beobachtete, was ihre Gefährtin in diesem Moment mit den Bestien veranstaltete.

Zuerst liefen die Werwölfe hintereinander im Kreis herum, wie Ballerinen tänzelten sie auf ihren Pfoten umher. Damit nicht genug. Jetzt begannen sie zu jaulen und hechelten wie zwei Hundewelpen. Schlussendlich warfen sie sich auf den Rücken und streckten die Beine in die Luft. Mit kugelrunden, um Streicheleinheiten bettelten Augen, sahen sie die Hexe an.

„Hört sofort auf damit! Seid ihr völlig verrückt geworden?", schrie Estella sie an und bemühte sich, wieder auf die Beine zu kommen.

Doch Wusch reagierte augenblicklich und wusste das zu verhindern. Sie ahnte, lange konnte Phiadora die beiden Werwölfe nicht mehr in ihrem Bann halten, und die Hexe erholte sich bereits von ihrem Sturz.

Geschwind bewegte sich die Mayaterra auf sie zu. Ergriff ihre Schultern und drückte sie zurück auf den Boden.

Zwar wehrte sich Estella mit aller Kraft gegen Wuschs Griff, aber die Überheblichkeit zu glauben, übermächtig zu sein, ließ sie unvorsichtig werden. Kannte sie doch eigentlich die Macht der Spiegel der Seelen und schaute dennoch direkt in Wuschs Augen.

Zu spät erkannte sie ihren Fehler. Sie konnte den Blick nicht mehr abwenden. Gefangen von Wusch zog diese Estella mit sich in den Strudel, fort von dem Schlachtfeld in das Meer der verlorenen Seelen.

Wolf kämpfte um ihrer aller Leben. Wobei er sein eigenes an die zweite Stelle stellte. Mit wachsamen Augen inspizierte er die übereinander herfallenden Krieger, immer suchend nach denen, die seine Hilfe benötigten. Schützend sprang er vor die Knollroch, stürzte sich auf die Angreifer der Magier und Elbrax. Die Wunden, die er davontrug, beachtete er nicht.

Man könnte annehmen, die Worte der Wolfsmutter brachten ihn dazu, ohne Rücksicht auf das eigene Leben zu handeln. Dass die Uneigennützigkeit eine Lüge wäre und dass der einstige selbstsüchtige Junge aus purem Egoismus heraus handelte, um den Fluch zu beenden.

Die Wahrheit?

Er dachte nicht einmal mehr daran.

Unerträglich erschien es Wolf, dass eine der guten Seelen hilflos dem Bösen ausgeliefert war, ohne Hoffnung, den Kampf lebend zu überstehen.

Sein beherztes Eingreifen rettete vielen von ihnen das Leben, denn gnadenlos, ohne zu zögern, warf er sich in den Kampf und biss zu. Sein Gegner hatte keine Chance. Die Zähne der imposanten Bestie, der er sich gegenüber fand, kannten kein Erbarmen.

Dort, wo Wolf auftauchte, ließ er erlegte Feinde zurück.

So preschte er, Steine, Erde und Gras aufwirbelnd, über das Schlachtfeld und die Augen des Wolfes versuchten, alles auf einmal zu überblicken, bis er unvermittelt die Jagd stoppte.

Ein Gegner, zweifelsohne gefährlicher als die, die er hinter sich gelassen hatte, stellte sich ihm in den Weg.

Und er kannte dieses grauenvolle Geschöpf zu gut.

Die Gestalt dieser Kreatur war eingebrannt in Wolfs Erinnerungen.

Hatte er doch nicht vergessen, wie er ihm in der Höhle begegnete und er, Wolf, Wusch nicht helfen konnte.

Ein Kampf um Leben und Tod

Eine Fratze, hämisch grinsend ihn anstarrend, stand Wolf gegenüber. Ein Geschöpf, das die Seuche der Bösartigkeit über die Welt brachte und verbreitete.

Er wusste, dies war Dragon und sein Name war wie ein Todesurteil.

Der schuppige Leib mit dem langen Schwanz und die gelben bösartigen Augen, weckten unliebsame Erinnerungen an die Nacht in der Höhle. Er kannte seine Stärke, war sich der Gefahr bewusst und zögerte.

Wolf konzentrierte sich und formte aus dem wilden tosenden Wirbel seiner Gedanken die ihm richtig erscheinende Entscheidung.

Urplötzlich verstummten die Schreie der Kämpfenden für Wolf. Nichts, außer Dragon und ihm, schien mehr zu existieren.

Zwei Bestien, die voreinander standen, lauernd auf den ersten Schritt des anderen.

Sich bewusst, sobald einer von ihnen diesen tat, gab es für sie kein Zurück. Einer von ihnen würde mit Sicherheit den Tod finden.

Aus Dragons Nüstern stieg heiße Luft auf. Ein dunkles Grollen drang aus Wolfs Kehle. Die Zähne fletschend, tropfte Speichel aus ihren Mündern, und sich mit Blicken durchbohrend, schlichen sie lauernd umeinander herum.

„So trifft man sich also wieder. Du warst doch der Schwächling, der aus der Höhle wie ein kleines wimmerndes Hündchen flüchtete, oder?"

Wolf antwortete ihm nicht. Seine Miene blieb unbeweglich und ausdruckslos. Im Gegensatz zu Dragon loderte nicht der Wahnsinn in seinen Augen.

„Wie ich zu erkennen glaube, scheinst du endlich erwachsen geworden zu sein. Hast du gelernt, den Fluch als eine Gabe zu sehen? Ein Geschenk, das dir die Wolfsmutter machte?"

Schweigen war Wolfs Antwort auf seine Fragen.

Dragon schüttelte das Haupt.

„Und doch, mein kleiner Wolf, reicht es bei weitem nicht aus, um mich aufzuhalten. Deine Erfolgsaussichten, in einem Kampf als der Sieger hervorzugehen, sind die einer Fliege im Netz der Spinne!"

Ein arrogantes Lachen ertönte aus Dragons Mund.

„Da auch ich ein Herz besitze, unterbreite ich dir einen Vorschlag. Du kämpfst gut, wenn auch deine bisherigen Gegner keinesfalls mit mir zu vergleichen sind. Estella und ich brauchen Krieger, wie du einer bist. Schließe dich uns an und ich werde Gnade walten lassen."

Erwartungsvoll lächelte er Wolf an. Immer noch nicht reagierte dieser auf seine Worte.

„Nun gut. Du schweigst. Also lehnst du dieses großzügige Angebot ab? So sei es! Verabschiede dich von deinem Leben, denn noch mehr Geduld kann ich dir nicht opfern."

Bösartige Raubtieraugen loderten auf und der herablassende Gesichtsausdruck verschwand. Ein verzerrtes Mienenspiel trat stattdessen hervor. Mordlust war die Geschichte, die von dieser Fratze erzählt wurde.

Dragon ging es nicht mehr um die Rettung Estellas und der schwarzen Welt.

Alles in ihm schrie gierig nach dem Morden aller, die sich trauten, ihm über den Weg zu laufen. Die Vorfreude auf den geliebten Augenblick, wenn der Sterbende den letzten Lebenshauch an ihn weitergab, ließ ihn innerlich jubeln. Forsch machte er einen Schritt vorwärts.

Wolf verharrte regungslos abwartend, so als ob er zögere. Dragon sonnte sich in dem Gefühl, ihm haushoch überlegen zu sein.

Sich kaum noch zurückhalten könnend, scharrte er mit seinen Klauen im Boden und tiefe Krallenspuren zeichneten Linien in die Erde.

Sichtlich seine Macht auskostend, ließ er sich dennoch Zeit.

Langsam richtete Dragon seinen Körper auf und hob die Pranken, deren Krallen wie scharfe Klingen auf Wolf zeigten. Hoch über diesen hinausragend, öffnete er das Maul. Bereit, seinen Gegner mit den Zähnen zu packen und den letzten, endgültig lebensauslöschenden Schlag auszuführen.

Dragons riesig anmutende, angsteinflößende Gestalt, das Licht des Mondes verdeckend, zögerte noch einen Moment. Die Spannung auskostend, die ihm die Vorfreude auf ein neues sterbendes Opfer gab.

So lange, bis aus dem hämischen diabolischen Grinsen ein erstaunter Ausdruck wurde.

Denn genau darauf hatte Wolf gewartet. Der Augenblick, in dem Dragon einen Fehler beging.

Diesen Moment der Nachlässigkeit Dragons und die Gunst der Stunde, den Vorteil des Wartenden, nutzte er. Ohne Vorwarnung griff Wolf an.

Die Tatzen vorgestreckt und das Maul weit geöffnet, sprang er an ihm hoch. Seine Zähne bissen sich in Dragons Körper fest und fanden die einzige freie Stelle dort, wo ihn keine Schuppen schützten.

Dragons Herz, nur mit einer dünnen weichen Haut überzogen, klopfte wild in seinem Maul.

Wild um sich schlagend und nach ihm greifend, wehrte Dragon sich mit aller Macht. Ohne Erfolg - denn Wolf war zu stark für seinen Gegner.

Immer tiefer grub er seine Zähne in Dragons Fleisch.

Zerrend an Dragons Haut warf er seinen Kopf nach hinten. Ein Riss, aus dem Blut tropfte, öffnete ihm den Weg zu seinem Herzen, und Wolf packte mit beiden Tatzen zu.

Zog mit aller Kraft an der Haut und aus dem Riss wurde eine riesige klaffende Wunde, welche Dragons Herz sichtbar machte.

Erschrocken hielt Wolf kurz inne.

Dieses Herz, das er dort vor sich sah, ähnelte keinem der sonst lebenden Wesen. Schwarz, verkrüppelt, einer sich windenden Schlange ähnlich, hielt es Dragon am Leben.

Wolf klammerte sich mit den Hinterbeinen an Dragon, der fuchsteufelswild versuchte, ihn abzuschütteln. Dann packte Wolf kraftvoll zu. Zog erneut und hielt das Herz der Bestie in seinen Pfoten. Mit einem qualvollen Aufschrei registrierte Dragon, was geschah.

Als Wolf sich von ihm fallen ließ, das Herz festhaltend, trafen sich ihre Blicke. Verständnislosigkeit, Angst und tiefer Hass flackerten in Dragons Augen. Er wusste es gab nichts mehr was er tun konnte, sein Leben war vorbei!

Sein Herz schlug ein letztes Mal, während Wolf es durch einen heftigen Ruck von seinem Körper trennte. Dann blieb es still. Die Kreatur fiel zu Boden und von einem gellenden Schrei der Bestie begleitet, verließ der letzte Lebenshauch dessen schwarze Seele. Der mächtige Dragon brach zusammen und prallte leblos auf die Erde.

Rückkehr in das Meer der verlorenen Seelen

Die Mayaterra kannte den Weg, den sie zu beschreiten hatte, um ein für alle Male das Wüten der Hexe zu stoppen.

Sie wusste, um Estella endgültig aufzuhalten, musste sie zurück in das Meer der verlorenen Seelen.

Diesmal jedoch ging Wusch nicht alleine, sondern zwang die Hexe, ihr zu folgen. Das Übel musste getilgt werden, damit Wusch allen Wesen in der Zukunft ein besseres Leben ermöglichen konnte. Durch Estella verdarb das Blut eines jeden unschuldigen Wesens – und blieb sie am Leben, so blieb die Qual bestehen.

Mit eisernem Griff umklammerte Wusch Estellas Schultern. Sie zwang sie zuzulassen, dass sie in ihre Gedanken eindrang und ihren eigenen Willen verlor.

Alles um sie zerfloss, nichts wirkte mehr real. Was auf dem Schlachtfeld geschah, zeigte sich ihnen nur noch als schemenhafte verschwommene Bilder. Die Schlachtrufe, dumpfe Laute, kamen aus weiter Ferne und waren für sie kaum hörbar.

Gnadenlos tauchten die beiden ein in das eiskalte Wasser. Unerbittlich packte sie der Sog des Meeres. Einzig das dunkle des Ozeans existierte in ihrer Wahrnehmung und alles andere war ausgeblendet.

Es erfasste sie vollkommen und wirbelte sie im Kreis umeinander herum, als tanzten sie einen Reigen.

Die nasse Kleidung erschwerte Wusch das Halten des Körpers Estellas. Beherzt ließ sie ihre Schultern los und ergriff dafür die um sich schlagenden Hände, weiterhin die Hexe mit dem Blick in ihrem Bann haltend. Die Befreiungsversuche, das Auflehnen der Hexe gegen Wuschs Eindringen in ihren Verstand, scheiterten. Nichts fruchtete und kläglich zerfiel die Kraft ihrer Magie.

Estella prallte gegen eine unüberwindliche Mauer des Widerstandes, als sie ebenfalls versuchte, Wuschs Gedanken zu beeinflussen. Ihr den Befehl erteilte, loszulassen, zu erstarren und im Meer zu versinken. Doch jede noch so verzweifelte Gegenwehr schlug fehl. Ihr Zauber konnte der Mayaterra nichts anhaben.

Weiter ging der Fall hinunter, dem Dunkel des Meeresbodens entgegen. Immer schneller stürzten die Körper hinab in die Finsternis.

Wusch registrierte das und handelte schnell, denn Eile war zweifelsohne geboten. Wusste sie doch von den Gefahren, die dieses Meer in sich barg.

Die Schwäche und Hilflosigkeit ihrer Feindin ausnutzend, konzentrierte sie sich auf Estellas Erinnerungen. Wühlte immer tiefer in ihrem Bewusstsein und holte jeden kleinen Schnipsel der Vergangenheit hervor.

Wusch nahm alles in sich auf und erduldete die Bilder von Estellas grausamen Übeltaten.

Sie sammelte die Schreie, den Schmerz, die Angst der Opfer, und bündelte alles zu einem Wiedererleben.

Es war kaum für sie zu ertragen, was sie sah und fühlte. So beeilte sich die Mayaterra, all das Empfundene in ihrem Verstand zu dem der Hexe zu schicken, die in diesem Augenblick mit ihr verbunden war.

Es waren Gemälde, grausam und gemalt mit dem Blut und dem Leid derer, die versuchten, sich der Hexe zu widersetzen. Wie Blitze schossen sie in den Verstand der Hexe.

Die Hoffnungslosigkeit ihrer Opfer, die Lethargie, als sie erkennen mussten, dass es keine Befreiung gab, nirgendwo einen Ausgang aus dem Gefängnis.

Die Peitsche, der ertönende Knall, wenn sie auf die Rücken ihrer Sklaven hinuntersauste, die Haut aufriss und unfassbarer Schmerz zurückblieb.

Das Gefühl der Hilflosigkeit, das satanische Lachen ihrer Sklaventreiber, welches sie hörten. Familie, Freunde, Kinder sterben zu sehen, ohne dass ihnen jemand half.

Für die Hexe war es eine Freude gewesen, sie zusehen zu lassen. Ihr verzweifeltes Flehen, das Geliebte zu verschonen, klang für Estella wie ein schönes Lied, dem sie nie müde war zu lauschen und es immer wieder von neuem erklingen ließ. All diese Gräueltaten sandte die Mayaterra mit Hilfe ihrer Augen, die ihren Weg durch derer der Hexe zu ihrem Verstand suchten und fanden.

Das Schlimmste jedoch, das Wusch der Hexe antat, sie machte ihr ein Geschenk.

Sie gab ihr die Menschlichkeit zurück.

Mit beiden Händen zog sie ihren Körper an sich heran und umklammerte sie fest. Zwang Estella, das Gesicht dem ihren zu nähern, bis ihre Lippen einander berührten.

Jeder Versuch, sich dagegen zu wehren, scheiterte, und als ihre Münder die Lippen der anderen streiften, küsste Wusch die Hexe. Mit diesem Kuss hauchte sie ihr die Gefühle Liebe, Hass, Qual, Angst und den Schmerz des Verlorenen ein. Den Wunsch nach Gnade, das Bitten um Verzeihung und das Zerbrechen eines Menschen an den eigenen Gräueltaten.

Als dies geschehen war, schob Wusch Estella von sich. Ihre Feindin locker an den Händen haltend, beobachtete sie ruhig abwartend, was als nächstes mit ihr geschah.

Ein Zittern durchlief den Leib der Hexe und Tränen aus Blut traten in weitaufgerissene, wissende Augen.

Ihr Gesicht – ein verzerrter Ausdruck der Bürde, die sie jetzt ertrug – die Last, wie ein Mensch das Leid auszuhalten. Dies war etwas Fremdes, ihr völlig Unbekanntes, das über sie hereinbrach und sich in ihre neu erwachte Seele einbrannte. Nicht nur die Qualen eines einzelnen Lebens, sondern die Pein Hunderter eröffneten sich ihr. Wie ein Sturm fegte es über die Mauer der Erbarmungslosigkeit, stürzte sie, drang ein in ihr Herz und erfüllte es mit Schuld, Schmerz und Scham.

Estella zerbrach.

Es gab keinen auflehnenden Widerstand von ihr, es war einzig und allein Schwäche, die ihren Körper erschlaffen ließ.

Ihre Seele schrie nach Vergebung, aber viel zu spät kam die Erkenntnis, um noch erhört zu werden.

Als Wusch dies bemerkte, löste sie die gegenseitige Verbindung. Vorsichtig wand sie ihre Finger aus den Händen von Estella. Die Zeit, sich von ihr zu trennen, war gekommen. Undeutlich erblickte sie etwas, welches Estellas Aufmerksamkeit entging.

Dunkle Schatten, nur Silhouetten lebendiger Wesen mit gräulichen Mündern, zum Schrei geöffnet, verließen den Meeresboden und strebten nach oben zu ihnen. Es waren die verlorenen Seelen, die ihrer Sklaven, der Gequälten, und sie forderten ihren Tribut.

Hände mit langen Fingern, Krallen ähnlich um sich greifend, suchten sie nach jemandem, den sie mit in die Tiefe ziehen konnten.

Bald schon gelangte die erste zu Estella und packte ihren Fuß. Skelettartige Hände, wie Schraubzwingen, umklammerten das Fleisch ihres Opfers und zerrten an ihm. Nicht willens, egal wie sehr die Hexe nach ihr trat, jemals wieder loszulassen.

Weitere folgten ihrem Beispiel und kreisten Estella ein. Sie ergriffen ihre Haare, ihre Arme, jeden Teil des Körpers, den sie zu erhaschen in der Lage waren. Panisch schaute die Hexe um sich und sah die immer zahlreicher werdenden wimmelnden Gestalten.

Mit letzter Kraft schlug sie nach ihnen und versuchte, fortzuschwimmen. Aber die Seelen, ihres Sieges sicher, ließen sie nicht mehr los. Sehr bald wurde aus dem Treten und Schlagen ein schwaches Zappeln, bis auch dieses erstarb.

Ein letztes Mal hob die Hexe ihren Kopf. Eine Bitte um Hilfe, Mitleid, spiegelte sich in ihren todgeweihten Augen wieder. Aber selbst wenn Wusch ihr dies hätte gewähren wollen, es war zu spät. Der Schwarm der nachfolgenden Seelen packte Estella von allen Seiten, und es war unmöglich, auch für eine Mayaterra, gegen sie alle anzukämpfen. Wusch konnte sie nicht retten und ließ endgültig los.

Kurz schaute sie Estella hinterher, wie sie in der Tiefe versank. Sah, wie die Hexe zu einem kleinen Punkt im trüben Blau des Wassers wurde und endgültig verschwand.

Ein letzter gellender, verzweifelter Schrei ertönte und Wusch wusste, es war vorbei. Estella starb in den Fängen der hasserfüllten verlorenen Seelen.

Während die letzten Laute der Hexe verhallten, tauchte Wusch nach oben. Sie musste an die Wasseroberfläche kommen und schnell diesen Ort verlassen, denn die Seelen würden zurückkommen, um auch sie zu holen.

Mit kraftvollen Zügen kämpfte sie gegen die Strömung an. Immer höher schwamm sie und sah alsbald den ersten Lichtschimmer durch das dunkle Wasser scheinen.

Ein letzter Stoß und ihr Kopf durchbrach die Wasseroberfläche. Tief atmete sie ein und niemals zuvor erschien ihr die Luft so rein und klar wie in diesem Moment.

Lange hielt sie sich trotzdem nicht auf, sondern beeilte sich, das Ufer des Meeres zu erreichen. Je näher sie diesem kam, umso deutlicher wurden die Gestalten, die dort auf sie warteten. Freudig erkannte sie- es waren die selbigen, die sie beim ersten Mal, als sie Malchera betrat, gesehen hatte und mitten unter ihnen standen Anjanka und ihr Vater.

Mit einem stolzen Lächeln streckte Zerza ihr seine Hand entgegen, die Wusch dankbar ergriff. Erschöpft ließ sie sich von ihm aus dem Meer ziehen.

Voreinander stehend, hielten beide einander an den Händen und prüfend musterten sie sich gegenseitig.

Gerade als Wusch Zerza fragen wollte, ob sie jetzt ihre Aufgabe erfüllt habe und bei ihm bleiben könne, legte er seinen Zeigefinger auf ihre Lippen und schüttelte seinen Kopf.

„Meine Tochter, mein Stolz. Du bist wirklich und wahrhaftig eine Mayaterra.

Ich weiß, was dein Herz begehrt, doch muss ich dir den Wunsch abschlagen. Dein Leben ist noch nicht zu Ende und somit ist deine Zeit, hier zu verweilen, noch nicht gekommen. So sehr ich es mir auch wünsche dich an meiner

Seite zu haben, kann ich dich dennoch nicht hier behalten. Malvadin mit all seinen Bewohnern braucht dich immer noch. Meine Wusch, es ist für dich an der Zeit, zurückzugehen und weiterzukämpfen.

Der Anfang ist getan, jedoch wird es weitere Gegner wie Estella und Dragon geben, denen du Einhalt gebieten musst! Du hast allen guten Seelen gezeigt, dass manchmal die Zeiten voller Feinde sind, sie aber niemals vergessen dürfen, dass man diese auch besiegen kann. Sie alle glauben an dich und so zeige ihnen, dass ihr Vertrauen in die Mayaterra gerechtfertigt ist."

So gerne Wusch etwas entgegnen wollte, Zerza ließ es nicht zu.

„Geh, mein Kind, lasse auch mich zur Ruhe kommen, damit ich dich voller Glück eines Tages für immer in meiner Welt begrüßen kann."

Zart strichen seine Lippen über ihre Wangen, während er sich zu ihr vorbeugte und sie umarmte. Dann jedoch schloss er mit den Fingern ihre Augen und das Letzte, was sie vernahm, waren seine Worte: „Ich habe dich lieb, mein Kind, und wir sehen uns wieder ..."

Ein Wirbel aus flirrenden Bildern trug sie zurück in ihre Welt. Weit fort von Malchera. Als sie dort angekommen war, öffnete sie ihre Augen um in Athandrans Gesicht zu schauen. Der Drow hockte neben ihr auf dem lehmigen Boden und schüttelte sie. Tränen liefen über sein Gesicht und seine verzweifelte Bitte glich einem Schrei. Ein Schluchzen löste sich aus seiner Kehle während er sie anflehte: „Wach auf, verdammt, wach endlich auf, Wusch, Mayaterra, Hochelbrax, wer auch immer du jetzt bist, wach bitte auf!"

Blind vor Tränen bemerkte er nicht, dass sie ihn bereits ansah.

„Athandran, mein Freund, alles ist gut. Schau mich an, es geht mir gut, ich bin doch hier!", flüsterte Wusch mit heiserer Stimme.

„Oh mein Gott, du lebst, ja, wahrhaftig, du lebst, seht ihr, die Mayaterra lebt, Wusch ...“

„Ja, ich lebe...“, vollendete Wusch seinen Satz, der mit gestammelten, unverständlichen Worten durchsetzt war.

Der Schattenelbrax hörte endlich mit dem Schütteln auf. Entgegen seiner sonstigen zurückhaltenden Art, zog er ihren Körper stürmisch an sich und erdrückte ihn beinahe, als er Wusch umarmte.

Der Krieg ist zu Ende

Ein lauwarmer Wind streifte Wuschs Haar, streichelte es sanft, und ließ es wie einen Umhang zurück auf ihre Schultern fallen. Die Sonne schien auf sie hinab und die Strahlen kitzelten ihre Nase. Durch ihre Wärme entlockte sie Wusch die restliche Kälte des Meeres der verlorenen Seelen.

Unzählige sich bewegende Schatten fielen auf sie hinab und leise in der Ferne zu hörende Stimmen, die lauter wurden, je näher sie kamen, drangen an ihre Ohren.

Erst jetzt registrierte Wusch, dass es weder Kampfgeräusche oder Laute des Schmerzes und des Zorns waren, die sie hörte, sondern aufgeregte Stimmen, denen man deutlich die Freude, welche ihnen innewohnte, anhörte.

Behutsam löste sie sich aus Athandrans Armen und widmete ihre Aufmerksamkeit dem kleinen, pummeligen Wesen mit Knollennase und einem leichten Sprachfehler, welches sich neben Wusch auf die Erde plumpsen ließ.

„Phiadora immer gewusst, wenn Wusch kommt und Freunde mich befreien, alles möglich ist.“

Patschige Händchen fuhren über Wuschs Gesicht, ertasteten es, als ob Phiadora sich vergewissern wollte, dass ihre Freundin wahrhaftig vor ihr saß.

Wusch nahm ihre Hände und drückte sie sanft. Dann lehnte sie sich vor und küsste ihre Gefährtin auf die Wange. Überrumpelt gedachte die kleine Knollroch, sich ihr zu entziehen, doch sie zögerte und ließ Wusch gewähren.

„Ich, ich …" weiter gelang es Phiadora nicht, das, was sie Wusch sagen wollte, auszusprechen.

Hemmungslos ließ sie ihren Tränen freien Lauf.

Nach all den Jahren, in denen sie die Gefühle unterdrückt hatte und stark sein wollte, mit der Hoffnung, jemand käme, ihr Volk zu befreien, nahm sie sich jetzt die Freiheit, Schwäche zu zeigen.

Wusch verstand sie ohne Worte und schenkte ihr die Zeit, sich wieder zu beruhigen.

Erst als die letzten Tränen in Phiadoras Augen versiegten, lies Wusch sie los und stand auf.

Langsam trat die Elbrax aus dem Pulk von Wesen, die sie mittlerweile umgaben und betrachtete das, was vom Dorf der Knollroch übrig geblieben war.

Die Schlacht hatte ihr Ende gefunden. Aber wenn auch jetzt Ruhe herrschte, das Land in Sonnenschein getaucht sich ihr friedlich präsentierte, so war es unübersehbar, dass vor wenigen Augenblicken der Krieg allgegenwärtig gewesen war.

Verletzte und Tote, die sich wie eine Straße des Leids durch das Dorf wanden, erzählten die Geschichte von seinen Verlierern. Wenn auch die Gewinner auf der richtigen Seite standen, so hatte es dennoch zu viele Opfer gegeben.

Athandran, Phiadora sowie all die anderen, gesellten sich an Wuschs Seite, still folgten sie ihrem Beispiel und trauerten um die Dahingegangenen. Schluchzen aus vielen Mündern erklang, wenn wieder einer von ihnen einen Angehörigen suchte und ihn leblos vorfand. Niemals wieder durfte das geschehen, schwor sie sich.

Aber auch Wusch vermisste jemanden. Sie trauerte nicht nur über jedes sinnlose Opfer, das ihr zu Füßen lag.

Während sie den Schauplatz der Schlacht durchquerte, huschte sorgenvoll ihr Blick umher auf der Suche nach Wolf.

Wie sehr sie sich auch bemühte, sie fand ihren großen haarigen Freund nicht. Nirgendwo war auch nur eine Spur von ihm zu sehen. Aber es durfte nicht sein, dass er nicht mehr unter den Lebenden weilte.

Fragend sah sie den Schattenelbrax an: „Hast du Wolf gesehen, ich kann ihn nirgends entdecken."

Statt einer Antwort ergriff Athandran ihren Arm und zog sie mit sich.

Grauenhaft waren die Bilder, die Wusch zu sehen bekam. Immer wieder mussten sie über Tote hinwegsteigen, um das Ziel zu erreichen. Sie würden für immer in ihrem Gedächtnis eingebrannte Mahnungen sein, die, wenn ein Augenblick der Schwäche kommen sollte, sie zum Weitermachen animierten.

Trotzdem hielt sie Schritt mit Athandran, bis er vor einer ihr sehr wohl bekannten Gestalt stoppte.

Ein schuppiger Leib bedeckte die Erde und war immer noch furchtbar anzusehen, auch wenn er die Augen geschlossen hatte und kein Atem mehr seinen Körper verließ.

Nicht nur Estella hatte ihren Kampf verloren, auch Dragon erlag seinen Wunden.

Bei genauerem Betrachten seines Leichnams, entdeckte sie den toten Körper der Hexe. Doch Wusch wusste das, was dort unter Dragon begraben lag, war nur eine Hülle, denn Estellas Seele blieb für immer gefangen im Meer der verlorenen Seelen.

Unaufgefordert erzählte Athandran Wusch, was geschehen war.

Er schilderte ihr Wolfs Kampf und Dragons Schrei, der gleichzeitig mit Estellas zu hören gewesen war.

Sprach davon, wie der Mond, der in diesem Moment noch einmal kurz in einem glühenden Rot aufleuchtete, dann versank und die Finsternis sich zurückzog. Das strahlende Licht durch die Wolken brach und dabei eine Stimme über das Dorf hallte, die alle aufhorchen und ihre Waffen niederlegen ließ.

Es war die große Wolfsmutter und sie sprach von einem neuen Anfang. Erzählte uns von der magischen friedvollen Welt, die nun zurückkehrte. Wie sie einst das Licht in unser Leben brachte, bevor die Dunkelheit es verdrängte, und lebendiger als alles andere vorherrschte. Freudig lauschten wir ihrer Verkündung, doch die Wesen, die der Dunkelheit zugehörig, schrien, wanden sich vor Schmerzen und verließen fluchtartig das Dorf.

Einen kurzen Moment schwieg Athandran. Doch dann fuhr er mit einem Lächeln im Gesicht fort: „Urplötzlich endete der Krieg und ich machte mich auf die Suche nach euch.

Ich fand hier Dragon erlegt vor und mit dessen Blut besudelt einen kleinen Jungen, der ein riesiges Schwert – beinahe größer als er – in seinen Händen hielt.

Doch Wusch, sieh selbst, kommt er dir nicht irgendwie bekannt vor?"

Kaum, dass Athandran endete, trat jemand aus der Gruppe der Anwesenden hervor.

Und ja, Wusch erkannte dieses Menschenkind.

Ein Junge, nicht mehr wirklich ein Kind, aber noch lange nicht erwachsen, grinste über das ganze Gesicht. Die Hände tief in den Taschen der Latzhose vergraben, die Haare wild vom Kopf abstehend, erinnerte er kaum an den großen Wolf, der sie auf ihrer Reise begleitet hatte.

Und doch, wenn sie in seine Augen blickte, erkannte sie ihn wieder. Wusch entdeckte in ihnen die Gutmütigkeit, Wärme und Sanftheit ihres Freundes.

Eindeutig – er war es.

„Hallo Wusch, schön, dass es dir gutgeht", schüchtern und mit einem verhaltenen Lächeln, lugte er unter seinem wilden Haarschopf hervor.

„Wie ich sehe, bist du es, mein Freund. Aber wo ist all dein Fell und wo sind deine Zähne geblieben? Kann es sein, dass die Wolfsmutter Gnade walten ließ?" Schmunzelnd trat Wusch näher an Wolf heran und betrachtete ihn von oben bis unten.

„Ja, das hat sie. Ich verstehe nicht, warum sie mir meine Schuld vergab. Was war so besonders an dem, was ich getan habe?

In meiner Erinnerung sehe ich mich immer noch mit Dragon kämpfen, dann bricht er zusammen, Schreie ertönen. Danach erinnere ich mich, wie ich als der Junge, der ich jetzt bin, aufwachte. Sie muss den Fluch von mir genommen und gleichzeitig alle anderen von Dragons und Estellas Gefolgschaft befreit haben."

Wolf lachte fröhlich auf. „Ich kann kaum glauben, dass ich frei bin. Doch ich bin dankbar und glücklich, dass es so ist."

Wusch konnte sich denken, warum die Wolfsmutter ihn befreit hatte. Sein selbstloser Mut, andere zu retten, war des Rätsels Lösung.

Egal, ob er der Wolf oder ein Junge war, in ihrem Herzen gehörte ein Platz für immer ihm.

Ohne weiter lange zu überlegen, machte sie den letzten trennenden Schritt auf ihn zu und nahm Wolf liebevoll in die Arme. Er erwiderte die Zuneigung und drückte Wusch stürmisch an sich.

Hell und glücklich lachend brach er damit endgültig das Eis. Denn jetzt traten auch die anderen zu ihnen. Überwältigt von der Freude, umarmten sie die Gefährten.

Minutenlang standen sie da und genossen das Beisammensein, bevor sie sich wieder voneinander lösten. Zu viel gab es noch zu tun und es wurde Zeit, damit zu beginnen.

Das Ende der gemeinsamen Reise?

Den restlichen Tag verbrachten die Freunde und alle Dorfbewohner damit, die Spuren, die der Krieg hinterlassen hatte, zu beseitigen.

Freud und Leid lagen nah beieinander.

Lachen ertönte, wenn Familien zusammenfanden und im gleichen Atemzug flossen Tränen derer, die nicht dieses Glück hatten.

Viel zu oft hörte man Schreie im Dorf, wenn ein Kind gefunden wurde und es sicher war, dass es nie wieder das Leben mit seinen Eltern teilen würde. Trauernde, die sich aufmachten, ihre Liebsten zu begraben, begegneten Fröhlichen, die es kaum fassen konnten, dass ihr Angehöriger noch lebte.

Als der Tag sich dem Ende neigte, langsam der Abend hereinbrach, standen neue Kreuze auf dem Friedhof im Tal. Wie Mahnmale ragten sie aus der Erde der frischen Gräber hervor.

Ihr Anblick mahnte, es sind zu viele, die dort jetzt für die Ewigkeit ihre letzte Ruhe gefunden hatten. Wenn auch neue Geschichten entstehen würden, von Siegen und Niederlagen, die sie sich nachts am Lagerfeuer erzählten, vergesst nie den Schmerz, den ihr jetzt fühlt.

Sie waren frei, doch welchen Preis hatten sie dafür zahlen müssen.

Zwei allerdings teilten diesen Ort der Ewigkeit mit allen anderen Opfern nicht. Sie würden niemals Malchera betreten. Ihr verkommener Geist schwebte immer noch über dem Dorf.

In der Abenddämmerung verbrannten sie die sterblichen Überreste Dragons und Estellas. Ihnen gaben sie nicht das Recht, wieder eins mit der Erde zu werden. Die Hitze des Feuers sollte Sorge dafür tragen, dass sie niemals mehr einen Fuß auf diese setzten.

Gemeinsam sahen die, die so lange unter ihrer Herrschaft litten zu, wie der Wind die Asche ihrer Körper mitnahm und in alle Himmelsrichtungen verstreute.

Müde, aber zufrieden, fanden sich alle zum Essen am Lagerfeuer ein. Gespräche, wie es weiterging, teilten sie leise miteinander.

Frei sein bedeutete auch, dass sie allein dafür verantwortlich waren, das Dorf wieder neu aufzubauen und zu dem zu machen, was es einst gewesen war.

Sie waren der Mayaterra und ihren Freunden dankbar für ihre Rettung. Dennoch, unbeschwerte Fröhlichkeit und die Lust, ihren Sieg zu feiern, empfand niemand.

Die Angst und die Trauer steckten noch zu tief in ihnen, und so gönnten sie sich keine Ruhepause. Um sich abzulenken, taten sie das, was sie am besten konnten – versuchen, trotz allem, was geschehen war, weiterzumachen und ihr altes Leben wieder neu zu ordnen.

Die Knollroch planten ihre Zukunft und teilten jedem seine Aufgabe zu. Jede Menge Arbeit wartete auf sie. Bald schon vertieft in ihrer Beschäftigung, dass jeder seine ihm zugedachte Rolle erhielt, ließen sie die vier Freunde in Ruhe.

Diese waren nicht unglücklich darüber; so hatten sie die Muße, ihre eigene Zukunft zu planen.

Wusch, die neben Athandran saß, sah nachdenklich in die Flammen des Feuers. Wie würde es für sie als Mayaterra weitergehen? Sollte sie bei den Knollroch bleiben oder weiterziehen? Und wenn sie das Dorf verließ, würden ihre Freunde gemeinsam mit ihr gehen, oder würde Wusch in der Zukunft wieder allein sein?

Sich ihrer Verpflichtung bewusst, kannte sie die Antwort bereits. Sie konnte nicht hierbleiben. Ihr Aufenthalt im Dorf musste bald enden.

Athandran schwieg beharrlich. Wusch schaute ihn an, versuchte etwas in seinem Gesicht zu entdecken, das darauf hindeutete, wie der Schattenelbrax sich entschied, und sah nichts als ein Stirnrunzeln.

Zwecklos, ihre Fähigkeiten der Mayaterra einzusetzen, denn seine Gedanken waren tabu für Wusch. Sie wollte die Worte, dass er bei ihr blieb, aus seinem Munde hören.

Sie fragte ihn schließlich, was er vorhatte. Athandran zuckte mit den Schultern und antwortete: „Es gibt niemanden, der auf mich wartet. Ich glaube, ich werde einfach alleine weiterziehen."

Seine Hoffnung, dass, wenn der Mörder von Anjanka tot sei, auch er glücklich und zufrieden wäre, erstarb. Eine große Leere breitete sich stattdessen in ihm aus. Jetzt blieb Athandran nichts mehr, noch nicht einmal der Zorn und der Hass.

Wusch konnte seine Gedanken spüren. Auch wenn sie es nicht wollte, las sie jetzt in ihnen wie in einem Buch. Sie wusste, was sie zu tun hatte.

Nun war der Zeitpunkt gekommen, ihm alles von der Welt, in der Anjanka auf ihn wartete, zu erzählen. Ihrer Bitte, die sie Wusch mit auf den Weg gab, nachzukommen.

Athandran, der zuerst uninteressiert, dann ungläubig zuhörte, hing bald an ihren Lippen und saugte förmlich jedes Wort in sich auf. Wusch redete und redete und beschrieb ihm jedes kleinste Detail von Malchera. Sie versuchte, dem Gefährten mit ihren Worten Anjanka näherzubringen. Athandran klarzumachen, dass, wenn seine Zeit kam, sie dort in ihrer Welt auf ihn wartete. Es für ihn keinen Grund mehr gab zu hassen und diesem Leben nur Traurigkeit entgegenzubringen.

Als sie endlich erschöpft schwieg, hoffte Wusch, Anjankas Wunsch entsprochen zu haben.

Still verharrte Athandran einen kurzen Moment, doch dann stand er auf und verließ Wusch. Sie verstand ihn; er musste ihr nicht die Gefühle erklären, die in ihm wüteten: Ihr Freund brauchte diese Stille, um seinen eigenen Gedanken lauschen zu können. So war es auch für sie nicht überraschend, dass er keine Gesellschaft wollte. Sie ließ ihn ziehen und schaute hinterher, als der Schattenelbrax allein in den Wald hineinlief.

Bald wurde es Zeit, schlafen zu gehen, auszuruhen und neue Kräfte zu sammeln. Einer nach dem anderen verschwand vom Lagerfeuer und machte sich auf die Suche nach einem geeigneten Schlafplatz. Aber immer noch hatte keiner von ihnen entschieden, wie es am nächsten Morgen weitergehen sollte.

Die Nacht verbrachte Wusch in Estellas Zelt. Sie schlief unruhig und fühlte sich in dieser Umgebung unwohl.

Wenn sie in einen leichten Schlaf fiel, träumte Wusch von der Hexe, die einst schön wie die Sünde, jetzt aber nur ein Schatten der Vergangenheit war.

Sie sah Estellas bleiche Haut, die einer Toten glich. Ihre Augen, die dunkel, ohne Glanz des Lebens, sie ansahen. Ihre Bewegungen, die eines leblosen Geschöpfes, und sie fühlte ihren Atem, der ohne Zweifel der Hauch der Verdammnis war.

Ja, Estella war tot und dennoch lebte sie in Wuschs Träumen weiter, denn das Böse in Malvadin war immer noch allgegenwärtig.

Die Gedanken an die Zukunft, wie sie sein würde und was auf sie zukam, ließen Wusch keine Ruhe finden.

Andere wie Estella würden kommen. Mit den kalten Augen eines Lügners und dem windigen Lächeln eines Betrügers. Darauf hoffend, dass die Mayaterra nur eine Legende sei; und wenn sie sahen, dass diese wirklich existierte, nach ihrer Schwäche suchten um Wusch zu vernichten.

Sie würden sich erneut erheben, um die Macht an sich zu reißen, wenn niemand sie daran hinderte. Verzweifelt dachte Wusch, nie habe ich darum gebeten, die zu sein, die ich jetzt bin, und doch bleibt mir keine Wahl.

Es lag an ihr allein, den Frieden aufrecht zu erhalten.

Als endlich der neue Tag anbrach, die Morgendämmerung erwachte, erhob sich Wusch eilig von ihrem Schlaflager. Schnell zog sie ihre Kleidung an und auf leisen Sohlen schlich sie aus dem Zelt.

Ihre Entscheidung, das Dorf zu verlassen, stand fest.

Sie wollte keinen großen traurigen Abschied. Ihre Freunde hatten es verdient, dass für sie das Kämpfen der Vergangenheit angehörte. Es war allein Wuschs Aufgabe, dafür zu sorgen, dass andere in Frieden leben konnten.

Wenn sie glaubte, unbemerkt davonschleichen zu können, stellte sich dies schnell als Irrtum heraus. Drei weitere Personen hegten den gleichen Gedanken wie Wusch. Mit Sack und Pack beladen, standen sie wartend vor dem Zelt.

Phiadora kicherte: „Mayarterraelbrax nicht ganz so schlau, wie sie sollte sein! Denkt, sie könnte ohne Knollroch, Wolfsjungen und Schattenelbrax fortgehen, hmm? Kann sie aber nicht!"

Athandran schmunzelte über ihr verdutztes Gesicht: „Was denkst du dir eigentlich, Wusch? Willst du mir die Abenteuer, die auf dich warten, vorenthalten?"

„Und ich? Nur weil ich jetzt kein Wolf mehr bin, soll ich mich hier zu Tode langweilen? Fair ist das nicht!", vorwurfsvoll verzog Wolf sein Gesicht.

Wusch sah mit offenem Mund von einem zum anderen. Ihr Unverständnis über das, was da vor sich ging, stand ihr buchstäblich auf die Stirn geschrieben.

Eigentlich hatten Phiadora und die beiden anderen vorgehabt, den Spaß so lange wie möglich hinauszuzögern.

Wusch begann vor lauter Aufregung, mit ihrer kleinen Nase zu zucken, die Stirn in krause Falten zu legen und abwechselnd mal die eine, dann wieder die andere Augenbraue hochzuziehen. Alles in allem ein sehr niedlicher und gleichzeitig komischer Anblick, der es ihnen unmöglich machte, ernst zu bleiben. Lauthals losprustend, selbst Athandran kicherte, gaben sie ihren Schabernack, den sie mit Wusch trieben, auf.

„Nun komm endlich, nimm deine Sachen und lass uns weiterziehen!"

Verdattert tat Wusch, ohne einen Mucks von sich zu geben,
was Athandran ihr sagte.

Und während sie hastig die Sachen ergriff, um ihren bereits
vorauseilenden Freunden zu folgen, dämmerte es ihr endlich.

Laut jauchzte die kleine Elbrax auf.

Ja, sie hatte immer noch eine Bürde zu tragen und es würde
weiterhin Gewinner und Verlierer geben. Doch all das
konnte sie ertragen – denn sie hatte eine Familie.

Sie würde nie wieder alleine sein, ihre Freunde – der Club
der Verlierer – blieben an ihrer Seite.

Aufregung und Vorfreude auf das, was nun kommen würde,
überwältigten Wusch. Sie wusste, gemeinsam überwanden
sie jedes Hindernis, das sich ihnen in den Weg stellte.

Glücklich lief Wusch hinter den anderen her und laut hicksend rief sie ihren Freunden zu:

„Hicks – wartet auf mich – hicks – ich ..."

Epilog

„Ich bin doch nicht so schnell – hicks", flüsterte Waltraut.

Ihre Mutter, die auf einem Stuhl neben dem Bett ihrer Tochter saß, horchte überrascht auf. Hatte Waltraut wirklich gerade etwas gesagt? Oder war es nur ein Wunschdenken gewesen? Vielleicht hatte sie es auch geträumt.

Jede Nacht, seit Waltrauts Unfall, lag sie wach; die Angst um ihr Kind raubte ihr den Schlaf.

Sie starrte an die Zimmerdecke und fragte nach dem Warum. Kaum mehr als ein paar wenige Stunden, gefüllt mit wirren Träumen, gönnten ihr die Gedanken Schlaf. Schweißgebadet wachte Annegret jedes Mal in aller Frühe auf. Stand auf, trank ihren Kaffee und aß ohne Appetit ein Stück Brot. Genießen konnte sie nichts mehr.

Ihr Chef hatte sie von der Arbeit freigestellt und das Krankenhaus war mittlerweile ihr zweites Zuhause geworden.

In der wenigen Zeit, die sie nicht dort verbrachte, quälten Annegret Selbstvorwürfe.

Warum hatte sie nicht mehr Zeit mit ihrem Kind verbracht? Natürlich, sie musste arbeiten, ohne ihr Einkommen ging es nicht. Schließlich mussten Miete, Lebensmittel und alles, was sie beide benötigten, bezahlt werden. Doch einige Überstunden, um mehr Geld zu verdienen, hätten nicht sein müssen. Ihr Lohn reichte völlig aus, wenn sie beide auf den einen oder anderen Luxus verzichteten.

Häufig musste sie gemeinsame Mutter-Tochter-Freizeitpläne absagen, weil sie stets ihrem Chef zur Verfügung stand. Ein Anruf genügte und Annegret war zur Stelle. Natürlich hatte sie immer die Enttäuschung darüber in den Augen ihrer Tochter gesehen.

Annegrets Spruch: „Ich tue das doch alles für uns beide", hörte sich jetzt in ihrem Verstand wie eine fadenscheinige Lüge an. War es nicht so, dass sie sich wichtig fühlte in ihrem Beruf?

Das Lob und das Gefühl, gebraucht zu werden, machten sie stolz. Für diesen einen Moment war sie jemand. Heute fragte sie sich, warum sie nicht gemerkt hatte, dass genau dies auch für ihre Tochter galt. Warum es ihr nicht ausgereicht hatte, für sie da zu sein. Stolz darauf, ihre Mutter zu sein.

Waltraut bat nie um einen neuen Fernseher, Markenklamotten, Handys, nein, sie fragte nur nach ein wenig mehr gemeinsamer Zeit.

Aber sie, ihre Mutter, hörte, wenn Waltraut etwas von sich und ihren Problemen erzählte, kaum noch hin. Gestresst und müde von der Arbeit, sagte sie immer öfter zu ihrem Kind: „Sei nicht böse, aber ich brauche jetzt meine Ruhe. Lass uns morgen reden."

Annegret hatte mittlerweile gelernt, dass es manchmal keinen Morgen mehr zum Reden gab.

Das Schicksal schlug vor einigen Tagen erbarmungslos zu und zeigte ihr, wie klein und schwach der Mensch doch war. Zerstörte ihre für sie heil erscheinende Welt. Jetzt hatte sie Zeit - zu viel davon - über ihre Fehler nachzudenken.

Gedanken, die sie eben auch nachts keine Ruhe finden ließen.

Nicht verwunderlich, wenn sie wieder einmal in diesem Stuhl, wie all die anderen Tage, eingenickt war.

Mühsam erhob sich Waltrauts Mutter und lief auf Zehenspitzen zum Kopfende des Bettes ihrer Tochter.

Dann schüttelte sie den Kopf und lächelte zynisch. Wie dumm von ihr zu versuchen, leise zu laufen. Nichts hoffte sie mehr, als dass Waltraut endlich aufwachte.

Vierzehn Tage lang lag sie bereits im Koma. Obwohl die Ärzte sagten, ihre Chancen, aufzuwachen, ständen gut, änderte sich in keiner Weise etwas. Seit ihrem Unfall gab es keine Anzeichen darauf, dass Waltraut ihre Umgebung wahrnahm. Sie atmete, lebte, aber ihre Augen, die öffnete sie nicht. Fast schien es, als wolle sie für immer weiterschlafen.

Waltrauts Gesicht lag zur Seite gedreht und die Augen waren von ihren Haaren verdeckt. Annegret wagte kaum zu hoffen, während sie sich nahe an ihrem Mund über sie beugte. Sie horchte und hielt den Atem an, als ob sie, wenn sie das nicht täte, irgendeinen Laut überhören könnte.

Enttäuscht registrierte sie, dass kein Wort aus Waltrauts Mund kam. Traurig und bitter enttäuscht, richtete Annegret ihren Körper auf und wendete sich wieder dem Stuhl zu.

Langsam verließen sie die Hoffnung und der Glaube daran, alles würde gut werden. Zwecklos, immer wieder flüsternd ihre Tochter zu bitten, zurück zu ihr zu kommen.

Wahrscheinlich schwieg Waltraut für immer. Die Strafe dafür, dass sie ihr keine gute Mutter gewesen war.

Tränen begannen Annegrets Gesicht herunterzulaufen. Erneut stürmten die Gedanken auf sie ein.

Wie sehr sie sich einen neuen Anfang für sie beide wünschte. Alles würde sie anders machen. Sich mehr Zeit für ihr Kind nehmen. Ihre Träume, Sehnsüchte und Probleme kennenlernen, einfach wirklich ihre Mutter und Freundin sein.

Wie naiv der Mensch sich doch immer wieder verhielt. Dachte, alles ginge so weiter, jeden Tag. Irgendwann vergaß, was wirklich eine Rolle im Leben spielte. Die Arbeit, das Geld, alles war wichtiger als ihr kleines Mädchen. Wann hatten sie das letzte Mal etwas zusammen unternommen, geredet, gelacht? Jetzt lag ihr Kind stumm da und vielleicht würde sie nie wieder ihre Stimme hören.

Annegret schluchzte leise auf. Mechanisch zog sie ein Taschentuch aus der Hosentasche und schnäuzte sich die Nase. Sie wollte nicht schon wieder in Tränen ausbrechen. So viele hatte sie schon vergossen – verändert, geschweige denn geholfen, hatten sie nicht.

Wie eine alte Frau, gebeugt von einer schweren Last, schlurfte sie zurück zum Stuhl. Bereit, weiter zu warten, wollte Annegret sich wieder hinsetzen. Doch mitten in der Bewegung stoppte sie.

„Mama?"

Diesmal klar und deutlich; es war keine Illusion. Die Stimme ihrer Tochter erklang schwach im Krankenzimmer. So wunderbar, so einzigartig und schön!

Beinahe über die eigenen Beine fallend, drehte sie sich zum Bett und sah direkt in die offenen Augen von Waltraut, die sie fragend anschauten. Annegret zögerte nicht lange, sondern stürmte zurück an das Bett und riss ihr Kind in ihre Arme. Niemals wieder würde sie Waltraut loslassen.

„Mama, du erdrückst mich, bitte, ich bekomme doch keine Luft."

Lachend ließ Annegret ihre Tochter los, strich allerdings weiter über ihre Haare und das Gesicht.

„Du bist wach, wieder bei mir, oh, danke, lieber Gott, ich bin so glücklich, danke dir", stammelte Annegret und ließ ihren Tränen, jetzt Tränen des Glücks, freien Lauf.

„Danke nicht dem lieben Gott, danke Wusch", unterbrach sie Waltraut lächelnd.

„Wer ist Wusch?", fragte ihre Mutter erstaunt, doch Waltraut gab ihr keine Antwort.

Wie sollte sie ihr auch erklären, wer Wusch war?

Natürlich verließ Waltraut nicht sofort das Krankenhaus. Es brauchte seine Zeit, dass sie gesund und stark genug war. Etliche Untersuchungen musste sie noch über sich ergehen lassen, aber das Mädchen ertrug sie, ohne zu murren. Ihre Mutter besuchte sie mehrmals täglich und vieles hatte sich zwischen den beiden verändert. Sie redeten, lachten, planten die Zukunft und kamen sich endlich wieder näher.

In einer ruhigen Minute, als zwischen ihnen für einen kurzen Moment Schweigen herrschte, fragte ihre Mutter sie noch einmal, wer Wusch war. Doch erneut blieb Waltraut ihr eine Antwort schuldig.

Was sollte sie ihr auch sagen?

Dass sie, Waltraud, Wusch gewesen war und eine Welt kennengelernt hatte, die ihre Mutter niemals würde betreten können?

Nein, selbst wenn sie sich alle Mühe gab, es ihr zu erklären, sie könnte sie nicht verstehen. Somit antwortete sie nur: „Eine gute Freundin, die ich sehr vermisse."

Ihre Mutter, die bemerkte, dass ihre Tochter nicht weiter darüber reden wollte, beließ es dabei. Sie freute sich einfach nur, dass es ihrem Kind wieder gut ging.

Zwei Tage, bevor Waltraut das Krankenhaus verlassen durfte, bekam sie unerwarteten Besuch. Ihre Freunde standen mit Süßigkeiten, Teddybären und Blumen plötzlich in ihrem Zimmer. Verlegen, linkisch, nicht wirklich wissend, wie sie ein Gespräch beginnen sollten, hielten sie ihr die Geschenke hin und schwiegen. Waltraut schwieg ebenso. Nicht, weil ihr keine Worte einfielen, sondern, um sie einfach nur anzuschauen.

Ihre besten Freunde, drei Verlierer, die jedoch für Waltraut Gewinner waren.

Petra, klein, pummelig, mit einem leichten Sprachfehler, Wolfgang, der immer eine Latzhose trug, nie sein Haar gebändigt bekam, und zu guter Letzt Andreas, dem seine langen schwarzen Haare stets die Augen verdeckten. Er, der immer leicht arrogant, ja, sogar ein wenig mürrisch wirkte und auch jetzt versuchte, cool und lässig zu wirken.

Waltraut schmunzelte über sie, erinnerte sie sich doch zu gut an Wuschs Welt.

Ja, sie waren hier und dort ihre besten Freunde und sicher blieben sie es bis in alle Ewigkeit. Und selbst, als sie einige Stunden später lachend und schwatzend gemeinsam auf dem Flur im Krankenhaus umhertollten, erinnerte sie alles an ihnen an Phiadora, Wolf und Athandran. Sie waren hier bei ihr in der Gestalt ihrer Freunde.

Waltraut freute sich auf den Tag, an dem sie ihnen alles erzählen würde von Dragon, Estella und ihren gefährlichen Abenteuern. Wie sie zusammen gelacht, geweint, gekämpft und gewonnen hatten.

Aber vielleicht brauchte sie ihnen gar nichts zu erzählen und sie kannten Malvadin ebenso wie Waltraut?

Vielleicht fanden sie eines Tages gemeinsam einen Weg, der sie in das Land von Wusch zurückbrachte.

Wer ahnte schon, ob es nicht wirklich möglich wäre, vereint die Welt zu retten, Vierblitzer zu reiten und ihren Vater Zerza zu besuchen?

Ja, Waltraut würde einen Weg zurück in das Land finden, wo traurige kleine Mädchen, einsame Kinder oder auch ewige Träumer, die niemals aufwachten, ihr Glück suchten.

Doch dies ist eine andere Geschichte, in einer anderen Zeit, die ich euch ein anderes Mal erzählen werde.

ENDE

Die Autorin und Floristin Verena Grüneweg wurde 1965 im hohen Norden von Ostfriesland geboren. Dort lebt sie auch heute noch mit ihrem Ehemann und als Mutter von zwei erwachsenen Töchtern.

Ihre Bücher und Erzählungen umfassen Bereiche wie Fantasy, Thriller und Geschichten, die das Leben mit sich bringt.

Das Schreiben ist ihre Leidenschaft und für sie sind ihre geschriebenen Worte „Seelenpflaster."

Veröffentlichungen:

-Hexenschatten 2014 mit Co-Autorin Karin Pfolz
-Verloren im Leben 2015 mit Co-Autorin Karin Pfolz
-Malvadins Zauber-Wusch 2015
-Vergessene Flügel Thriller, Trilogie
gemeinsam mit 60 Autoren 2015
-Tödlicher Bestseller 2016 mit Co-Autorin Karin Pfolz
-Farbspiel-Anthologie Serie 2016/2017
-Schlüsselmomente der besonderen Art 2017
-Wusch Malvadins Zauber überarbeitete Zweitauflage 2018